BASTEI
LÜBBE

Taschenbücher von ROBERT ASPRIN
im BASTEI LÜBBE-Programm :

20 084 Ein Dämon mit beschränkter Haftung
20 085 Ein Dämon kommt selten allein
20 086 Ein Dämon macht noch keinen Sommer
20 110 Ein Dämon mit beschränkter Haftung
20 137 Ein Dämon für alle Fälle

Robert Asprin

Dämonen-Futter

Ein Dämon zuviel
und
Drachenfutter

Zwei Romane in einem Band

BASTEI LÜBBE

BASTEI-LÜBBE-TASCHENBUCH
Fantasy
Band 20109

Erste Auflage : Juli 1988
Zweite Auflage : Januar 1990

Deutsche Lizenzausgabe 1979/1983/1988
Bastei-Verlag Gustav H. Lübbe GmbH & Co., Bergisch Gladbach
Originaltitel: Another Fine Myth, Myth Conceptions
Ins Deutsche übertragen von Sylvia Pukallus
Lektorat: Reinhard Rohn
Titelillustration: Frank Frazetta
Umschlaggestaltung: Quadro-Grafik, Bensberg
Satz: Fotosatz Schell, Bad Iburg
Druck und Verarbeitung:
Brodard & Taupin, La Flèche, Frankreich
Printed in France
ISBN 3-404-20109-4

Der Preis dieses Bandes versteht sich einschließlich
der gesetzlichen Mehrwertsteuer.

Dieses Buch ist gewidmet
Bork, dem Unbezwingbaren
(gewöhnlichen Sterblichen meist nur
als George Hunt bekannt),
dessen rauhe, aber herzliche Freundschaft
mir durch viele Krisen der Vergangenheit
geholfen hat –
und hoffentlich auch in Zukunft
helfen wird!

Ein Dämon zuviel

›Es gibt mehr Dinge im Himmel und auf Erden, als eure Schulweisheit sich träumt, Horatio‹
HAMLET

1

Einer der wenigen befreienden Aspekte von Lehrern, so glaube ich, ist die Tatsache, daß man sie gelegentlich täuschen kann. Dies traf zu, als meine Mutter mir das Lesen beibrachte, es stimmte, als mein Vater versuchte, aus mir einen Bauern zu machen, und es hat auch jetzt seine Richtigkeit, da ich die Magik erlerne.

»Du hast nicht geübt!« Garkins strenge Vorhaltung riß mich aus meinen Träumereien.

»Hab ich wohl!« protestierte ist. »Es ist halt eine schwierige Übung.«

Wie zur Antwort begann die Feder, an der ich mich in Levitation übte, mitten in der Luft zu zittern und zu schaukeln.

»Du konzentrierst dich nicht richtig!« schalt er mich.

»Es liegt am Luftzug«, widersprach ich und hätte am liebsten hinzugefügt ›von deiner großen Klappe‹, aber ich traute mich nicht. Schon früh bei unserem Unterricht hatte Garkin seine Abneigung gegenüber frechen Lehrlingen unter Beweis gestellt.

»Am Luftzug!« höhnte er und imitierte meine Stimme. »So geht das, Tölpel!«

Mein geistiger Kontakt mit dem Gegenstand meiner Konzentration wurde unterbrochen, als die Feder plötzlich zur Decke schoß. Sie kam zum Halten, als klebte sie da oben an etwas fest, obwohl sie etwa noch 25 cm von den Holzbalken entfernt war, dann tanzte sie in flachen Kreisbewegungen herab. Die Kreise, die sie zog, waren zu exakt, um natürlich zu sein.

Ich riskierte ein Auge auf Garkin. Er hing mit baumelnden Füßen in seinem Sessel, wobei seine ganze Aufmerksamkeit scheinbar auf eine Keule des gerösteten Echsenvogels gerichtet war, den er verzehrte – einen Vogel, den ich gefangen habe, nebenbei gesagt. Das war wirklich Konzentration! Er sah plötzlich hoch, und unsere Blicke trafen sich. Da es zu spät war, die Augen abzuwenden, blickte ich ihm halt einfach ins Gesicht.

»Hungrig?« Sein fetttriefender salz-und-pfeffer-grauer Bart umrahmte plötzlich ein wölfisches Grinsen. »Dann führ mir mal vor, wieviel du geübt hast.«

Ich brauchte einen ganzen Herzschlag lang, um zu begreifen, was er meinte; dann sah ich verzweifelt hoch. Die Feder schaukelte dem Fußboden entgegen und befand sich bereits in Schulterhöhe. Ich versuchte, die plötzliche Anspannung aus meinem Körper zu verdrängen, und griff mit meinem Geist zu ... vorsichtig ... bilde ein Kissen ... stoße sie nicht zurück ...

Knapp zwei Handbreit über dem Boden kam die Feder zum Stehen.

Ich vernahm Garkins leises Kichern, ließ jedoch nicht zu, daß es meine Konzentration störte. Seit drei Jahren hatte ich die Feder nicht mehr den Boden berühren lassen, und jetzt sollte sie es auch nicht.

Langsam hob ich sie an, und sie schwebte in Augenhöhe. Ich hüllte sie mit meinem Denken ein, ließ sie um ihre Achse kreisen und verführte sie dann zu einem doppelten Salto. Während ich sie durch diese Übung geleitete, waren ihre Bewegungen nicht so weich und sicher wie unter Garkins Führung, sie behielt jedoch unbeirrbar den vorgegebenen Kurs bei.

Ich hatte zwar mit der Feder nicht geübt, aber geübt hatte ich. Wenn Garkin nicht in der Nähe oder mit seinen eigenen Studien beschäftigt war, widmete ich meine Zeit der Levitation von Metallstücken – Schlüsseln, um genau zu sein. Jeder Levitationstypus hat seine eigenen, immanenten Schwierigkeiten. Die Feder zum Beispiel, als früherer Bestandteil von etwas Lebendingem, war reaktionsfreudig ... zu reaktionsfreudig. Metall anzuheben war anstrengend, mit einer Feder umzugehen erforderte dagegen Feinfühligkeit. Hatte ich zwischen diesen beiden zu wählen, so zog ich die Arbeit mit Metall vor. Ich sah darin bessere, konkretere Anwendungsmöglichkeiten für meinen eigentlichen Beruf.

»Ganz ordentlich, Bursche. Jetzt leg sie wieder ins Buch.«

Ich lächelte vor mich hin. Diesen Teil hatte ich trainiert, nicht wegen seiner potentiellen Anwendung, sondern rein zum Vergnügen.

Das Buch lag aufgeschlagen am Ende der Werkbank. Ich holte die Feder in einer ausholenden, trägen Spiralbewegung herunter, ließ sie dabei leicht die Seiten des Buches streifen, hochsteigen in einem steilen Bogen, bis sie innehielt und wieder herunterkam. Als sie sich zum zweiten Male dem Buch näherte, löste ich einen Teil meines Denkens ab, der sich auf das Buch konzentrierte. Als die Feder über die Seiten schaukelte, schnappte das Buch zu wie die Kiefer eines hungrigen Raubtieres, das den Flugkörper im Griff hat.

»Hmm«, ließ Garkin vernehmen, »ein bißchen angeberisch, aber wirksam.«

»Nur eine Kleinigkeit, die ich so beim Üben zusammengestellt habe«, sagte ich angelegentlich und streckte meine Geisteskräfte nach der anderen Echsenvogelkeule aus. Anstatt jedoch graziös in meine wartende Hand zu schweben, blieb sie auf dem Holzbrett liegen, als habe sie Wurzeln geschlagen.

»Nicht so hastig, mein kleiner Strauchdieb. Du hast also geübt, hä?« Er streichelte sich den Bart mit dem halb abgenagten Knochen in seiner Hand. Widerlich.

»Sicher! Habe ich das nicht bewiesen?« Es kam mir in den Sinn, daß Garkin vielleicht doch nicht so leicht zu täuschen war, wie es manchmal schien.

»In dem Fall möchte ich gerne mal sehen, wie du deine Kerze anzündest. Das müßte dir ja leichtfallen, wenn du so viel geübt hast, wie du behauptest.«

»Ich habe keine Einwände dagegen, es zu versuchen, aber wie du selbst so viele Male gesagt hast, fallen einem manche Übungen schwerer als andere.«

Obwohl ich einen selbstsicheren Ton anschlug, sank mir das Herz in die Hosen, als die große Kerze auf Garkins Aufforderung zum Arbeitstisch geschwebt kam. In vier Jahren war mir diese besondere Übung noch niemals gelungen. Wenn Garkin mir das Essen vorenthalten würde, bis ich Erfolg hätte, könnte ich lange Zeit mit hungrigem Magen herumlaufen.

»Weißt du, Garkin, mir fällt da gerade ein, daß ich mich mit vollem Mangen wahrscheinlich besser konzentrieren könnte.«

»Mir fällt da gerade ein, daß du Ausflüchte machst.«

»Könnte ich nicht ...«

»Voran, Skeeve.«

Wenn er schon einmal meinen Eigennamen gebrauchte, war nicht mit ihm zu spaßen. Soviel hatte ich im Laufe der Jahre gelernt. Bursche, Strauchdieb, Idiot, Dummkopf – das war zwar geringschätzig, doch solange er mich so anredete, war noch mit ihm zu diskutieren. Kehrte er erst einmal zu meinem Eigennamen zurück, war der Fall hoffnungslos.

Nun, wenn die Sache nicht zu umgehen war, dann mußte ich mein Bestes geben. Mit halber Kraft und schwacher Konzentration wäre da nichts zu machen. Ich würde jedes Fäserchen Muskelkraft und alles Geschick aufbieten müssen, um die notwendige Stärke aufzubringen.

Ich würde die Kerze dieses Mal entzünden. Ich würde sie entzünden, denn es gab nichts, was mich daran hindern konnte, sagte ich mir.

Ich holte bewußt tief Luft und begann, meine Kraft zu sammeln. Meine Welt verengte sich immer mehr, bis ich einzig und allein noch den krummen, geschwärzten Docht der Kerze wahrnahm.

Ich war Skeeve. Mein Vater hatte als Bauer eine enge Verbindung zur Erde. Meine Mutter war eine gebildete Frau. Mein Lehrer war ein Zaubermeister. Ich war Skeeve. Ich würde diese Kerze entzünden.

Ich fühlte, wie ich warm wurde, als sich die Energien in mir sammelten. Ich richtete die Wärme auf den Docht aus.

Wie mein Vater zapfe ich der Erde Kraft ab. Das Wissen, das mir meine Mutter vermittelt hat, ist wie eine Linse, durch die ich ins Auge fassen kann, was ich erworben habe. Die Weisheit meines Lehrers lenkt meine Anstrengungen auf jene Punkte des Universums, die am ehesten meinem Willen gehorchen. Ich bin Skeeve.

Die Kerze blieb aus. Nun stand mir der Schweiß auf der Stirn, und ich zitterte allmählich vor Anstrengung. Das war nicht gut, ich durfte mich nicht verkrampfen. Entspann dich. Bemüh dich, nicht zu erzwingen. Anspannung behindert den Kräftefluß. Laß die Energien frei strömen, sei nur ein passiver Leiter. Ich zwang mich zur Ruhe.

Der Kräftestrom war nun merklich stärker. Ich streckte einen Finger aus, um sie konzentriert auszurichten. Auf der Kerze rührte sich nichts. Ich schaffte es nicht. Negativer Gedanke. Verdränge ihn. Stütz dich nicht auf andere, um stark zu sein. Ich werde die Kerze zum Brennen bringen, weil ich Skeeve bin.

Dafür wurde ich mit einem plötzlichen Energieschwall belohnt. Ich ging ihm nach, berauschte mich an der Kraft. Ich bin Skeeve. Ich bin stärker als sie alle. Ich bin den Bemühungen meines Vaters entgangen, mich wie meinen Bruder an den Pflug zu ketten. Meine Mutter starb an ihrem Idealismus, ihre Lehren halfen mir jedoch zu überleben. Mein Lehrer war ein einfältiger Narr, der sich einen Dieb zum Lehrling nahm. Ich habe sie alle geschlagen. Ich bin Skeeve. Ich werde diese Kerze entzünden.

Ich schwebte nun. Ich begriff, wie meine Fähigkeiten alles um mich her schrumpfen ließen. Es war belanglos, ob ich die Kerze nun entzündete oder nicht. Ich bin Skeeve. Ich bin mächtig. Fast gleichzeitig ließ ich meinen Geist den Docht berühren. Wie als Antwort auf meinen Willen erschien ein kleiner, heller Funken.

Erschreckt zuckte ich zusammen und blinzelte die Kerze an. In diesem Augenblick verschwand das Fünkchen und ließ zum Zeichen seines Erlöschens ein winziges weißes Rauchfähnchen zurück.

»Ausgezeichnet, Bursche!«

Garkin stand plötzlich neben mir und hieb mir begeistert auf die Schulter. Wie lange er schon da stand, wußte ich nicht, und es war mir auch ziemlich gleichgültig.

»Sie ist ausgegangen«, sagte ich voller Bedauern.

»Das braucht dich nicht zu kümmern. Du hast sie entzündet. Du hast das nötige Selbstvertrauen. Das nächste Mal wird es leichter sein. Bei allen Gestirnen, wir machen noch einen Zauberer aus dir. Hier, du mußt wirklich Hunger haben.«

Ich konnte kaum noch meine Hand heben, um die restliche Echsenvogelkeule aufzufangen, ehe sie mir ins Gesicht flog.

»Ich will dir nicht verhehlen, daß ich allmählich schon verzweifeln wollte, Bürschchen. Was ist dir an dieser Lektion so schwergefallen? Ist es dir vielleicht in den Sinn gekommen, daß du diesen Zauber dazu benutzen kannst, dir zusätzliches Licht zu spenden, wenn du ein Schloß knackst oder um zur Ablenkung ein Feuer zu legen?«

»Ich habe darüber nachgedacht, aber zusätzliches Licht könnte unerwünschte Aufmerksamkeit erregen. Was das Ablenkungsfeuer betrifft, so hätte ich Angst, daß jemand zu Schaden kommt. Ich möchte niemanden verletzen, nur ...«

Ich hielt inne, als ich begriff, was ich da sagte, aber es war bereits zu spät. Eine heftige Ohrfeige von Garkin riß mich von meinem Schemel.

»Hab ich mir's doch gedacht! Du willst also nach wie vor ein Dieb bleiben. Du willst meine Magikkünste zum Stehlen benutzen!«

»Und was ist so falsch daran?« knurrte ich. »Dann verhungert man wenigstens nicht. Was ist denn so großartig daran, ein Zauberer zu sein? Ich will sagen, dein Lebensstil hier läßt mich nicht gerade optimistisch in die Zukunft blikken.«

Ich machte eine Geste durch den vollgepferchten Raum, der die gesamte Hütte einnahm.

»Hör sich einer dieses Welpengeheul an!« schnaubte Garkin. »Als der Winter dich aus dem Wald getrieben hat zum Stehlen, war es gut genug. ›Dann muß man wenigstens nicht unter den Büschen schlafen‹ hast du damals gesagt.«

»Das ist ja auch richtig. Deshalb bin ich ja immer noch hier. Aber ich habe nicht vor, den Rest meines Lebens hier zuzubringen. Sich in einer kleinen Hütte im Wald zu vergraben ist nicht die Zukunft, wie ich sie mir erträumte. Du hast von Wurzeln und Beeren gelebt, bis ich kam und Fallen aufstellte. Vielleicht ist das deine Vorstellung von einem herrlichen Leben, Garkin, meine ist es jedenfalls nicht.«

Wir sahen einander einige lange Momente ins Gesicht. Nun, da ich meinem Zorn Luft gemacht hatte, hatte ich nicht wenig Angst. Obwohl ich nicht allzu reiche Erfahrungen auf diesem Gebiet hatte, stellte die Beschimpfung des Zauberers wohl kaum eine Garantie für ein langes und gesundes Leben dar.

Überraschenderweise war Garkin der erste, der nachgab. Er wandte plötzlich seinen Blick ab, neigte den Kopf und ließ mich eines der seltenen Male die ungekämmte Mähne auf seinem Schädel sehen.

»Vielleicht hast du recht, Skeeve«, seine Stimme klang merkwürdig sanft. »Vielleicht habe ich dir nur die ganze Arbeit der Magik gezeigt, aber nie die Belohnungen. Ich vergesse immer wieder, wie wenig man hierzulande von der Magik hält.«

Er hob die Augen, unsre Blicke trafen sich wieder, und mir schauderte. Nicht, daß Zorn darin zu lesen gewesen wäre, vielmehr ein tiefes Glühen, das ich niemals zuvor erblickt hatte.

»Du sollst nun wissen, Skeeve, daß nicht alle Länder wie dieses hier sind, noch war ich immer der, als den du mich hier siehst. In Ländern, wo man die Magik ehrt, anstatt sie wie hier zu fürchten, wird sie von den Mächtigen anerkannt und in ihre Dienste genommen. Dort kann ein geschickter Magiker, der seine Weisheit für sie behält, hundertmal mehr Reichtümer erwerben, als du dir als Dieb erhoffst, und eine solche Macht, die ...«

Plötzlich verstummte er und schüttelte den Kopf, als müsse er seine Gedanken klären. Als er die Augen wieder öffnete, war das Glühen, das ich zuvor gesehen hatte, bis auf ein Fünkchen verschwunden.

»Aber du läßt dir nicht mit Worten imponieren, nicht wahr, Bursche? Komm, ich will dir eine kleine Vorführung eines Teils der Macht bieten, die du eines Tages beherrschen kannst – wenn du deine Lektionen fleißig übst, heißt das.«

Ich glaube nicht, daß er meiner Antwort noch Beachtung schenkte. Er trat schon in das riesige Pentagramm, das ständig auf dem Boden der Hütte eingezeichnet war. Beim Gehen machte er ein paar abwesende Gesten, worauf der verkohlte Kupferkessel von seinem Platz in der Ecke herüberschepperte, um im Zentrum des Pentagramms zu ihm zu stoßen.

Sogleich war er schwer in die Arbeit vertieft und umgeben von einer umherschwebenden Wolke von Phiolen und Gefäßen, die er unter ständigem Gemurmel gelegentlich aus der Luft packte, um ein paar Tropfen ihrer Inhalte in den Kessel zu schütten. Was immer er da vorbereitete, es versprach, sehenswert zu werden.

Zu diesem Zeitpunkt hörte ich zum zweitenmal die gedämpften Schritte vor der Hütte. Aber das war unmöglich, da Garkin stets die ... Ich begann mein Gedächtnis zu durchforsten. Ich konnte mich nicht daran erinnern, daß Garkin die Schutzwälle aufgebaut hatte, ehe er sich an die Arbeit gemacht hatte. Lächerlich. Vorsicht war das erste und wichtigste Prinzip, das Garkin mir einhämmerte, und ein Teil dieser Vorsicht war es, die Schutzwälle aufzustellen, ehe man an die Arbeit ging. Er kontne dies nicht vergessen haben ... allerdings war er ziemlich gedankenversunken und zerstreut gewesen.

Ich erwog immer noch, ob ich Garkin stören sollte, als er plötzlich einen Schritt vom Kessel zurücktrat. Er sah mich mit seinem typischen Blick an, daß mir meine Warnung im Halse steckenblieb. Dies war nicht der Augenblick, Alltäglichkeiten ins Feld zu führen. In seinen Augen schimmerte wieder dieses Glühen, und zwar stärker als zuvor.

»Selbst Vorführungen sind lehrreich«, erklärte er. »Kontrolle, Skeeve. Kontrolle ist die Hauptstütze der Magik. Macht ohne Kontrolle ist der Untergang. Deshalb sollst du mit einer Feder üben, auch wenn du im Stande bist, weit größere und schwerere Gegenstände zu bewegen. Kontrolle. Selbst deine spärlichen Kräfte würden zur Gefahr, so du sie nicht beherrschen kannst. Und ich werde dir kein Stück mehr beibringen, ehe du diese Kontrolle nicht erlernt hast.«

Er trat vorsichtig aus dem Pentagramm.

»Um dir die Bedeutung von Kontrolle zu demonstrieren, will ich nun einen Dämon herbeirufen, ein Wesen aus einer anderen Welt. Er ist mächtig, grausam und bösartig und würde uns beide umbringen, bekäme er die Gelegenheit dazu. Trotzdem werden wir uns nicht vor ihm fürchten müssen, da wir ihn unter Kontrolle haben. Er wird nicht in der Lage sein, uns oder irgend sonst jemandem auf dieser Welt ein Härchen zu krümmen, da er in dieses Pentagramm eingesperrt ist. Nun paß auf, Skeeve. Paß auf und merk es dir.«

Nach diesen Worten wandte er sich wieder dem Kessel zu. Er spreizte die Finger, worauf die fünf Kerzen an den Ecken des Pentagramms zu brennen begannen und die Kanten in unheimlichem, blauem Licht glühten. Einige Minuten lang herrschte Schweigen, dann stimmte er einen leisen Singsang an. Eine Rauchfahne erhob sich aus dem Kessel, doch anstatt zur Decke zu steigen, ergoß sie sich auf den Boden und bildete eine kleine, brodelnde pulsierende Wolke. Garkins Gesang schwoll an, die Wolke wuchs und wurde dunkler. Der Kessel war nun fast nicht mehr zu sehen, dann aber ... in den Tiefen der Wolke ... begann etwas, Form anzunehmen ...

»Isstvan läßt dir schöne Grüße bestellen, Garkin!«

Bei diesen Worten fiel ich fast aus den Schuhen. Sie kamen aus dem Innern der Hütte, jedoch nicht aus dem Pentagramm. Ich wirbelte herum in die Richtung, aus der die Stimme erklungen war. Im Türrahmen stand eine

Gestalt in blendend goldenem Umhang. Für einen dummen Augenblick lang dachte ich, es sei der Dämon, der Garkins Ruf gefolgt war. Dann sah ich die Armbrust. Es war ein Mensch, soweit so gut. Aber die gespannte und geladene Armbrust in seiner Hand jedoch trug nicht gerade zu meiner Beruhigung bei.

Garkin drehte sich nicht einmal um.

»Nicht jetzt, du Narr!« knurrte er.

»Es war eine anstrengende Jagd, Garkin«, fuhr der Mann fort, als habe er es nicht gehört. »Du hast dich gut versteckt, aber glaubst du wirklich zu entkommen ...«

»Du wagst es!?!« Garkin wirbelte herum und reckte sich in seinem Zorn zu beeindruckender Größe empor.

Der Mann erblickte Garkins Gesicht, sah seine Augen. Die Miene des Mannes verzerrte sich zu einer grotesken Maske der Angst. Reflexartig löste er den Bolzen seiner Armbrust, es war jedoch bereits zu spät. Ich hatte nicht gesehen, was Garkin gemacht hatte, der Mann verschwand jedoch augenblicklich in einem Flammenblitz. Tödlich verwundet schrie er auf und stürzte zu Boden. Die Flamme verschwand so plötzlich, wie sie erschienen war und ließ zum Zeichen, daß sie überhaupt existiert hatte, wenigstens den geschrumpften Leichnam zurück.

Ich blieb einige Augenblicke wie angewurzelt auf dem Fleck stehen, ehe ich mich rühren oder sprechen konnte.

»Garkin«, sagte ich schließlich, »ich ... Garkin!«

Garkins Gestalt lag wie ein Bündel Lumpen auf dem Boden. Der Bolzen der Armbrust ragte in stiller Endgültigkeit aus seiner Brust. Garkin hatte mir seine letzte Lektion erteilt. Als ich mich vorbeugte, seinen Leichnam zu berühren, bemerkte ich etwas, das mir das Blut in den Adern gefrieren ließ.

Sein Körper hatte die Kerze an der Nordseite des Pentagramms erstickt. Die Linien hatten das blaue Glühen verloren. Der schützende Zauber war gebrochen.

Mit letzter Anstrengung hob ich den Kopf und sah in ein paar gelbe, goldfleckige Augen, die nicht von dieser Welt waren.

›Es ist nicht alles Gold, was glänzt‹
MANDRAKE

2

Einmal im Wald stand ich plötzlich einer Schlangenkatze gegenüber. Bei einer anderen Gelegenheit traf ich einen Spinnenbären. Angesichts eines Dämons beschloß ich, das gleiche Verhalten anzuwenden, das mich bei den zuvor erwähnten Gelegenheiten gerettet hatte. Ich erstarrte. Zumindest im nachhinein erscheint mir dies als absichtlicher, berechneter Willensakt von ungewöhnlicher Beherztheit.

Der Dämon zog die Lippen zurück und entblößte eine Doppelreihe nadelscharfer Zähne.

Ich beschloß, den eingeschlagenen Handlungskurs zu ändern. Ich erwog, in Ohnmacht zu fallen.

Der Dämon fuhr sich mit einer purpurroten Zunge über die Lippen und begann, mir langsam eine mit Klauen versehene Hand entgegenzustrecken. Das war das Ende! Ich wich zurück, nicht etwa mit einem katzenhaften, graziösen Sprung, vielmehr kriechenderweise auf allen vieren. Es ist erstaunlich, wie schnell man auf diese Weise vorankommt, wenn man ernsthaft motiviert ist. Es gelang mir, eine erstaunliche Geschwindigkeit zu erreichen, ehe ich mit dem Kopf voraus gegen die Wand krachte.

»GaaaHH ...«, blieb mir nur zu sagen. Das macht vielleicht nicht allzuviel her, im Moment war dies jedoch ein sehr gemäßigter Ausdruck für den Schmerz und die Furcht, die ich empfand.

Angesichts meines Ausbruchs wollte der Dämon schier ersticken. Erst platzten mehrere Schreie aus ihm heraus, dann begann er zu lachen. Es war kein leises, bedrohliches Lachen, vielmehr das begeisterte Lachen eines Menschen aus vollem Herzen, der gerade etwas umwerfend Komisches gesehen hatte.

Ich fand dies gleichermaßen beunruhigend wie ärgerlich. Ärgerlich, da in mir der Verdacht wuchs, daß ich die Quelle seiner Erheiterung war; beunruhigend, weil ... nun, ja ... er war ein Dämon, und Dämonen sind ...

»Kalt, bösartig und blutrünstig«, keuchte der Dämon, als hätte er meine Gedanken gelesen. »Du hast ihm das wirklich voll abgekauft, nicht wahr, Kerlchen?«

»Wie bitte?« erkundigte ich mich, da mir nichts Besseres zu sagen einfiel.

»Hörst du schlecht? Ich sagte ›kalt, bösartig ...‹«

»Gehört habe ich Euch wohl. Ich weiß aber nicht, was Ihr meint.«

»Was ich meine ist, daß du wegen ein paar sorgfältig gewählter Worte meines geschätzten Kollegen zu Tode erschrocken warst, möchte ich wetten.« Er wies mit dem Daumen auf Garkins Leichnam. »Tut mir leid wegen der tragischen Vorfälle. Ich dachte, eine komische Abwechslung wäre ganz sinnvoll, um den sonst so ernsten Augenblick aufzuhellen.«

»Komische Abwechslung?«

»Na, ich konnte diese Gelegenheit nicht ungenutzt verstreichen lassen. Du hättest dein Gesicht sehen müssen.«

Er kicherte vor sich hin, als er aus dem Pentagramm trat und gutgelaunt begann, die Räumlichkeiten zu besichtigen.

»So, das ist also Garkins neue Wohnung, wie? Was für eine Bruchbude! Wer hätte gedacht, daß er so weit herunterkommt?«

Zu sagen, ich wäre perplex gewesen, wäre eine Untertreibung. Ich hatte keine genaue Vorstellung, wie ein Dämon sich verhalten mußte, aber so jedenfalls nicht.

Ich hätte zur Tür stürzen können, doch scheinbar befand ich mich nicht in akuter Gefahr. Entweder hatte dieses fremde Wesen nicht die Absicht, mir etwas anzutun, oder aber er war sich seiner Fähigkeit, mich von einem Fluchtversuch abzuhalten, völlig sicher. Meinem Nervensystem zuliebe beschloß ich, an das erstere zu glauben.

Der Dämon setzte seine Besichtigung der Hütte fort,

während ich ihn betrachtete. Er war humanoid; das heißt, er hatte zwei Arme, zwei Beine und einen Kopf. Er war von kurzer aber kräftiger Statur, die Schultern ein wenig breiter als bei einem Mann und sehr muskulös, aber er war kein Mensch. Ich meine, man sieht nicht allzu viele Menschen, deren Körper mit grünen Schuppen bedeckt sind und deren spitze Ohren eng am Kopf anliegen.

Ich entschloß mich, eine Frage zu stellen.

»Äh, entschuldigt bitte.«

»Ja, Kind?«

»Hm, Ihr seid doch ein Dämon, nicht wahr?«

»Wie? Ach, so, ja, ich glaube, das könnte man sagen.«

»Also, wenn Ihr mir die Frage nicht übelnehmt, warum benehmt Ihr Euch dann nicht wie ein Dämon?«

Der Dämon warf mir einen angeekelten Blick zu, dann wandte er den Kopf mit einer märtyrerhaften Geste himmelwärts.

»Jeder hat doch irgend etwas zu mäkeln. Ich will dir was sagen, Kind: wärst du zufriedener, wenn ich dir die Gurgel mit meinen Zähnen durchbisse?«

»Nun, nein, aber ...«

»Bei der Gelegenheit, wer bist du eigentlich? Bist du ein unschuldiger Zuschauer oder bist du mit dem Mörder gekommen?«

»Ich gehöre zu ihm«, beeilte ich mich zu erwidern und deutete mit zittrigem Finger auf Garkins Leiche. Die Bemerkung von wegen die Gurgel durchbeißen hatte mich wieder in Alarmzustand versetzt. »Oder zumindest gehörte ich zu ihm. Garkin! Derjenige der ... den, eh Euch gerufen hat! Ich bin ... ich war sein Schüler.«

»Ohne Quatsch? Garkins Lehrling?« Er kam auf mich zu und streckte eine Hand aus. »Erfreut, dich ... Was ist los?«

Als er näher trat, wich ich entsetzt vor ihm zurück. Ich versuchte das zwar möglichst unauffällig zu tun, doch er bemerkte es.

»Na ... es ist, weil ... Ihr *seid* halt ein Dämon.«

»Ja, und?«

»Hm, ja ... Dämonen sollen doch angeblich ...«

»He, bleib mal locker, Kerlchen. Ich beiße nicht. Schau, ich bin ein alter Kumpel von Garkin.«

»Aber Ihr habt doch gesagt, Ihr seid ein Dämon?«

»Das stimmt. Ich stamme aus einer anderen Dimension. Ein Dimensionenwanderer, oder kurz gesagt ein Dämon. Kapiert?«

»Was ist eine Dimension?«

»Und du willst wirklich Garkins Lehrling gewesen sein?« schalt der Dämon. »Ich meine, er hat dir überhaupt nichts von den Dimensionen erzählt?«

»Nein«, antwortete ich. »Ich will sagen, ja, ich bin sein Lehrling, aber er hat mir niemals etwas von Dämon-Sonnen erzählt.«

»Dimensionen heißt das«, verbesserte er. »Also, eine Dimension ist eine andere Welt, genauer gesagt eine von mehreren Welten, die gleichzeitig mit dieser, aber auf verschiedenen Ebenen existiert. Kannst du mir soweit folgen?«

»Nein«, versicherte ich überzeugend.

»Na, dann nimm einmal einfach an, daß ich von einer anderen Welt stamme. Und in dieser Welt bin ich ein Magiker wie Garkin. Wir hatten ein Austauschprogramm laufen, wonach wir dem anderen auf Aufforderung erschienen, um unsere jeweiligen Lehrlinge zu beeindrucken.«

»Aber Ihr habt doch gesagt, Ihr wärt ein Dämon«, sagte ich mißtrauisch.

»Das *bin* ich doch auch! Kind. In meiner Welt wärst du ein Dämon, ein Geist, aber im Augenblick befinde ich mich in deiner, also bin ich der Dämon.«

»Aber Ihr sagtet doch, Ihr wärt ein Zauberer.«

»Das ist doch nicht zu glauben!« Der Dämon beschwor wieder zornig die Himmel. »Da steh ich und fechte mit so einem Knirps herum ... Schau, Kerlchen.«

Er richtete wieder seinen Blick auf mich.

»Laß mich's mal so herum versuchen. Wirst du mir nun die Hand geben, oder muß ich dir das Herz herausreißen?«

Wenn er die Sache so drehte ... Ich meine, als er so in Wut geriet und zu schreien begann, klang er wirklich wie

Garkin. Dies verlieh seiner Behauptung, ein Freund meines Ex-Lehrers gewesen zu sein, Glaubwürdigkeit. Ich ergriff seine dargebotene Hand und schüttelte sie vorsichtig.

»Ich bin ... mein Name ist Skeeve.«

Sein Händedruck war kalt, aber fest. So fest nämlich, daß es unmöglich war, meine Hand so schnell zurückzuziehen, wie ich dies gern getan hätte.

»Freut mich, dich kennenzulernen, Kerlchen. Ich bin Aahz.«

»Oz?«

»Nein, mit dem bin ich nicht verwandt.«

»Verwandt? Mit wem?« wollte ich wissen, doch er inspizierte schon wieder den Raum.

»Also, hier gibt es sicher nichts, was den Neid seiner Kollegen erregen könnte. Recht urzeitlich und stabil, aber nicht besonders komfortabel.«

»Uns gefällt es«, sagte ich würdevoll. Nun, da ich meine Angst überwunden hatte, mißfiel mir den Spott in seiner Stimme. Die Hütte war nichts Besonderes, und ich mochte sie auch nicht übermäßig, aber seine Krittelei gefiel mir nicht.

»Reg dich nicht auf, Kerlchen«, sagte Aahz leichthin. »Ich suche nur nach einem Motiv, das ist alles.«

»Motiv?«

»Den Grund, warum jemand Garkin aus dem Weg räumen wollte. Ich bin nicht wild auf Rache, aber er war ein Stammtischbruder von mir, und die Sache hat meine Neugier geweckt.«

Er beendete seinen Rundgang durch die Hütte, um sich wieder direkt an mich zu wenden.

»Wie steht's mit dir, Kerlchen? Hast du eine Idee? Irgendein Milchmädchen, das er verführt, oder einen Farmer, den er geärgert hat? Für dich ist das ja auch von Belang, weißt du. Du könntest die nächste Zielscheibe abgeben.«

»Aber der Bursche, der's getan hat, ist tot.« Ich wies auf den verkohlten Klumpen neben der Tür. »Ist die Sache damit nicht ausgestanden?«

»Komm zu dir, Kerlchen! Hast du nicht den Goldumhang gesehen? Das war ein professioneller Mörder. Jemand hat ihn angeheuert, und der würde auch einen zweiten anheuern.«

Ein kalter Schauer lief mir das Rückgrat hinab. Daran hatte ich wirklich nicht gedacht. Ich begann, in meinem Gedächtnis nach einem Fingerzeig zu forschen. Viel gab's da nicht.

»Na ... er hat gesagt, Isstvan würde ihn schicken.«

»Was ist ein Isstvan?«

»Ich weiß nicht ... warte mal. Was meinst du damit, ich könnte die nächste Zielscheibe abgeben?«

»Sauber, was?« Aahz hielt das Goldcape hoch. »Gefüttert und völlig wendbar. Hab mich schon immer gewundert, wieso keiner der Kerle sieht, ehe sie zuschlagen.«

»Aahz ...«

»Hmmm? Oh, ich wollte dir keine Angst machen. Es ist nur so, falls jemand die Jagdsaison auf Zauberer im allgemeinen oder Garkin im besonderen für eröffnet erklärt hat, werden wir vielleicht einigen ... He, was ist das denn?«

»Was ist was?« fragte ich und versuchte einen Blick auf das werfen zu können, was er gefunden hatte.

»Das«, antwortete er und hielt seine Beute hoch. »Es sieht ganz so aus, als sei ich nicht der einzige Dämon in der Gegend.«

Es war ein Kopf, augenscheinlich der eines Mörders. Er war böse verkohlt, an manchen Stellen trat das Gebein hervor. Meine natürliche Abscheu vor diesem Anblick wurde noch durch einige charakteristische Züge gesteigert. Kinn und Ohren waren unnatürlich spitz, zwei kurze, stumpfe Hörner ragten aus seiner Stirn hervor.

»Ein Teufel!« schrie ich entsetzt.

»Ein was? Ach so, ein Täufler. Nein, der kommt nicht von Tauf. Der stammt aus Imper. Ein Imp. Hat Garkin dir denn überhaupt nichts beigebracht?«

»Was denn?« fragte ich, doch Aahz war wieder in finsteres Brüten über den Kopf versunken.

»Die Frage ist, wer wäre so dummdreist, einen Imp als

Mörder zu engagieren? Der einzige, der mir da in den Sinn kommt, wäre Isstvan, aber das ist unmöglich.«

»Aber genau der war es doch. Erinnerst du dich nicht mehr? Ich habe dir doch erzählt ...«

»Ich dachte, du hättest ›Isstvan‹ gesagt.«

»Habe ich doch auch. Warte eine Minute. Was hast du gesagt?«

»Ich sagte Isstvan. Hörst du nicht den Unterschied?«

»Nein«, gab ich zu.

»Hmm, der Unterschied ist wohl zu fein, als daß menschliche Ohren ihn wahrnehmen könnten. Nun, ja. Spielt keine Rolle. Das ändert natürlich alles. Wenn Isstvan wieder mit seinen alten Tricks beginnt, heißt es, keine Zeit zu verlieren. Halt! Warte mal! Was ist das?«

»Eine Armbrust«, erklärte ich.

»Mit Bolzen, die Wärmetaster und panzerbrechende Wirkung haben? Ist das in dieser Welt üblich?«

»Wärmetaster ...«

»Macht nichts, Kerlchen. Ich habe es auch nicht angenommen. Ja, das ist das Ende! Ich werde der Sache besser mal nachgehen.«

Er wollte wieder in das Pentagramm treten. Ich begriff plötzlich, daß er im Aufbruch war.

»He! Warte mal! Was hast du vor?«

»Das zu erklären, würde zu lange dauern. Vielleicht treffen wir uns mal wieder.«

»Aber du hast doch gesagt, ich könnte zur Zielscheibe werden?«

»Tja, so ist es nun mal. Ich werde dir etwas sagen. Lauf weg, vielleicht finden sie dich nicht, bis alles vorüber ist.«

In meinem Kopf drehte sich alles. Die Ereignisse überstürzten sich zu sehr, als daß ich noch einen klaren Gedanken hätte fassen können. Ich wußte immer noch nicht, was oder wer der Dämon war, oder ob ich ihm trauen konnte, aber eines wußte ich genau. Er konnte am ehesten mein Bundesgenosse sein in einer Situation, da ich völlig überrannt war.

»Könntest du mir nicht helfen?«

»Keine Zeit. Ich muß weg.«

»Könnte ich nicht mit dir kommen?«

»Du wärst nur im Weg und würdest womöglich ums Leben kommen.«

»Aber ohne dich werde ich auf jeden Fall umgebracht!«

Ich war nahe am Verzweifeln, doch Aahz blieb ungerührt.

»Wahrscheinlich nicht. Ich will dir was sagen, Kerlchen. Ich muß wirklich abhauen, aber ich werde dir etwas zeigen, womit du meiner Meinung nach überleben kannst. Ich werde dir einen kleinen Trick zeigen, der dir vielleicht ab und zu dienlich ist. Siehst du all das Zeug, das Garkin benutzt hat, um mich den Sprung über die Sperre machen zu lassen? Das ist überhaupt nicht notwendig. Schau genau her, dann zeige ich dir, wie wir es machen, wenn unsere Lehrlinge nicht zusehen.«

Ich wollte schreien, damit er hierblieb und mich anhörte, doch er hatte schon angefangen. Er breitete die Arme in Schulterhöhe aus, sah gen Himmel, holte tief Luft und klatschte dann in die Hände.

Nichts rührte sich.

›Zuverlässiger als die Magik ist nur ein echter Freund!‹
MACBETH

3

Aahz blickte finster drein und wiederholte seine Geste, diesmal ein bißchen schneller.

Alles blieb unverändert.

»Ist irgend etwas nicht in Ordnung?« erkundigte ich mich höflich.

»Das kannst du wohl glauben!« schnauzte Aahz. »Es funktioniert nicht.«

»Bist du sicher, daß du es richtig machst?«

»Genauso sicher wie die letzten 50 Male, als ich es gemacht habe!«

Er klang allmählich etwas verärgert.

Er setzte sich mit übergeschlagenen Beinen in das Pentagramm und begann, unklare Muster auf den Boden zu zeichnen, wobei er düster vor sich hinmurmelte. Ich nutzte die Zeit, um meine wirren Gedanken zu ordnen.

Ich war mir immer noch nicht sicher, ob Aahz selbst eine Gefahr für mich darstellte oder etwa eine Rettungsmöglichkeit aus schlimmerer Gefahr. Ich meine, ich war schon ziemlich sicher, daß er Spaß gemacht hatte, als er davon sprach, mir das Herz herauszureißen, aber so etwas gehört zu den Angelegenheiten, wo man lieber ganz sicher ist. Eines hatte ich jedenfalls begriffen: Daß es in der Magik noch ganz andere Dinge gab als herumschwebende Federn.

»Das muß es sein!«

Aahz war wieder auf den Beinen und starrte Garkins Leichnam an. »Diese Mißgeburt von einem Faultier! Das war doch wirklich ein dummer Scherz. Mehr kann ich dazu gar nicht sagen.«

»Äh, wovon redest du eigentlich, Aahz?«

»Ich rede von Garkin! Er hat mich in diese Lage gebracht.

Wenn ich gewußt hätte, daß er so weit geht, hätte ich ihn bei der letzten Gelegenheit in einen Ziegenfisch verwandelt.«

»Aahz ... ich kapiere immer noch nicht ...«

Ich verstummte. Er hat seine Schimpfkanonade beendet und sah mich an. Ich zuckte zurück, ehe ich sein Zähnefletschen als seine Art zu lächeln erkannte. Sein Toben war mir lieber.

»Tut mir leid, Skeeve«, schnurrte er. »Ich fürchte, ich habe mich nicht sehr klar ausgedrückt.«

Mir wurde mit jeder Minute mulmiger zumute. Ich war es nicht gewöhnt, daß irgendwelche Leute, geschweige denn Dämonen, freundlich zu mir waren.

»Paß auf, die Situation ist folgende: Garkin und ich haben einander ... von Zeit zu Zeit Streiche gespielt. Es fing damit an, daß wir zusammen getrunken haben, und er hat mich mit der Rechnung übers Ohr gehauen. Wir haben einander darauf immer in peinliche Situationen gebracht. Es ist wirklich ziemlich kindisch, aber ganz harmlos. Diesmal aber ... Ich meine, es sieht ganz so aus, als sei die Sache ausgeartet. Meinst du nicht auch?«

Er entblößte noch einmal seine Fänge zu einem Lächeln. Ich hätte ihm verdammt gern bei allem zugestimmt, allerdings hatte ich nicht die leistete Idee, wovon er sprach.

»Du hast mir immer noch nicht erklärt, was eigentlich nicht stimmt.«

»Was nicht stimmt, ist, daß diese schleimige Krämerseele meine Kräfte aufgehoben hat!« dröhnte er und vergaß seine Gelassenheit. »Ich sitze fest! Ich kann keinen Finger krumm machen, solange er nicht diesen albernen, großkotzigen Bannspruch von mir nimmt, und das kann er nicht, weil er tot ist! Verstehst du mich nun, du Wicht?«

Ich bildete mir eine Meinung. Sicherer oder nicht, es war mir lieber, wenn er dorthin verschwand, wo er hergekommen war.

»Also, wenn ich irgend etwas tun könnte ...«

»Das kannst du, Skeeve, mein Junge.« Aahz bestand wieder nur aus Schnurren und Lächeln. »Du mußt nicht mehr tun, als unter diesem alten Kessel Dampf zu machen, um den Bann aufzuheben. Dann können wir beide unserer Wege gehen und ...«

»Das kann ich nicht.«

»Also gut, Kerlchen«, sein Lächeln war nun eher gezwungen. »Ich bleibe hier, bis du dich wieder gefangen hast. Wofür sind Freunde schließlich da?«

»Darum geht's mir nicht.«

»Was willst du denn? Blutvergießen?« Aahz' Lächeln war verschwunden. »Wenn du versuchen willst, mich aufzuhalten, dann ...«

»Du verstehst es nicht!« unterbrach ich ihn verzweifelt. »Ich kann das nicht, weil ich es nicht kann! Ich weiß nicht, wie es geht!«

Dies brachte ihn zur Vernunft.

»Hmm. Das könnte natürlich problematisch werden. Weißt du was? Anstatt den Bann hier aufzuheben, wie wär's, wenn du mich in meine eigene Dimension zurückschießt, und ich suche mir dort einen, der ihn aufhebt?«

»Das kann ich auch nicht. Erinnere dich doch, ich habe dir doch gesagt, daß ich noch nie etwas von ...«

»Was kannst du denn *überhaupt?«*

»Ich kann Gegenstände levitieren ... leichte Gegenstände.«

»Und ...«, forderte er mich zum Weitersprechen auf.

»Und ... äh ... eine Kerze zum Brennen bringen.«

»Eine Kerze zum Brennen bringen?«

»Also ... fast.«

Aahz ließ sich schwer in einen Sessel fallen und barg für einige Minuten sein Gesicht in den Händen.

»Kind, hast du in diesem Loch irgend etwas zu trinken?« fragte er schließlich.

»Ich kann dir etwas Wasser holen.«

»Was zum Trinken habe ich gesagt, nicht zum Waschen!«

»Oh. Aber ja.«

Ich beeilte mich, ihm von Garkins kleinem Weinfaß einen Krug abzufüllen in der Hoffnung, er würde nicht bemerken, daß der Becher nicht besonders sauber war.

»Wozu ist das gut? Bringt es dir deine Kräfte zurück?«

»Nein. Aber ich fühle mich danach vielleicht etwas besser.« Er stürzte den Wein in einem Zug hinab und betrachtete verächtlich das Gefäß. »Ist das euer größtes Behältnis?«

Ich suchte mit meinen Augen den Raum ab, doch Aahz kam mir zuvor.

Er stand auf, trat in das Pentagramm und hob den Kessel auf. Ich wußte von meinen früheren Experimenten, daß er entsetzlich schwer war, aber er trug ihn zum Faß, als wiege er gar nichts. Ohne sich erst die Mühe zu machen, den Rest von Garkins Gebräu auszuschütten, füllte er den Kessel bis an den Rand und nahm einen tiefen Zug.

»Ahh! Jetzt geht es schon besser«, seufte er.

Ich fühlte mich ein wenig unbehaglich.

»Also, Kerlchen«, sagte er und streifte mich mit abschätzendem Blick. »Es sieht so aus, als müßten wir miteinander zurechtkommen. Die Umstände sind nicht ideal, aber damit müssen wir uns nun einmal abfinden. Wir müssen halt in den sauren Apfel beißen und mit den Karten spielen, die auf dem Tisch liegen. Was Karten sind, weißt du doch?«

»Natürlich«, sagte ich leicht verletzt.

»Schön.«

»Von welchem Apfel hast du denn gesprochen?«

Aahz schloß die Augen und hatte gegen irgendeine innere Unruhe anzukämpfen.

»Kerlchen«, sagte er schließlich, »es besteht eine gute Chance, daß diese Partnerschaft einen von uns um den Verstand bringt. Ich fürchte, daß ich das sein werde, wenn du dich nicht dazu entschließen kannst, deine großkalibrigen Fragen nach jedem zweiten Satz aufzugeben.«

»Aber die Hälfte dessen, was du sagst, kann ich überhaupt nicht verstehen.«

»Hm. Ich werde dir etwas sagen. Versuch deine Fragen zu sammeln und sie mir alle auf einmal zu stellen. Einverstanden?«

»Ich werde es versuchen.«

»Gut. Die Situation stellt sich meiner Ansicht nach folgendermaßen. Wenn Isstvan Imps als Killer engagiert ...«

»Was ist ein Imp?«

»Kind, soll ich aus der Haut fahren?«

»Tut mir leid, Aahz. Mach weiter.«

»Also wenn er Imps anheuert und sie mit modernen Waffen ausrüstet, kann das nur bedeuten, daß er auf seine alten Schliche aus ist. Da ich nun aber nicht über meine Kräfte verfüge, kann ich nicht hier weg und Alarm geben. Hier kommst du nun ins Spiel, Kerlchen ... Kerlchen?«

Er sah mich erwartungsvoll an. Ich stellte fest, daß ich mein Elend nicht länger für mich behalten konnte.

»Es tut mir leid, Aahz«, sagte ich mit leiser, kläglicher Stimme, die ich kaum als meine eigene erkannte. »Ich verstehe keinen Funken von dem, was du erzählst.«

Ich merkte plötzlich, daß ich den Tränen nahe war und wandte mich schnell ab, daß er es nicht sehen würde. Da saß ich, Tränen liefen mir die Wangen hinab, focht abwechselnd mit dem Drang, sie wegzuwischen und dem Gedanken, was es mir eigentlich ausmachte, ob ein Dämon mich weinen sah. Ich weiß nicht, wie lange ich so verharrte, eine Hand auf meiner Schulter führte mich jedoch in die Realität zurück, eine kalte, zärtliche Hand.

»He, Junge. Mach dir doch keine Vorwürfe!« Aahz' Stimme klang überraschend mitfühlend. »Es ist doch nicht deine Schuld, wenn Garkin mit seinen Geheimnissen gegeizt hat. Keiner erwartet, daß du etwas gelernt hast, was man dich niemals gelehrt hat, deshalb brauchst du selbst es doch auch zu erwarten.«

»Ich komme mir nur so dumm vor«, sagte ich. »Ich bin's nicht gewöhnt, mir so dumm vorzukommen.«

»Du bist nicht dumm, Kerlchen. Soviel weiß ich. Garkin hätte dich nicht als Lehrling genommen, wenn du dumm wärst. Wenn hier jemand dumm ist, dan bin ich das. Ich habe mich von der Situation so mitreißen lassen, daß ich mich vergessen und mit einem Lehrling wie mit einem ausgebufften Zauberer geredet habe. Das ist wirklich dumm.«

Ich brachte immer noch keine Antwort über die Lippen.

»Nun komm, Kind.« Er schüttelte zart meine Schulter. »Im Augenblick kannst du jedenfalls mehr Magik zustande bringen als ich.«

»Aber du weißt mehr.«

»Aber ich kann es mir nicht zunutze machen. Weißt du, Kerlchen, das bringt mich auf eine Idee. Da der alte Garkin tot ist, sitzt du doch sozusagen auf dem trockenen. Wie wäre es denn, wenn du eine Weile bei mir in die Lehre gingst? Wir beginnen ganz von vorn, als wärst du ein völlig neuer Schüler. Was meinste?«

Trotz meiner düsteren Stimmung stieg meine Laune nun etwas. Wie er sagte, bin ich nicht dumm. Ich weiß eine Gelegenheit beim Schopf zu fassen.

»Holla, das klingt ja dufte, Aahz.«

»Dann sind wir uns handelseinig?«

»Handelseinig«, sagte ich und streckte die Hand hin.

»Was soll das?« knurrte er. »Genügt dir mein Wort nicht?«

»Aber du hast doch gesagt ...«

»Das stimmt schon. Du bist jetzt mein Lehrling, aber ich laufe nicht rum und schüttele meinen Lehrlingen die Hände.«

Ich zog meine Hand zurück. Es kam mir in den Sinn, daß diese Beziehung nicht immer das reine Honiglecken sein würde.

»Wie ich schon sagte, in der augenblicklichen Lage müssen wir also folgendermaßen verfahren ...«

»Aber ich habe doch überhaupt noch keinen Unterricht erhalten!«

»Das stimmt. Hier deine erste Lektion: Wenn sich eine Krise abzeichnet, verschwende keine Kräfte in der Bemühung um Informationen oder Fähigkeiten, die du nicht hast. Schau, wie du mit den verfügbaren Mitteln so gut wie möglich zurechtkommst.

Nun hältst du mal für eine Weile den Mund, während ich dich in die Situation einführe ... Lehrling.«

Ich hielt den Mund und lauschte. Er sah mich einen Augenblick lang an, nickte dann befriedigt, nahm noch einen Zug aus dem Kessel und hob zu sprechen an.

»Du hast eine vage Vorstellung von den anderen Dimensionen, weil ich dir zuvor schon davon erzählt habe. Du hast auch den sichtbaren Beweis, daß Magiker in der Lage sind, Schneisen in die Schranken und Sperren zwischen den Dimensionen zu schlagen. Nun, die verschiedenen

Magiker benutzen diese Fähigkeit auf die verschiedenste Weise. Einige, so wie Garkin, benutzen sie lediglich, um ihre Umgebung zu beeindrucken. Es gibt jedoch auch andere, deren Motive so sauber nicht sind.«

Er hielt inne, um wieder einen Schluck Wein zu nehmen. Überraschenderweise hatte ich nicht das Bedürfnis, ihn mit Fragen zu unterbrechen.

»Die Technologie wie auch die Magik ist in den verschiedenen Dimensionen verschieden weit entwickelt. Einige Zauberer nutzen dies zu ihrem persönlichen Vorteil. Sie sind keine Schausteller, sie sind Schmuggler, die technisches Know-how für Macht und Profit über die Schranken hinweg kaufen und verkaufen. Es gibt eine Reihe ungeschriebener Gesetze, die man den Schmugglerkodex nennt, an den sie sich eng halten.

Das ist so etwas wie der Söldnerkodex, nur weniger gewalttätig und profitträchtiger. Beispielsweise besagt ein Artikel dieses Kodex, daß man keine »Invention« in eine Dimension einführen darf, deren Entwicklungsniveau dem der Herkunftsdimension zu weit hinterher ist, man bringt also keine Lenkraketen in eine Langbogen-Kultur oder Laser in eine Steinschloß- und Pulver-Ära.«

Es fiel mir schwer, immer noch den Mund zu halten.

»Wie ich sagte, halten sich die meisten Magiker eng an diesen Kodex, aber ab und zu tritt ein Übeltäter auf. Damit wären wir bei Isstvan.«

Bei dem Namen lief mir ein Frösteln über die Haut. Vielleicht sprach Aahz den Namen doch etwas anders aus.

»Irgendwie hat Isstvan es sich in den Kopf gesetzt, Herrscher über alle Dimensionen zu werden. Er hat dies schon einmal versucht, aber wir haben rechtzeitig Wind davon bekommen und uns zu mehreren zusammengesetzt, um ihm eine angemessene Lektion zu erteilen. Bei dieser Gelegenheit bin ich auch Garkin zum erstenmal begegnet.

Ich dachte, er hätte die Sache nach seiner letzten Niederlage aufgegeben. Wir haben ihm sogar ein paar Souvenirs hinterlassen, um sicherzugehen, daß er es nicht vergißt. Und dann kommt es zu dieser Sache hier. Wenn er schon überdimensionale Hilfe anheuert und sie mit technisch hochentwickelten Waffen ausrüstet, dann versucht er es wohl wieder.«

»Versucht was?«

»Wie ich dir gerade sagte, Herrscher der Dimensionen zu werden.«

»Das weiß ich, aber wie? Ich meine, wie kann ihm das, was er in unserer Dimension vollbringt, dazu helfen , die anderen zu beherrschen?«

»Ach das! Nun, jede Dimension verfügt über einen Kräftehaushalt, der in Magik eingebracht oder umgewandelt werden kann. Verschiedene Dimensionen verfügen über unterschiedliche Mengen, und diese Kräfte einer Dimension sind unter die Zahl ihrer Magiker aufgeteilt. Wenn es ihm gelingt, die anderen Zauberer dieser Dimension unter seine Gewalt zu bringen oder zu ermorden, so kann er die gesamte magische Energie benutzen, um eine andere Dimension anzugreifen. Wenn er auch dort erfolgreich ist, so verfügt er über die Macht zweier Dimensionen, um eine dritte zu attackieren und so weiter. Wie du siehst: Je länger er seine Sache durchhalten kann, um so mächtiger wird er, und um so schwieriger ist es, ihm Einhalt zu gebieten.«

»Ich verstehe nun«, antwortete ich aufrichtig erfreut und begeistert über meinen Durchblick.

»Gut. Dann verstehst du auch, warum wir ihm Einhalt gebieten müssen.«

Ich war nicht mehr erfreut und begeistert.

»Wir? Du meinst wir beide? Du und ich?«

»Das ist zwar keine großartige Streitkraft, Kerlchen, aber wie ich schon sagte, wir müssen sehen, wie wir damit zurechtkommen.«

»Aahz«, sagte ich leise ohne aufzublicken. »Sag mir die Wahrheit. Glaubst du, es besteht eine Chance, daß du mir genügend Magik beibringst, daß wir eine Chance haben, ihn aufzuhalten?«

»Natürlich, Kind. Ich würde es nicht einmal versuchen, wenn wir keine Chance hätten. Vertrau mir!«

Ich war nicht so ganz überzeugt, und nach dem Klang seiner Stimme zu urteilen, er auch nicht.

Sorgfältige Planung ist der Schlüssel
zu einem sicheren und zügigen Reiseverlauf
ODYSSEUS

4

»Hmmm ... nicht gerade ein auf Figur geschneiderter Frack, aber es wird es tun müssen.«

Wir hatten versucht, Aahz in ein paar Kleidungsstücke zu stecken, und er verfolgte die Fortschritte in einem kleinen, dunklen Spiegel, den wir gefunden hatten. Er drehte sich hin und her, um so sein Spiegelbild stückchenweise zu erhaschen.

»Wenn wir vielleicht eine andere Farbe fänden als dieses gräßliche Braun.«

»Was anderes haben wir nicht.«

»Bist du sicher?«

»Völlig. Ich besitze zwei Hemden, beide in Braun. Du trägst das eine, ich das andere.«

»Hmmm ...«, machte er und betrachtete mich sorgfältig. »Vielleicht sähe ich in dem hellbraunen besser aus. Na ja, das können wir später noch diskutieren.«

Ich wunderte mich über die Sorgfalt, die er seinem Äußeren widmete. Ich meine, er konnte doch kaum vorhaben, jemandem zu begegnen. Der Anblick eines grünen, schuppigen Dämons würde die meisten Einheimischen in Aufregung versetzen, egal was er trug. Augenblicklich hielt ich es jedoch für gescheiter, den Mund zu halten und auf seine Schrullen einzugehen.

Die Kleider paßten ihm ziemlich gut. Angesichts seiner langen Arme war das Hemd natürlich ein bißchen knapp in den Ärmeln, jedoch nicht allzusehr, da ich größer war als er und dies das meiste wieder aufwog. Die Hose mußten wir ein wenig abschneiden für seine kürzeren Beine, doch genau wie das Hemd war sie am Rumpf nicht zu eng. Ich hatte die Kleider selbst gemacht, und sie neigten dazu, etwas ausgebeult zu wirken, zumindest wenn ich sie trug. Schneidern ist nicht meine Stärke.

Außerdem trug er Garkins Stiefel, die ihm überraschend gut paßten. Ich hatte da leisen Protest erhoben, bis er mir klarmachte, daß Garkin nichts mehr davon hätte, wir aber wohl. Pragmatismus nannte er das. Situationsgebundene Ethik. Er sagte, solche Prinzipien kämen mir noch gelegen, wenn ich wirklich Magiker werden wollte. Da könnte ich noch viel von ihm lernen.

»He, Kerlchen!« Aahz' Stimme riß mich aus meinen Gedanken. Er schien damit beschäftigt, in den verschiedenen Truhen und Schränken der Hütte zu kramen. »Habt ihr hier denn nichts an Waffen?«

»Ich habe niemals einen Zauberer kennengelernt, der andere Waffen benutzte als seine Zauberkräfte.«

»Tatsächlich? Wie viele hast du denn gekannt?«

»Einen«, gestand ich.

»Donnerwetter! Schau, Kerlchen, wenn der alte Garkin keine Waffen benutzen wollte, dann ist das sein Problem. Ich für meinen Teil möchte welche. Wenn du bitte bemerken willst, Garkin ist tot. Das spricht eher gegen seine Waffenlosigkeit.«

Gegen solche Logik anzukommen war schwer.

»Außerdem«, fügte er hinzu, »wie willst du es mit Isstvan und seiner Bande aufnehmen mit nur deinen Magikkünsten und meiner Aufgewecktheit zu unserem Schutz?«

»Ich werde dir suchen helfen.«

Wir machten uns an die Arbeit, nach Waffen zu wühlen, aber außer der Armbrust, mit der Garkin getötet worden war, fanden wir nicht sehr viel. Eine der Truhen barg ein Schwert mit edelsteinbesetztem Griff, und wir entdeckten zwei Messer, eins mit schwarzem und eins mit weißem Griff, auf Garkins Werkbank. Abgesehen davon fand sich nichts, das auch nur annähernd einem Kampfgegenstand ähnelte. Aahz war nicht gerade vor Freude außer sich.

»Das kann ich nicht glauben. Ein Schwert mit grober Klinge, schlechter Balance und falschen Edelsteinen im Griff und zwei Messer, die seit ihrer Herstellung nicht mehr geschliffen worden sind. Jeder, der Waffen so schlecht pflegt, sollte gespießt werden.«

»Ist er ja auch.«

»Da hast du verdammt recht. Tja, wenn wir nicht mehr haben, müssen wir sehen, wie wir damit klarkommen.«

Er band das Schwert an seine Hüfte, steckte das weiße Messer in seinen Gürtel. Ich dachte, er gäbe mir das andere, statt dessen beugte er sich hinab und versteckte es in seinem Stiefel.

»Bekomm ich keines?«

»Kannst du denn damit umgehen?«

»Nun ...«

Er setzte seine Beschäftigung fort. Ich hatte ein kleines Messer unter meinem Hemd im Gürtel stecken, mit dem ich sonst Kleinwild häutete. Selbst für mein ungeübtes Auge war klar, daß es von besserer Qualität war als die beiden, die Aahz beschlagnahmt hatte. Ich beschloß, es ihn nicht sehen zu lassen.

»Schön, Kerlchen. Wo hat der alte Mann sein Geld aufbewahrt?«

Ich zeigte es ihm. Einer der Steine im Kamin saß locker, dahinter war ein kleiner Lederbeutel versteckt. Er sah die Münzen, die sich in seiner Hand ergossen, mißtrauisch an.

»Zähl das mal nach, Junge. Kupfer und Silber sind in dieser Dimension nicht allzuviel wert, stimmt's?«

»Nun, Silberwährung hat schon ihren Wert, aber nicht soviel wie Gold.«

»Was soll dann dieses Hühnerfutter? Wo steckt das richtige Geld?«

»Wir hatten niemals viel.«

»Jetzt komm aber ... Ich habe noch nie einen Magiker gekannt, der nicht irgendwo sein Bündelchen Scheine gehabt hätte. Die Tatsache, daß er niemals etwas ausgegeben hat, heißt nicht, daß er keines hatte. Denk nach. Hast du hier niemals etwas aus Gold oder mit Juwelen gesehen?«

»Na, es gibt ein paar solcher Stücke, aber auf ihnen lastet ein Fluch ...«

»Junge, denk doch mal eine Minute nach! Wenn du ein

alter Tattergreis wärst, den man in die Tasche stecken kann, wie würdest du denn deine Schätze behüten?«

»Ich weiß nicht.«

»Schrecklich. Ich werd's dir erklären, während wir sie einsammeln.«

In kurzer Zeit hatten wir einen bescheidenen Beutehaufen auf dem Tisch, Dinge, vor denen ich schon lange große Ehrfurcht gehegt hatte. Eine Goldstatue von einem Mann mit Löwenkopf, die Drei Perlen des Kraul, ein Goldanhänger in Sonnenform, an dem drei Strahlen fehlten, und ein Ring mit einem dicken Edelstein, den wir Garkin vom Finger gezogen hatten. Aahz hielt den Sonnenanhänger hoch.

»Das ist ein Beispiel dafür, was ich gemeint habe. Vermutlich gibt es eine Legende, was aus den drei fehlenden Strahlen geworden ist?«

»Also«, hob ich an, »es gab einmal einen verirrten Volksstamm, der eine riesige Schlangenkröte verehrte ...«

»Das kannst du dir schenken. Das ist ein alter Trick. Man bringt sein Gold zu einem Kunsthandwerker und läßt sich eine Gestalt mit vielen kleinen Auswüchsen, Fingern oder Armen herstellen ...« Er hielt den Anhägner empor. »... oder Sonnenstrahlen. Das ist in zweifacher Hinsicht am besten.

Erstens besitzt man nun etwas Mystisches und Übernatürliches, wenn man nun noch eine Geistergeschichte darum rankt, wagt keiner, es anzufassen. Zweitens hat es den Vorteil, daß man einfach nur einen Arm oder einen Strahl abbricht und in den Goldwert umsetzt, wenn man mal schnelles Bargeld braucht. Anstatt jedoch an Wert zu verlieren, steigt der Preis des Stückes aufgrund seiner geheimnisumwobenen Geschichte und der seltsamen Umstände, unter denen es zu Bruch ging, was natürlich alles frei erfunden ist.«

Merkwürdigerweise war ich überhaupt nicht überrascht. Ich fragte mich, ob von all dem, was Garkin mir erzählt hat, auch nur ein Wort wahr war.

»Aber wie kann man ein echtes Stück von einer Fälschung unterscheiden?«

»Garkin hat dir also auch nicht beigebracht, wie man eine

Aura sieht. Wenn du dich in eine Tagtraumstimmung versetzt, ohne etwas Bestimmtes zu fixieren, so siehst du die Ausstrahlung, die Aura eines echten Stückes. Die meisten Menschen haben eine Aura, auch manche Plätze. Wie du sehen kannst, ist Garkins Ring das einzige echte Stück. Ich wette, daß er damit auch den Mörder gegrillt hat!«

Er steckte den Rest in einen Beutel.

»Nehmen wir den Ring nicht mit?«

»Weißt du, wie man ihn kontrolliert?«

»Nun ... nein.«

»Ich auch nicht. Das fehlt uns gerade noch, einen Ring mit uns herumzuschleppen, der Feuer spuckt. Besonders, wenn wir nicht wissen, wie man ihn in Gang setzt. Laß ihn liegen. Vielleicht finden ihn die anderen und wenden ihn gegen sich selbst an.«

Er steckte den Beutel in seinen Hosenbund.

»Was für andere?« drängte ich ihn.

»Hm? Oh, die anderen Mörder.«

»Was für andere Mörder?«

Ich versuchte, ruhig zu bleiben, aber das klappte nicht recht.

»Stimmt ja. Du hast das erste Mal mit ihnen zu schaffen, nicht? Ich hätte gedacht, daß Garkin ...«

»Aahz, kannst du mir nicht klipp und klar sagen, was los ist?«

Aber sicher, Kind. Mörder arbeiten niemals alleine. Deshalb scheitern ihre Unternehmungen niemals. Sie gehen in Gruppen von zwei bis acht vor. Vielleicht stecken noch irgendwelche Nachschubteams in der Gegend. Angesichts Isstvans Furcht vor Garkin, wird er meiner Ansicht nach mindestens sechs mit diesem Auftrag ausgesandt haben, vielleicht sogar zwei Gruppen.«

»Du willst also sagen, während du hier mit Klamotten und Schwertern herumgehampelt hast, sind noch mehr Killer unterwegs?«

»Nur die Ruhe, Kind! Das ist ein Nachschubteam. Die warten immer in einiger Entfernung und werden sich frühestens morgen von der Stelle rühren. Das gebietet die

Standeshöflichkeit. Sie wollen diesem Kerl hier freie Hand lassen. Außerdem ist es Tradition, daß der Mörder, der die Tat ausführt, den ersten Zugriff auf zufällige Beute hat, die er an Ort und Stelle findet, ehe die anderen anrücken und zu gleichen Teilen offiziell geteilt wird.«

»Woher weißt du eigentlich so viel über Mörder, Aahz?«

»War mal mit einer zusammen ... hübsches Mädchen, aber sie konnte den Mund nicht halten, nicht einmal im Bett. Manchmal frage ich mich, ob es überhaupt einen Beruf gibt, der seine Geheimnisse so streng hütet, wie er sich rühmt.«

»Und was ist daraus geworden?«

»Woraus?«

»Aus deiner Mörderin?«

»Das geht dich nichts an, Kerlchen.« Aahz war plötzlich wieder grob. »Wir haben zu tun.«

»Was machen wir nun?«

»Nun, zuerst beerdigen wir den Imp. Das lenkt die anderen vielleicht von unserer Fährte ab. Mit ein bißchen Glück werden sie denken, er hätte die ganze Beute genommen und wäre damit verschwunden. Es wäre nicht das erste Mal.«

»Nein, ich meine danach. Wir bereiten uns auf eine Reise vor, aber wohin gehen wir?«

»Kind, manchmal machst du mir Sorgen. Das ist nicht einmal Magik. Das ist eine ganz gewöhnliche militärische Aktion für den gesunden Menschenverstand. Als erstes finden wir Isstvan. Zweitens schätzen wir seine Stärke ab. Drittens legen wir unsere Pläne fest, und viertens erledigen wir diese und hoffentlich auch ihn.«

»Hm ... Aahz, könnten wir für eine Minute auf den ersten Punkt zurückkommen? Wohin wollen wir gehen, um Isstvan zu finden?«

Das brachte ihn in die harte Wirklichkeit zurück.

»Weißt du denn nicht, wo er steckt?«

»Ich habe seinen Namen vor dem heutigen Tag noch niemals gehört gehabt.«

Wir saßen schweigend da und sahen einander eine lange Weile an.

›Nur das regelmäßige und sorgfältige Training der martialischen Künste garantiert ein langes und sicheres Leben‹
GENERAL B. LEE

5

»Ich glaube, ich hab es nun heraus, Kerlchen.«

Mit diesen Worten machte Aahz eine kurze Pause beim Schwertschleifen und inspizierte die Scheide.

»Was heraus?«

»Warum die Menschen auf dieser Welt nur den Umgang mit Waffen oder mit der Magik beherrschen, niemals aber beides ...«

»Und wie kommt es?«

»Zwei Gründe liegen schon einmal klar auf der Hand. Erstens ist es eine Frage der Gewohnheit. Reflexe. Man reagiert auf die Weise, auf die man trainiert ist. Wenn man dich an den Waffen ausgebildet hat,so greifst du im Falle einer Krise zur Waffe. Bist du in Magik ausgebildet, so reagierst du mit Mitteln der Magik. Das Problem besteht nun darin: wenn du beides kannst, so wirst du zögern und versuchen, zu einer Meinung zu gelangen, welches denn einzusetzen wäre, und wirst derweil fertiggemacht. Um diese Schwierigkeit zu umgehen, hat Garkin dich nur in Magik ausgebildet. Wahrscheinlich hat er selbst auch nichts anderes gekonnt.«

Ich dachte darüber nach.

»Das klingt plausibel. Und der andere Grund?«

Er grinste mich an.

»Die Lernkurve. Wenn die Lebenserwartung, die du mir von dieser Welt angegeben hast, annähernd stimmt, und wenn du ein Beispiel dafür bist, wie schnell die Leute hier lernen, dann habt ihr nur die Zeit, eines von beiden zu erlernen.«

»Ich glaube, die erste Interpretation gefällt mir besser.«

Er kicherte in sich hinein und machte sich wieder daran, sein Schwert zu schleifen.

»He, Kerlchen. Wirf mir doch mal ein Stück Holz zu!«

Ich lächelte vor mich hin und sah mich um. Etwa dreißig Meter entfernt lag ein kleiner Reisigast. Ich streckte einen Finger aus, da flog er auch schon los, schwebte leichthin über die Lichtung und schaukelte vor Aahz in der Luft.

»Nicht schlecht, Kerlchen!« gab er zu. Dann blitzte sein Schwert auf und zerteilte den Ast in zwei Teile, die zu Boden fielen. Er hob eines der Stücke auf und besah sich den Schnitt.

»Hm ... jetzt besteht wohl wieder Hoffnung für dieses Schwert. Warum hast du sie fallen lassen?«

Die letzte Frage galt mir.

»Ich weiß nicht. Wahrscheinlich bin ich erschrocken, als du das Schwert geschwungen hast.«

»Tatsächlich?«

Plötzlich warf er einen Stock nach mir. Ich schrie auf und versuchte mich wegzuducken, er traf mich jedoch schmerzhaft an der Schulter.

»He! Was stellte denn das dar?«

»Nenn es eine praktische Lektion. Du weißt, daß du den Stock beherrschen kannst, weil du das gerade getan hast, als du ihn zu mir schweben ließest. Warum hast du dich also geduckt? Warum hast du ihn nicht mit deiner Magik gestoppt?«

»Ich glaube, auf die Idee wäre ich nie gekommen. Du hast mir nicht viel Zeit zum Nachdenken gelassen.«

»Gut. Dann denk jetzt nach! Diesmal weißt du, daß er kommt.«

Es klappte wieder nicht.

»Sag mal, Aahz, wenn du mir wirklich etwas Selbstvertrauen einflößen willst, wieso ziehst du mir dann jedesmal die Beine weg, wenn ich irgendwo Fuß fassen will?«

»Selbstvertrauen ist etwas Wunderbares, Kind, aber nur, wenn es berechtigt ist. Eines Tages wird unser beider Leben von deinen Fähigkeiten abhängen, und es würde übel für uns ausgehen, wenn du dich die ganze Zeit überschätzt hättest. Jetzt wollen wir uns an die Arbeit machen.«

»Hm ... haben wir denn die Zeit dazu?«

»Immer mit der Ruhe, Kind. Imps sind zwar zäh, aber auf Reisen kommen sie nur langsam voran.«

Unsere Strategie beim Verlassen der Hütte war einfach gewesen. Da wir nicht wußten, in welche Richtung unsere Wanderung gehen sollte, wollten wir den Kraftlinien der Welt folgen, bis wir entweder Isstvan fänden oder auf einen anderen Zauberer stoßen würden, der in der Lage wäre, uns zu ihm zu führen.

Kraftlinien, so erklärte mir Aahz, sind jene Pfade der Welt, entlang denen die Energien am ungehindertsten strömen ... In vieler Hinsicht sind sie sogenannte Magnetfeldern ähnlich. Was immer das nun wieder ist! Nach Aahz' Theorie hatte man Garkin gefunden, indem man diesen Kraftlinien nachgegangen war. Demnach war es logisch, daß wir Isstvan auf die gleiche Weise ausfindig machen konnten.

»Wie lange glaubst du«, fragte mich Aahz, »wirst du dazu brauchen, genug Magik zu erlernen, um einer Bande von Impmördern standzuhalten, die mit Waffen anderer Dimensionen ausgerüstet sind?«

»Fangen wir an!« forderte ich ihn entschlossen auf.

Er sah sich um und deutete auf einen knorrigen Obstbaum, dessen Früchte der Windschlag weit über die Lichtung verteilt hatte.

»Gut. Hör zu, was ich von dir will. Starr den Himmel an oder betrachte deinen Nabel oder sonst etwas. Wenn ich dir dann zurufe, benutze deine Stärke, um eine der Früchte zu packen und sie mir zuzuwerfen.«

Ich weiß nicht, wie viele Stunden wir mit dieser Übung zugebracht haben. Es ist schwieriger, als es sich anhört, da man seine Kraft von einem festen Standort aus aufbieten muß.

Gerade als ich dachte, ich hätte es nun im Griff, änderte Aahz seine Taktik. Er hatte mich in ein Gespräch verwickelt und mich absichtlich weiterreden lassen, um mich dann mitten im Satz mit seinem Signalruf zu unterbrechen. Es ist wohl kaum nötig zu erwähnen, daß ich schrecklich versagt habe.

»Entspann dich, Kerlchen. Schau, versuch es mal folgendermaßen. Anstatt jedesmal von neuem Kraft zu sammeln, solltest du in deinem Innern einen kleinen Raum schaffen, wo du einige Energie ansammelst.«

Mit dieser kleinen Sonderbelehrung klappte die Übung schon merklich besser.

Schließlich brach Aahz die praktische Sitzung ab und ließ mich ihm bei der Arbeit an den Messern helfen. Das machte mir ziemlichen Spaß. Ich levitierte eine der Früchte und ließ sie um die Lichtung kreisen, bis Aahz sein Messer hineinschleuderte. Als besondere Raffinesse zog ich manchmal das Messer heraus und warf es ihm zurück für einen zweiten Versuch.

»Halt es fest, Skeeve!«

Aahz' Ruf riß mich aus meiner Träumerei. Ohne nachzudenken griff ich mit meinem Geist zu, und ... das Messer verharrte mitten in der Luft! Ich blinzelte, hielt es aber fest, und da schwebte es dreißig Zentimeter von der Frucht entfernt, die ebenfalls auf der Stelle stand.

»Hal-lo! Das ist es, Skeeve! Jetzt hast du einen Grund zum Selbstvertrauen!«

»Ich hab's geschafft!« sagte ich und traute meinen Augen nicht.

»Und ob du's geschafft hast! Dieses kleine Zauberkunststückchen wird eines Tages dein Leben retten.«

Anders als sonst ließ ich das Messer zu ihm zurückschweben. Er packte es aus der Luft und steckte es in seinen Gürtel, hielt plötzlich inne und neigte den Kopf zur Seite.

»Und gerade rechtzeitig. Da kommt jemand.«

»Wie kannst du das behaupten?«

»Das ist nichts Besonderes. Mein Gehör ist besser als eure hier alle zusammen. Dreh nicht durch. Es ist kein Imp. Dem Klang nach irgendein Huftier. Wilde Tiere laufen niemals so gerade auf einer Linie und so ohne jeden Schutz.«

»Was meinst du mit ›gerade rechtzeitig‹? Wollen wir uns nicht verstecken?«

»Diesmal nicht.«

Er grinste mich an. »Du entwickelst dich schnell. Es ist an der Zeit, daß du einen neuen Zauber lernst. Es stehen uns ein paar Tage zur Verfügung, ehe wer immer es auch ist, hier ankommt.«

»Tage?«

Aahz gewöhnte sich rasch an unsere Dimension, die Zeiteinheiten machten ihm jedoch noch Schwierigkeiten.

»Sag mir noch mal eure Einheiten«, befahl er brummelnd.

»Sekunden, Minuten, Stunden ...«

»Minuten. Wir haben noch ein paar Minuten!«

»Minuten! Ich kann doch einen neuen Zauber nicht in ein paar Minuten lernen!«

»Klar kannst du. Der ist leicht. Alles was du zu tun hast, ist meine Züge so zu verkleiden, daß ich wie ein Mensch aussehe.«

»Und wie mache ich das?«

»Genau wie alles andere, mit deinem Denken. Zuerst schließ die Augen ... mach sie zu ... so, nun stell dir ein anderes Gesicht vor ...«

Das einzige, das mir einfiel, war das von Garkin, also stellte ich mir die beiden Gesichter nebeneinander vor.

»Nun schieb das andere Gesicht über das meine ... und laß die Züge verfließen und bilde die richtigen heraus. Wie aus Ton ... behalte das in deinem Kopf und öffne wieder die Augen.«

Ich sah hin und war enttäuscht.

»Es hat nicht funktioniert!«

»Klar hat es das.«

Er sah in den dunklen Spiegel, den er aus seinem Beutel gezogen hatte.

»Aber du hast dich nicht verändert!«

»Doch, das habe ich. Du kannst es nicht sehen, weil du den Zauber bewirkt hast. Es ist ja ein Trugbild, und da du die Wahrheit weißt, wirst du nicht getäuscht, wohl aber jeder andere. Garkin, wie? Na, das wird es vorläufig tun.«

Der Reiter war nun in Sichtweite. Es war ein großer, muskulöser Mann, der nach einem Krieger aussah. Dieser Eindruck wurde noch durch das riesige Schlachteinhorn verstärkt, das er vollbeladen mit Waffen und Rüstungen ritt.

»He, Aahz. Sollten wir nicht ...«

»Locker bleiben, Kind. Paß auf.«

Er trat nach vorn und hob den Arm.

»Sei gegrüßt, Fremder! Wie weit ist es zur nächsten Stadt?«

Der Mann drehte sein Einhorn zu uns her. Er hob den Arm zum Gruß. Als er auf halber Höhe war, erstarrte er jedoch. Er beugte sich vor, blinzelte Aahz argwöhnisch an und zuckte dann entsetzt zurück.

»Bei den Göttern! Ein Dämon!«

›Beachtung von Einzelheiten heißt die Parole, will man ahnungslosen Zeugen Informationen entlocken‹
INSPEKTOR CLEUSEAU

6

Das Entsetzen versteinerte den Krieger jedoch nicht lange.

Ganz im Gegenteil! Kaum hatte er seine Entdeckung gemacht, bereitete er auch schon Taten vor. Merkwürdigerweise bestanden sie darin, sich in seinem Sattel zurückzulehnen und hektisch in einer seiner Satteltaschen zu wühlen, eine ausgesprochen kitzlige Situation.

Aahz tat einen Satz nach vorn, stieß einen Schrei aus und fuchtelte mit den Armen vor dem Gesicht des Einhorns herum. Als vernünftige Kreatur wieherte das Einhorn, bäumte sich empor und warf den Krieger ab.

»Bei den Göttern!« keifte dieser und versuchte, sich aus dem wenig eleganten Rüst- und Waffenhaufen zu befreien. »Ich habe Leute schon aus geringeren Anlässen umgebracht!«

Ich kam zu dem Schluß, wollte man eine solche Drohung abwehren, so mußte ich die Angelegenheit selber in die Hand nehmen. Ich packte mit meinem Denken einen faustgroßen Stein und schleuderte ihn kräftig an die unbehelmte Stirn. Der Mann ging wie ein abgeschlachteter Stier zu Boden.

Lange Zeit betrachteten Aahz und ich den niedergestürzten Mann und versuchten, wieder zu Atem zu kommen.

»›Nur mit der Ruhe, Skeeve! Das wird leicht sein, Skeeve! Vertrau auf mich, Skeeve!‹ Junge, Junge, Aahz, wenn du schon mal einen Zauber versaust, dann aber so, daß es sich lohnt, was?«

Er kramte wieder in seinem Beutel.

»Halt die Klappe, Kleiner!«

»Ich will nicht die Klappe halten, ich will wissen, was mit dem ›narrensicheren‹ Zauberspruch los ist, den du mir beigebracht hast.«

»Ich habe mich selbst schon gefragt.« Er zog wieder den Spiegel hervor und spähte hinein. »Ich will dir was sagen, Kerlchen. Überprüf du mal seine Aura und achte auf Ungewöhnliches!«

»Seine Aura! Sie ist rötlich-gelb, aber auf seiner Brust ist ein blauer Fleck.«

»Dachte ich mir's doch!« Aahz war mit einem Satz auf der anderen Seite der Lichtung und kauerte sich neben den Mann wie eine beutemachendes Tier.

»Schau dir das an!«

An einem Riemen um den Hals des Mannes hing ein silbernes Amulett in der Form eines Salamanders mit einem Auge auf der Stirn.

»Was ist das?«

»Ich bin mir nicht sicher, aber ich habe eine Idee. Spiel mit, was ich gleich vorführen werde. Aber nimm zuerst den Zauber von mir.«

»Welchen Zauber?«

»Komm, Kind, wach mal auf. Den Zauber, der mein Gesicht verändert.«

Mit einem Seufzer schloß ich die Augen und tat wie geheißen.

»Was nun?«

Wie zur Antwort stöhnte der Krieger und setzte sich auf. Er schüttelte den Kopf und schlug die Augen auf. Sein Blick fiel auf Aahz, worauf er blinzelte, wieder hinsah und nach seinem Schwert faßte, um festzustellen, daß es weg war. Ebenso fehlten sein Dolch und seine Streitaxt. Offensichtlich war Aahz in der Zeit, da ich den Zauber aufgehoben hatte, nicht untätig gewesen.

»Bleib ruhig, Fremder! Die Dinge sind nicht, wie sie scheinen mögen.«

Der Mann sprang auf die Beine und nahm eine Kampfstellung mit geballten Fäusten an.

»Hüte dich, Dämon!« ließ er mit dumpfer Stimme vernehmen. »Ich habe noch andere Waffen.«

»Tatsächlich? Nenn mal ein paar. Aber wie schon gesagt, bleib ruhig. Zu allererst: ich bin kein Dämon.«

»Weißt du, Dämon, daß dieses Amulett mir die Fähigkeit verleiht, jeden Zauber zu durchschauen und dich zu sehen, wie du wirklich bist?«

Das war es also! Sofort durchströmte mich wieder Vertrauen in meine Kräfte.

»Freund, auch wenn du mir nicht glauben magst, der Anblick dieses Talismans erfüllt mich mit Freude, setzt er mich doch in die Lage, dir zu beweisen, was ich sagen will.«

»Verschwende deine Lügen nicht an mich. Deine Verkleidung ist durchschaut! Du bist ein Dämon!«

»Richtig. Könntest du mir einen kleinen Gefallen tun?« Aahz saß gemütlich im Schneidersitz auf der Erde. »Könntest du das Amulett einen Augenblick abnehmen?«

»Es abnehmen?« Einen Augenblick lang war der Mann verwirrt, doch er sammelte seine Sinne schnell wieder. »Nee, Dämon. Du willst mich überlisten, mein Amulett abzunehmen, damit du mich töten kannst!«

»Schau mal, Dummchen. Wenn wir dich hätten töten wollen, so hätten wir das doch bequem tun können, als du k. o. geschlagen warst!«

Zum ersten Mal schienen den Mann Zweifel zu erfüllen.

»Das ist wirklich wahr.«

»Könntest du mir dann einen Augenblick den Gefallen tun und dein Amulett abnehmen?«

Der Krieger zögerte, dann zog er langsam die Kette ab. Er sah Aahz entschlossen an, und sein Blick verfinsterte sich.

»Das ist ja seltsam. Du siehst immer noch wie ein Dämon aus!«

»Stimmt, doch laß dir jetzt eine Frage stellen. Habe ich recht in der Annahme, daß du einige Kenntnis über Dämonen besitzt?«

»Seit über fünfzehn Jahren bin ich nun Dämonenjäger«, erklärte er stolz.

»Ach ja?« Eine Weile befürchtete ich, Aahz würde den ganzen Auftritt kippen, doch er bekam sich wieder unter Kontrolle und fuhr fort.

»Dann sag mir, Freund! Bist du mit deiner langen Erfahrung jemals einem Dämon begegnet, der wie ein Dämon ausah?«

»Natürlich nicht! Sie benutzen stets ihre Magik, um sich zu tarnen.«

Der war aber gut über Dämonen informiert!

»Dann beweist das doch meine Behauptung!«

»Welche Behauptung?«

Ich dachte einen Augenblick, Aahz würde ihn an den Schultern packen und schütteln. Es kam mir in den Sinn, daß Aahz' subtile Argumente in dieser Welt vielleicht etwas vergeudet wären.

»Laß es mich mal versuchen, Aahz. Schaut, Herr! Er will sagen, wenn er ein Dämon wäre, sähe er nicht wie einer aus, da er aber so aussieht, ist er auch keiner.«

»Oh«, entfuhr es dem Mann, der plötzlich begriff.

»Jetzt hast du mich ganz aus dem Konzept gebracht«, brummelte Aahz.

»Aber wenn du kein Dämon bist, warum siehst du dann so aus?«

»Ach!« seufzte Aahz. »Das ist ja das ganze Problem. Weißt du, auf mir lastet ein Fluch. Ich bin Dämonenjäger wie du. Genau gesagt, ein ziemlich erfolgreicher. Habe mir auf dem Gebiet einen ganz schönen Namen gemacht.«

»Ich habe noch nie von dir gehört«, grummelte der Mann.

»Wir ja auch nicht von Euch«, warf ich ein.

»Ihr wißt ja gar nicht, wie ich heiße!«

»Oh, tut mir leid.« Ich rief mir meine guten Manieren ins Gedächtnis. »Das ist ... Dämonenjäger Aahz, und ich bin Skeeve.«

»Freut mich, euch kennenzulernen. Ich bin unter dem Namen Ganzfix bekannt.«

»Wenn ich nun fortfahren könnte ...«, meldete sich mein neuer Meister.

»Entschuldige, Aahz!«

»Also wie ich sagte, gemäß meinem nie dagewesenen Erfolg genoß ich ein gewisses Renommé bei den Dämonen.

Jedenfalls als ich gerade einem Dämonen, einem besonders widerwärtigen Geschöpf, den Todesstoß versetzen wollte, erschrak ich, als er mich mit meinem Namen nennen wollte. ›Aahz‹, machte er. ›Ehe du zuschlägst, wisse, daß dies das Ende deiner Laufbahn ist!‹ Natürlich lachte ich darüber, denn ich war schon mit gewaltigeren Dämonen als ihm und manchmal mehreren auf einmal fertig geworden. ›Lach nur‹, dröhnte er, ›doch eine Geheimkonferenz der Dämonen hat mich bevollmächtigt, dich zu erledigen. Ob du mich umbringst oder nicht, du bist dazu verdammt, das gleiche Ende zu nehmen, das du so vielen von uns zugefügt hast.‹ Ich habe ihn natürlich abgemurkst in der Meinung, daß er bluffte, doch mein Leben ist seither nicht mehr das gleiche.«

»Warum nicht?«

»Wegen des Fluchs! Als ich zu meinem Pferd zurückkehrte, hat mein teurer Knappe nur einen Blick auf mich geworfen, ehe er wie tot daniedersank.«

»Stimmt ja gar nicht! Ich meine … es lag an der Hitze.«

»Natürlich, Skeeve.« Aahz zwinkerte verstohlen in Ganzfixens Richtung.

»Jedenfalls stellte ich bald zu meinem Schrecken fest, daß der Dämon einen Fluch über mich verhängt hatte, ehe er sein Leben aushauchte, nach dem ich vor aller Welt wie ein Dämon aussah. Ich, der stolzeste Dämonenjäger, nun selbst von meinen Mitmenschen gehetzt! Ich bin gezwungen, mich wie ein Tier hier zu verbergen, und nur mein Sohn leistet mir Gesellschaft.«

»Du sagtest doch, er sei dein Knappe.«

»Das auch! Ach, Ironie des Schicksals!«

»Tja, das ist hart. Ich wollte, ich könnte irgendwie helfen.«

»Vielleicht kannst du das.« Aahz lächelte einnehmend.

»Äh … wie denn? Ich bin doch nur ein Dämonenjäger.«

»Genau deshalb köntest du ja von Nutzen sein. Siehst du, alle paar Augenblicke heften sich uns irgendwelche Dämonen auf die Fersen. Da kommt es mir in den Sinn, daß wir uns doch gegenseitig nützlich sein könnten. Wir können dir Beute liefern, und du könntest uns deinerseits von dem Geschmeiß befreien.«

»Ich weiß nicht recht. Ich habe schon einen Auftrag, und normalerweise übernehme ich keinen neuen Fall, ehe der alte nicht abgeschlossen ist. Der Unwissende könnte sonst meinen, ich habe es mit der Angst zu tun bekommen oder sonst etwas. Das schadet dem Ruf.«

»Das würde kein Hindernis darstellen«, fuhr Aahz fort. »Es ist ja nicht so, als müßtest du alles stehen- und liegenlassen und von deiner Fährte abweichen. Du brauchst nur hier zu warten, dann tauchen sie schon auf.«

»Warum sind sie denn hinter euch her?«

»Ein übler Magiker hat sie uns auf den Hals gehetzt, nachdem ich dumm genug war, ihn um Hilfe zu bitten. Der Fluch, weißt du.«

»Ja, natürlich ... warte mal. War der Name des Zauberers zufällig Garkin?«

»In der Tat. Wieso? Kennst du ihn?«

»Nun, er ist Gegenstand meines Auftrags. Ihn soll ich umbringen.«

»Warum?« fragte ich. »Garkin ist doch kein Dämon.«

»Aber er macht gemeinsame Sache mit Dämonen, Kerl!«

Aahz warf mir einen warnenden Blick zu.

»Das genügt einem Dämonenjäger. Stimmt's, Ganzfix?«

»Stimmt. Merk dir das, Bürschchen!«

Ich nickte ihm heftig zu. Die ganze Begegnung begann mich allmählich nervös zu machen.

»Wo hast du denn von Garkin gehört, Ganzfix?« fragte Aahz beiläufig.

»Das war schon ziemlich komisch: von einem Herbergswirt ... Isstvan hieß er, glaub ich ... ein eigentümlicher, aber ganz aufrichtiger Bursche. Etwa drei Wochenritte zurück ... Aber wir sprachen von eurem Problem. Also gut«, beschloß Ganzfix. »Ich werde euch bei eurem Kampf helfen.«

»Das wäre prima bis auf eines. Wir werden nicht dasein.«

»Warum nicht? Ich meine, ein Dämonenjäger sollte jede Chance nutzen, zuzuschlagen.«

»Wenn wir hier wären, würden sie nicht kämpfen«, erklärte Aahz vornehm. »Wie ich schon sagte, habe ich bei Dämonen einen gewissen Ruf. Wenn sie mich sähen, würden sie einfach die Flucht ergreifen.«

»Offen gesagt, fällt das schwer zu glauben«, meinte Ganzfix.

Ich neigte dazu, ihm recht zu geben, hielt aber meinen Mund.

»Nun, ich muß zugeben, daß ihre Abneigung zu kämpfen etwas mit ihrer Angst vor meinem Zauberschwert zu tun hat.«

»Zauberschwert?«

»Ja.« Aahz tätschelte das Schwert an seiner Hüfte. »Diese Waffe gehörte einst dem berühmten Dämonenjäger Alfons Di Clario.«

»Noch nie von ihm gehört.«

»Noch nie von ihm gehört? Und du willst wirklich ein Dämonenjäger sein? Nun, der Man hat mit diesem Schwert über zweitausend Dämonen den Tod gebracht.«

»Wie starb er denn?«

»Wurde von einer asiatischen Tempeltänzerin erstochen. Schreckliche Sache.«

»Ja, die sind ziemlich fies. Aber was das Schwert betrifft, funktioniert es denn?«

»So gut wie jedes andere Schwert auch, ein bißchen kopflastig vielleicht, aber ...«

»Nein. Ich meine der Zauber. Wirkt er?«

»Ich kann bezeugen, daß noch kein Dämon mich umgebracht hat, seit ich es benutze.«

»Und Dämonen erkennen es tatsächlich und ergreifen die Flucht vor dem Besitzer?«

»Genau. Natürlich hatte ich seit Jahren schon keine Gelegenheit mehr, es zu benutzen. War viel zu sehr damit beschäftigt, etwas gegen den Fluch zu unternehmen. Manchmal wollte ich es verkaufen, aber wenn ich jemals wieder ins Geschäft komme, wäre es eine große Hilfe, um meinen Ruf wiederherzustellen ...«

Ich begriff plötzlich, worauf Aahz hinauswollte. Ganzfix stürzte sich auf den Köder wie eine hungrige Stachelschildkröte.

»Hm ...«, machte er. »Ich werde dir etwas sagen. Um einem Jagdfreund aus der Patsche zu helfen, nehm ich es dir für fünf Goldstücke ab.«

»Fünf Goldstücke! Du machst wohl Witze! Ich habe dreihundert dafür bezahlt! Ich kann es dir unmöglich für weniger als zweitausend überlassen.«

»Nun, dann kann ich nicht mithalten. Ich habe nur fünfzig Goldstücke bei mir.«

»Fünfzig?«

»Ja. Ich nehme auf Reisen niemals mehr als ...«

»Aber andrerseits sind die Zeiten schwerer geworden, und wenn du es benutzt, um die Feinde abzuwehren, die den Fluch über mich verhängt haben ... Nun gut, ich glaube, ich könnte es dir für fünfzig Goldstücke geben.«

»Aber das ist mein ganzes Geld.«

»Ja, schon, aber was nützt dir ein dicker Beutel, wenn du von Dämonen in Stücke gerissen wirst?«

»Das stimmt auch wieder. Laß mal sehen.«

Er nahm die Klinge, schätzte sie ab und führte ein paar Probestreiche.

»Schiefe Balance.« Er schnitt eine Grimasse.

»Daran gewöhnt man sich.«

»Mieser Stahl«, erklärte er und schielte argwöhnisch auf die Schneide.

»Aber gut scharf.«

»Ja, mein Lehrer hat immer gesagt, ›Sorge gut für dein Schwert, so sorgt es gut für dich!‹«

»Wir haben wohl den gleichen Lehrer gehabt.«

Die beiden lächelten einander an. Ich fühlte mich ein wenig flau im Magen.

»Trotzdem, ich weiß nicht recht. Fünfzig Goldstücke sind eine ganze Menge.«

»Sieh dir doch bloß die Steine im Griff an.«

»Hab ich schon. Fälschungen.«

»Weit gefehlt! Sie sollen wie Fälschungen aussehen. Damit nicht jeder ihren Wert erkennt.«

»Das ist saubere Arbeit. Was für Steine sind es?«
»Schmussteine.«
»Schmussteine?«
»Ja, Sie sollen einem angeblich die Chancen bei den Damen erhalten, wenn du verstehst, was ich meine.«
»Aber fünfzig Goldstücke ist alles, was ich besitze.«
»Ich will dir was sagen. Gib 45 Goldstücke und dein Schwert dazu.«
»Mein Schwert?«
»Natürlich. Dieses Prachtstück wird für dich Sorge tragen, und dein Schwert tut das Seine, daß mein Knappe und ich nicht schutzlos durch dieses garstige Land gehen.«
»Hmm. Das kommt mir ziemlich fair vor. Ja, ich glaube, du hast einen Handel gemacht, Freund.«
Sie schüttelten sich feierlich die Hände und begannen, das Geschäft zu tätigen. Ich nutzte die Gelegenheit, um einzugreifen.
»Es ist ein Jammer, daß wir uns so schnell verabschieden müssen.«
»Warum so schnell?« Der Krieger war verwirrt.
»Es besteht keinerlei Grund zur Eile«, beruhigte Aahz ihn und versetzte mir einen kräftigen Rippenstoß.
»Aber Aahz, wir wollten doch vor Sonnenuntergang noch ein Stück weiter kommen, und Ganzfix muß sich auf die Schlacht vorbereiten.«
»Wie vorbereiten?« wollte Ganzfix wissen.
»Euer Einhorn«, fuhr ich hartnäckig fort. »Wollt Ihr das nicht wieder einfangen?«
»Mein Einhorn! Meine ganze Rüstung ist auf dem Tier!«
»Es ist sicher nicht weit gelaufen ...«, brummte Aahz.
»In der Gegend treiben sich Banditen herum, denen nichts besser zu Paß käme, als sich ein gutes Schlachteneinhorn anzueignen.« Ganzfix rappelte sich hoch. »Und ich brauche es an meiner Seite, um gegen die Dämonen zu kämpfen. Ja, ich muß weg. Ich danke euch für eure Hilfe, meine Freunde. Gute Reise, bis wir uns wiedertreffen.« Er verschwand mit einem leichten Winken in den Wäldern und pfiff nach seinem Reittier.

»So, und was soll der ganze Quatsch?« ging Aahz wütend hoch.

»Was, Aahz?«

»Der Sturmangriff, um ihn loszuwerden. Dem hätte ich noch die Hose oder was er sonst Vernünftiges hatte, vom Leib reden können. Vor allem wollte ich das Amulett haben.«

»Ich wollte ihn grundsätzlich von hinten sehen, ehe er auf den schwachen Punkt von deiner Geschichte kommt.«

»Was, den Sohn-Knappen-Lapsus? Den hätte er nie ...«

»Nein, den anderen.«

»Welchen anderen?«

Ich seufzte.

»Schau, er hat deine Tarnung durchschaut, weil sein Amulett ihn Tarnungen durchschauen läßt ... Richtig?«

»Richtig. Und ich habe ihm erzählt, ich sei das Opfer eines Dämonenfluches ...«

»... der dein Aussehen durch einen Bannspruch verändert. Wenn er aber Sprüche durchschauen kann, dann hätte er dich doch zuerst als richtigen Menschen sehen müssen. Richtig?«

»Hm ... Vielleicht sollten wir uns nun besser auf den Weg machen, da wir jetzt wissen, wo Isstvan steckt.«

Ich war jedoch nicht bereit, meinen kleinen Triumph so wenig auskosten zu können.

»Sag mal, Aahz. Was würdest du machen, wenn du einmal so einem cleveren Dämonenjäger wie mir begegnen würdest?«

»Das ist ganz einfach.« Er lächelte und tätschelte die Armbrust. »Ich würde ihn umbringen. Denk mal darüber nach.«

Das tat ich denn auch.

›Gibt es auf der Welt etwas Schöneres und Sichereres als die reine Vielfalt eines Spinnennetzes?‹
PETER PARKER

7

Die Vorstellung, Energien von einem entfernten Ort abzuziehen und sie zu beherrschen, wäre mir unmöglich erschienen, hätte Aahz mich nicht darauf hingewiesen, daß dies nichts anderes war als die Kerzenübung, die ich schon gemeistert hatte. Jetzt scheint es mir nicht mehr unmöglich, nur noch schwierig.

Ich konzentrierte mich und streckte meine erhobene Hand aus, bis das Licht, das von den fünf Fingern ausging, eine Art Pentagramm bildete, ähnlichen jenem, das Garkin auf den Boden unserer Hütte gezeichnet hatte.

»Setz dich jetzt, Kerlchen, und iß deinen Echsenvogel zu Ende.«

Den Wald selbst hatten wir nun hinter uns gelassen, doch trotz der nahen Landstraße gab es reichlich Wild, das auch zur Genüge in meine Fallen ging. Aahz wollte mir bei den Mahlzeiten immer noch nicht Gesellschaft leisten, da er die Meinung vertrat, Alkoholika seien die einzig konsumierbaren Dinge dieser Dimension, so daß ich häufig und fürstlich aß.

»Weißt du, Kerlchen«, sagte er und sah vom endlosen Schwertschleifen hoch, »du kommst wirklich gut mit deinen Studien voran.«

»Wie meinst du das?« murmelte ich zwischen einem Knochen hervor und hoffte, er würde sich noch ein wenig über das Sujet auslassen.

»Du bist mit der Magik schon viel vertrauter. Aber du solltest besser auf die Beherrschung achten. Du hast gerade bei dem Pentagramm so viel Energie freigesetzt, daß du alles versengt hättest, was in die Quere gekommen wäre.«

»Ich glaube, ich mach mir noch Sorgen wegen der Mörder.«

»Nur die Ruhe, Kerlchen. Es ist nun drei Tage her, daß wir ihnen Ganzfix im Hinterhalt aufgebaut haben. Selbst wenn er sie nicht aufhalten würde, könnten sie uns nie mehr einholen.«

»Hätte ich wirklich so viel Kraft herbeigerufen?« drängte ich, um mehr Lob zu hören.

»Bis du voll in der Magik drin bist, sind Schutzwälle nur als Warnsignal einzusetzen. Wenn du sie zu sehr auflädst, kann das zwei mögliche unangenehme Nebenwirkungen haben. Erstens kann man ungewollte Aufmerksamkeit auf sich ziehen, wenn sich ein unschuldiger Passant, der in die Wälle läuft, verbrennt. Wenn der Wall aber tatsächlich an einen gegnerischen Zauber heranreicht, so wird es ihn nur warnen, anstatt ihn aufzuhalten.«

»Ich dachte, es wäre eine gute Sache, wenn ich große Kräfte aufbieten kann.«

»Schau, Kind. Das ist kein Spiel. Du zapfst da gewaltige Energien an. Die Aufgabe besteht darin, deine Kontrolle über sie zu stärken, nicht zu sehen, wieviel du davon freisetzen kannst. Wenn du zu sorglos damit umgehst, bist du vielleicht hilflos, wenn der wirkliche Angriff stattfindet.«

»Oh«, machte ich, wenig überzeugt.

»Tatsache ist, wenn du dich jetzt überforderst, wirst du nicht einmal in der Lage sein, das zu vollbringen, was du jetzt schon kannst. Unterschätze nie, was du besitzt und was du tust. Im Augenblick tastest du die Kräftelinie ab, hältst die Schutzwälle aufrecht und meine Tarnung intakt. Das ist für jemand mit deinem Kenntnisstand eine ganze Menge gleichzeitig. Wenn nun etwas passierte, welche von den drei Aufgaben würdest du zuerst fallen lassen?«

»Äh ...«

»Zu spät. Wir sind schon tot. Du wirst keine Zeit mehr haben, Energieprobleme zu wälzen. Deshalb mußt du dir immer etwas für aktuelle Zwischenfälle aufheben, wenn du Kräfte aus anderen Tätigketien sammelst. Verstehst du jetzt?«

»Ich glaube schon, Aahz«, antwortete ich zögernd. »Ich bin ein bißchen müde.

»Na? denk darüber nach. Schlaf mal vorläufig und versuche, Energien anzusparen. Die Wegsuche kannst du nun ruhen lassen bis morgen. Im Augenblick wäre das eine sinnlose Übung.«

»In Ordnung, Aahz. Und was ist mit deiner Tarnung?«

»Hm ... behalte die besser bei. Es wird eine ganz gute Übung für dich sein, das und die Schutzwälle im Schlaf aufrechtzuerhalten. Da wir gerade davon reden ...«

»Ich schlafe ja schon.«

Ich zog den erbeuteten Mörderumhang über mich und kuschelte mich zusammen. Trotz seines barschen Auftretens bestand Aahz darauf, daß ich ausreichend Schlaf und zu essen bekam.

Das Einschlafen fiel mir jedoch schwer. Die Schutzwälle machten mir zu schaffen.

»Aahz?«

»Ja, Kind?«

»Wie kommen meine Kräfte jetzt gegen die Teufel an, was meinst du?«

»Was für Teufel?«

»Die Mörder, die hinter uns her sind.«

»Ich habe es dir doch schon einmal gesagt. Das sind keine Täufler, es sind Imps.«

»Was ist denn der Unterschied?«

»Ich habe dir doch schon erklärt, Imps kommen von Imper und Täufler ...«

»... von Tauf. Aber was heißt das? Ich meine, sind ihre Kräfte unterschiedlich oder was?«

»Das kannst du wohl glauben, Junge. Täufler, wie deine Teufel korrekt heißen, gehören zu den gemeinsten Typen. Mit denen will man niemals zu tun haben. Sie sind wohl mit die gefürchtetsten Charaktere der Dimensionen.«

»Sind sie Krieger? Söldner?«

Aahz schüttelte den Kopf.

»Schlimmer!« antwortete er. »Es sind Kaufleute.«

»Kaufleute?«

»Grins nicht so spöttisch, Kerlchen. Vielleicht ist der

Begriff zu harmlos, um sie zu beschreiben. Überspekulanten käme vielleicht eher hin.«

»Erzähl mir mehr darüber, Aahz!«

»Also, Geschichte war nie meine Stärke, aber soviel ich weiß, stand die ganze Taufdimension einmal vor dem Untergang. Eine Seuche verbreitete sich, die die Elemente vergiftete. Die Fische konnten nicht mehr in ihren Ozeanen leben, die Pflanzen nicht mehr auf ihrem Grund und Boden gedeihen. Jene, die noch wuchsen, waren verkümmert und verkrüppelt und vergifteten die Tiere. Die Dimension konnte das Leben ihrer Bewohner nicht mehr aufrechterhalten.«

Ich lag auf dem Rücken und starrte zu den Sternen empor, während Aahz weitersprach.

»Die Reisen in andere Dimensionen, zuvor ein kühner Zeitvertreib, wurden nun zum Schlüssel des Überlebens. Viele verließen Tauf und zogen allein oder in Gruppen zu anderen Dimensionen. Die Erzählungen ihres verfluchten, elenden Heimatlandes dienten vielen religiösen Gruppen als Grundlage zur Darstellung einer Nachwelt für böse Seelen.

Jene, die blieben, beschlossen jedoch die Möglichkeiten der Dimensionsreise anderweitig zu nutzen. Sie installierten sich als Händler und schacherten und feilschten auf ihren Reisen mit den Wundern der Dimensionen. Was in der einen Dimension geläufig ist, kennt man in der anderen kaum. Mit der Zeit wurden sie so reich und mächtig ... und die ausgebufftesten Pfennigfuchser aller Dimensionen.«

»Und die Imps?«

»Die Imps.« Aahz sprach das Wort aus, als habe es einen üblen Beigeschmack. »Die Imps sind den Täuflern in jeder Beziehung unterlegen.«

»Wie das?«

»Sie sind billige Imitationen. Ihre Dimension, Imper, liegt direkt neben Tauf, und die Täufler schließen so viele Geschäfte mit ihnen ab, daß sie vor lauter ›Guten Gelegenheiten‹ schon bald bankrott sind. Um sich dabei schadlos zu halten, sind die Imps dazu übergegangen, die Täufler nachzuäffen, indem sie Wunderdinge in den Dimensionen verkaufen. Dem Unkundigen kommen sie vielleicht schlau und mächtig vor; sie versuchen sogar manchmal, sich als Täufler auszugeben. Mit ihren Vorbildern verglichen sind sie jedoch alberne Stümper.«

Er verstummte. Ich ließ mir seine Worte durch den Kopf gehen und stieß dabei auf eine andere Frage.

»Sag mal, Aahz!«

»Hm. Ja. Kerlchen?«

»Von welcher Dimension stammst du eigentlich?«

»Aus Perv.«

»Bist du dann ein Perverser?«

»Nein. Ein Perfekter. Sei nun still.«

Ich nahm an, er wollte, daß ich einschlief und hielt einige Minuten lang den Mund. Eine Frage mußte ich aber unbedingt noch stellen, sonst konnte ich überhaupt nicht schlafen.

»Aahz?«

»Nun gib mal Ruhe, Kind.«

»Welche Dimension ist das hier?«

»Hm? Das ist Klah. Und jetzt zum letztenmal, sei still!«

»Was bin ich denn dann, Aahz?«

Ich bekam keine Antwort.

»Aahz?«

Ich rollte mich herum. Er starrte in die Dunkelheit und lauschte aufmerksam.

»Was ist?«

»Ich glaube, wir haben Gesellschaft bekommen, Kerlchen.«

Wie zur Antwort fühlte ich die Schutzwälle beben, als jemand sie durchschritt.

Ich sprang auf die Beine, als am Rand des Feuerscheins zwei Gestalten auftauchten. Das Licht war schwach, reichte jedoch aus, um die Tatsache zu enthüllen, daß die beiden die Kapuzenumhänge von Mördern trugen, und zwar mit der Goldseite nach außen!

›In Krisenzeiten ist es von fürderster Bedeutung, nicht den Kopf zu verlieren‹
MARIE ANTOINETTE

8

Einige Minuten standen wir alle vier wie aus Stein gemeißelt und betrachteten einander. Meine Gedanken überschlugen sich, konnten jedoch zu keinem Entschluß kommen, welcher Kurs endgültig einzuschlagen war. Ich beschloß, Aahz die Führung zu überlassen und blieb einfach stehen, musterte kühl die zwei Gestalten und versuchte, die ständig auf uns gerichteten Armbrüste zu ignorieren.

Schließlich brach einer der beiden Besucher das Schweigen.

»Na, Throckwoddle, willst du deinen beiden Freunden nicht Platz anbieten?«

Zu meiner Überraschung richtete er die Frage an mich.

»Hmmm ...« Mehr fiel mir im Moment nicht ein.

»Ja, Throckwoddle«, sagte Aahz schleppend und drehte sich zu mir um. »Und willst du mich nicht deinen Kollegen vorstellen?«

»Äh ...«

»Vielleicht erinnert er sich auch nicht mehr an uns«, meinte der eine sarkastisch.

»Unsinn«, erwiderte der andere nicht weniger ironisch. »Seine beiden besten Freunde? Brockhurst und Higgens? Wieso sollten ihm denn unsere Namen entfallen? Nur daß er vergessen hat, die Beute zu teilen, heißt doch noch nicht, daß er auch unsere Namen vergessen hat. Du mußt schon fair bleiben, Higgens.«

»Ehrlich gesagt, Brockhurst«, gab der andere zurück, »ich glaube, daß er sich eher an die Beute erinnert und unsere Namen vergessen hat.«

Allmählich begann ich, mir einen Reim auf das alles zu

machen. Das waren die beiden Imps, von denen Aahz behauptet hatte, sie könnten uns nicht einholen. Glücklicherweise dachten sie, ich sei der Imp, der Garkin umgebracht habe ... zumindest glaubte ich damals, daß die ein Glück sei.

»Meine Herren«, erklärte Aahz und tat einen Schritt nach vorn. »Lassen Sie mich Ihnen versichern, welches große Vergnügen ...«

Er blieb stehen, als Brockhurst die Armbrust geschmeidig bis auf Schulterhöhe anhob.

»Ich weiß nicht, wer Ihr seid«, meinte der Imps. »Aber ich gebe Euch den dringenden Rat, Euch da herauszuhalten. Das ist eine Privatangelegenheit zwischen uns dreien.«

»Brockhurst«, unterbrach ihn Higgens. »Ich habe den Eindruck, daß du vielleicht ein bißchen überstürzt handelst.«

»Danke, Higgens«, sagte ich, und mir fiel ein Stein vom Herzen.

»Throckwoddle«, keifte Brockhurst, »ich möchte dir dringend raten, daß du dich in Zukunft nicht mehr vor uns verkrümelst. Obwohl ich kaum glaube, daß es etwas gibt, was uns noch saurer auf dich werden ließe, so könnte uns das doch noch weiter provozieren. Jetzt müssen wir zuerst noch einen weiteren Reisebegleiter in Sicherheit bringen. Aber du weißt ja ...« Er hob noch einmal die Armbrust.

Darauf verschwanden die beiden Gestalten in der Dunkelheit.

»Was machen wir jetzt bloß, Aahz?« flüsterte ich entsetzt.

Er schien mich gar nicht zu hören.

»Imps!« gluckste er und rieb sich frohlockend die Hände. »So ein Glücksfall!«

»Aahz! Sie werden mich umbringen!«

»Was? Beruhige dich, Kind. Wie ich schon sagte, Imps sind einfältig. Wenn sie wirklich etwas im Kopf hätten, hätten sie uns kommentarlos abgeknallt. Ich habe noch keinen Imp getroffen, den ich nicht eingewickelt hätte.«

Er legte lauschend den Kopf zur Seite.

»Sie kommen jetzt zurück. Laß mich nur machen. Ach, ja ... beinahe hätte ich's vergessen. Heb meine Tarnung auf, sobald ich das Stichwort gebe.«

»Aber du hast doch gesagt, sie ...«

Ich verstummte, als die beiden Imps wieder auftauchten. Sie führten ein Schlachteneinhorn zwischen sich. Sie hatten nun die Kapuzen abgenommen, so daß man ihre Züge sehen konnte. Ich war einigermaßen überrascht, daß sie wie Menschen aussahen. Dann erblickte ich Ganzfix.

Er saß steif wie aus Holf geschnitzt auf dem Einhorn und schwankte mit dem Schritt des Tieres vor und zurück. Der Feuerschein spiegelte sich auf seinem Gesicht, als wäre es aus Glas, und ich begriff voller Entsetzen, daß er nicht mehr am Leben, sondern zu einer Statue aus undefinierbarem Material geworden war.

Jegliche Zuversicht, die mich nach Aahz' Versicherungen erfüllt hatte, verließ mich schlagartig.

»Meine Herren! Ehe wir uns weiter unterhalten, muß ich darauf bestehen, mich ihnen ordentlich vorzustellen. Wenn Sie mir lediglich eine Minute gestatten würden, meine Verkleidung abzunehmen.«

Der Anblick der Armbrüste hatte mich so verwirrt, daß ich beinahe meinen Einsatz verpaßt hätte. Ich weiß nicht, welche Reaktion ich von den Imps auf die Verwandlung erwartet hatte, die jedoch eintraf, überstieg alle Erwartungen.

»Bei allen Göttern!« keuchte Brockhurst.

»Ein Perverser!« japste Higgens.

»Perfekter heißt das!« lächelte Aahz und zeigte seine sämtlichen spitzen Zähne. »Und vergeßt das bloß nie mehr, liebe Imp-Freunde!«

»Aber, ja doch!« beeilten sie sich, im Chor zu sagen.

Sie standen beide wie vom Donner gerührt, die Armbrüste baumelten unbeachtet in ihren Händen. Angesichts ihrer fassungslosen Reaktion keimte in mir der Verdacht, daß Aahz bei aller Prahlerei mir doch nicht alles über seine Dimension und den Ruf ihrer Bewohner erzählt hatte.

Aahz ließ ihre Blicke unbeachtet und sich wieder auf seinen Platz am Feuer fallen.

»Da dies nun geregelt ist, warum legt ihr nicht eure albernen Armbrüste beiseite und nehmt Platz, daß wir uns wie zivilisierte Leute unterhalten können, wie?«

Er machte eine ungeduldige Geste, und die beiden beeilten sich, seiner Aufforderung nachzukommen. Ich setzte mich auch wieder, da ich nicht der einzige sein wollte, der stehenblieb.

»Aber ... was ist ... warum seid Ihr hier, Herr ... wenn Ihr die Frage gestattet?« Brockhurst gelang es schließlich, den ganzen Satz herauszubekommen.

Wie unfähig er auch als Dämon sein mochte, so verstand er sich doch aufs Zu-Kreuze-Kriechen.

»Ach!« lächelte Aahz. »Das ist eine lange Geschichte.«

Ich lehnte mich zurück. Das würde eine Weile dauern.

»Ein gewisser Garkin, ein Zauberer, den ich nicht besonders schätze, hat mich über die Dimensionenschranke gerufen. Scheinbar hat er mit irgendwelchen Schwierigkeiten von einem Rivalen gerechnet und war darauf aus, meine Hilfe in dem aufkommenden Wirbel in Anspruch zu nehmen. Nun, wie ich schon sagte, habe ich Garkin niemals besonders gern gemocht und war nicht gerade wild darauf, ihm beizustehen. Er wurde in diesem Punkt jedoch derartig aufsässig, daß ich mich entgegen meiner sonst gutartigen Natur entschloß, Maßnahmen gegen ihn zu ergreifen, als auch schon kein anderer als Throckwoddle erschien, der mir den Gefallen tat, dem alten Schleimbrauer einen Bolzen zu verpassen.«

Aahz winkte mir anerkennend zu.

»Natürlich kamen wir anschließend ins Plaudern, und er erwähnte, Angestellter eines gewissen Isstvan zu sein und daß sein Vorgehen gegen Garkin Teil dieses Auftrags gewesen war.

Da kam es mir jedenfalls in den Sinn, daß ich diesem Isstvan einen Gefallen dafür schuldete, daß er mir diese Nervensäge vom Hals geschafft hatte, also schlug ich Throckwoddle vor, ihn zurück zu seinem Arbeitgeber zu begleiten, um ihm – in gewissem Umfang natürlich nur – meine Dienste zur Verfügung zu stellen.«

»Ihr hättet auf uns warten können«, blitzte Brockhurst mich an.

»Ja ... das wollte ich ja ... weißt du ... ich ...«

»Ich bestand darauf, daß wir aufbrachen.« Aahz lächelte. »Ihr versteht, Zeit ist kostbar, und ich wollte sie nicht unnötig mit Herumstehen vergeuden.«

»Oh«, machte Brockhurst.

Higgens war nicht so schnell abzuwimmeln. »Ihr hättet uns eine Nachricht hinterlassen können«, murmelte er.

»Das haben wir auch«, erwiderte Aahz. »Meinen Ring, direkt auf dem Tisch. Und wie ich sehe, habt ihr ihn ja auch gefunden.«

Er wies mit anklagendem Finger auf Brockhurst. Jetzt bemerkte ich erst, daß der Imp Garkins Ring trug.

»Diesen Ring?« setzte Brockhurst an. »Er gehört Euch? Ich dachte, er sei Teil von Garkins Beute, den man übersehen hatte.«

»Ja, es ist meiner.« Aahz entblößte sein Gebiß. »Ich bin überrascht, daß ihr ihn nicht erkannt habt. Aber jetzt, da wir wieder beisammen sind, werdet ihr ihn ja zurückgeben.«

»Aber gewiß doch!« Der Imp streifte hastig den Ring ab.

»Vorsichtig!« mahnte Aahz. »Ihr wißt doch sicher nicht, wie man ihn bedient. In unwissenden Händen kann er gefährlich werden.«

»Natürlich weiß ich, wie man ihn bedient«, widersprach Brockhurst in gekränktem Ton. »Man drückt mit zwei Fingern auf beiden Seiten dagegen. Ich habe so einen mal auf dem Basar auf Tauf gesehen.«

»Da ich nun alles von mir erzählt habe, möchte ich doch wissen, wer das ist.« Sein Finger deutete auf den zur Statue gewordenen Ganzfix.

»Da sind wir selbst nicht ganz sicher«, gab Higgens zu.

»Es ist wirklich alles recht verwirrend«, fügte Brockhurst hinzu.

»Würdet ihr das vielleicht ein wenig ausführen?« drängte Aahz.

»Nun, es war vor drei Tagen. Wir folgten eurer Spur, um ... äh ... in der Hoffnung, unsere Gruppe wieder zu vervollständigen. Plötzlich galoppiert dieser Krieger aus dem Gehölz und versperrt uns den Weg. Es war, als habe er gewußt, daß wir kommen und habe uns erwartet. ›Isstvan hatte recht!‹ brüllte er. ›Hier wimmelt es *wirklich* von Dämonen!‹«

»Isstvan?« Ich versuchte, so verwirrt wie möglich dreinzuschauen.

»Genau das hat er gesagt. Wir waren auch ganz überrascht. Ich meine, da arbeiten wir für Isstvan und werden von einem Mann angegriffen, der behauptet, vom gleichen Arbeitgeber beauftragt zu sein. Jedenfalls sagte er dann: ›Da seht die Waffe, die euch Verderben bringt!‹ und zieht ein Schwert.«

»Was für ein Schwert war das denn?« fragte Aahz unschuldig.

»Nichts Besonderes. Um genau zu sein, nicht einmal schlechter Durchschnitt. Aber sein ganzes Gehabe brachte uns jedenfalls in eine mißliche Lage. Wir mußten uns verteidigen, wollten ihm aber nichts zuleide tun, falls er wirklich für Isstvan arbeitete.«

»Was habt Ihr denn gemacht?« fragte ich.

»Ehrlich gesagt, wir haben uns aus der Affäre gezogen. Higgens hat ihm eine seiner Steinkugeln an die Stirn geschossen, und wir haben ihn auf der Stelle eingefroren. Seither schleppen wir ihn mit uns herum. Wir dachten, wir werden ihn Isstvan in den Schoß setzen, soll er damit machen, was er will.«

»Ein weiser Entschluß«, urteilte Aahz.

Sie neigten dankbar für das Kompliment die Köpfe.

»Eines würde mich noch interessieren«, warf ich ein. »Wie ist es euch denn gelungen, uns einzuholen, beladen wie ihr wart.«

»Nun, das war kein geringes Problem. Wir hatten so schon wenig Hoffnung, euch einzuholen, und mit ihm als zusätzlicher Last schien es gar unmöglich«, begann Brockhurst.

»Wir waren natürlich ganz scharf darauf, dich ... äh ... wiederzufinden, also griffen wir zu verwegenen Maßnahmen«, fuhr Higgens fort. »Wir machten einen Abstecher nach Twixt und baten den Täufler dort um Hilfe. Es hat uns zwar ein Heidengeld gekostet, aber schließlich war er bereit, uns vor euch auf euren Weg zu teleportieren, so daß wir die gewünschte Begegnung herbeiführen konnten.«

»Täufler? Was für ein Täufler?« unterbrach Aahz.

»Frumpel. Der Täufler in Twixt. Derjenige, der ...«

Brockhurst verstummte plötzlich, seine Augen wurden schmal von Mißtrauen. Er warf Higgens einen düsteren Blick zu, der beiläufig nach seiner Armbrust griff.

»Ich bin überrascht, daß Throckwoddle euch nichts über Frumpel berichtet hat«, schnurrte Higgens. »Schließlich war er es ja, der uns von ihm erzählt hat.«

›Um effektiv zu arbeiten, muß jede Gruppe von Menschen oder Arbeitnehmern vom Vertrauen in ihren Führer erfüllt sein‹
CAPTAIN BLIGH (D.a.)

9

»Ja, Throckwoddle.« Aahz' Stimme klang bedrohlicher als die des Imps. »Warum hast du mir nicht von dem Täufler erzählt?«

»Es ... äh ... muß mir entfallen sein«, murmelte ich.

Unter einer gewaltigen Anstrengung meiner Selbstbeherrschung warf ich den Imps meinen vernichtendsten Blick zu und zwang mich, die Bedrohung durch ihre Armbrüste zu ignorieren. Ich wurde damit belohnt, daß sie sogleich schuldbewußt wirkten und meinem Blick auswichen.

»Entfallen! Wohl eher versucht, mir diese Information vorzuenthalten«, sagte Aahz anklagend. »Nun, jetzt, da es heraus ist, wollen wir aber auch den Rest der Geschichte erfahren. Was ist mit diesem Täufler?«

»Frag Brockhurst«, brummelte ich. »Er scheint ja ganz wild darauf zu sein, davon zu erzählen.«

»Also, Brockhurst?« wandte sich Aahz ihm zu.

Der Imp zuckte entschuldigend mit den Schultern und begann zu reden.

»Also, ich schätze, ich habe das meiste schon gesagt. In Twixt wohnt ein Täufler namens Frumpel. Er lebt unter dem Pseudonym Ahbul der Teppichhändler, betreibt jedoch einen schwunghaften Handel nach Täuflerart, indem er diesseits und jenseits der Dimensionen kauft und verkauft.«

»Was macht er in Klah?« unterbrach ihn Aahz. »Ich meine, hier läuft doch nicht allzuviel an Geschäften. Ist das für einen Täufler nicht uninteressant?«

»Nun, Throckwoddle sagte ...«, Brockhurst verstummte und warf mir einen Blick zu.

»Na los, sag's ihm schon«, meinte ich resignierend.

»Also«, fuhr der Imp fort, »es kursiert das Gerücht, er sei

von Tauf weggelaufen und verberge sich hier, weil er sich schäme, in einer höheren Dimension sein Gesicht sehen zu lassen. Frumpel soll in diesem Punkt sehr empfindlich sein, und man soll ihn nicht darauf ansprechen.«

»Sag mal ... äh ... Throckwoddle«, unterbrach Higgens. »Ich würde vorschlagen, daß wir nun alle unsere Masken fallen lassen wie unser Perver ... äh unser Perfekter-Freund dies getan hat. Es ist doch sinnlose Energievergeudung, unter Freunden falsche Gesichter zu wahren.«

Sein Ton klang beiläufig, kam mir jedoch mißtrauisch vor. Ich bemerkte, daß er noch immer die Hand an der Armbrust hatte.

»Warum?« widersprach Brockhurst. »Ich trage in einer anderen Dimension lieber immer meine Tarnung. Das verringert die Gefahr, sie in einem heiklen Augenblick zu vergessen.«

»Ich glaube, Higgens hat recht«, meinte Aahz, ehe ich Brockhurst beipflichten konnte. »Ich ziehe meinerseits vor, die wahren Gesichter meiner Gesprächspartner zu sehen.«

»Nun gut«, brummelte Brockhurst, »wenn alle darauf bestehen.«

Er schloß konzentriert die Augen, und seine Züge begannen zu flimmern und zu schmelzen. Ich sah gar nicht zu. Meine Gedanken jagten verzweifelt zurück zu Garkins Hütte, als Aahz den verkohlten Kopf des Mörders emporgehalten hatte. Ich stellte mir mein Gesicht daneben vor.

»So, meine Herren!« forderte Aahz auf. »Wir müssen ernste Angelegenheiten besprechen. Weiß Isstvan von Frumpels Existenz?«

»Ich glaube nicht«, antwortete Brockhurst. »Wüßte er es, so hätte er ihn entweder engagiert oder umgebracht.«

»Gut«, erklärte Aahz. »Er könnte der Schlüssel zu unserer Verschwörung sein.«

»Welcher Verschwörung?« fragte ich.

»Unserer Verschwörung gegen Isstvan natürlich.«

»Was?« rief Higgens völlig verwirrt. »Seid ihr verrückt?«

»Nein«, gab Aahz zurück. »Aber Isstvan. Denkt doch mal nach! Hat er sich als besonders standhaft erwiesen?«

»Nein«, gab Brockhurst zu. »Allerdings hat das auch

kein anderer Magiker, mit dem ich je zu tun hatte, Anwesende eingeschlossen.«

»Abgesehen davon«, unterbrach Higgens, »dachte ich, ihr wärt unterwegs, ihm zu helfen?«

»Da kannte ich ja auch eure Geschichte noch nicht«, erklärte Aahz. »Ich bin nicht darauf versessen, für einen Zauberer zu arbeiten, der seine eigenen Angestellten gegeneinander ausspielt.«

»Wann hat er das denn getan?« wollte Higgens wissen.

Aahz machte eine Geste der Fassungslosigkeit.

»Denkt doch mal nach, meine Herren! Habt ihr unseren versteinerten Freund dort vergessen?« Er drehte den Daumen nach dem Einhorn.

»Das ist richtig«, antwortete Brockhurst. »Und dann?«

»Wie, und dann?« Aahöz explodierte. »Das ist doch wirklich! Isstvan hetzt ihn euch auf den Hals, daß er euch umbringt. Entweder hat er versucht, Geld zu sparen, indem er seine Mörder vor dem Zahltag ermorden lassen wollte, oder aber er ist geistig so konfus, daß er blindlings gegen jedermann vorgeht, selbst gegen seine eigenen Verbündeten. So oder so klingt das nicht gerade nach einem angenehmen Auftraggeber.«

»Wißt ihr, ich glaube, er hat recht«, bemerkte ich, entschlossen, meinen Teil zu dieser Irreführung beizutragen.

»Aber wenn das stimmt, was sollen wir tun?« fragte Higgens.

»Nun, ich habe noch keinen festen Aktionsplan«, gab Aahz zu. »Aber einige grundsätzliche Vorstellungen, die vielleicht nützlich sein könnten.«

»Zum Beispiel?« drängelte Brockhurst.

»Ihr geht zu Isstvan zurück, erwähnt aber unsere Verdächtigungen mit keinem Wort. Sonst hält er euch vielleicht für gefährlich und räumt euch auf der Stelle aus dem Weg. Lehnt darüber hinaus jeden neuen Auftrag ab. Findet irgendeinen Vorwand, um ihm so dicht wie möglich auf der Pelle zu bleiben. Bringt alles über seine Gewohnheiten und Schwächen in Erfahrung, aber unternehmt nichts, bis wir kommen.«

»Wohin wollt ihr?« fragte Higgens.

»Wir werden mit Frumpel ein Schwätzchen halten. Wenn wir gegen Isstvan vorgehen, könnte die Hilfe eines Täuflers von unschätzbarem Wert sein.«

»Und vermutlich nicht zu bekommen«, murrte Brockhurst. »Ich habe noch niemals einen Täufler kennengelernt, der in einem Kampf Position bezogen hätte. Die ziehen es vor, eine Stellung einzunehmen, von der aus sie mit beiden Parteien Handel treiben können.«

»Was meint ihr eigentlich mit ›wir‹? Kommt Throckwoddle nicht mit uns?« fragte Higgens.

»Nein. Ich habe ein Faible für seine Gesellschaft entwikkelt. Außerdem käme es uns gelegen, wenn Frumpel nicht bereit ist, einen Mörder dabeizuhaben. Frumpel ist zu mächtig, als daß man riskieren könnte, ihn als Nichtverbündeten zurückzulassen, und er möglicherweise Isstvan unterstützt.«

Während Aahz sprach, lehnte sich Brockhurst angelegentlich zurück aus seinem Blickfeld, und sein Mund formte lautlos »Perverser« in Richtung Higgens. Jener nickte zustimmend, und beide tauschten einen mitfühlenden Blick.

»Nun, was meint ihr?« fragte Aahz abschließend.

»Hm ... und was machen wir mit ihm?« Higgens machte eine Kopfbewegung in Ganzfixens Richtung.

»Den nehmen wir mit«, erklärte ich hastig.

»Natürlich!« Aahz warf mir einen stockfinsteren Blick zu. »Wenn ihr ihn mit zu Isstvan nehmt, kommt er vielleicht auf die Idee, daß ihr einen Verrat wittert.«

»Abgesehen davon«, fügte ich hinzu, »können wir ihn vielleicht wiederbeleben und überzeugen, auf unserer Seite zu kämpfen.«

»Dann wollt ihr wohl das Gegenmittel haben.« Higgens seufzte und fischte eine kleine Phiole aus der Innenseite seines Capes, die er mir zuwarf. »Du brauchst nur ein wenig auf ihn zu tröpfeln, dann wird er in ein paar Minuten wieder normal. Aber paßt auf. Er hat irgend etwas Merkwürdiges an sich. Er scheint in der Lage zu sein, Tarnungen zu durchschauen.«

»Wo ist das Schwert, von dem ihr gesprochen habt?« erkundigte sich Aahz.

»Bei seinem Zeug. Glaubt mir, es ist Schund. Der einzige Grund, warum wir es mitgenommen haben, ist, daß er so viel Wirbel darum machte. Es wird lustig sein zu hören, was er sich darunter vorgestellt hat, wenn er wieder zu sich kommt.«

»Nun, ich nehme an, daß damit alles geregelt ist.« Brockhurst seufzte. »Wir sollten nun etwas schlafen, damit wir morgen früh gleich unsere jeweiligen Reisen antreten können.«

»Ich würde vorschlagen, daß ihr jetzt eure Reise antretet«, sagte Aahz scharf.

»Jetzt!« rief Brockhurst.

»Aber es ist mitten in der Nacht«, gab Higgens zu bedenken.

»Darf ich die Herren daran erinnern, daß, je weiter sie noch von Isstvan entfernt sind, um so größer die Chance ist, daß er ihnen neue Mörder auf den Hals hetzt?«

»Er hat recht, weißt du?«

»Ich fürchte es«, grummelte Higgens.

»Also«, sagte Brockhurst und erhob sich. »Ich schlage vor, wir machen uns auf, sobald Garkins Beute geteilt ist.«

»Ganz im Gegenteil«, behauptete Aahz. »Nicht nur, daß wir die Beute nicht teilen werden, vielmehr schlage ich vor, daß ihr uns alle Wertsachen gebt, die ihr bei euch habt.«

»Was?« stimmten sie im Chor an und hatten auch schon wieder die Armbrüste in den Händen.

»Denkt mal nach, meine Herren!« sagte Aahz einschmeichelnd. »Wir werden versuchen, mit einem Täufler um seine Unterstützung zu verhandeln. Wie ihr ja selbst erklärt habt, sind ihre Preise unverschämt hoch. Der Gedanke mißfiele mir sehr, unsere Verhandlungen an fehlenden materiellen Mitteln scheitern zu sehen.«

Es herrschte tiefe Stille, während die beiden Imps den Fehlschluß dieser Logik suchten. Schließlich lieferten sie ihre Börsen ab und machten sich auf den Weg.

›Der Mensch wird niemals zur vollen Entfaltung seiner Fähigkeiten kommen, solange er an die Erde gekettet bleibt. Es müssen uns Flügel wachsen, auf daß wir die Himmel erstürmen.‹
IKARUS

10

»Meinst du wirklich, daß wir uns mit einem Täufler einlassen sollen, Aahz?«

Mir war bewußt, daß ich diese Frage in den letzten Tagen pausenlos wiederholte, aber ich brauchte immer noch Zuspruch.

»Wirst du nicht endlich einmal Ruhe geben, Kerlchen?« schalt Aahz. »Mit den Imps hatte ich doch auch recht, oder?«

»Wahrscheinlich«, gab ich zögernd zu.

»Du mußt das folgendermaßen sehen, Kind: Mit ein bißchen Glück wird dieser Frumpel meine Kräfte wiederherstellen können. Dann bist du doch runter von dem heißen Ofen.«

»Wahrscheinlich«, antwortete ich mit geringer Begeisterung.

Er hatte dies mehrmals angesprochen, seit wir von Frumpel erfahren hatten. Und jedesmal erzeugte es in mir ein gewisses Unbehagen.

»Irgend etwas nicht in Ordnung, Kind?« fragte Aahz und neigte den Kopf zu meiner Seite.

»Nun ... es ist ... Aahz, wenn du wieder deine Kräfte besitzt, wirst du mich dann noch als Lehrling haben wollen?«

»Hat dich das die ganze Zeit geplagt?« Er schien aufrichtig überrascht. »Natürlich will ich dich dann noch. Für was für eine Art Zauberer hältst du mich denn? Ich suche mir meine Lehrlinge doch nicht leichtfertig aus.«

»Hattest du nicht das Gefühl, daß ich eine Last für dich bin?«

»Am Anfang vielleicht, inzwischen jedoch nicht mehr. Du hast diese Isstvangeschichte von Anfang an mitbekommen, also hast du auch das Recht, bis zum Schluß dabeizusein.«

Um der Wahrheit die Ehre zu geben, war ich gar nicht so glücklich, dabeizusein, wenn Aahz Isstvan gegenübertrat, aber dies schien der gerechte Preis für eine Weiterführung meiner Ausbildung durch Aahz.

»Hm ... Aahz?«

»Ja, Kind?«

»Noch eine einzige Frage?«

»Die allerletzte.«

»Wenn du deine Kräfte wiederhast und ich noch dein Lehrling bin, in welcher Dimension werden wir dann leben?«

»Hmm. Um ehrlich zu sein, Kind, ich habe mir noch nicht allzu viele Gedanken darum gemacht. Ich werd dir was sagen, wir nehmen die Sache in Angriff, wenn es soweit ist. Okay?«

»Okay, Aahz.«

Ich versuchte, mich nicht mehr mit dieser Frage zu befassen. Vielleicht hatte Aahz recht. Es hat keinen Sinn, über Probleme nachzugrübeln, die sich womöglich niemals stellen werden.

Für die Ganzfix-Statue hatten wir eine Schleppbahre gebaut, damit wir nicht jeden Abend und jeden Morgen das Auf- und Abladeproblem hatten, vom Sattel des Einhorns gar nicht zu sprechen. Ebenso hatten wir die ganzen Waffen und Gerätschaften in die Bahre gelegt, was das Einhorn unermeßlich glücklich zu machen schien. Ich überprüfte, ob alles richtig saß und Ganzfix gut lag.

»Alles in Ordnung, Aahz«, meldete ich nach vorn.

»Gut«, feixte er. »Es wäre mir doch außerordentlich zuwider, wenn ihm etwas zustieße – durch einen Unfall.«

Aahz war immer noch nicht besonders glücklich über unsere Reisebegleitung. Nur murrend hatte er sich meiner Meinung angeschlossen, sie mitzunehmen. Ich hatte ins Feld geführt, daß sie uns möglicherweise bei unseren Verhandlungen mit dem Täufler eine Hilfe sein könnte oder zumindest bei der Abschiedsvorstellung bei Isstvan.

In Wirklichkeit war dies absolut nicht mein Grund. Ich hatte ein wenig ein schlechtes Gewissen, daß wir Ganzfix absichtlich den Imps vorgeworfen hatten und wollte nicht, daß ihm nun etwas zustieß.

»Das Reisen wäre ein gut Stück einfacher, wenn wir ihn wieder in Gang setzten«, schlug ich hoffnungsvoll vor.

»Vergiß es, Kerlchen!«

»Aber Aahz ...«

»Kommt nicht in Frage. Du hast wohl vergessen, daß der Hauptzeitvertreib dieses Herrn darin bestand, Dämonen zu suchen und umzubringen! Außerdem, ist jetzt Zeit für deine nächste Lektion.«

Meine Laune stieg schlagartig. Neben meinem natürlichen Bestreben, meine magischen Fähigkeiten zu erweitern, beinhaltete Aahz' Aufforderung die Bekundung, daß er mit meinen Fortschritten nach den früheren Lektionen zufrieden war.

»In Ordnung, Aahz«, sagte ich und schlang die Zügel des Einhorns im einen nahe stehenden Busch. »Ich bin bereit.«

»Gut.« Aahz rieb sich die Hände. »Heute werden wir dir das Fliegen beibringen.«

Meine Laune sank wieder.

»Fliegen?« fragte ich vorsichtig.

»Genau das habe ich gesagt. Fliegen. Toll, was?«

»Warum denn?«

»Was meinst du damit: warum denn? Schon immer, seit wir neidvoll den ersten Geschöpfen der Luft zusahen, wollten wir fliegen. Jetzt hast du die Gelegenheit, es zu lernen. Deshalb ist es toll!«

»Ich meine, warum soll ich fliegen lernen?«

»Nun ... weil jeder gern fliegen möchte.«

»Ich nicht«, sagte ich nachdrücklich.

»Warum nicht?«

»Zum einen habe ich Höhenangst«, antwortete ich.

»Das ist kein ausreichender Grund«, schalt Aahz.

»Also, bis jetzt habe ich auch keinen vernünftigen Grund zu hören bekommen, warum ich es lernen sollte.« Ich warf ihm einen finsteren Blick zu.

»Schau, Kind«, begann Aahz mir zuzureden, »es ist nicht so sehr Fliegen als vielmehr Schweben.«

»Mir entgeht der Unterschied«, antwortete ich trocken.

»Nun gut, Kerlchen. Dann laß es mich so herum ausdrücken. Du bist doch mein Lehrling?«

»Ja«, gab ich mißtrauisch zu.

»Na, und ich werde keinen Lehrling haben, der nicht fliegen kann! Klar?« brüllte er.

»In Ordnung, Aahz. Wie funktioniert es?« Ich wußte, daß ich geschlagen war.

»So gefällt mir das schon besser. Eigentlich gibt es dabei gar nichts, was du nicht schon könntest. Du kannst doch Gegenstände levitieren, nicht wahr?«

Ich nickte langsam; ich war verwirrt.

»Also, die ganze Fliegerei ist nichts anderes, als dich selbst zu levitieren.«

»Erklär das mal genauer.«

»Anstatt fest auf dem Boden zu stehen und einen Gegenstand zu levitieren, stößt du dich mit deinem Willen vom Boden ab und erhebst dich.«

»Aber wenn ich keine Bodenberührung mehr habe, woher nehme ich dann meine Kraft?«

»Aus der Luft. Komm, Kerlchen, du bist doch Magiker! Du bist doch nicht an die vier Elemente gekettet. Du beherrschst sie, oder zumindest beeinflußt du sie und beziehst deine Stärke von ihnen. Wenn du fliegst, mußt du deine Kraft lediglich aus der Luft statt vom Boden abziehen.«

»Wenn du das sagst«, antwortete ich zweifelnd.

»Gut, jetzt lokalisiere erst einmal die Kräftelinie.«

»Aber wir sind doch von ihr abgewichen, um den Täufler zu besuchen«, widersprach ich.

»Kind, es existieren Unmengen von Kräftelinien. Die Tatsache, daß wir eine der Bodenkraftlinien verlassen haben, heißt doch nicht, daß wir völlig außer Reichweite sind. Such eine in der Luft!«

»In der Luft?«

»So glaub mir doch. Such eine!«

Ich seufzte und machte die Augen zu.

»Ich glaube, ich habe eine, Aahz!« keuchte ich.

»Sie wird nahe genug sein, daß du daher deine Kräfte beziehen kannst. Steig in die Linie ein und schieb den Boden unter dir weg. Aber langsam!«

Ich tat, wie er mich geheißen hatte. Der Kräftestrom, den ich darauf empfand, war anders als alle bisher empfundenen. Fühlte ich mich sonst warm und angefüllt von Energie, so empfand ich nun Kühle und Entspannung.

»Heb ab, Kind!« erklang Aahz' Stimme. »Langsam!«

Träge berührte ich den Boden mit meinem Geist und spürte nur beiläufig das seltsame Gefühl, körperlich nichts unter den Füßen zu haben.

»Mach die Augen auf, Kerlchen! Korrigiere deinen Kurs.«

Aahz' Stimme kam diesmal aus einer merkwürdigen Richtung. Überrascht schlug ich die Augen auf.

Ich schwebte etwa drei Meter vom Boden weg in einem Winkel, der auf die Horizontale zuging. Ich flog!

Der Boden kam schlagartig näher. Mir blieb ein Augenblick benommener Verwirrung, ehe ich bebend in der Realität aufschlug.

Ich lag einen Moment und versuchte, Luft zu bekommen und fragte mich, ob ich etwas gebrochen hatte.

»Bist du in Ordnung, Kind?« Aahz beugte sich plötzlich über mich. »Was ist denn geschehen?«

»Ich ... ich bin geflogen!« Ich preßte die Worte heraus.

»So, so. Das habe ich mitbekommen. Du warst so überrascht, daß du vergessen hast, den Energiestrom aufrechtzuerhalten, stimmt's?«

Ich nickte, unfähig, ein Wort zu sagen.

»In drei Teufels, eh, Täufers Namen ... schau, Kerlchen, wenn ich dir sage, daß du fliegen wirst, dann glaub es gefälligst!«

Ich schloß die Augen und wartete darauf, daß das Schwindelgefühl in meinem Kopf aufhörte.

»Aahz?«

»Ja, Kerlchen?«

»Erzähl mir was von Perv.«

»Was willst du denn hören?«

»Es kam mir gerade in den Sinn, daß die Imps zu Tode erschrocken waren, als sie begriffen, daß du ein Perfekter bist. Was für einen Ruf hat denn deine Dimension?«

»Nun«, begann er, »Perv ist eine unabhängige, reservierte Dimension. Wir haben vielleicht nicht die besten Kämpfer, aber sie sind gut genug, daß die Reisenden anderer Dimensionen ihnen weiträumig ausweichen. Technologie und Magik existieren bei uns gleichberechtigt und sind miteinander verknüpft. Alles in allem ein ganz potenter, kleiner Haufen.«

»Aber warum sollte jemand davor Angst haben?«

»Wie ich schon sagte, spricht eine ganze Menge für Perv. Eine der Nebenwirkungen des Erfolgs ist eine Masse von Schmarotzern. Eine Zeitlang wurden wir von Flüchtlingen und Emigranten anderer Dimensionen fast überschwemmt. Als sie sich zu einer echten Plage entwickelten, haben wir einen Riegel vorgeschoben.«

»Wie denn?« drängelte ich.

»Erstens wiesen wir jene Außenstehenden aus, die sich nicht an der Arbeit beteiligen wollten. Dann unterstützten wir als zusätzliche Sicherungsmaßnahme den Umlauf von Gerüchten gewisser unsozialer Verhaltensweisen von Perfekten gegen jene von anderen Dimensionen.«

»Was für Gerüchte?«

»Och, das Übliche. Daß wir unsere Feinde auffressen, Leute zum Spaß foltern und Sexualpraktiken haben, die in allen Dimensionen als zweifelhaft gelten. Die Leute wissen nie, das Wahrheit und was Übertreibung ist, aber sie sind auch nicht darauf versessen, es persönlich ausfindig zu machen.«

»Und wieviel davon ist wahr, Aahz?« fragte ich und stützte mich auf einen Ellbogen empor.

Er grinste mich verschlagen an.

»Genug, daß man sie nicht Lügner schimpfen müßte.«

›Zu den großen Reisevergnügen gehört es, neue Städte zu besuchen und neue Leute kennenzulernen‹
D. KHAN

11

»Ah! Welch leuchtendes Beispiel der Zivilisation!« lachte Aahz überschwenglich, als er sich umsah, freudig erregt wie ein Kind auf seinem ersten Ausflug.

Wir schlenderten zwanglos eine der weniger belebten Straßen von Twixt hinab. Abfall und Bettler lagen überall herum, während kleine, stechende Knopfaugen, menschlicher und anderer Herkunft, uns von verdunkelten Fenstern und Türen aus musterten. Die Stadt war ein Haufen Gebäude, die sich um einen Außenposten der Armee kauerten, der mehr aus Gewohnheit als aus Notwendigkeit aufrechterhalten wurde. Die Soldaten, denen wir gelegentlich begegneten, waren ziemlich heruntergekommen im Gegensatz zu den knackfrischen Modellen der Rekrutenposten, so daß es manchmal schwerfiel zu beurteilen, wer nun bedrohlicher und widerwärtiger war, die Wachen oder die kriminellen Typen, die sie beobachteten.

»Wenn du mich fragst, so sieht mir das eher nach dem schlimmsten Menschenschlag aus!« murmelte ich düster.

»Sagte ich ja, ein leuchtendes Beispiel der Zivilisation!«

»Aahz, ist das nur mein Eindruck, oder starren uns die Leute tatsächlich an?«

»Ganz locker, Kerlchen. In einer Stadt wie dieser erfassen die Einwohner instinktiv jeden Fremden. Sie versuchen abzuschätzen, ob wir Opfer oder Täter sind. Es liegt nun an uns, daß sie zu der Überzeugung gelangen, daß wir zur letzteren Kategorie gehören.«

Um dies zu illustrieren, wirbelte er plötzlich herum, duckte sich wie eine Katze und starrte zurück die Straße hinab, die Hand am Schwert.

Die Fenster und Türen gerieten plötzlich in Bewegung,

als gut ein halbes Dutzend verschwommene Formen zurücktauchten in die Dunkelheit.

Nur eine Gestalt rührte sich nicht. Eine Hure, die mit verschränkten Armen auf dem Fensterbrett hing, um ihre schlecht verhüllten Brüste zur Schau zu stellen, lächelte ihn einladend an. Sie fuhr eine unverschämte, langsame Zunge über die Lippen und zwinkerte heftig.

»Äh ... Aahz?«

»Ja, Kerlchen?« erwiderte er, ohne einen Blick von dem Mädchen abzuwenden.

»Ich störe nicht gern, aber du bist angeblich ein alter Tattergreis, denkst du noch daran?«

Aahz steckte immer noch in der Tarnung von Garkin, eine Tatsache, die ihm augenblicklich entfallen sein mußte.

»Hm? Ach, ja. Wahrscheinlich hast du recht, Kind. Es scheint jedoch sonst keinen zu stören. Vielleicht sind sie in dieser Stadt an rüstige alte Männer gewöhnt. Und wenn sie auf uns achtet, dann mehr wegen dir als wegen mir.«

»Jetzt komm aber, Aahz!«

»Vergiß nicht, Kerlchen, daß du jetzt eine recht beeindruckende Erscheinung bist.«

Ich blinzelte. Daran hatte ich gar nicht gedacht. Ich hatte vergessen, daß ich als Ganzfix getarnt war. Den hatten wir nämlich außerhalb der Stadt versteckt.

Ich warf einen Blick zu dem Flittchen. Als sich unsere Blicke begegneten, wurde ihr Lächeln merklich breiter. Sie demonstrierte ihre gesteigerte Begeisterung, indem sie sich noch weiter aus dem Fenster lehnte, bis ich mich allmählich sorgte, ob sie nicht herausfiel – aus dem Fenster oder aus dem Kleid.

»Na, was habe ich dir gesagt, Kerlchen!« Aahz schlug mir enthusiastisch auf die Schulter und zwinkerte unzweideutig.

»Es wäre mir lieber, sie fände mich gut, wie ich wirklich bin«, murmelte ich düster.

»Das ist der Preis des Erfolges, Junge«, antwortete Aahz philosophisch. »Na, macht nichts. Wir sind ja in geschäftlichen Angelegenheiten hier, weißt du noch?«

»Stimmt«, sagte ich fest.

Aus dem Augenwinkel konnte ich immer noch das Mädchen sehen. Sie hauchte mir einen Kuß herüber. Ich besah sie mir genauer.

Vielleicht konnte ich Aahz später eine Weile loswerden und ...

»Wir müssen Frumpel finden.« Aahz' Stimme riß mich aus meinen schweifenden Gedanken.

»Hm? ... Oh. Wie denn, Aahz?«

»Schnell und geschickt. Paß auf, Kind!«

Mit diesen Worten warf er einen raschen Blick die Straße hinauf und hinab. Drei Bälger waren gerade um die Ecke gekommen und spielten Fangen.

»Ha!« rief Aahz sie an. »Wo finde ich den Laden von Abdul, dem Teppichhändler?«

»Zwei Straßen weiter und dann die fünfte links«, riefen sie zurück und zeigten die entsprechende Richtung.

»Ich dachte, wir wollten es vermeiden, unnötig aufzufallen?«

»Wir verhalten uns wie jeder andere in einer fremden Stadt, also wird sich keiner nach uns zweimal umsehen. Sie werden uns nicht mehr beachten als jeden anderen Neuankömmling. Da ist auch schon gleich, was wir suchen!«

Ich blinzelte und sah in die Richtung, in die er mit dem Finger deutete. Der Laden lag zwischen einer Schmiede und einem Gerbergeschäft.

Ich hätte unsere Mission beinahe vergessen gehabt. Als ich nun jedoch den Laden so nah vor uns sah, war meine Nervosität sofort wieder da.

»Was machen wir denn jetzt, Aahz?«

»Na, zu allererst werd ich jetzt einen trinken gehen.«

»Einen trinken gehen?«

»Genau. Wenn du glaubst, ich werden mit leerem Magen mit einem Täufler in den Ring gehen, dann hast du dich getäuscht.«

»Einen trinken?« wiederholte ich, aber Aahz hielt schon mit ausladenden Schritten auf eine nahe gelegene Taverne zu. Es blieb mir kaum etwas übrig, als ihm mit dem Einhorn am Zügel zu folgen.

Selbst für meinen schlichten Geschmack war die Taverne eine miese Kaschemme. Eine verschossene Markise beschattete eine kleine Gruppe verschrammter Holztische. Fliegen summten um eine Katze, die auf einem der Tische schlief ... zumindest möchte ich lieber davon ausgehen, daß sie nur schlief.

Als ich das Einhorn zu einer der Markisenstangen führte, hörte ich, wie Aahz beim Wirt laut zwei seiner größten Karaffen mit Wein bestellte. Ich seufzte und begann darüber zu verzweifeln, daß Aahz sich wohl niemals an seine Erscheinung als alter Mann gewöhnen würde.

Der Wirt schien jedoch keinen Widerspruch zwischen Aahz' Äußerem und seinen Trinkgewohnheiten festzustellen. Es kam mir der Gedanke, daß Aahz mit seiner Theorie, wie man unauffällig blieb, doch recht hatte. Stadtleute schienen an laute, grobe Individuen jeden Alters gewöhnt.

»Komm, setz dich, Kerlchen«, befahl Aahz. »Du machst mich nervös, wenn du so herumschleichst.«

»Ich dachte, wir wollten mit dem Täufler reden?« Ich sank auf einen Stuhl.

»Immer mit der Ruhe, Kerlchen. Ein paar Minuten mehr oder weniger machen den Kohl auch nicht mehr fett. Außerdem, schau mal hin!«

Ein junges, gut gekleidetes Paar betrat den Teppichladen.

»Siehst du? Jetzt könnten wir sowieso nicht zur Sache kommen. Zumindest nicht, bis sie gegangen sind. Die Art Gespräch, die wir führen wollen, kann nicht vor Zeugen stattfinden. Ah!«

Der Wirt war gekommen und knallte gleichgültig die beiden Karaffen auf den Tisch.

»Höchste Zeit!« kommentierte Aahz und packte mit jeder Hand eine Karaffe, wovon er die erste auf einen Zug leerte. »Willst du denn gar nichts, Junge?«

Einmal den Kopf zurück, und er hatte auch die zweite Karaffe leer.

»Bis mein Freund hier sich entschieden hat, können Sie mir schon mal zwei neue bringen, aber anständig voll diesmal, und wenn Sie zum Einschenken einen Eimer brauchen!«

Der Wirt zog sich ernstlich erschüttert zurück. Mich erschütterte das nicht mehr. Ich war schon oft Zeuge von Aahz' Fassungsvermögen für Alkohol geworden, das selbst in dieser Epoche schwerer Trinker noch seinesgleichen suchte. Was mich ein wenig verärgerte, war, daß der Mann gegangen war, ohne meine Bestellung anzunehmen.

Als ich schließlich auch meine Karaffe bekam, mußte ich feststellen, daß mein Magen zu nervös war, um den Inhalt bereitwillig aufzunehmen. So mußte ich ihn schlückchenweise zu mir nehmen. Nicht so Aahz. Er fuhr fort, sie in beunruhigender Menge hinabzustürzen. Er trank eine ganze Zeitlang. Wir saßen fast eine Stunde, und von dem Pärchen, das den Laden betreten hatte, war immer noch nichts zu sehen.

Schließlich wurde sogar Aahz ungeduldig.

»Ich frage mich, was die so lange aufhält«, brummte er.

»Vielleicht können sie sich nicht entscheiden«, vermutete ich.

»Nun, komm aber, Kerlchen! So groß ist der Laden auch wieder nicht, daß er eine solche Auswahl haben könnte.«

Er kippte seinen letzten Wein und stand auf.

»Wir haben lange genug gewartet«, erklärte er. »Da werden wir jetzt mal Nägel mit Köpfen machen.«

»Aber was ist mit dem Pärchen?« mahnte ich.

»Wir werden sie halt dazu überreden müssen, ihr Geschäft ein wenig schneller zu tätigen.«

Dies klang auf vage Weise unheildräunend, und auch Aahz' zahnreiches Lächeln war ein zusätzliches Anzeichen, daß etwas Unangenehmes bevorstand. Ich wollte ihn gerade von seinem Vorhaben abbringen, aber er überquerte schon mit zielsicheren Schritten die Straße und ließ mich stehen.

Ich eilte mich, ihn einzuholen und ließ das Einhorn in der Hast zurück. Doch selbst so war ich erst bei ihm, als er eben den Laden betreten hatte.

Ich trat hinter ihm ein und befürchtete das Schlimmste. Es erwies sich als unnötig. Bis auf den Inhaber war der Laden leer. Von dem Pärchen nicht die geringste Spur.

›Die ersten Eindrücke spielen in geschäftlichen Angelegenheiten oft eine bedeutsame Rolle‹
B. ILLIGER-JAKOB

12

»Womit kann ich dienen, meine Herren?«

Die reichen Gewänder des Inhabers konnten seine magere Gestalt kaum verbergen.

»Wir würden gerne mit Abdul sprechen«, erklärte Aahz arrogant.

»Ich bin er, und er ist ich«, zitierte der Geschäftsinhaber. »Ihr seht vor euch Abdul, den bloßen Schatten eines Mannes, den die Gewitztheit seiner Kunden an den Rand des Hungertodes gebracht hat.«

»Um zur Sache zu kommen«, sagte Aahz, »wir suchen etwas in der Art eines hohen, zottigen Wand-an-Wand-Teppichs.«

»Was ist das? ... Ich bitte euch, verwirrt nicht den armen Abdul, einen einfachen Geschäfts ...«

»Mach mal halblang, Abdul ... oder sollte ich Frumpel sagen?« Aahz grinste sein wildestes Grinsen. »Wir wissen, wer du bist und was du bist. Wir sind hier, um ein kleines Geschäft zu tätigen.«

»Ich hätte es wissen müssen«, raste er. »Laß dich mit Imps ein, und schon hast du Ärger am Hals. Als nächstes wißt ihr dann über alle ...«

Er verstummte plötzlich und beäugte uns mißtrauisch. Seine Hand tauchte in die Falten seines Gewandes und förderte einen klaren Kristall zutage.

Er hielt ihn empor und musterte uns wie durch ein Glasauge hindurch.

»Ich hätte es wissen müssen«, schimpfte er. »Wärt ihr so freundlich, eure Tarnungen aufzuheben? Ich weiß immer gern, mit wem ich Handel treibe.«

Ich warf einen Blick zu Aahz hinüber, der zustimmend nickte.

Ich machte die Augen zu und begann, uns in unser normales Erscheinen zurückzuverwandeln.

»Ein Perverser!« Frumpel bemühte sich, dem Wort einen so widerlichen Klang wie möglich zu verleihen.

»Perfekter heißt das, wenn du mit uns ins Geschäft kommen willst«, verbesserte ihn Aahz.

»Es bleibt bei Perverser, bis ich deine Kohlen gesehen habe«, spöttelte Frumpel zurück.

Ich bemerkte plötzlich, daß er mich aufmerksam betrachtete.

»Sag mal, du bist nicht zufällig ein Imp namens Throckwoddle, wie?«

»Ich? Nein! Ich … ich bin …«

Doch er beäugte mich schon wieder durch seinen Kristall.

»Hmpf«, grunzte er und steckte ihn wieder in seine Robe. »Anscheinend bist du in Ordnung. Diesen Throckwoddle würde ich gerne in die Finger bekommen! Er hat meinen Namen entsetzlich weit hinausposaunt.«

»Sag mal, Frumpel«, unterbrach ihn Aahz. »Du bist nicht der einzige, der gern sieht, mit wem er es zu schaffen hat.«

»Hm? Oh! Nun, gut, wenn ihr darauf besteht!«

Er zog einen kleinen Handspiegel mit einer Art Zeiger auf der Rückseite aus dem Gewand, blickte in den Spiegel und drehte langsam an dem Zeiger.

Das Ergebnis war ebenso plötzlich wie erschreckend. Nicht nur sein Gesicht, sondern sein ganzer Körper veränderte sich, nahm rundere Formen und eine ausgeprägte rötliche Tönung an. Wie ich so zusah, wurden seine Augenbrauen dichter, das Barthaar kroch das Gesicht empor wie ein lebendes Tier, und seine Augen verengte sich grauenhaft. Schon fast als Nachgedanke fielen mir seine glänzenden Hufe und die Spitze eines Schwanzes, der unter dem Saum seines Kleides herausragte, auf.

In beeindruckend kurzer Zeit hatte er sich in … nun ja, in einen Teufel verwandelt.

Trotz aller Vorbereitung empfand ich eine Spur abergläubischer Angst, als er seinen Spiegel wegsteckte und sich uns zuwandte.

»Bist du jetzt zufrieden?« grummelte er Aahz an.

»Es ist zumindest mal ein Anfang«, meinte Aahz.

»Genug der Späße!« Frumpel war plötzlich wieder aufgeregt. »Was bringt einen Perverser nach Klah? Stippvisite in den Slums? Und wie paßt das Kind in das Ganze?«

»Er ist mein Schüler«, klärte Aahz ihn auf. »Aber laß uns zur Sache kommen. Wir haben ein Problem und hoffen, daß du uns helfen kannst. Schau, ich habe meine Kräfte verloren.«

»Was?!« explodierte Frumpel. »Ihr kommt hierher, ohne die geringste Zauberkraft, euch vor Verfolgern zu schützen? Das ist doch das letzte! Sieben Jahre habe ich dazu gebraucht, mich hier häuslich und sicher einzurichten, und da kommt so ein Idiot daher und ...«

»Hör zu, Frumpel! Wir haben dir doch erklärt, daß der Junge hier mein Lehrling ist. Er weiß mehr als genug, um uns zu schützen!«

»Ein halb ausgebildeter Lehrling! Er vertraut meine Sicherheit und mein Leben einem halb ausgebildeten Lehrling an!«

Die beiden starrten sich einige Augenblicke an, während dessen ich mich bemühte, mich ganz still und unauffällig zu verhalten.

»Also gut, da ich euch offensichtlich nicht anders loswerden kann«, grummelte Frumpel letztendlich.

Er trat an die Wand und zog eine Art Seil hinter den Teppichen hervor.

»So ist es schon besser«, sagte Aahz triumphierend.

»Setz dich und halt den Mund«, befahl unser Gastgeber.

Aahz tat wie ihm geheißen, und Frumpel machte sich daran, im Kreis um ihn herumzugehen. Dabei hielt er das Seil mal in diese, mal in jene Richtung, sprang dann und wann in den Kreis und ließ das Seil auch mal wieder schlaff hängen. Die ganze Zeit über starrte er eindringlich an die Decke, als könne er dort eine Botschaft in kleingedruckter Schrift lesen.

»Hmm ...« machte der Täufler schließlich. »Ja, ich glaube, ich kann behaupten, daß deine Kräfte völlig weg sind.«

»Großartig!« schimpfte Aahz. »Paß auf, Frumpel. Wir haben nicht den ganzen Weg hierher zurückgelegt, um etwas zu erfahren, was wir schon wissen. Ihr Täufler sollt doch in solchen Dingen angeblich etwas tun können. Also, tu etwas!«

»So leicht ist das nicht, Perverser!« schnauzte Frumpel zurück.

»Ich war schon immer überzeugt, daß der Ruf von euch Täuflern völlig übertrieben ist!«

»Hör zu, Perverser! Soll ich dir helfen oder nicht? Ich habe nicht gesagt, daß ich nichts tun könnte, nur, daß es schwierig sein würde.«

»Ich verstehe«, höhnte Aahz. »Jetzt kommt es, Kerlchen. Das Feilschen um den Preis. Ich hab dir ja gesagt, daß sie Künstler darin sind, einen auszunehmen!«

»Um genau zu sein«, erwiderte der Täufler trocken, »dachte ich an den Zeitfaktor. Es wird allerhand Zeit beanspruchen, bis ich meine Vorbereitungen getroffen habe, und was ich davon halte, euch länger als absolut notwendig hierzubehalten, daraus habe ich ja keinen Hehl gemacht.«

»Wenn das so ist, würde ich vorschlagen, daß wir anfangen«, spöttelte Aahz. »Ich habe *meinerseits* auch keinen Hehl daraus gemacht, daß wir so lange hierbleiben werden, bis ich wiederhergestellt bin.«

»Vielleicht könnten wir da ein kleines Geschäft vereinbaren. Ich bringe dich wieder in Ordnung, dafür tut ihr mir einen kleinen Gefallen.«

»Was für einen Gefallen?« erkundigte Aahz sich mißtrauisch.

Ausnahmsweise war ich einmal völlig einer Meinung mit ihm. Irgend etwas in Frumpels Stimme klang keineswegs vertrauenserweckend.

»Wirklich nur eine Kleinigkeit«, schnurrte der Täufler. »Eine Art Scheinmanöver.«

»Wir wären eher für Barzahlung«, erklärte ich fest.

»Halt den Mund, Kerlchen«, mahnte Aahz. »Was für ein Scheinmanöver, Frumpel?«

»Ihr habt vielleicht ein Pärchen bemerkt, das meinen Laden vor euch betreten hat. Das habt ihr! Gut. Dann habt ihr zweifellos auch festgestellt, daß sie sich nicht mehr an Ort und Stelle befinden.«

»Wie sind sie denn weggekommen?« fragte ich.

»Dazu komme ich gleich«, lächelte Frumpel. »Wie dem auch sei, ihre Geschichte ist ebenso interessant wie landläufig. Ich will euch die Einzelheiten ersparen, jedenfalls geht es um junge Liebende, deren Familien sie nicht zusammenkommen lassen wollen. In ihrer Verzweiflung haben sie sich an mich gewandt mit der Bitte um Hilfe. Ich tat ihnen den Gefallen, sie in eine andere Dimension zu schicken, wo sie glücklich zusammenleben können und nicht das Einschreiten ihrer Familien befürchten müssen.«

»Gegen eine Gebühr, selbstverständlich«, kommentierte Aahz trocken.

»Selbstverständlich«, lächelte Frumpel.

»Aber, Aahz!« schalt ich. »Das war doch anständig von ihm, auch wenn er dafür bezahlt worden ist.«

»Sehr richtig!« lobte der Täufler. »Du bist für dein Alter schon sehr einsichtig. Jedenfalls hat meine Großmut mich in eine ziemlich mißliche Lage gebracht. Wie ihr sicher schon bemerkt habt, bin ich sehr besorgt um mein Ansehen in dieser Stadt. Dieses Ansehen könnte in Gefahr geraten, wenn Verwandte der jungen Leute ihre Spur bis zu meinem Laden, aber nicht weiter verfolgen können.«

»Das muß ja eine saftige Gebühr gewesen sein«, murmelte Aahz.

»Mein Vorschlag wäre nun: Für meine Hilfe möchte ich euch bitten, euch als dieses Paar zu verkleiden und eine falsche Spur weg von meinem Laden zu legen.«

»Wie lang soll diese falsche Spur sein?« fragte ich.

»Och, nicht besonders aufwendig. Gerade genug, um von den Stadtbewohnern gesehen zu werden und die Aufmerksamkeit von meinem Laden abzulenken. Sobald ihr außer Sichtweite der Siedlung seid, könnt ihr euch zurückverwandeln und wiederkommen. In der Zwischenzeit werden auch meine Vorbereitungen für deine Heilung abgeschlossen sein. Na, was meint ihr? Ist das ein Geschäft?«

›Das Geheimnis, wie man die Unterstützung breiter Gruppen der Bevölkerung gewinnt, ist positives Denken‹
N. BONAPARTE

13

»Die Leute gaffen uns an, Aahz.«

»Immer mit der Ruhe, Kind. Das sollen sie ja.«

Um dieses Argument zu unterstreichen, nickte er einer Schar finster dreinblickender Einwohner zu und winkte auch noch. Sie winkten nicht zuürck.

»Ich weiß absolut nicht, warum ich das Mädchen spielen muß.«

»Das haben wir doch schon ausreichend diskutiert. Du hast eher einen mädchenhaften Gang als ich.«

»Du und Frumpel behaupten das. Ich habe überhaupt keinen Gang wie ein Mädchen!«

»Na, sagen wir, ich habe einen weniger mädchenhaften Gang als du.«

Gegen solche Logik anzukommen war schwer, also wechselte ich das Thema.

»Aahz, bist du eigentlich überzeugt, daß wir ein gutes Geschäft gemacht haben?«

»Wie meinst du das?«

»Na, nach allem, was du mir erzählt hast, müssen wir etwas übersehen haben, wenn wir glauben, mit einem Täufler ein gutes Geschäft gemacht zu haben.«

»Du sprichst natürlich aus dem reinen Schatzkästlein deiner Erfahrungen«, antwortete Aahz sarkastisch. »Wer hat dir denn so viel über das Handeln mit Täuflern erzählt?«

»Du!« antwortete ich zutreffend.

»Hm. Du hast recht, Kerlchen. Vielleicht war ich ein bißchen voreilig.«

Normalerweise wäre ich in Begeisterungsstürme ausgebrochen, hätte Aahz einmal zugegeben, daß ich recht hatte.

In der augenblicklichen Situation jedoch ließ es mich nur noch weit unbehaglicher fühlen.

»Was machen wir jetzt?« fragte ich.

»Nun, gewöhnlich halte ich mich ehrlich an einen Handel, solange ich nicht das Gefühl habe, übers Ohr gehauen worden zu sein. Diesmal hast du mich jedoch so mißtrauisch gemacht, daß wir die Vereinbarungen ein wenig modifizieren werden.«

»Wieder mal situationsbedingte Ethik?«

»Genau!«

»Was machen wir also?«

»Schau dich mal nach einem relativ verschwiegenen Ort um, wo wir uns verwandeln könnten, ohne beobachtet zu werden.«

Ich begann, mit den Augen die Straßen und Alleen abzusuchen, die sich vor uns erstreckten. Mein Unbehagen steigerte sich in Panik und trieb meine Suche gewaltig an.

»Ich wünschte, wir hätten unsere Waffen dabei!« murmelte ich.

»Hör sich einer den an!« sagte Aahz höhnisch. »Es ist noch gar nicht so lange her, daß du mir weismachen wolltest, Zauberer bräuchten keine Waffen. Komm, Kind! Was würdest du denn mit einer Waffe anfangen können, wenn du eine hättest?«

»Wenn du's genau wissen willst, ich wollte, *du* hättest eine bei dir.«

»Oho! Gut gesagt! Sag mal ... äh ... Kind? Siehst du dich noch nach einer geeigneten Stelle um?«

»Ja, ein paar Möglichkeiten hab ich schon ausgemacht.«

»Dann vergiß sie. Sieh dich nach etwas Großem mit vielen Ausgängen um.«

»Weshalb dieser Strategiewechsel?« wollte ich wissen.

»Wirf mal einen Blick über deine Schulter ... ganz unauffällig!«

Ich tat wie geheißen, wenn auch vielleicht nicht so unauffällig, wie es möglich gewesen wäre. Es stellte sich allerdings heraus, daß meine schauspielerische Fähigkeiten unsere geringste Sorge waren.

Eine Menschenmenge folgte uns. Sie warfen uns düstere Blicke zu und murmelten irgend etwas vor sich hin. Ich wollte verzweifelte daran glauben, daß wir nicht Mittelpunkt ihrer Aufmerksamkeit waren, doch die Fakten waren nicht zu übersehen. Sie folgten eindeutig uns, und unterwegs wurden es ständig mehr.

»Aber warum verfolgen sie uns? Was wollen sie?«

»Nun, ich bin mir freilich nicht ganz sicher, aber ich nehme an, daß es etwas mit unseren Verkleidungen zu tun hat.«

»Was machen wir also?«

»Wir gehen weiter, und hoffen, daß uns eine Soldatenpatrouille über den Weg läuft, die wir um Hilfe bitten könnten.«

Ein erster Stein schlug vor uns aufs Pflaster, vermutlich hatte ihn einer der Leute geworfen.

»... oder ...«, revidierte Aahz eilig, »wir bleiben auf der Stelle stehen und finden heraus, was das Ganze soll.

»Wir könnten weglaufen«, schlug ich voller Hoffnung vor. Aahz machte sich jedoch bereits an die Ausführung seines vorhergegangenen Vorschlags.

Er blieb unvermittelt stehen und drehte sich auf der Ferse um, daß er der Menge ins Gesicht sah.

»Was soll das bedeuten?« brüllte er der näherrückenden Masse entgegen.

Angesichts dieser direkten Ansprache kam die Menge zum Stehen, wobei die hinteren Reihen auf die vorne aufliefen, die schon halt gemacht hatten. Sie schienen von Aahz' Verhalten ziemlich verwirrt und schweiften ziellos umher. Ich war angenehm überrascht vom Erfolg des Manövers, das mein Begleiter in die Wege geleitet hatte, aber für Aahz war ganz gut niemals gut genug.

»Also?« fragte er und trat auf sie zu. »Ich warte auf eine Erklärung.«

Einen Augenblick lang wich die Menge vor ihm zurück. Dann ertönte eine Stimme aus dem Hintergrund.

»Wir wollen wissen, was nun mit unserem Geld los ist?«

Dies gab den Anstoß.

»Ja? Wo ist unser Geld geblieben?«

Mehrere andere griffen die Frage auf, und die Menge begann zu schimpfen und wieder auf uns zuzurücken.

Aahz wich keinen Schritt und hob Stille gebietend die Hand.

»Was ist mit Eurem Geld?«

»Oh, nein, diesmal nicht!« kam eine besonders bedrohliche Stimme. »Diesmal wird es Euch nicht noch einmal gelingen, Euch so herauszureden.«

Ein kräftiger, kahlköpfiger Mann bahnte sich seinen Weg durch die Menge, mit einem Schlachtermesser in der Hand baute er sich Aahz auf.

»Mein guter Mann«, flötete Aahz durch die Nase. »Wenn Ihr damit sagen wollt ...«

»Jetzt aber schnell!« schnauzte der Mann. »Ganz schnell! Herr, wir waren schon allzu geduldig mit Euch. Wir hätten Euch gleich das erste Mal, als Ihr Euren betrügerischen Anti-Dämonen-Zauber vorgeführt habt, aus der Stadt jagen sollen. Ganz recht, ich sagte betrügerisch! Ein paar von uns wußten es von Anfang an. Jeder, der nur über ein bißchen Bildung verfügt, weiß, daß es so was wie Dämonen nicht gibt.«

Einen Augenblick lang war ich in Versuchung, Aahz' Tarnung fallen zu lassen.

»Wir haben genug von Euren Erklärungen. Das haben wir Euch schon vor drei Tagen gesagt, als wir Euch noch zwei Tage Zeit ließen, uns entweder die Zauberformel oder unser Geld zurückzugeben.«

»Solche Dinge brauchen ihre Zeit ...«

»Diese Ausrede habt Ihr schon überstrapaziert. Gestern ist Eure Zeit abgelaufen. Entweder bekommen wir nun unser Geld oder ...«

»Gewiß, gewiß.« Aahz hob besänftigend die Hände. »Gebt mir nur einen Augenblick, um mich mit meiner Partnerin zu unterhalten.«

Er lächelte der Menge zu, als er mich beim Arm nahm und beiseite zog.

»Was machen wir jetzt, Aahz?«

»*Jetzt* laufen wir weg«, antwortete er ruhig.

»Wie?« fragte ich dümmlich nach.

Doch ich sprach ins Leere. Aahz fußelte bereits die Straße hinab.

Ich versuchte, ihn einzuholen. »Sie holen auf.«

»Wirst du mir helfen, mich nach etwas umzuschauen?«

»Klar. Was suchen wir?«

»Ein Paar, das ungefähr wie wir gekleidet ist«, erwiderte er.

»Und was machen wir, wenn wir sie gefunden haben?«

»Ganz einfach«, erklärte Aahz. »Wir arrangieren einen Zusammenstoß, und im Gewühle verwandelst du unsere Erscheinungen in ihre, dann kann der Mob sie in Stücke reißen.«

Ich begann, mich nach einem ähnlich gekleideten Pärchen umzusehen. Das ist schwerer, als man glaubt, wenn man wie verrückt rennt und einen Mob auf den Fersen hat.

Unglücklicherweise lief uns niemand über den Weg, der zu passen schien. Wen immer wir darstellen mochten, die beiden schienen in ihrer Aufmachung recht einzigartig zu sein.

»Ich wünschte, ich hätte eine Waffe bei mir«, beklagte sich Aahz.

»Das haben wir ja schon ausdiskutiert«, erinnerte ich ihn. »Abgesehen davon, was würdest du unternehmen, wenn du eine hättest? Das einzige, womit wir sie zum Halten bringen könnten, wäre ein Feuerring.«

»Heh! Das hatte ich ja ganz vergessen«, keuchte Aahz.

»Und dann? Wir können ihn nicht anwenden.«

»Tatsächlich? Warum denn nicht?«

»Weil sie dann wüßten, daß wir Magiker sind.«

»Das spielt keine Rolle mehr, wenn sie tot sind.«

Situationsbedingte Ethik oder nicht, mir drehte sich der Magen um bei der Vorstellung, so viele Leute umzubringen.

»Warte, Aahz!« rief ich.

»Paß auf, Kerlchen.« Er grinste und streckte die Hand in ihre Richtung aus. Nichts rührte sich.

›Eine kleine Hilfe zur rechten Zeit ist besser als eine große Hilfe zur Unzeit‹
TEWJE

14

»Komm schon, Aahz!« brüllte ich verzweifelt und kippte einen Obststand vor der Menge auf den Weg.

Nun, da es schien, als seien meine Mitmenschen vor Aahz sicher, wandte sich meine Besorgnis wieder der Frage zu, inwieweit er vor ihnen in Sicherheit zu bringen war.

»Ich kann es nicht fassen!« rief Aahz, als er einen Satz zurück machte.

»Was?«

»Daß ich an ein und demselben Tag einem Täufler und einem Imp auf den Leim gekrochen bin. Wenn wir hier rauskommen, geb ich dir die Erlaubnis, mich zweimal kräftig in den Hintern zu treten.«

»Abgemacht«, keuchte ich.

»Schau, Kerlchen, wir sind gerettet!« Aahz deutete aufgeregt nach vorn, wo eine uniformierte Patrouille vorüberzog.

Unser Anmarsch auf die Soldaten war so lärmend, daß alle anhielten und der Jagd zusahen. Einer von ihnen, der etwas weniger schmuddelig war als die übrigen, hatte sich innerhalb der Gruppe nach vorne gedrängt und schaute uns nun mit überkreuzten Armen spöttisch entgegen.

Aahz drängte mich beiseite. »Seid Ihr der diensthabende Offizier, Sir?«

»Das bin ich«, antwortete der Mann.

»Nun, es sieht ganz so aus, als ob diese ... Bürger«, er deutete voller Abscheu auf unsere Verfolger, »uns körperlichen Schaden zufügen wollten. Eine eklatante Mißachtung Eurer Autorität ..., Sir.«

»In Ordnung. Ihr hier wißt, daß das Gesetz den Bürgern

verbietet, sich gegenseitig Verletzungen zuzufügen«, begann er.

Die Menge fing an, düster vor sich hinzumurmeln, doch der Offizier gebot ihnen mit einer Handbewegung zu schweigen.

»Ich weiß, ich weiß. Uns gefällt das auch nicht. Wenn es nach uns ginge, ließen wir euch eure Streitigkeiten austragen und brächten unsere Zeit in den Kneipen zu. Aber es geht nicht nach uns. Wir müssen die Gesetze genauso wie ihr befolgen, und das Gesetz besagt, daß allein das Militär die Rechtsprechung ausübt und die Strafen an der Bürgerschaft vollzieht.

Ich weiß zwar, daß ihr diese beiden gerne zu Gulasch verarbeiten würdet, aber ich darf es nicht zulassen. Sie müssen gehenkt werden, wie das Gesetz es befiehlt.«

»Was?«

Ich bin mir nicht sicher, ob ich oder Aahz diese Frage herausgebrüllt hatte oder wir beide zusammen. Wer immer es war, jedenfalls wurde die Frage vom Jubelgeschrei der Menge übertönt.

Ein Soldat packte meine Handgelenke und drehte sie mir schmerzhaft auf den Rücken. Als ich mich umsah, stellte ich fest, daß man mit Aahz das gleiche machte. Es erübrigt sich wohl zu sagen, daß dies nicht die Art von Unterstützung war, wie wir sie uns erhofft hatten.

»Was habt ihr denn erwartet?« verhöhnte uns der Offizier. »Wenn ihr von der Armee Hilfe wolltet, dann hättet ihr uns nicht auf eure Kundenliste setzen dürfen.«

Man trieb uns nun zu einem einzeln stehenden Baum.

»Psst, Kerlichen!« flüsterte Aahz.

»Was denn noch?« murmelte ich verbittert.

»Wenn sie dich hängen, flieg!«

»Was?«

Wider Willen erfüllte mich plötzlich neue Hoffnung.

»Jetzt aber, Kerlchen! Wach auf! Flieg! Wie ich es dir unterwegs beigebracht habe.«

»Sie würden mich doch nur abschießen.«

»Nicht wegfliegen, Dummerchen! Nur fliegen. Am Ende

des Seils schweben und zappeln. Sie werden glauben, du bist erhängt.«

Ich dachte darüber nach ... angestrengt darüber nach. Es könnte funktionieren, aber ... Ich bemerkte, daß man die Schlingen über einen tiefen Ast des Baumes warf.

»Aahz! Ich kann das nicht. Ich kann nicht uns beide levitieren, so gut bin ich noch nicht.«

»Nicht uns beide, Kind. Nur dich. Mach dir um mich keine Gedanken.«

»Aber ... Aahz!«

Unsere Zeit war abgelaufen. Grobe Hände schoben uns nach vorn und zogen uns die Schlingen über die Köpfe.

Ich begriff sofort, daß ich gar nicht die Zeit hatte, mir um Aahz Gedanken zu machen.

Ich brauchte meine ganze Konzentration, und selbst dazu war es höchste Zeit.

Ich schloß die Augen und suchte verzweifelt nach einer Kräftelinie in der Luft. Da war eine ... schwach zwar, aber sie war da. Ich begann, mich auf sie einzustellen.

Die Schlinge zog sich um meinen Hals zusammen, und ich spürte, wie meine Füße vom Boden abhoben. Ich fühlte Panik in mir aufsteigen und kämpfte sie nieder.

Eigentlich war es besser so. Sie mußten ja mein Körpergewicht spüren, wenn sie mich hochzogen. Ich konzentrierte mich wieder auf die Kräftelinie ... Energien abziehen ... sie umdirigieren.

Ich spürte, wie sich das Seil leicht entspannte. Ich bekam Luft! Nicht viel, das stimmte, aber ausreichend zum Überleben. Was mußte ich sonst noch tun? Ach ja, zappeln. Ich trat leicht mit den Beinen umher und versuchte zu zittern. Das hatte jedoch zur Folge, daß die Schlinge sich stärker zuzog. Ich beschloß, eine andere Taktik anzuwenden. Ich ließ meinen Kopf zur Seite baumeln und streckte seitlich die Zunge aus dem Mundwinkel.

Es klappte. Ein plötzliches Anschwellen der Pfiffe aus der Menge belohnte meine Bemühungen.

Ich behielt diese Stellung bei.

Meine Zunge trocknete schnell aus, ich zwang mich jedoch, nicht daran zu denken.

Der arme Aahz. Trotz all seiner Grummligkeit und seiner Behauptung, lediglich an sich selbst zu denken, hatte seine letzte Besorgnis meinem Wohlergehen gegolten. Ich schwor mir, wenn ich hier wegkäme …

Ich dachte gerade noch daran, nicht mehr zu fliegen, ehe sie das Seil abschnitten, als sie unsere Leichen abnahmen, um sie als Warnung an den Stadtrand zu legen. Ich biß mir auf die Zunge, als ich landete und wagte, sie in den Mund zurückzuziehen. Niemand bemerkte etwas.

Unsichtbare Hände packten mich unter den Armen und an den Fußknöcheln, und unsere Reise zur Stadtgrenze begann.

Nun, da ich wußte, daß man mich nicht begraben würde, wandten sich meine Gedanken wieder meiner Zukunft zu. Ich würde mir Frumpel und Isstvan vorknöpfen. Das war ich Aahz schuldig.

»Hier wird es wohl weit genug sein. Wir schmeißen sie einfach hier hinunter!«

Es ertönte ein Chor allgemeiner Zustimmung, und schon flog ich wieder durch die Luft. Ich versuchte, mich für den Aufprall zu entspannen, doch als ich wirklich am Boden aufschlug, blieb mir die Luft weg.

Wenn ich mich weiter um die Kunst des Fliegens bemühen würde, müßte ich mehr Zeit zur Einübung von Notlandungen aufwenden.

Ich lag reglos da. Ich konnte die Soldaten schon nicht mehr hören, ich wollte jedoch noch nicht riskieren, aufzusitzen und womöglich zu offenbaren, daß ich gar nicht tot war.

»Willst du den ganzen Tag hier liegenbleiben, oder hilfst du mir, meine Fesseln zu lösen?«

Unwillkürlich riß ich die Augen auf. Neben mir saß Aahz und grinste auf mich herunter.

Vernünftigerweise blieb hier nur eines zu tun, und das tat ich denn auch. Ich fiel in Ohnmacht.

›Jeder, der den Ausdruck ›easy as taking candy from a baby‹ benutzt, hat noch niemals versucht, einem Kind ein Bonbon abzunehmen‹
ROBIN HOOD

15

»Können wir uns jetzt rühren?« fragte ich.

»Noch nicht, Kerlchen. Warte, bis die Lichter einen ganzen Tag lang ausgeblieben sind.«

»Eine ganze Stunde meinst du.« Er hatte immer noch die Schwierigkeiten mit den Zeiteinheiten.

»Egal. Jetzt halt den Mund und paß auf.«

Wir warteten am Ende der Sackgasse gegenüber Frumpels Geschäft. Obwohl wir mit unseren neuen Tarnungen vermutlich sicher waren, war mir unbehaglich zumute in der Stadt, wo man uns aufgehängt hatte. Es ist schwierig, dies jemandem begreiflich zu machen, der sich noch nicht in der gleichen Lage befunden hat. Außerdem war es auch komisch, mit Aahz zusammen zu sein, nachdem ich mir vorgestellt hatte, er sei tot.

Offensichtlich sind die Halsmuskeln eines Perfekten erheblich stärker als die eines Menschen.

Aahz hatte einfach jene Muskeln angespannt, die dann verhinderten, daß ihm die Schlinge die Luftzufuhr abschnitt.

»Okay, Kerlchen«, flüsterte Aahz. »Ich glaube, wir haben nun lange genug gewartet.«

»Wie kommen wir denn rein?«

»Wie gewöhnlich, durch die Tür.«

»Ich hätte nicht gedacht, daß das so einfach geht.«

»Holla! Keiner hat behauptet, daß es leicht wird. Die Tatsache, daß die Tür offensteht, heißt noch nicht, daß die Tür offensteht.«

»Das kapier ich nicht ganz, Aahz.«

»Denk mal nach, Kerlchen. Wir sind doch hinter einem

Täufler her, stimmt's? Dem stehen alle Arten von Zaubereien und Tricks zur Verfügung. Deshalb schließt du jetzt mal die Augen und betrachtest die Tür auf andere Weise.«

Ich tat, wie er verlangte. Augenblicklich erfaßte mein Denken das Bild eines Käfigs, der den gesamten Laden umschloß.

»Er hat eine Art Schutzwall aufgebaut, Aahz«, informierte ich meinen Partner.

Es kam mir in den Sinn, daß eine derartige Struktur mich noch vor wenigen Wochen in Furcht und Schrecken versetzt hätte. Nun akzeptierte ich sie dagegen als relativ normal, lediglich als ein weiteres Hindernis, das es zu überwinden galt.

»Beschreib ihn mir mal«, forderte Aahz mich auf.

»Also ... er ist hell ... ein weißliches Purpur ... eine Reihe von Gittern und Querstäben, die Quadrate in der Größe von einer Handfläche bilden ...«

»Nur über der Tür oder um den ganzen Laden?«

»Über den ganzen Laden. Oben ist es zu, und die Gitterstände sind in den Boden eingelassen.«

»Hm. Wir werden einfach durchgehen müssen. Hör zu, Kerlchen. Zeit für deine nächste Lektion.«

»Und wir wollen durch das Ding durch?« fragte ich ungläubig.

»*Nach* deiner Schnellektion. So, erinnerst du dich an deine Federübung? Wie du zur Kontrolle deinen Geist um die Feder legen mußtest?«

»Hm, ja«, sagte ich verwirrt.

»Nun, ich möchte, daß du das gleiche ohne Feder machst. Tu, als hieltest du etwas, das es gar nicht gibt. Forme die Energien zu einer Röhre.«

»Und dann?«

»Dann führst du die Röhre in eines der Quadrate ein und dehnst sie aus.«

»Das ist alles?«

»Das ist alles. So. Versuch's mal.«

Ich schloß die Augen und ließ mein Denken ausströmen. Nachdem ich mir ein Quadrat über der offenstehenden Tür ausgesucht hatte, führte ich meine erdachte Röhre ein und drückte gegen die Seiten. Sie gaben langsam nach. Nach einer gewaltigen Anstrengung hatte ich die Röhre über zwölf Quadrate erweitert.

»Hast du's geschafft?« Aahz' Flüstern klang besorgt.

»Ja, eine Sekunde noch ... jetzt!«

Die Röhre war nun groß genug, daß wir hindurchkriechen konnten.

»In Ordnung! Dann geh du voraus. Ich halte mich direkt hinter dir.«

Es war schon recht seltsam: diesmal empfand ich keinen meiner üblichen Zweifel, als ich kühn über die Straße auf den Laden zuschritt. Offenbar wuchs mein Vertrauen in meine Fähigkeiten, denn ich zögerte nicht einmal, in die Röhre hineinzukriechen.

Als wir uns schließlich im Laden befanden, zog Aahz als erstes die Vorhänge zu. Meine Augen hatten sich nun fast an die Dunkelheit gewöhnt. In der Ecke lag ein schwer atmendes Bündel. Frumpel!

Ich fühlte eine Hand auf meiner Schulter. Aahz deutete auf eine Öllampe auf dem Tisch. Ich schoß einen schnellen Energiestrahl ab, worauf sogleich eine Flamme am Docht aufloderte und den Verkaufsraum erhellte.

Aahz kniete mit dem Messer in der Hand neben Frumpel nieder. Offensichtlich war es ihm trotz der Dunkelheit gelungen, eine unserer Waffen wiederzufinden.

Frumpel setzte sich blinzelnd hoch und erstarrte plötzlich zu Eis. Aahz hielt die Spitze des Messers eine Haaresbreite von Frumpels Kehle entfernt.

»Hallo, Frumpel«, lächelte Aahz. »Erinnerst du dich noch an uns?«

»Ihr?« keuchte der Täufler. »Ihr seid doch angeblich tot!«

»Tot?« schnurrte Aahz. »Wie könnte uns denn nur ein Leid geschehen, wo doch unser alter Kumpel Frumpel sich gemeinsam mit der Bürgerschaft um uns sorgt?«

»Meine Herren!« kreischte unser Opfer. »Hier muß ein Mißverständnis aufgetreten sein!«

»Hör zu, Frumpel! Wir sind sowohl in der Lage wie auch willens, dich umzubringen. Klar?«

»Aber ich ...«

»Klar?«

Aahz ließ die Messerspitze über Frumpels Haut streifen.

»Klar«, flüsterte der Täufler.

»Dann ist es ja gut«, erklärte Aahz und steckte das Messer in seinen Gürtel zurück. »Dann wollen wir jetzt übers Geschäft reden.«

»Ich ... ich verstehe nicht ganz«, stammelte Frumpel und rieb sich mit einer Hand den Hals, als wolle er sich überzeugen, ob er auch noch heil war.

»Das soll heißen«, erläuterte Aahz, »daß uns deine Hilfe wichtiger ist als unsere Rache. Aber freu dich nicht zu früh. So leicht ist uns die Entscheidung auch wieder nicht gefallen.«

»Ich ... ich verstehe. Was kann ich für euch tun?«

»Jetzt stell dich nicht an, Frumpel. Du kannst unsere alte Abmachung einhalten.«

»Das kann ich eben nicht!« jammerte Frumpel. »Nicht, daß ich deine Kräfte nicht wiederherstellen will. Ich kann es nicht! Ich weiß nicht, was mit dir los ist oder wie man dem begegnen kann. Deshalb habe ich euch auch den Mob auf den Hals gehetzt. Ich hatte Angst, ihr würdet mir nicht glauben, wenn ich es euch gesagt hätte. Ich habe zuviel Zeit aufgewandt, mich hier fest zu etablieren, als daß ich es riskieren könnte, von einem unzufriedenen Kunden bloßgestellt zu werden. Es tut mir leid, ehrlich, und ich weiß, daß ihr mich vermutlich umbringen werdet, aber ich kann dir nicht helfen.«

›Nur weil etwas nicht in der Weise funktioniert, wie man es geplant hatte, ist es nicht gleich nutzlos‹
T. EDISON

16

»Hm«, machte Aahz gedankenverloren. »Du bist also machtlos, meine Macht wiederherzustellen?«

»Heißt das, daß wir ihn nun trotzdem umbringen?« fragte ich eifrig.

»Nur die Ruhe, Kerlchen. Die Tatsache, daß er meine Kräfte nicht wiederherstellen kann, heißt noch lange nicht, daß er deshalb völlig nutzlos für uns wäre. Ich bin sicher, daß er überglücklich sein wird, uns helfen zu können, insbesondere, da er unser altes Geschäft noch nicht beglichen hat. Hab ich recht, Frumpel?«

»Aber gewiß doch. Ich werde alles tun, um die Unannehmlichkeiten, die ich euch verursacht habe, wiedergutzumachen.«

»Unannehmlichkeiten?« fragte ich ungläubig.

»Ruhig, Kerlchen. Nun, Frumpel, als erstes kannst du uns einmal unsere Sachen zurückgeben, die wir bei unserem letzten Besuch hiergelassen haben, ehe wir zu unserer kleinen Mission aufbrachen. Und weiter: Sagt dir der Name Isstvan etwas?«

»Nein. Sollte er das?«

»Wenn du am Leben bleiben willst, ja. Es ist ein verrückter Magiker, der alle Dimensionen übernehmen und mit dieser hier beginnen will.«

»Was geht mich das an?« Frumpel runzelte die Stirn. »Wir Täufler treiben mit jedem Handel, der unsere Preise zahlen kann. Wir befassen uns nicht mit politischen Implikationen oder dem Geisteszustand unserer Geschäftspartner. Wenn wir nur mit den Vernünftigen Handel trieben, würde das unsere Geschäfte auf ein Drittel reduzieren ... vielleicht sogar weniger.«

»Diesmal beschäftigst du dich besser damit. Vielleicht hast du mich nicht ganz verstanden. Isstvan will mit dieser Dimension anfangen. Um das durchzuführen, muß er hier all jene umbringen, die über das Anzapfen von Energien Bescheid wissen. Der läßt nicht mit sich handeln.« Aahz nickte bedeutungsvoll.

»Hm. Interessante Theorie, aber wo ist der Beweis dafür – ich meine, wen soll er denn umgebracht haben?«

»Zumindest schon mal Garkin«, sagte ich trocken.

»Das stimmt«, pflichtete Aahz mir bei. »Du warst doch so begierig zu wissen, warum wir beide zusammen reisen. Nun, Skeeve hier war Garkins Lehrling, bis Isstvan seine Mörder geschickt hat, um diese Konkurrenz auszulöschen.«

»Mörder?«

»Ganz recht. Zwei von ihnen hast du gesehen, das waren die beiden Imps, die du vor einer Woche teleportiert hast.« Aahz breitete den Mantel aus, den wir vor einer Woche von dem Mörder ergattert hatten.

»Woher, meinst du, haben wir das? Von einem Wohltätigkeitsbasar?«

»Hm«, kommentierte der Täufler.

»Und er rüstet sie mit hochtechnisierten Waffen aus. Wie kannst du uns nun helfen?«

»Ich habe keine Waffen auf Lager. Ich wüßte wirklich nicht …«, gestand der Täufler. »Es sei denn … ich hab's! Ich könnte euch auf den Basar schicken!«

»Den Basar?« fragte ich.

»Den Basar auf Tauf! Wenn ihr dort nicht findet, was ihr braucht, dann existiert es überhaupt nicht. Warum habe ich daran nur nicht früher gedacht? Das ist die Lösung!«

Nun war er auf den Beinen und trat auf uns zu.

»Ich weiß, ihr habt es eilig, deshalb will ich mich gleich an die Arbeit machen …«

»Nicht so hastig, Frumpel!« Aahz hatte sein Schwert gezückt und hielt es drohend gegen Frumpel gerichtet.

»Wir hätten gern eine Garantie, daß wir hier auch eine Rückfahrkarte buchen.«

»Ich … ich verstehe nicht.«

»Ganz einfach. Du hast schon einmal versucht, uns loszuwerden. So kommt mir der Gedanke, daß du uns vielleicht in irgendeine Hinterwalddimension schickst, von der wir nicht mehr wegkommen.«

»Aber ich gebe euch mein Wort, daß ...«

»Dein Wort wollen wir nicht«, grinste Aahz. »Wir möchten deine Anwesenheit.«

»Was?«

»Wo wir sind, sollst auch du sein. Du begleitest uns, nur um sicherzugehen, daß wir auch zurückkommen.«

»Aber das kann ich doch nicht!« sagte Frumpel mit ehrlichem Entsetzen. »Ich bin von Tauf verbannt worden. Du weißt nicht, was die mit mir machen, wenn ich zurückkehre.«

»Das ist ja ein Jammer. Aber wir möchten vor der Buchung eine Rückfahrgarantie, und das bist du!«

»Warte einen Augenblick! Ich glaube, ich habe eine Lösung!«

Der Täufler begann hektisch in seinen Truhen zu wühlen. Ich beobachtete fasziniert, was für eine erstaunliche Ansammlung seltsamer Gegenstände er dabei zutage förderte.

»Da ist es ja!« rief er schließlich und hielt seine Beute in die Höhe.

Es sah aus wie eine Metallstab, der etwa achtzehn Zentimeter lang und fünf Zentimeter breit war. An der Seite hatte er merkwürdige Zeichen und am Ende einen Knopf.

»Ein D-Hüpfer!« rief Aahz. »Seit Jahren habe ich keinen mehr gesehen!«

Frumpel warf ihn ihm zu.

»Komm, Kerlchen!« Aahz stellte auf dem D-Hüpfer bereits die Koordinaten ein. »Packen wir's!«

»Nur einen Augenblick noch, Aahz. Ich möchte mein Schwert holen«, bremste ich.

»Laß es hier. Wir können es auf dem Rückweg mitnehmen.«

»Sag mal, Aahz, wie lange dauert eigentlich die Fahrt zwischen den Dimensionen ...«

Plötzlich lösten sich die Wände von Frumpels Hütte in ein Kaleidoskop von Farben auf.

»Nicht lange, Kerlchen. Wir sind schon da.«

Und so war es auch.

›Sie finden hier die Wunder der Zeitalter zu Ihrer Bildung und Unterhaltung zusammengetragen – doch das hat seinen Preis‹

TUTANCHAMUN

17

Wenn ich auch wußte, daß meine Heimatdimension nicht besonders farbenprächtig war, so hielt ich sie doch nicht für trostlos ... bis ich einen ersten Blick auf den Basar von Tauf warf.

Er schien sich endlos in alle Richtungen zu erstrecken, soweit das Auge reichte. Zelte und Buden aller Muster und Farben standen in unregelmäßigen Haufen beieinander und drängten sich um mehr Platz.

Überall waren Tausende von Täuflern aller Altersstufen. Große, dicke, lahme, glatzköpfige, alles schob einander umher wie eine große wogende Masse mit vielen Köpfen und Schwänzen. Auch andere Wesen fanden sich vereinzelt in der Menge. Einige sahen wie zu Leben erwachte Alpträume aus; andere erkannte ich erst als Lebewesen, als sie sich rührten; alle verursachten jedoch einen Heidenlärm.

Dieser Lärm! Nach dem zurückgezogenen Leben mit Garkin war mir Twixt bereits als geräuschvoll erschienen; das Getöse, das mir jedoch hier um die Ohren brauste, war unbeschreiblich.

»Willkommen auf Tauf, Kerlchen!«

Aahz vollführte eine ausholende Geste.

»Was hältst du davon?«

»Laut ist es hier«, bemerkte ich.

»Was?«

»Ich sagte, es ist laut hier!« brüllte ich.

»Oh, ja. Es ist schon ein wenig lebendiger hier als auf einem eurer Vieh- oder Fischmärkte.«

»Na schön, Aahz, da wir nun einmal hier sind, wohin gehen wir nun?«

Ich erhielt keine Antwort. Ich lenkte meinen Blick vom

Markttreiben auf meinen Partner. Der stand reglos und schnüffelte in die Luft.

»Aahz?«

»He, Kerlchen, riechst du das?« fragte er begierig.

Ich schnüffelte ebenfalls.

»Ja«, witzelte ich. »Was ist denn da eingegangen?«

»Komm mit, Kerlchen. Komm mit!«

Er tauchte in die Menge und ließ mir keine andere Wahl, als seiner Spur zu folgen.

Der widerliche Gestank wurde merklich stärker.

»Das«, erklärte Aahz feierlich und blieb vor einem kuppelförmigen Zelt stehen, »ist der Duft der Küche von Perf.«

»Essen? Wir haben diesen ganzen Weg gemacht, daß du ein Essen bekommst?«

»Eins nach dem anderen, Kerlchen! Seit Garkin mich mitten aus einer Party rausgerissen hat, habe ich keine anständige Mahlzeit mehr gesehen.«

»Aber wir wollten doch nach einem Mittel gegen Isstvan suchen.«

»Immer mit der Ruhe, Kerlchen! Mit vollem Magen kann ich besser feilschen. Warte hier, ich brauche nicht lange.«

»Hier warten? Warum kann ich nicht mitkommen?«

»Ich glaube nicht, daß dir das gefallen würde. Für jemanden, der nicht von Perf stammt, sieht es noch schlimmer aus, als es riecht.«

Es fiel mir schwer, dies zu glauben.

»Ich habe keinen schwachen Magen. Als ich im Wald gelebt habe, habe ich allerhand ekliges Zeug essen müssen.«

»Ich will dir was sagen, Kerlchen, das Hauptproblem bei Perfekter-Gerichten ist, das Zeug davon abzuhalten, aus dem Teller zu kriechen, während man es ißt.«

»Ich werde auf dich warten«, entschied ich.

»Gut. Wie schon gesagt, werde ich nicht lange brauchen. Du kannst ja den Drachen zuschauen, bis ich zurück bin.«

»Drachen?« fragte ich, doch er war schon hinter den Zeltbahnen verschwunden.

Ich drehte mich langsam um und besah mir die Szene hinter mir.

Drachen! Keine fünf Meter von meinem Platz entfernt befand sich ein riesiger Pferch voller Drachen. Die meisten Tiere waren an der hinteren Wand festgemacht, weshalb ich sie bisher nicht gesehen hatte.

Ich hatte niemals zuvor einen Drachen gesehen, aber die Exemplare im Pferch entsprachen durchaus meiner Vorstellung. Sie waren riesig, mit gut drei bis viereinhalb Meter Schulterhöhe und reichlich neun Meter Länge. Ihre Hälse waren lang und schlangenartig, und ihre bekrallten Pfoten hieben Löcher in den Boden, wenn sie nervös ihr Gewicht von einem Bein aufs andere verlagerten.

Ich war überrascht angesichts der vielen verschiedenen Arten. Niemals war es mir in den Sinn gekommen, daß es mehr als einen Drachentyp geben könnte, hier hatte ich jedoch den lebendigen Gegenbeweis. Neben den grünen Drachen, die ich mir immer ausgemalt hatte, gab es hier rote, schwarze, goldene und blaue Drachen. Sogar ein mauvefarbener war dabei.

Meine Aufmerksamkeit wandte sich dem Täufler zu, der die Vorführung präsentierte. Er war der größte Täufler, den ich jemals gesehen hatte, gute 2,40 m groß mit Armen wie Baumstämme. Es fiel einem schwer zu entscheiden, wer nun furchterregender aussah, die Drachen oder ihr Dompteur.

Nachdem ich sie eine Weile beobachtet hatte, fand ich, daß es nun Zeit für mich war zu gehen.

»Gliep!«

Ich wurde am Ärmel gezupft.

Ich sah mich um. Da stand doch genau hinter mir ein kleiner Drache! Nun, er war etwa 1,20 m hoch und drei Meter lang, doch wenn man die anderen Drachen gesehen hatte, wirkte er klein dagegen. Er war grün, hatte riesige blaue Augen und zeigte erste Ansätze zu einem weißen, herunterhängenden Bärtchen.

Den Bruchteil einer Sekunde lang erfüllte mich Panik, doch die machte bald der Neugier Platz. Er sah nicht gefährlich aus. Er wirkte ganz zufrieden, wie er so dastand und herumkaute und …

Mein Ärmel! Das Biest verzehrte ein Stück meines

Ärmels! Ich sah an mir hinab und fand die Bestätigung, daß tatsächlich ein Teil meines Hemdes fehlte.

»Gliep«, sagte der Drache wieder und reckte den Hals, um einen zweiten Bissen zu nehmen.

»Hau bloß ab!« heischte ich ihn an und versetzte ihm eine Kopfnuß, ehe ich begriff, was ich tat.

»Gliep?« machte er verdutzt.

Ich wollte mich schnell wegtrollen. Ich war mir unsicher, was geschähe, wenn er einen Feuerstoß ausspie und wollte dies lieber vermeiden.

»Gliep«, sagte er und schlurfte hinter mir her.

»Gazabkp!« dröhnte eine Stimme hinter mir.

Ich wirbelte herum und fand mich vor einem behaarten Bauch wieder. Ich folgte der Gestalt mit dem Blick nach oben und sah den Drachendompteur auf mich herabblicken.

»Tut mir leid«, entschuldigte ich mich hastig, »ich spreche Ihre Sprache nicht.«

»Aha. Ein Klahde!« dröhnte der Täufler. »Na, es bleibt dabei. Bezahlen!«

»Was bezahlen?«

»Den Drachen? Glaubst du, wir verschenken Probemuster?«

»Gliep!« machte der Drache und drückte seinen Kopf an mein Bein.

»Hier muß irgendein Mißverständnis vorliegen«, beeilte ich mich zu versichern.

»Das glaube ich auch«, schimpfte der Täufler. »Und es liegt bei mir. Wir machen mit Ladendieben auf Tauf nicht lange Federlesens!«

»Gliep«, meinte der Drache.

Die Dinge gerieten mir nun etwas aus dem Griff. Wenn ich jemals Aahz Hilfe oder Ratschläge benötigte, so jetzt. Ich warf einen verzweifelten Blick zu dem Zelt, in dem er saß und hoffte unvernünftigerweise, er würde gerade herauskommen.

Er kam nicht. Vielmehr war das ganze Zelt verschwunden! Es war weg, hatte sich in Luft aufgelöst und Aahz mit ihm!

›Um welche Ware oder Dienstleistung es sich auch handeln mag, es gibt immer eine Stelle, wo man es noch billiger bekommen kann‹
DAGOBERT DUCK

18

»Wo ist das Zelt hingekommen?« fragte ich fassungslos.

»Welches Zelt?« blinzelte der Dompteur und spähte hinter mich.

»Das Zelt!« rief ich und wies auf die nun leere Stelle.

»Aber da steht doch gar kein Zelt!« erklärte er schließlich entschieden.

»Ich weiß. Das ist es ja eben!«

»He! Kein Versuch, vom Thema abzulenken!« schalt der Dompteur und drückte mir einen unglaublich riesigen Finger gegen die Brust. »Wirst du nun für den Drachen zahlen oder nicht?«

Ich sah mich hilfesuchend um, es beobachtete uns jedoch niemand. Offensichtlich waren Streitigkeiten dieser Art auf Tauf alltäglich.

»Ich habe Euch doch schon gesagt, daß hier ein Mißverständnis vorliegt! Ich will Euren Drachen gar nicht.«

»Giep«, erklärte der Drache und schmiegte den Kopf an mich.

»Erzähl mir so was nicht!« brauste der Dompteur auf. »Wenn du ihn nicht haben wolltest, warum hast du ihn dann gefüttert?«

»Ich habe ihn nicht gefüttert. Er hat ein Stück von meinem Ärmel gefressen!«

»Gliep!« sagte der Drache und versuchte ergebnislos, noch ein Häppchen von meinem Hemd zu nehmen.

»Also gibst du zu, daß er Futter von dir bekommen hat?«

»Nun ... wenn man es so formuliert ... ja! Und dann?« Allmählich war ich es leid, angeschrien zu werden.

»Dann zahl gefälligst. Der ist zu nichts mehr nutze!«

Ich besah mir den Drachen. Er schien mir keinen Schaden von dem Hemdsärmel genommen zu haben.

»Was stimmt nicht mit ihm? Er sieht für meine Begriffe ganz in Ordnung aus.«

»Gliep!« Er schmiegte sich wieder an mich.

»Oh! Es geht ihm glänzend!« spöttelte der Dompteur. »Nur daß er jetzt fixiert ist. Ein fixierter Drache hat nur noch für die Person oder Sache, auf die er fixiert ist, einen Sinn.«

»Und auf wen ist er fixiert?«

»Nun nimm mich nicht auf den Arm! Auf dich natürlich! So wie du ihn gefüttert hast.«

»Na, dann füttert ihn wieder und lenkt ihn von mir ab. Ich habe andere dringende Geschäfte zu erledigen!«

»Einfach so, wie?« sagte der Täufler skeptisch und türmte sich zu neuer Höhe auf. »Du weißt genau, daß das so nicht geht. Wenn ein Drache erst mal fixiert ist, dann für immer. Deshalb sind sie auch so wertvoll.«

»Für immer?« fragte ich.

»Nun ... bis einer von euch beiden stirbt. Aber jeder Narr weiß doch, daß man einen Drachen nur füttert, wenn man ihn auf sich fixieren will. Die idiotischen Biester sind zu leicht zu beeindrucken, besonders so junge wie der hier.«

Ich besah mir wieder den Drachen. Er war sehr jung. Seine Flügel begannen gerade erst zu sprießen, was ich als Zeichen der Unreife interpretierte, und seine Zähne waren nadelscharf, statt abgewetzt wie bei seinen Brüdern im Pferch. Doch seine starken Muskeln zeichneten sich schon unter den Schuppen ab ... Jawohl, beschloß ich, ich würde meinen Drachen in einem Kampf gegen ...

»Gliep!« machte er erneut und leckte sich gleichzeitig mit den beiden Enden seiner gegabelten Zunge den Schnauzbart.

Das brachte mich wieder zu Sinnen. Einen Drachen? Was wollte ich mit einem Drachen anfangen?

»Nun«, erklärte ich stolz. »Ich bin nicht irgendein Narr. Hätte ich die Folgen geahnt, als er meinen Ärmel fraß, so ...«

»Hör zu, Bübchen!« spottete der Täufler und stocherte mir wieder auf der Brust herum. »Wenn du glaubst, daß du hier …«

Irgend etwas in mir flippte aus. Ich schlug seine Hand weg mit einem Zorn, der mich selbst überraschte.

»Ich heiße nicht ›Bübchen‹«, fauchte ich so laut, daß ich meine eigene Stimme fast nicht wiedererkannte. »Mein Name ist Skiv! Und jetzt dämpft Euer Organ, wenn Ihr mit mir redet und behaltet Euren schmutzigen Finger bei Euch!«

Ich bebte und hätte nicht sagen können, ob aus Wut oder aus Angst. Ich hatte meinen ganzen Gefühlen in diesem Ausbruch freien Lauf gelassen und fragte mich nun, ob ich die Nachwirkungen überleben würde.

Erstaunlicherweise trat der Dompteur bei meiner Schimpftirade ein paar Schritte zurück und studierte mich nun mit neuem Erstaunen. Ich spürte einen Druck an meinen Beinen und riskierte ein Auge. Der Drache hatte sich hinter mich verkrochen und bog den Hals um meine Taille, um den Dompteur im Auge zu behalten.

»Es tut mir leid.« Der Dompteuer war plötzlich ganz unterwürfig. »Ich habe Euch nicht gleich erkannt. Wie sagtet Ihr noch, war Euer Name …?«

»Skiv«, gab ich arrogant zurück. Das klang beeindrukkender als Skeeve.

»Skiv.« Er runzelte nachdenklich die Stirn. »Seltsam. Ich kann mich an diesen Namen gar nicht erinnern.«

Ich wußte nicht, für wen oder was er mich hielt, aber eines hatte ich bei meiner Reise mit Aahz gelernt, nämlich den Vorteil einer Situation zu erkennen und auszunutzen.

»Das Geheimnis, das meine Identität umgibt, hat ihren Leitfaden in sich selbst, wenn Ihr versteht, was ich meine«, murmelte ich und schenkte ihm mein bestes, vertrauliches Zwinkern.

»Natürlich«, antwortete er. »Ich hätte gleich merken müssen …«

»Macht nichts«, erklärte er großzügig. »Nun, was diesen Drachen angeht …«

Es kam mir seltsam vor, etwas so Gewaltiges vor mir

kuschen zu sehen. »Ja, vergebt mir, daß ich die Gewalt verloren habe.«

»Nun, ich bin sicher, wir können uns irgendwie einig werden«, lächelte ich. Bei diesen Worten schoß mir eine Idee durch den Kopf. Aahz hatte alles Geld bei sich. Ich hatte keinen einzigen Wertgegenstand, außer ...

Ich griff in meine Tasche. Er war noch da! Das Amulett, mit dem Ganzfix Tarnungen durchschauen konnte.

»Hier!« sagte ich und warf ihm das Amulett zu. »Ich nehme an, daß mein Konto damit ausgeglichen ist.«

»Ihr seid ein zäher Feilscher, Skiv!« Der Täufler war immer noch höflich, sein Lächeln wirkte jedoch ein wenig verletzt. »Gut, es ist ein Geschäft. Hand drauf!«

Er streckte seine Hand aus.

Es ertönte ein plötzliches fauchendes Geräusch, und mir wurde die Sicht versperrt. Der Drache hatte seinen Hals vor meinen Kopf geschoben und stellte sich Aug in Auge dem Täufler gegenüber. Seine Haltung war plötzlich eine Miniaturversion der Wildheit, die ich zuvor bei seinen erwachsenen Artgenossen gesehen hatte. Ich begriff plötzlich, daß er mich beschützen wollte.

»Es ist schon gut«, sagte ich und tätschelte seinen Hals.

»Sagt«, fragte ich den Täufler, nachdem wir schließlich die Hände geschüttelt hatten, »unter uns gesagt bin ich ziemlich neu im Drachengeschäft. Was frißt er denn ... abgesehen von Hemden, meine ich.«

»Ach, ein wenig hiervon und ein wenig davon. Sie sind Allesfresser, aber sie sind heikel. Laßt ihn am besten allein, er stellt sich dann sein Menü schon zusammen ... alte Kleider, verschiedene Blätter, Haustiere.«

»Entsetzlich!« murmelte ich.

»Nun, wenn Ihr mich jetzt entschuldigt, ich habe noch mit anderen Kunden zu verhandeln.«

»Nur noch eine Frage. Wie lange braucht er denn, bis er ausgewachsen ist?«

»Och, nicht länger als vier bis fünf Jahrhunderte.«

»Gliep!«

Ob das nun der Drache oder ich gesagt hatte, weiß ich nicht mehr.

›Wenn man allen Hindernissen und Ablenkungen widersteht, gelangt man unfehlbar an sein Reiseziel‹
C. COLUMBUS

19

»Komm mit, Gliep«, sagte ich.

»Gliep«, antwortete mein Drache und folgte mir.

Da ich nun nicht ganz so stolzer Besitzer eines dauerhaft halbwüchsigen Drachen war, war ich mehr denn je darauf erpicht, Aahz wiederzufinden. Im Augenblick befand ich mich alleine und ohne einen Pfennig Geld in einer fremden Dimension und hatte auch noch einen Drachen im Schlepptau. Schlimmer konnte das Ganze nur noch werden, wenn es sich zum Dauerzustand entwickelte, was eintreten konnte, falls Aahz beschloß, ohne mich nach Klah zurückzukehren.

»Hm ... entschuldigt, Sir.«

Ich nahm mir vor, für die Dauer meines Aufenthaltes auf Tauf so höflich wie möglich zu sein. Das letzte, was ich brauchen konnte, war Streit mit einem Täufler. Ich hätte mich jedoch gar nicht bei dem Budenbesitzer entschuldigen müssen, den ich nach dem Verbleib des Perf-Restaurants fragen wollte.

»Ihr braucht Euch doch nicht zu entschuldigen, junger Herr.« Der Handler lächelte beflissen und entblößte dabei seine beeindruckende Anzahl Zähne.

»Seid Ihr interessiert, einen Stock zu erwerben?«

»Einen Stock!«

»Natürlich!« Der Täufler wies mit einladender Geste in seine Bude. »Die schönsten Stöcke aus allen Dimensionen.«

»Ich brauche eigentlich keinen Stock.«

»Lächerlich! Jeder braucht einen Stock, junger Herr.«

»Warum ich eigentlich hier gehalten habe ist, daß ich wissen wollte, was aus dem Zelt geworden ist.«

»Aus welchem Zelt, junger Herr?«

Ich hatte das vage Gefühl, diese Szene schon einmal erlebt zu haben.

»Das Zelt, das direkt neben Eurer Bude stand.«

»Das Perf-Restaurant!?!« Entsetzen schwang in der Stimme des Täuflers mit.

»Gliep«, erklärte der Drache.

»Warum solltet Ihr ein solches Lokal aufsuchen, junger Herr? Ihr scheint wohlerzogen und von sehr guter Herkunft.«

»Ein Freund von mir befand sich in dem Zelt, als es verschwunden ist.«

»Ihr habt einen Perverser zum Freund?« Seine Stimme verlor alle Freundlichkeit.

»Ja, eigentlich schon ... äh ... das ist eine lange Geschichte.«

»Soviel kann ich dir sagen, Bursche. Es ist nicht verschwunden, es ist weitergezogen«, höhnte der Täufler ohne den Schatten jener Höflichkeit, die er zuvor an den Tag gelegt hatte.

»Weitergezogen?«

»Ja. Das ist eine neue Vorschrift, die wir erlassen haben. Alle Lokale, die Perf-Gerichte anbieten, müssen den Standort wechseln, sie können nicht ständig oder auch nur längere Zeit an einer Stelle des Basars bleiben.«

»Warum?« wollte ich wissen.

»Hast du diesen Fraß jemals gerochen? Da könnte es einem Aasgeier noch schlecht werden. Wolltest du eine Bude im Dunstkreis davon einen Tag besetzen? Bei dieser Hitze?«

»Ich verstehe, was Ihr meint«, gestand ich ihm zu.

»Entweder mußten sie weg oder der Basar, da haben wir sie überstimmt.«

»Was heißt das genau: weg?«

»Entweder schieben sie sich langsam umher, oder sie brechen zu einem neuen vorübergehenden Standort auf, aber sie können nirgends fest bleiben.«

»Und wie kann man sie finden, wenn sie ständig unterwegs sind?«

»Das ist nicht schwer, da mußt du bloß deiner Nase folgen.«

Ich machte mich also auf, dem Geruch zu folgen, mein Drachen immer auf meinen Fersen. Der Gestank wurde schlimmer, als ich durch Budenreihen ging, wo man sich auf exotischen und magischen Schmuck spezialisiert hatte, und ich konnte mich kaum beherrschen, die Auslagen näher zu betrachten.

Erwartungsvoll bog ich schließlich um eine letzte Ecke und blieb sogleich unvermittelt stehen. Ich hatte die Quelle des Gestanks gefunden.

Ein Misthaufen! Ich war dem Duft eines Misthaufens gefolgt!

»Gliep«, sagte der Drache und sah mich fragend an.

Er wollte wohl wissen, was wir als nächstes unternehmen würden. Das war eine gute Frage.

Ich stand da und überlegte meine nächsten Schritte. Vermutlich wäre es am besten, den gleichen Weg zurück zu dem Stockhändler zu gehen und von neuem zu beginnen.

»Na, Kleiner, hast du ein bißchen Zeit für mich?«

Ich wirbelte herum. Da stand ein Mädchen, wie ich es noch niemals gesehen hatte. Von ihrer Erscheinung her sah sie aus wie eine Klahde und hätte als Mensch meiner Dimension durchgehen können, doch ihre Haut schimmerte in einem herrlichen Goldoliv-Ton, und ihre Mähne glänzte grün im Sonnenlicht. Sie war etwas größer als ich und hatte eine üppige Figur, die sich unter dem eng sitzenden Kleid abzeichnete.

»... oder hast du tatsächlich eine Schwäche für Misthaufen?« schloß sie.

»Meint Ihr mich?«

»Natürlich«, schnurrte sie, trat dich vor mich und schlang ihre Arme um meinen Hals. »Oder glaubst du, ich rede deinem Drachen zu? Ich meine, er ist ja ganz nett, aber mein Geschmack geht nicht in diese Richtung.«

»Gliep«, meldete sich der Drache.

Ich spürte, wie meine Körpertemperatur in die Höhe schoß. Die Berührung ihrer Arme rief ein prickelndes

Gefühl hervor, das sich verheerend auf meinen Stoffwechsel auswirkte.

»Eigentlich ... habe ich einen Freund gesucht«, platzte ich heraus.

»Na, und du hast einen gefunden«, murmelte sie und preßte ihren Körper an mich.

»Äh ... ich, hm.« Ich hatte plötzlich Konzentrationsschwierigkeiten. »Was wollt Ihr denn?«

»Hm«, machte sie nachdenklich. »Obwohl dies nicht meine reguläre Geschäftszeit ist, will ich dir umsonst deine Zukunft weissagen.«

»Ach?« Ich war überrascht.

Dies war das erste Mal, seit ich auf dem Basar angekommen war, daß mir jemand etwas umsonst angeboten hatte. Ich war mir nicht im klaren, ob ich mich freuen oder mißtrauisch sein sollte.

»Du wirst einen Kampf austragen«, flüsterte sie mir ins Ohr. »Einen gewaltigen Kampf.«

»Was?« rief ich. »Wann? Mit wem?«

»Nur ruhig, Kleiner!« Ihr Griff um meinen Hals wurde fester. »In ein paar Minuten. Mit dem Lumpengesindel hinter mir ... schau nicht direkt hin!«

Aus dem Augenwinkel suchte ich vorsichtig die Gegend ab. Etwa ein Dutzend der häßlichsten, miesesten Typen, die ich jemals gesehen hatte, flegelte sich an die Hinterwand des Verkaufsstandes.

»Mit denen? Ich meine, mit denen allen?«

»Hm-m!« bestätigte sie und schmiegte sich an meine Brust.

»Warum?« fragte ich.

»Wahrscheinlich dürfte ich dir das gar nicht sagen«, lächelte sie. »Aber es ist wegen mir.«

»Aber ich kann nicht gegen sie kämpfen. Ich habe keine einzige Waffe.«

»Du trägst doch am Rücken unter deinem Hemd ein kleines Messer«, erinnerte sie mich.

Mein Messer zum Häuten hatte ich ganz vergessen.

»Aber ich habe noch niemals eine Schlägerei gehabt.«

»Na, dann wird es Zeit, daß du es lernst. Du wirst zusammengeschlagen werden, weil du meine Ehre befleckt hast. Dann solltest du wenigstens auch wissen, warum.«

Ehe ich noch irgendwie protestieren konnte, küßte sie mich. Ihr Kuß war lang und warm und süß.

Niemals zuvor war ich von jemandem außer meiner Mutter geküßt worden. Und das war jetzt ganz anders! Der Kampf, der Drache, Aahz, ich vergaß all das. Ich verlor mich im Wunder des Augenblicks.

»He!«

Eine grobe Hand fiel auf meine Schulter und riß uns auseinander.

»Belästigt der Bursche Euch, Lady?«

Der Kerl am anderen Ende des Armes war nicht größer als ich, jedoch doppelt so breit, und aus seinem Mund ragten kurze, gebogene Stoßzähne. Seine Kumpane hatten sich hinter ihm verteilt und schubsten mich in Richtung des Misthaufens.

Ich sah das Mädchen an. Sie zuckte mit den Schultern und trat den Rückweg an.

Es sah so aus, als müßte ich gegen sie alle kämpfen. Ich und der Drache. Entsetzlich.

Ich erinnerte mich an mein Messer. Es war nicht viel, aber etwas anderes hatte ich nicht. So unauffällig wie möglich griff ich hinter meinen Rücken und zupfte an meinem Hemd, um es herauszuziehen und an das Messer zu gelangen. Prompt fiel es in meine Hosen.

Die Räuberbande war im Anmarsch.

›Mit der sorgsamen Auswahl von Verbündeten läßt sich der Sieg in jeder Auseinandersetzung garantieren‹
DER SHERIFF VON NOTTINGHAM

20

»Faß, Gliep!« brüllte ich.

Der Drache mischte sich mit einem Satz ins Geschehen, der mich, glaube ich, mehr überraschte als meine Angreifer.

Er sprang zwischen mich und das vorrückende Gesindel, kauerte sich zu Boden und fauchte furchterregend. Mit einem Schwanzhieb riеß er zwei von der Flanke angreifende Mitglieder der Bande säuberlich die Beine unter dem Körper weg. Irgendwie wirkte er viel größer, wenn er wütend war.

»Paß auf! Er hat einen Drachen dabei!« rief der Anführer.

»Vielen Dank für die Warnung«, knurrte einer der beiden, die gestürzt waren, während er sich wieder aufrappelte.

»Ich habe ihn!« ertönte eine Stimme zu meiner Linken.

Ich drehte mich gerade noch rechtzeitig, um zu sehen, wie ein dreißig Zentimeter langer Dolch durch die Luft auf den Hals meines Drachen zusauste. Mein Drache!

Plötzlich war ich wieder bei meinen praktischen Übungen. Mein Geist streckte sich und packte nach dem Messer. Mitten in der Luft überschlug es sich und schwebte dann auf der Stelle.

»Guter Zug, Süßer!« rief das Mädchen.

»He! Das Bürschchen ist ja ein Zauberer!«

Die Bande taumelte ein paar Schritte zurück.

»Sehr richtig!« grölte ich. »Skeeve heißt er, in der Magik ein Meister!«

Mit diesen Worten holte ich das Messer herunter und ließ es zwischen ihren Reihen toben.

Ich raste nun. Einer dieser Lumpen hatte versucht, meinen Drachen umzubringen.

»Ein Dutzend von eurem Schlag ist zuwenig!« brüllte ich. »Geht und holt ein paar Freunde zur Unterstützung ... wenn ihr welche habt!«

Ich sah mich verzweifelt nach einem anderen Gegenstand um, den ich hätte werfen können. Mein Blick fiel auf den Misthaufen. Trotz meines Zorns mußte ich vor mich hingrinsen. Warum eigentlich nicht!?

Innerhalb eines Augenblicks ließ ich große Mistfladen durch die Luft auf meine Angreifer zusausen. Meine Treffsicherheit war nicht die beste, aber gut genug, wie die entsetzten Aufschreie bestätigten.

»Levitation!« heulte der Anführer. »Quanto! Bring ihn zum Halten!«

»In Ordnung, Boß.«

Einer der Schläger winkte zustimmend und begann, in seinem Beutel zu kramen.

Er hatte den Fehler begangen, sich zu erkennen zu geben. Ich weiß nicht, was er zutage fördern wollte, aber ich wollte erst gar nicht abwarten, es zu erfahren.

»Bring ihn zum Halten, Gliep!«

Der Drache hob seinen Kopf und heftete seinen Blick auf dem herumwühlenden Gauner. Mit einem Geräusch, das wohl, wenn er älter wurde, sich zu einem Brüllen entwikkeln würde, stieß er eine Flamme aus und stürmte los.

Es war dies kein gewaltiger Feuerstoß, und er verfehlte auch sein Ziel, doch war er stark genug, den Kerl abzulenken. Er blickte hoch und sah, wie das Ungetüm von Drachen sich auf ihn stürzte und geriet in Panik. Ohne auch nur seinen Kameraden noch ein Wort zuzurufen, wirbelte er herum und lief schreiend davon, der Drache dicht auf seinen Fersen.

»Na, schön, Bürschchen, dann wollen wir mal sehen, wie du das abwehrst!«

Ich wandte meine Aufmerksamkeit wieder dem Anführer zu. Der stand nun ganz ruhig und hielt voller Selbstvertrauen einen Stock in die Höhe. Ich erstarrte. Ich wußte nicht, was ich von diesem Exemplar zu erwarten hatte, doch offensichtlich hatte der Anführer großes Vertrauen in die Kräfte dieses Stocks, das meine eigene Sicherheit überstieg.

Plötzlich schoß etwas durch mein Blickfeld, und der Stock war weg.

Ich blinzelte und sah noch einmal hin. Der Stock lag von einem Wurfmesser zersplittert am Boden, einem Wurfmesser mit schwarzem Griff.

»Irgendwelche Probleme hier, Meister Skeeve?« dröhnte eine Stimme.

Ich wirbelte herum in die Richtung, aus der die Stimme ertönte. Dort stand Aahz, die gespannte Armbrust auf die Bande gerichtet. Er grinste breit, was, wie bereits erwähnt, nicht sehr beruhigend auf jemanden wirkt, der ihn nicht kannte.

»Ein Perverser!« keuchte de Anführer.

»Was?« Aahz schwenkte die Armbrust in seine Richtung.

»Perfekter wollte ich sagen«, verbesserte sich der Anführer rasch.

»So ist's besser. Was ist, Skeeve? Willst du, daß ich sie umbringe oder laufenlasse?«

Ich besah mir das Gesindel. Ohne ihr Standbild auch nur einen Zentimeter zu verschieben, sahen sie mich mit flehenden Augen an.

»Hm ... laufenlassen, meine ich«, sagte ich nachdenklich. »Lebendig stinken sie schon genug. Als Tote könnten sie den Bazar in Verruf bringen.«

»Ihr habt gehört, was er sagt«, knurrte Aahz. »Also haut ab!« Sie verschwanden so schnell, als hätten sie sich in Luft aufgelöst.

»Aahz!« Das Mädchen flog auf ihn zu und schlang die Arme um ihn.

»Tanda!« rief Aahz und senkte seine Armbrust. »Hängst du mit diesem Pack zusammen?«

»Machst du Scherze? Ich bin der Lockvogel«, zwinkerte sie unzüchtig.

»Ein bißchen weit heruntergekommen, findest du nicht?«

»Na, man muß sein Brot verdienen.«

»Warum bist du von den Mördern weg?«
»Ich war die ewigen Gewerkschaftsbeiträge leid.«
»Hm ... ähem«, mischte ich mich dazwischen.
»Wie?« Aahz sah sich um. »Oh! Entschuldige, Kerlchen. Kennt ihr zwei euch schon?«
»Gewissermaßen«, gab das Mädchen zu. »Wir ... sag mal, ist das der Freund, den du gesucht hast, Süßer?«
»Süßer?« Aahz rümpfte die Nase.
»Ach, sei ruhig!« befahl das Mädchen und tätschelte ihm scherzhaft den Bauch. »Ich mag ihn. Er hat Stil.«
»Ich heiße Skeeve.«
»Ich bin Tananda, aber ruf mich Tanda.«
»Mit Vergnügen«, flötete ich.
»Wenn ihr zwei allmählich mal fertig seid ...«, unterbrach uns Aahz. »Ich hätte da ein paar Fragen ...«
»Gliep!« meldete sich mein Drache, als er zu der Rund getappt kam.
»Was ist das?« wollte Aahz wissen.
»Ein Drache«, half ich ihm aus.
»Das sehe ich auch«, schnauzte er mich an. »Ich will wissen, was der hier zu schaffen hat.«
Plötzlich zögerte ich, mit der ganzen Geschichte herauszurücken.
»Es gibt einen Haufen Drachen auf dem Basar, Aahz«, murmelte ich, ohne ihn anzusehen. »Genau da vorne ist ein Pferch, wo ...«
»Was hat *dieser* Drache *hier* zu schaffen?«
»Gliep«, sagte der Drache und rieb seinen Kopf an meiner Brust.
»Ähm ... er gehört mir«, gab ich schließlich zu.
»Dir?« bläffzte Aahz. »Ich habe dir gesagt, du sollst sie anschauen, nicht kaufen!«
»Aber Aahz ...«
»Was sollen wir denn mit einem Drachen anfangen?«
»Ich habe ihn günstig bekommen«, ließ ich hoffnungsvoll vernehmen.
»Von einem Täufler?«
»Oh. Ich verstehe, was du meinst.«

»Komm. Rück raus mit der Sprache! Wie waren die Bedingungen für diesen phantastischen Handel?«

»Nun ... äh ... ich ...«

»Heraus damit!«

»Ich habe Ganzfixens Anhänger dafür eingetauscht.«

»Ganzfixens Anhänger? Der, mit dem man Tarnungen durchschauen kann? Du hast einen guten magischen Anhänger für einen halbwüchsigen Drachen weggegeben?«

»Oh, jetzt gib ihm doch eine Chance, Aahz«, mischte sich Tanda ein. »Was erwartest du denn, wenn du ihn hier mutterseelenallein herumlaufen läßt? Du kannst froh sein, daß man ihm nicht den ganzen Touristenkitsch von Tauf aufgedreht hat. Wo hast du denn überhaupt die ganze Zeit über gesteckt?«

»Nun ... ich war ... hm ...«

»Erzähl mir nichts!« Tanda hielt die Hand empor. »So wie ich dich kenne, warst du entweder hinter einem Mädchen her oder hast dir die Wampe vollgeschlagen, stimmt's?«

»Jetzt hat sie dich erwischt, Aahz«, ergänzte ich.

»Halt den Mund, Kerlchen.«

»Also fall hier nicht über Skeeve her. Wie hast du uns eigentlich gefunden?«

»Ich habe gehorcht, wo eine Schlägerei im Gange ist und bin dem Lärm nachgegangen«, gab Aahz zu.

»Sieh mal einer an! Du hast also damit gerechnet, daß er in Schwierigkeiten kommt. Dann darf ich wohl darauf hinweisen, daß er seine Sache gut gemacht hat, bis du dahergelatscht kamst. Er kann ja prima mit der Magik umgehen, weißt du?«

»Ich weiß«, antwortete Aahz stolz. »Ich hab's ihn ja gelehrt.«

»Gliep«, sagte mein Drache und bog seinen Hals, um Aahz von oben bis unten zu betrachten.

»Ein Drache, was?« sagte Aahz und studierte den Drachen nachdenklicher.

»Er könnte uns gegen Isstvan helfen?« schlug ich voller Hoffnung vor.

»Isstvan?« fragte Tanda spöttisch.

»Tja«, erklärte Aahz. »Du erinnerst dich doch wohl an ihn, wie? Nun, er ist wieder bei seinen alten Tricks, diesmal auf Klah.«

»Und was unternehmen wir da?«

»Wir?« fragte ich überrascht.

»Sicher«, lächelte sie. »Dieser Laden hier ist ein bißchen unter meinem Niveau, wie Aahz sagt. Dann kann ich auch eine Weile mit euch mitziehen … sofern ihr nichts dagegen habt, natürlich.«

»Klasse!«

»Nicht so schnell, Tanda«, tadelte Aahz. »Es gibt noch ein paar Einzelheiten, die wir noch nicht geklärt haben.«

»Zum Beispiel?«

»Zum Beispiel, daß ich meine Kräfte eingebüßt habe.«

»Ohne Witz? Ei, das ist hart!«

»Das bedeutet, daß wir im Bereich der Magik ganz auf dieses Kerlchen hier angewiesen sind.«

»Ein Grund mehr, daß ich mitkomme. Ich hab inzwischen selbst ein paar Tricks gelernt.«

»Das weiß ich«, sagte Aahz anzüglich.

»Nicht so was«, erwiderte sie und versetzte ihm einen Rippenstoß. »Ich meine Zaubertricks.«

»Trotzdem wird's nicht einfach werden.«

»Jetzt komm, Aahz«, schalt Tanda. »Willst du mir etwa erzählen, es wäre nicht nützlich, eine ausgebildete Mörderin dabei zu haben?«

»Nun … es wäre vielleicht mal von Vorteil«, gestand Aahz zu.

»Gut. Dann ist das abgemacht. Was machen wir als erstes?«

»Direkt um die Ecke sind ein paar Buden, wo man Waffen kriegt«, schlug ich vor. »Wir könnten …«

»Immer mit der Ruhe, Kerlchen. Darum habe ich mich schon gekümmert. Ich habe alles, was wir brauchen, in der

Scherzartikelabteilung gefunden. Ich habe gerade nach dir gesucht, damit wir uns auf den Rückweg machen können.«

»Dann sind wir startklar?« wollte Tanda wissen.

»Jawohl«, nickte Aahz und fischte den D-Hüpfer aus seinem Hemd.

»Und was ist mit meinem Drachen?«

»Was soll mit ihm sein?«

»Können wir ihn mitnehmen?«

»Natürlich nehmen wir ihn mit. Wir lassen nichts zurück, was von Wert ist.«

»Gliep«, stimmte der Drache zu.

»Und der muß ja für jemanden etwas Wert besitzen«, schloß Aahz und betrachtete den Drachen.

Er drückte auf den Knopf des D-Hüpfers. Der Basar verschwamm … und wir waren zurück in Frumpels Laden … gewissermaßen.

»Hochinteressantes Reiseziel«, bemerkte Tanda trocken. »Habt ihr das Interieur gestaltet?«

Alles, was von Frumpels Geschäft übriggeblieben war, war eine ausgebrannte Ruine.

›Man muß die eigenen Kräfte offen und ehrlich einsetzen, wenn maximale Effektivität erzielt werden soll‹
DARTH VADER

21

»Was ist denn hier passiert?« fragte ich Aahz.

»Wenn du dich vielleicht erinnerst: ich war auf Tauf!«

»He, Jungs, ich unterbreche euch ja nicht gerne«, unterbrach uns Tanda. »Aber sollten wir nicht irgendwelche Tarnungen anlegen?«

Sie hatte recht. Der Aufenthalt auf Tauf hatte mich die alltäglichen Erfordernisse unseres Daseins vergessen lassen.

Aahz steckte ich in seine übliche Garkin-Tarnung. Tanda sah prima aus, sobald ich ihre Haut- und Haarfarbe verändert hatte.

Nachdem ich eine Weile nachgedacht hatte, maskierte ich Gliep als das Schlachteneinhorn. Es war ja ein bißchen gewagt, solange er jedoch den Mund halten würde, würde auch alles gutgehen. Mich ließ ich wie ich bin. Tanda mochte mich schließlich so.

»Was meinst du, ist aus Frumpel geworden?« fragte ich Aahz.

»Entweder sind ihm die Einwohner von Twixt auf die Schliche gekommen, oder aber er ist auf dem Weg zu Isstvan, um ihn vor uns zu warnen; das wären meine beiden Annahmen.«

»Wer ist Frumpel«, wollte Tanda wissen.

»Wie? Ach so, das ist der ortsansässige Täufler«, erkläre Aahz. »Er hat uns zum Bazar geschickt. Welche von meinen beiden Vermutungen auch zutrifft, so wäre es doch das beste, wir machten uns aus dem Staub.«

»Aber vorher müssen wir Ganzfix ausbuddeln«, erinnerte ich.

»Wer ist Ganzfix?« fragt Tanda.

»Im Augenblick ist er eine Statue, aber in schlimmeren Zeiten war er ein Dämonenjäger«, erklärte Aahz.

»Na prima«, kommentierte sie sarkastisch. »Das hat uns gerade noch gefehlt.«

»Warte erst, bis du ihn gesehen hast«, Aahz verdrehte die Augen und seufzte. »Also packen wir's.«

Unsere Abreise aus Twixt verlief glücklicherweise unbehelligt. Unterwegs stimmten wir unsere Geschichte ab, bis wir schließlich Ganzfix wieder ausgruben und ihn mit dem Belebungspulver besprühten; wir waren nun in der Lage, ihm eine geschlossene Front entgegenzustellen.

»Jawohl«, versicherte ihm Aahz. »Sie plünderten dich gerade aus, als wir unseren Gegenangriff starteten. Es war dein Glück, daß wir beschlossen hatten, zurückzukehren und an deiner Seite zu kämpfen.«

»Und sie haben mir mein Zauberschwert und mein Amulett geraubt?«

Bei diesem Thema fühlte ich mich etwas unbehaglich, aber Aahz zuckte nicht einmal mit der Wimper.

»Ganz recht, diese Schurken«, stieß er hervor. »Wir wollten sie aufhalten, aber sie sind uns entkommen.«

»Na, wenigstens haben sie nicht gleich Hand an mein Schlachteneinhorn gelegt«, murmelte der Dämonenjäger.

»Hm ...«, machte ich, um meinen Teil bei dieser Komödie zu übernehmen. »Diesbezüglich haben wir auch schlechte Nachrichten für dich.«

»Schlechte Nachrichten?« Ganzfix runzelte die Stirn. »Ich verstehe nicht ganz. Ich kann das Tier doch mit eigenen Augen sehen, und es scheint doch in gutem Zustand zu sein.«

»Oh, körperlich ist es wohlauf«, versicherte ihm Aahz. »Aber die Dämonen haben einen Fluch über es verhängt, ehe sie verschwanden.«

»Einen Fluch?«

»Ja«, antwortete ich schnell. »Jetzt glaubt es ... nun ... es wäre ein Drache.«

»Ein Drache?« rief Ganzfix entsetzt.

»Und das ist nicht alles«, fuhr Aahz fort. »Das Tier war

zuerst so wild, daß es nur den beständigen Bemühungen meines Knappen zu verdanken ist, daß wir es überhaupt bezähmen konnten. Ehrlich gesagt, wollte ich das arme Tier schon von seinem Elend erlösen, aber er hat darauf bestanden, daß er es zähmen könnte, und die Ergebnisse seiner geduldigen Zuwendung kannst du ja selbst sehen.«

»Großartig«, rief Ganzfix.

»Nein. Schrecklich ist es. Denn siehst du«, erklärte Aahz, »darüber hat das Tier eine so starke Anhänglichkeit an meinen Knappen entwickelt ... die, wie ich fürchte, stärker als seine Anhänglichkeit an dich ist.«

»Ha! Lächerlich!« sprach Ganzfix. »Aber ich empfinde das Bedürfnis, dir einen zusätzlichen Dank zukommen zu lassen. Wenn ich irgend etwas für euch tun kann ...«

Er wollte mit gestreckter Hand auf mich zukommen. Wie ein Blitz stürzte Gliep vor mich, senkte den Kopf und fauchte.

Ganzfix blieb wie zur Salzsäure erstarrt stehen, die Augen traten ihm vor Überraschung aus dem Kopf.

»Aus!« befahl ich Gliep und knuffte ihn.

»Gliep«, antwortete er und verzog sich auf seinen Platz hinter meinem Rücken.

»Siehst du nun, was ich meine?« sagte Aahz.

»Hmm ...« Ganzfix dachte nach. »Das ist merkwürdig. So hat es mich nie verteidigt.«

»Ich fürchte, wir werden es dir abkaufen müssen«, sagte ich beflissen.

»Es kaufen?« Ganzfix wandte mir wieder seine Aufmerksamkeit zu.

Aahz wollte meine Blicke auf sich ziehen und schüttelte heftig den Kopf, ich betrachtete ihn jedoch gar nicht.

»Stimmt«, fuhr ich fort. »Es ist für dich nun nicht mehr viel wert, und da wir in gewisser Weise daran schuld sind, was aus ihm geworden ist ...«

»Aber wo denkst du hin, Bursche«, erklärte Ganzfix stolz. »Ich gebe es dir zum Geschenk. Schließlich wäre es tot, wenn du nicht gewesen wärst und ich vermutlich auch.«

»Aber ich ...«

»Nein. Ich will nichts mehr davon hören.« Einhaltgebietend hob der Dämonenjäger die Hand. »Die Angelegenheit ist erledigt. Behandle es anständig, es ist ein gutes Tier.«

»Unwahrscheinlich«, murmelte Aahz.

»Gliep«, sagte der Drache.

Mit war elend zumute. Ich war zu der Überzeugung gelangt, daß wir Ganzfixens Gutgläubigkeit schamlos ausnutzten.

»Um ehrlich zu sein, Ganzfix«, lächelte Aahz, »wenn du jemandem dankbar sein mußt, so ist das Tananda hier. Wäre sie nicht gewesen, so befänden wir uns wirklich in einer schlimmen Zwangslage.«

»Angenehm, Mylady«, lächelte Ganzfix und hob ihre Hand an seine Lippen, um sie zu küssen.

»Sie ist eine Hexe«, erklärte Aahz ganz beiläufig.

»Eine Hexe?« Aahz ließ die Hand los, als habe er sich verbrannt.

»Ganz recht, Herzchen.« Tanda setzte ihr bestes Augenklimpern ein.

»Vielleicht sollte ich das näher erklären«, unterbrach Aahz glücklicherweise. »Tananda hier verfügt über gewisse Kräfte, die sie beschlossen hat, zu unsrer Unterstützung im Kampf gegen die Dämonen einzusetzen. Hast du noch nicht bemerkt, daß ich mein normales Äußeres wiedererlangt habe?«

Noch eine eklatante Lüge. Aahz stecke in der Tarnung von Garkin.

»Na ja«, gab der Dämonenjäger zögernd zu.

»Tanandas Werk«, erläuterte Aahz vertraulich. »Ebenso haben ihre Kräfte dich wiedererweckt, nachdem du in Stein verwandelt worden warst.«

»Hmm«, machte Ganzfix und betrachtete Tananda erneut.

»Du mußt dir ehrlich darüber klarwerden, Ganzfix, daß im Kampf gegen Dämonen dämonische Waffen von Nutzen sein können«, mahnte Aahz vorsichtig.

»Tananda vermag eine mächtige und ehrliche Verbündete zu sein. Ich finde deine Haltung ihr gegenüber bedauerlich und undankbar.«

»Vergebt mir, Mylady«, seufzte Ganzfix und trat wieder einen Schritt an sie heran. »Ich wollte euch nicht belästigen. Ich … ich habe nur so schlechte Erfahrungen mit Wesen aus dem Umfeld von Dämonen gemacht.«

»Mach dir nichts draus, Herzchen«, erklärte die Dämonin Tananda und ergriff seine Hand. »Und sag Tanda zu mir.«

Während die beiden miteinander beschäftigt waren, ergriff ich die Gelegenheit und Aahz' Arm.

»Hm? Was gibt's, Kerlchen?«

»Gib ihm sein Schwert zurück!« fauchte ich.

»Was? Kommt nicht in Frage. Nach meiner Rechnung muß er immer noch fünf Goldstücke haben. Ich werd's ihm verkaufen.«

»Aber er hat uns sein Einhorn geschenkt!«

»Deinen Drachen hat er uns gegeben … deinen Drachen! Darin kann ich keine besondere Großmut erkennen!«

»Schau, Aahz. Entweder du gibst ihm das Schwert, oder du kannst sehen, wie weit du mit deiner eigenen Magik kommst! Klar?«

»So was von undankbar! Hör mal zu, Kerlchen, wenn du …«

»Aahz!« Tandas Stimme unterbrach unseren Streit. »Komm, hilf mir, Ganzfix zu überzeugen, sich unserer Mission anzuschließen.«

»Das würde ich ja nur allzu gerne, Mylady«, seufzte Ganzfix, »aber ich würde eine geringe Hilfe bedeuten. Das Schicksal hat mich meines Reittiers, meiner Waffen und meines Geldes beraubt.«

»Genauer gesagt«, ergänzte Aahz, »hast du noch fünf …«

Ich versetzte ihm einen Rippenstoß.

»Äh … mein … äh … Knappe und ich haben uns gerade darüber unterhalten und sind zu einem Entschluß gelangt. Ein so … nobler Krieger darf nicht so mittellos dastehen, deshalb … äh … wir …«

»Wir haben beschlossen, dir dein Schwert zurückzugeben«, verkündete ich stolz.

»Wirklich?« Ganzfixens Gesicht erhellte sich.

»Ich wußte gar nicht, daß du es bei dir hast.« Tanda setzte ihr süßestes Lächeln auf.

»Ich muß schon sagen, das ist echte Kameradschaft.« Ganzfix war offensichtlich außer sich vor Freude. »Wie kann ich das jemals wiedergutmachen?«

»Indem du nicht mehr darüber redest«, brummte Aahz.

»Dann will ich euch gern bei eurem Auftrag beistehen«, antwortete Ganzfix. »Ei, was könnte sich ein Krieger Besseres wünschen, als eine Waffe und gute Kameraden?«

»Geld«, meinte Aahz ohne Umschweife.

»Also, Aahz!« Tanda boxte ihn ein wenig zu fest, um es spaßhaft zu meinen. »Du machst immer solche Scherze!«

»Skeeve, erzähl ihm, worum es sich bei unserer Mission dreht!«

»Du kannst das doch viel besser als ich«, wimmelte ich die Angelegenheit in einem Aufwall von Diplomatie an Aahz ab.

»Eigentlich ist es ganz einfach.« Aahz schmollte immer noch ein wenig. »Wir sind hinter Isstvan her.«

»Isstvan?« Ganzfix sah verwirrt drein. »Der harmlose, alte Herbergswirt?«

»Harmlos? Hast du harmlos gesagt?« Aahz griff den Köder auf. »Ganzfix, von einem Dämonenjäger zum anderen: du hast noch eine Menge zu lernen.«

»Ich tue mein Bestes.«

»Gewiß. Deshalb bist du auch versteinert worden, erinnerst du dich?«

»Ich bin in Stein verwandelt worden,weil ich mein Vertrauen in einer Zauberschwert setzte, das ...«

Allmählich wurde alles wieder normal.

»Aber meine Herren, meine Herren!« unterbrach ich sie. »Wir wollten doch von der bevorstehenden Mission reden.«

»Recht hast du, Kerlchen. Wie ich schon sagte, Ganzfix, der harmlose alte Herbergswirt arbeitet so eng mit Dämonen zusammen, daß ich mich nicht wundern würde, wenn ich erführe, daß er selbst ein Dämon ist.«

»Unmöglich!« spottete Ganzfix. »Der Mann hat mich doch selbst auf Dämonenjagd geschickt!«

»Tja!« Aahz lächelte. »Das ist ja gerade der Clou!«

Ich sah Tanda an und blinzelte ihr zu. Sie lächelte zurück und nickte. Das würde eine Weile dauern, aber jetzt war Ganzfix dran.

›Da hast du mich ja wieder in eine schöne Geschichte hineingezogen‹
D.ICK UND D.OOF

22

Irgend etwas lauert in der Dunkelheit. Ich konnte es eher fühlen als sehen.

Ich war allein. Ich wußte nicht, wohin die anderen verschwunden waren, aber ich war sicher, daß sie auf mich zählten.

»Wer ist da?« rief ich.

»Ich bin Isstvan, Skeeve. Ich habe auf dich gewartet. Es gibt nur noch dich und mich, Skeeve. Dich und mich!«

Etwas rüttelte an meiner Schulter. Aahz kniete neben mir.

»Wach auf, Kind! Wenn du weiter so um dich schlägst, fällst du noch ins Feuer.«

»Isstvan ist da!« rief ich verzweifelt. »Er weiß über unsere ganzen Pläne Bescheid.«

»Was?«

»Er hat mit mir geredet. Er ist mir im Traum erschienen!«

»Hm ... klingt mehr nach einem schlichten alten Alptraum«, erklärte Aahz. »Ich hab dich gleich davor gewarnt, Tanda das Würzen der Suppe zu überlassen.«

»Bist du sicher?« fragte ich voller Zweifel.

»Völlig sicher«, beteuerte Aahz. »Wenn Isstvan wüßte, daß wir im Anmarsch sind, ließe er sich etwas viel Gewaltigeres einfallen, als in deinen Träumen herumzuspuken.«

Das sollte mich wahrscheinlich beruhigen. Es wirkte aber nicht.

Es erinnerte mich lediglich daran, daß ich in dem bevorstehenden Kampf der Unterlegene sein würde.

»Aahz, kannst du mir nicht etwas über Isstvan erzählen? Wie sieht er zum Beispiel aus?«

»Das hat keinen Wert, Kind.« Aahz grinste mich an.

»Warum nicht?«

»Weil wir beide ihn nicht auf die gleiche Art sehen, oder zumindest würden wir ihn unterschiedlich beschreiben.«

»Na gut. Aber kannst du mir nicht etwas über seine Kräfte sagen? Welche Fähigkeiten hat er denn?«

»Zum einen würde das zu lange dauern. Stell dir einfach vor, daß er zu allem in der Lage ist, was du dir ausmalen kannst.«

»Und zum anderen?«

»Was für anderen?«

»Du sagtest ›zum einen‹. Das bedeutet, daß es noch einen anderen Grund geben muß.«

»Hm«, erwog Aahz. »Nun, ich bin nicht ganz sicher, ob du das verstehen kannst, aber in gewisser Weise ist das, was er vermag, ich meine, eine Liste aller seiner Fähigkeiten, ohne Bedeutung.«

»Wieso?«

»Weil wir die Initiative ergreifen werden. Das versetzt ihn in eine passive Rolle.«

»Noch eine Frage, Aahz«, sagte ich schließlich nach einigem Überlegen.

»Und die wäre?«

»Was passiert, wenn deine Annahmen nicht zutreffen?«

»Dann ist es mit uns aus und vorbei.«

»Was heißt ...«

»Dann versuchen wir etwas Neues«, verbesserte er sich schnell.

»Zum Beispiel?«

»Das weiß ich jetzt noch nicht.« Aahz zuckte die Schultern. »Es bestehen zu viele Möglichkeiten. Wir verfahren vorläufig nach meiner besten Vermutung. Darüber hinaus müssen wir abwarten.«

Ein paar Minuten lang saßen wir schweigend da und starrten in das erlöschende Feuer, jeder war in seine Gedanken versunken.

»Sag mal, Aahz?« meinte ich schließlich.

»Ja, Kind?«

»Glaubst du, wir sind vor Frumpel bei Isstvan?«

»Nur die Ruhe, Kerlchen. Frumpel sitzt jetzt vermutlich in einer anderen Dimension und haut sich die Hucke voll.«

»Aber du hast doch gesagt ...«

»Ich habe inzwischen noch einmal darüber nachgedacht. Die einzigen Beweggründe für einen Täufler sind Profitgier und Angst. Soweit wie er in diese Sache verstrickt ist, dürfte bei ihm die Angst die Profitlichkeit überwiegen. Der Versuch, einem Verrückten Informationen zu verkaufen, birgt ein gewaltiges Risiko in sich. Meiner Ansicht nach hat er sich verkrümelt udn bleibt fort, bis Gras über die ganze Angelegenheit gewachsen ist.«

Ich versuchte, mir mein Vertrauen in Aahz' Fachverstand für solche Dinge zurückzurufen. Es fiel mir jedoch auf, wie weit wir in unserer Planung auf Vermutungen angewiesen waren.

»Aahz? Wäre es nicht sicherer gewesen, etwas Geld in ein paar dieser tollen Waffen auf Tauf zu investieren?«

»Die brauchen wir nicht«, antwortete er fest.

Plötzlich bemerkte ich, daß ich zwar die Umrisse des schlafenden Ganzfix, jedoch keine Spur von Tanda oder Gliep entdecken konnte.

»Wo ... äh ... ist denn Gliep?« fragte ich unvermittelt.

Aahz grinste mich an.

»Gliep schiebt Wache ... und falls es dich interessieren sollte, Tanda mit ihm.«

Ich war ein wenig verärgert, daß er mich so leicht durchschaut hatte, und gleichzeitig fest entschlosen, es mir nicht anmerken zu lassen.

»Wann kommt ... äh ... kommen sie zurück?«

»Nur die Ruhe, Kerlchen. Ich habe Tanda gesagt, sie soll dich heute nacht in Frieden lassen. Du brauchst deinen Schlaf für morgen.«

Er drehte seinen Kopf entschieden in Richtung des Mörderumhangs, den ich als Kopfkissen benutzt hatte. Grummelnd nahm ich wieder meine liegende Stellung ein.

»Habe ich dich aufgeweckt, Aahz?« fragte ich zur Entschuldigung. »Durch den Alptraum, meine ich.«

»Nee. Ich war noch auf. Hatte noch ein paar letzte Vorbereitungen für morgen getroffen.«

»Oh.«

»Sag mal, Kind?«

»Ja, Aahz?«

»Morgen können wir vermutlich nicht reden, wenn Ganzfix wieder wach ist, deshalb will ich dir jetzt, wo wir ein paar Minuten für uns allein haben, sagen, daß ... wie immer es morgen ausgehen mag ... nun ... es war nett, mit dir zusammenzuarbeiten.«

»He, Aahz ...« Ich wollte mich wieder aufsetzen.

Eine rauhe Hand drückte mich auf mein Kissen zurück.

»Schlaf jetzt!« befahl Aahz, doch hinter seinem groben Ton verbarg sich eine Spur Zärtlichkeit.

›Seit dem Menschen der Vorgeschichte sind Schlachten niemals so verlaufen, wie sie geplant waren‹
QU. VARUS

23

Wir kauerten in einem kleinen Hain auf einem Hügel, von wo aus wir den Gasthof überschauen und unser Ziel näher betrachten konnten. Der Gasthof war, wie ihn Ganzfix auch beschrieben hatte; es handelte sich um ein einzelstehendes zweigeschossiges Gebäude mit angebauten Ställen an einer von Unkraut überwucherten Landstraße.

»Bist du sicher, daß keine Schutzwälle errichtet sind?« wisperte Aahz.

Er richtete seine Frage an Tanda. Sie warf mir ihrerseits einen raschen Blick zu. Ich nickte knapp mit dem Kopf.

»Völlig sicher!« flüsterte er zurück.

Dies alles war Teil unseres Planes. In Ganzfixens Augen besaß allein Tanda von uns vieren übernatürliche Kräfte.

»Reinzugelangen wird leicht sein, rauskommen schon schwerer«, meinte Aahz.

»Mir gefällt das nicht«, erklärte Tanda entschieden.

»Mir auch nicht«, gab Aahz zu. »Aber da vom Warten nichts besser wird, wollen wir lieber anfangen. Du kannst schon mal deine Tarnung anlegen.«

»Richtig, Aahz«, sagte sie.

Keiner der beiden sah mich an. Vielmehr schaute Aahz zu Tanda hinüber. Dies lenkte auch Ganzfixens Aufmerksamkeit auf sie, und sie begann nun, wild sich zu drehen und zu winden. Unbeobachtet schloß ich die Augen und machte mich an die Arbeit.

Ich verwandelte Tandas liebliche Züge in das zweifelhafte Gesicht des Imps Higgens ... bzw. in Higgens' menschliche Tarnung. Sobald dies vollbracht war, schlug ich wieder die Augen auf. Ich räusperte mich, was für Tanda das Signal zum Aufhören bedeutete.

»Wie sehe ich aus?« fragte sie stolz.

»Großartig!« rief ich ohne eine Spur Bescheidenheit.

»Unerhört!« wunderte sich Ganzfix. »Wie macht ihr das nur?«

»Berufsgeheimnis.« Tanda zwinkerte ihm zu.

»Ab jetzt mir dir. Und mit dir auch, Skeeve.«

»Aber, Aahz, könnte ich denn nicht ...«

»Nein, du kannst nicht. Darüber haben wir doch schon ausführlich gesprochen. Diese Mission ist viel zu gefährlich für einen so unerfahrenen Burschen wie dich.«

»Verzweifle nicht, Bursche!« versuchte Ganzfix mich aufzurichten. »Dein Tag wird auch noch kommen. Wenn wir scheitern, mußt du die Mission zu Ende führen.«

»Wahrscheinlich. Na, viel Glück jedenfalls ...«

Ich drehte mich zu Tanda um, die jedoch bereits verschwunden war, als habe der Erdboden sie verschluckt.

»So, Skeeve, jetzt bist du dran«, mahnte mich Aahz.

Ich wandte mich meinem Drachen zu.

»Bleib schön hier, Gliep. Ich bin bald wieder da, und solange tust du, was Aahz sagt. Verstanden?«

»Gliep?« machte mein Drache und duckte den Kopf.

Einen Augenblick lang befürchtete ich, er würde alles verderben, dann aber drehte er sich um und stahl sich an Aahz' Seite, von wo aus er mich mit schmachtenden blauäugigem Blick ansah.

Alles war bereit.

»Auf Wiedersehen! Viel Glück!« rief ich und trottete langsam über den Hügel zurück, ein Bild des Elends.

Sobald ich außer Sicht war, drehte ich mich um und begann, in weitem Bogen um das Gasthaus zu laufen.

Nach außen hin war unser Plan ganz simpel. Aahz und Ganzfix wollten Tanda genügend Zeit lassen, hinter den Gasthof zu laufen und über das Stalldach einzudringen. Danach wollten die beiden das Anwesen kühn durch den Haupteingang betreten.

Sollte es zu einer Auseinandersetzung kommen, könnte Tanda Isstvan dann mit Zaubermitteln von hinten angreifen. Ich sollte ruhig im Hain warten, bis die Angelegenheit erledigt wäre.

In Wirklichkeit war unser Vorhaben etwas ausgefeilter. Ohne daß Ganzfix etwas davon wußte, sollte ich ebenfalls das Gasthaus umrunden und einen geheimen Eingang suchen. Im geeigneten Augenblick sollten Tanda und ich dann mit usneren magischen Kräften Verwirrung stiften, daß Aahz seine Geheimwaffe anwenden konnte, die er auf Tauf erworben hatte.

Ich wünschte, ich hätte mehr über Aahz' Geheimwaffe gewußt. Er hatte darum eine echte Geheimniskrämerei veranstaltet, und weder ich noch Tanda hatten ihm irgendwelche Informationen entlocken können. Er hatte gesagt, es müsse aus nächster Nähe angewandt werden. Und daß er es nicht benutzen könne, wenn Isstvan ihn beobachtete. Er hatte gesagt, dies sei unsere einzige Hoffnung, Isstvan zu schlagen. Und es sollte eine Überraschung werden.

Irre!

Vielleicht würde ich, wenn dies alles vorüber wäre, einen Lehrer ohne diesen ausgeprägten Sinn für Humor finden.

Ich verlangsamte meinen Schritt. Ich näherte mich nun der Hinterseite der Herberge. Das Gebüsch wuchs bis dicht an die Mauern, so daß ich leicht herankam.

Ich blieb stehen und prüfte nochmals, ob keine Schutzwälle errichtet waren.

Nichts.

Ich versuchte, Aahz' Vorhersage ›leicht hinein und schwer hinaus‹, zu verdrängen und besah mir die obere Fensterreihe. Kein einziges stand offen, also wählte ich das am nächsten liegende aus und levitierte empor. Ich drückte dagegen und zog am Rahmen.

Verriegelt!

Eilig zog ich mich mit den Händen an der Mauer entlang zum nächsten.

Ebenfalls verschlossen.

Es kam mir in den Sinn, daß es schon Ironie des Schicksals wäre, wenn wir nach all unseren magischen Vorbereitungen von so etwas Banalem wie einem verriegelten Fenster aufgehalten würden.

Zu meiner Erleichterung gab das nächste Fenster meinem Druck nach, innerhalb eines Augenblicks stand ich in der Herberge und versuchte, mein Herzklopfen unter Kontrolle zu bekommen.

Das Zimmer, in dem ich mich befand, war möbliert, doch, wie die Staubschicht auf dem Bett bewies, schon lange nicht mehr bewohnt worden.

Ich durchschritt vorsichtig das Zimmer und versuchte, die Tür zu öffnen.

Sie war nicht verschlossen.

Ich ließ mich auf die Hände und Knie hinab, machte die Tür auf und kroch hinaus, dann zog ich sie hinter mir zu.

Nachdem Ganzfix in seinen Erzählungen den Innenraum des Gasthauses so häufig beschrieben hatte, mutete es einem merkwürdig an, nun tatsächlich hier zu sein. Ich befand mich auf dem L-förmigen Zwischenstock, von wo aus man Zugang zu den höher gelegenen Räumen hatte. Durch die Stäbe der Brüstung hindurch konnte ich in den eigentlichen Schankraum hinabspähen.

Zur Zeit saßen drei Personen an einem Tisch. Zwei von ihnen erkannte ich als die getarnten Gestalten von Higgens und Brockhurst. Der dritte saß mit den gekrümmten Rükken zu mir, so daß ich sein Gesicht nicht ausmachen konnte.

Ich erwog, einen anderen Standort zu beziehen, von wo aus ich einen besseren Blick haben würde, als eine vierte Gestalt mit einem riesigen Tablett eintraf, auf dem ein Krug Wein und vier schmutzige Becher standen.

»Diese Runde geht auf Kosten des Hauses, Jungs!« gluckste jener fröhlich. »Trinkt einen auf den alten Isstvan!«

Isstvan! Das sollte Isstvan sein?

Die watschelnde Gestalt da unten schien keinen der bedrohlichen Züge zu besitzen, wie ich sie von einem Möchtegern-Herrscher der Dimension erwartet hätte.

Rasch überprüfte ich seine Aura. Er hatte keine. Dies war keine Verkleidung. Er sah wirklich so aus. Ich betrachtete ihn genau.

Er war groß, doch seine Untersetztheit verhinderte, daß

diese Größe beeindruckend gewirkt hätte. Er hatte langes weißes Haar und einen langen weißen Bart, der seine Brust fast vollständig bedeckte. Seine hellen Augen standen in einem scheinbar stets lächelnden Gesicht, Nase und Wangen waren gerötet, ob vom Lachen oder vom Trinken, das konnte ich nicht sagen.

Und das sollte jener üble Charakter sein, vor dem ich mich nun seit Wochen fürchtete? Er sah genauso aus, wie ihn Ganzfix beschrieben hatte ... wie ein harmloser alter Herbergswirt.

Eine Bewegung am anderen Ende des Zwischenstocks zog meinen Blick auf sich. Tanda! Sie hatte genau wie ich hinter der Brüstung auf dem jenseitigen Teil von der Treppe gekauert, und zuerst glaubte ich, lediglich gesehen zu haben, wie sie sich in eine bequemere Position zurechtsetzte. Dann erkannte ich jedoch, daß sie mir vorsichtig zuwinkte und begriff, daß sie meine Aufmerksamkeit erregen wollte.

Ich winkte zurück, daß ich verstanden hatte, was sie wohl sah, denn sie begann nun mit einer seltsamen Pantomime.

Zuerst vollführte sie mehrere Gesten an ihrer Stirn und deutete dann heftig hinter sich.

Ich begriff nicht und schüttelte den Kopf, um ihr dies zu erklären.

Sie wiederholte die Gesten eindringlicher, und ich sah nun, daß sie unter und hinter sich deutete. Irgend etwas mit den Ställen. Was konnte das bloß sein?

Ich erinnerte mich an ihre erste Bewegung. Sie schien auf ihre Stirn zu zeigen. Hatte sie irgend etwas im Stall geschlagen? Hatte sie dort jemanden umgebracht?

Ich schüttelte erneut den Kopf. Sie zeigte mir frustriert die Zähne.

»Bedienung!«

Bei diesem Gebrüll fuhr ich hoch.

Aahz und Ganzfix waren gerade durch die Tür getreten. Was immer Tanda mir hatte sagen wollen, es würde warten müssen.

»Zwei Krüge von Eurem besten Wein ... und jemand soll mein Einhorn versorgen.«

Natürlich war es Aahz, der all dies sprach. Es war ausgemacht, daß er die Führung in dem Gespräch übernähme. Ganzfix war nicht ganz glücklich darüber gewesen, aber schließlich hatte er sich einverstanden erklärt, den Mund nur aufzumachen, wenn es sich als unbedingt notwendig erweisen würde.

Ihr Eintreten hatte erstaunlich wenig Eindruck auf die Versammlung da unten gemacht. Genauer gesagt war Isstvan sogar der einzige, der überhaupt den Blick in ihre Richtung wandte.

»Kommt herein, meine Herren, nur herein!« Er lächelte und breitete die Arme weit zum Willkommen aus. »Wir haben Euch erwartet!«

»Das habt Ihr?« plapperte Ganzfix und drückte damit auch meine Gedanken aus.

»Freilich, freilich! Ihr solltet nicht versuchen, den alten Isstvan auf den Arm zu nehmen.« Er schüttelte in gespielter Strenge den Finger. »Die Nachricht wurde uns gerade von ... oh, tut mir leid. Ich habe euch noch gar nicht meinem neuen Spezialagenten vorgestellt.«

»Wir sind uns schon einmal begegnet«, ertönte die Stimme der gebeugten Gestalt, die sich nun umwandte, sie anzusehen.

Frumpel!

Das also hatte Tanda mir sagen wollen! Das Schlachteneinhorn! Ganzfixens Einhorn stand drunten im Stall. Trotz all unserer Geschwindigkeit war Frumpel vor uns hier eingetroffen.

»Wer seid Ihr?« fragte Ganzfix und beäugte den Täufler.

Aus irgendeinem Grund schien dies Isstvan die Lachtränen auf die Wangen zu treiben. »Heute nachmittag werden wir noch allerhand Spaß haben!«

Er machte eine nachlässige Geste, und die Gasthaustür schlug zu.

Hinter mir erklang eine Reihe dumpfer Klicklaute, und

ich begriff, daß die Türen sich selbst verschlossen. Wir waren eingesperrt. Alle zusammen.

»Ich glaube, so gut habe ich mich nicht mehr amüsiert, seit ich mit meiner toten Schwester gebumst habe.«

Isstvans Stimme klang immer noch jovial, doch sie rief in mir eisige Furcht wach. Ich begriff, daß er nicht nur ein gewaltiger Magiker, sondern auch vollständig wahnsinnig war.

›Dich werden wir schon weich kriegen!‹
M. HAMMER

24

Es herrschte gespannte, erwartungsvolle Stille, während die vier sich nach vorn beugten, um ihre Gefangenen zu studieren.

Ich kniete am Boden und beobachtete wie angewurzelt die Szene und rechnete jeden Augenblick mit dem Tod meiner beiden Gefährten.

»Da Frumpel uns schon angekündigt hat«, sagte Aahz einschmeichelnd, »besteht wohl keine Notwendigkeit, diese Verkleidungen länger aufrechtzuerhalten.«

Der zuversichtliche Klang seiner Stimme beruhigte meine erschütterten Nerven.

Wir befanden uns nun einmal mitten im Spiel und mußten so oder so weitermachen.

Schnell schloß ich die Augen und lüftete Aahz' Maske.

»Aahz!« rief Isstvan begeistert. »Ich hätte doch wissen müssen, daß du das bist!«

»Er ist derjenige, der ...«, begann Brockhurst.

»Kennt ihr beiden euch?« erkundigte sich Frumpel, ohne auf den Imp Rücksicht zu nehmen.

»Wir uns kennen?« kicherte Isstvan. »Wir sind *alte* Feinde! Er und ein paar andere Lumpen haben mich das letzte Mal, als wir uns begegnet sind, fast fertiggemacht!«

»Aber diesmal sind wir dran, was, Isstvan?« lächelte Higgens und griff schon freudig nach seiner Armbrust.

»Aber, aber!« mahnte Isstvan, packte den Imp bei der Hand und schüttelte ihn leicht. »Überstürz die Dinge doch nicht.«

»Kommt mir ganz so vor«, spottete Aahz, »als hättest du Schwierigkeiten, flexible Mitarbeiter zu finden, Isstvan.«

»Oh, Aahz«, lachte Isstvan. »Immer noch die gleiche spitze Zunge, wie?«

»Imps?« Aahz' Stimme triefte vor Hohn. »Aber, Isstvan! Selbst dir müßte etwas Besseres einfallen.«

Isstvan seufzte und ließ Higgens zurück in seinen Stuhl fallen.

»Nun, man tut, was man kann. Inflation, du weißt ja.«

Er schüttelte traurig den Kopf, dann strahlte er auch schon wieder.

»Ach, du kannst dir gar nicht vorstellen, wie sehr ich mich freue, dich zu sehen, Aahz. Ich dachte schon, ich müßte waren, bis wir Perf erobern, ehe ich Rache nehmen könnte, und da kommst du einfach so hier hereinspaziert. Wag es nicht zu verschwinden, ehe wir miteinander quitt sind.«

»Ich hab dir doch schon gesagt, daß er seine Kräfte verloren hat«, warf Frumpel ein.

»Kräfte. Ha! Er hat niemals irgendwelche Kräfte besessen«, meldete sich Ganzfix zu Wort, voller Zorn, so lange ignoriert worden zu sein.

»Na, wen haben wir denn hier?« Isstvan blickte lächelnd zu Ganzfix hinüber. »Kennen wir uns irgendwoher?«

»Sag mal, Isstvan«, unterbrach Aahz. »Hast du was dagegen, daß ich mir etwas Wein nehme? Es besteht ja schließlich kein Grund, sich unzivilisiert aufzuführen.«

»Aber gewiß doch, Aahz.« Isstvan winkte ihn nach vorn. »Bedien dich.«

Es war unheimlich, dieses Gespräch zu belauschen: nach außen hin freundlich, verbarg es jedoch einen Katz-und-Maus-Unterton, der die nachlässigen Worte Lügen strafte.

»Was diese Gestalt anbetrifft«, erläuterte Frumpel und deutete auf Ganzfix, »das ist Garkins Lehrling. Der hat unserem Perverser die nötige Magik produziert, nachdem er seine Kräfte eingebüßt hatte.«

»Tatsächlich?« fragte Isstvan erfreut. »Kennst du den Fliegenden-Tassen-Trick? Ich liebe den Fliegenden-Tassen-Trick!«

»Ich verstehe nicht«, murmelte Ganzfix fassungslos und trat ein paar Schritte von der Versammlung zurück.

Nun, wenn wir jemals ein Durcheinander bräuchten,

dann jetzt. Folglich schloß ich die Augen und verwandelte Ganzfixens Züge. Die augenfällige Wahl für sein Äußeres war ... ich!

»Siehst du«, erklärte Frumpel stolz. »Was habe ich dir gesagt?«

»Throckwoddle!« riefen die beiden Imps im Chor.

»Was?« Frumpel kniff mißtrauisch die Augen zusammen.

Ich war bereit. Soweit die Ausrufe losbrachen, verwandelte ich Ganzfix erneut. Diesmal verlieh ich ihm Throckwoddles Züge.

»Ei, das *ist* ja Throckwoddle!« rief Isstvan. »Huch, ist das lustig!«

»Warte mal eine Minute!« fauchte Brockhurst. »Wie kann dies Throckwoddle sein, wenn wir dich doch in eine Statue verwandelt haben, ehe wir Throckwoddle einholten?«

Dies rief bei Isstvan nur noch größere Heiterkeitsausbrüche hervor.

»Hört auf!« keuchte er atemlos. »Hört um Himmels willen auf! Oh! Mir tut schon alles weh! Aahz, diesmal hast du dich selbst übertroffen.«

»Es ist doch nichts Besonderes«, meinte Aahz bescheiden.

»Hier stimmt doch irgend etwas nicht«, erklärte Frumpel.

Er steckte eine Hand tief in sein Gewand, ohne ein Auge von Ganzfix zu wenden. Fast hätte ich zu spät begriffen, was er vorhatte. Er wollte seinen Kristall hervorholen, mit dem er Tarnungen entlarven konnte. Als die glitzernde Kugel auftauchte, trat ich in Aktion.

Eine schlichte Levitation, ein leichter Hieb mit meinem Denken und der Kristall sprang aus Frumpels Hand in den Weinkrug.

»Verdammnitz!« fluchte Frumpel und wollte nach seinem Eigentum fischen.

»Laß bloß deine Finger aus dem Wein!« schalt Aahz und schlug ihn aufs Handgelenk. »Du bekommst dein Spielzeug schon wieder, wenn wir den Krug leer haben!«

Als wolle er dieses Argument unterstreichen, ergriff er den Krug und begann, die Becher auf dem Tisch neu zu füllen.

»Schluß jetzt mit diesem Wahnsinn!« explodierte Ganzfix. »Ich bin weder Skeeve noch Throckwoddle. Ich bin Ganzfix, Dämonenjäger erster Klasse. Wo immer ich einen Kampf erfasse, wird Mensch oder Dämon gleich entdeckt, welche Kraft in mir steckt!«

Das war endgültig zuviel für Isstvan, der nun vor Lachen zusammenbrach.

»Ach, ist der gut, Aahz!« keuchte er. »Wo hast du denn bloß diesen ulkigen Kerl aufgetrieben?«

»Du hast ihn mir auf den Hals gehetzt, falls du dich erinnerst«, gab Aahz zurück.

»Ei, das ist wahr, das ist wahr.« Und selbst das fand er noch grenzenlos komisch.

Die anderen amüsierten sich nicht so sehr.

»Du bist also ein Dämonjäger«, spottete Frumpel. »Was sind denn deine Motive?«

»Die Beleidigungen, die die Dämonen uns zufügen, sind zu zahlreich, um hier aufgeführt zu werden«, wich Ganzfix aus.

»Nun«, begann Ganzfix, »ihr habt mein Zauberamulett und mein Zauberschwert gestohlen und mein Einhorn verhext, daß es jetzt glaubt, es wäre ein Drache!«

»Dein Einhorn ist zur Zeit im Stall festgebunden«, konstatierte Higgens platt. »Frumpel hat es mitgebracht.«

»Mein Einhorn ist vor dem Haus festgebunden«, kreischte Ganzfix. »Und es glaubt, es wäre ein Drache.«

»Dein Einhorn ist im Stall festgebunden«, gab Higgens zurück. »Und wir glauben, du bist eine taube Nuß!«

»Aber meine Herren, meine Herren!« Isstvan schaffte es trotz seines Gelächters, die Arme zu heben. »Das alles ist ja ganz lustig, aber ... seht euch das an!«

Mitten in der Luft, keine zwei Handbreit von Isstvans Kopf entfernt, schwebte ein kleiner goldschwarzer Pfeil.

»Ein Mörderpfeil«, grübelte Isstvan und pflückte das

Geschoß von der Stelle, wo es schwebte. »Nun, wer wäre wohl so ungezogen, mich von hinten vergiften zu wollen?«

Seine Augen wanderten zu Brockhurst, der ahnungslos auf den Stufen saß. Dieser begriff plötzlich, daß er im Mittelpunkt des allgemeinen Interesses stand. Er riß vor Schreck die Augen auf.

»Nein! Ich … Warte! Isstvan!« Er erhob sich halb und streckte eine Hand aus, als wolle er einen Angriff abwehren. »Ich war's nicht … Nein! Bitte, nicht! Kchch!«

Letzteres wurde begleitet davon, daß seine Hände an seine Kehle fuhren und ihn heftig schüttelten.

»Kchch … ek … urk …«

Er stürzte auf die Stufen zurück und begann, sich rasend hin und her zu wälzen.

»Isstvan«, begann Higgens zögernd. »Normalerweise würde ich mich nicht einmischen, aber meinst du nicht, du solltest dir erst einmal anhören, was er zu sagen hat?«

»Aber ich mache gar nichts«, blinzelte Isstvan voll beleidigter Unschuld.

Mein Blick richtete sich auf die gegenüberliegende Seite des Zwischenstocks. Dort kauerte Tanda mit geschlossenen Augen. Sie schien eine unsichtbare Person am Boden vor sich zu schütteln. Ich begann, die Fähigkeiten eines ausgebildeten Mörders in zunehmendem Maße zu schätzen.

»Du machst gar nichts!?« kreischte Higgens. »Dann unternimm gefälligst etwas! Er stirbt!«

Ich dachte einen Augenblick, diese alberne Bemerkung würde Isstvan wieder zum Lachen bringen, diesmal jedoch nicht.

»Ach«, seufzte er. »Das ist alles so verwirrend. Ja, ich glaube, du hast recht.«

Er schnippte mit den Fingern, worauf Brockhurst aufhörte, um sich zu schlagen und begann, in keuchenden Zügen Luft zu holen.

»Hier, alter Junge«, sagte Aahz. »Trink einen Schluck!«

Er bot Brockhurst einen übervollen Becher an, aus dem der Imp dankbar tiefe Schlucke nahm.

»Aahz«, sagte Isstvan gestreng. »Ich glaube, du bist nicht ganz aufrichtig zu uns gewesen.«

»Ich?« Aahz tat ganz unschuldig.

»Nicht einmal du hättest so viel Wirrwarr ohne jede Hilfe hervorrufen können. Woher kommt es also?«

Er schloß die Augen und wandte das Gesicht zur Decke.

»Aha!« rief er plötzlich. »Da haben wir es ja!«

Dann erscholl ein Quieken vom anderen Ende des Zwischenstocks, und Tanda wurde plötzlich von unsichtbaren Händen emporgehoben.

»Higgens!« rief Isstvan. »Noch einer! Ei, ei, dieser Tag ist doch voller Überraschungen.«

Tanda schwieg, als sie auf einen Stuhl bei den anderen herabgetragen wurde.

»Wollen wir doch mal sehen«, murmelte Isstvan vor sich hin. »Haben wir jemanden vergessen?«

Ich spürte plötzlich den Druck unsichtbarer Kräfte und begriff, daß ich der nächste war. Ich versuchte, mir eine Tarnung einfallen zu lassen, aber der einzige, der mir in den Sinn kam, war Gliep ... Also probierte ich es.

»Ein Drache!« schrie Brockhurst und hüpfte auf die Bildfläche.

»Gliep«, sagte ich und rollte verzweifelt die Augen.

»Oh nein, das ist zuviel«, schmollte Isstvan. »Ich will sehen, mit wem ich es zu tun habe.«

Er machte eine unbestimmte Handbewegung, worauf alle Tarnungen verschwanden ... alle.

Ich kam zu den anderen herabgeschwebt, doch meine Ankunft ging im allgemeinen Trubel unter.

»Tanda!« stieß Isstvan begeistert hervor. »Ja, ja. Das ist ein Wiedersehen, was?«

»Spar dir dein Gesabbel«, schalt Tanda.

Ganzfix sah so schnell von einem zum anderen, daß ich befürchtete, ihm würde der Kopf herunterfallen.

»Ich verstehe überhaupt nichts mehr!« jammerte er.

»Halt den Mund, Ganzfix«, herrschte Aahz ihn an. »Wir werden es dir später erklären.«

»Vorausgesetzt es gibt ein Später«, sagte Frumpel höhnisch.

Ich neigte dazu, ihm beizupflichten. Die Atmosphäre in dem Raum entbehrte nun jegliche Jovalität. Es war vorbei. Wir hatten verloren. Wir waren alle entdeckt und gefangen, und Isstvan war so mächtig wie eh und je. Worum es sich bei Aahz' Geheimwaffe auch immer gehandelt haben mochte, sie hatte offensichtlich nicht funktioniert.

»Nun, ich fürchte, daß alle schönen Dinge einmal ein Ende haben müssen«, seufzte Isstvan und leerte seinen Becher. »Ich fürchte, ich muß euch nun beseitigen.«

Es klang aufrichtig betrübt, aber irgendwie konnte ich kein Mitgefühl mit seinem Gejammer empfinden.

»Nur noch eine Frage, Aahz, ehe wir beginnen«, sagte er erstaunlich vernünftig.

»Und die wäre?«

»Warum hast du es getan? Ich meine, wie konntest du mit so einer schwachen Mannschaft hoffen, mich zu schlagen?«

Isstvan klang ehrlich interessiert.

»Nun, Isstvan«, sagte Aahz schleppend. »Das ist eine Frage der Anschauung.«

»Was soll das heißen?« fragte Isstvan mißtrauisch.

»Ich ›hoffe‹ nicht, daß wir dich schlagen können ...« Aahz lächelte. »Ich weiß es.«

»Tatsächlich?« kicherte Isstvan. »Und worauf begründest du deine Logik?«

»Nun, darauf, daß wir bereits gewonnen haben.« Aahz blinzelte unschuldig. »Es ist vorbei, Isstvan, ob du es begreifst oder nicht.«

›Bloß, weil du einen Hexer besiegt hast, mußt du noch lange keinen Hexer besiegt haben‹
TOOTH-AAMON

25

»Aahz«, sagte Isstvan gestreng. »Es gibt Zeiten, wo selbst dein Humor ein wenig abgedroschen wirkt.«

»Ich mach keine Witze«, versicherte ihm Aahz. »Du hast deine Kräfte verloren. Los, versuch etwas. Irgend etwas!«

Isstvan zögerte. Er schloß die Augen.

Nichts rührte sich.

»Siehst du?« Aahz zuckte mit den Schultern. »Du hast deine Kräfte verloren. Alle. Und schau dich nicht nach deinen Verbündeten um, daß sie dir helfen. Sie sitzen alle im gleichen Boot.«

»Du meinst, wir haben wirklich gewonnen?« platzte ich heraus, als ich allmählich begriff, was sich hier andeutete.

»Ganz recht, Kerlchen.«

Aahz beugte sich plötzlich nach vorn und hieb Frumpel auf die Schulter.

»Meinen Glückwunsch, Frumpel«, rief er. »Ich muß schon zugeben, ich hätte nicht gedacht, daß du es schaffst.«

»Was?« blinzelte der Täufler.

»Ich bin sehr froh, daß unsere Schuld bei dir hiermit beglichen ist.«

»Frumpel!« In Isstvans Stimme lag eine düstere Drohung. »Haben wir das dir zu verdanken?«

»Ich ... ich ...«, stammelte Frumpel.

»Nur vorwärts, Frumpel! Koste den Triumph aus!« ermutigte ihn Aahz. »Er kann dir jetzt nichts tun. Außerdem kannst du dich jederzeit hier wegtelepathieren, wenn du willst.«

»Nein, das kann er nicht!« höhnte Higgens, sein Arm schoß nach vorn.

Ich sah gerade noch, wie ein kleiner Ball durch die Luft flog, ehe er an Frumpels Stirn mit einer purpurroten Staubwolke explodierte.

»Aber ...«, begann Frumpel, doch es war bereits zu spät.

Mitten in der Bewegung seiner Geste erstarrten seine Glieder, und sein Gesicht wurde reglos. Da hatten wir schon wieder eine Statue.

»Gut reagiert, Higgens!« lobte Aahz.

»Wenn es dir nicht zuviel Mühe macht, Aahz«, mischte sich Isstvan ein, »könntest du mir vielleicht einmal erklären, was hier eigentlich vor sich geht.«

»Ach!« sagte Aahz. »Das ist ja gerade der Clou.«

»Das kommt mir so bekannt vor«, murmelte Ganzfix.

Ich stieß ihn mit dem Ellbogen in die Rippen. Noch waren wir nicht aus allen Schwierigkeiten heraus.

»Es sieht ganz so aus, als habe Frumpel durch Throckwoddle von deinen Plänen erfahren. Offensichtlich hat er befürchtet, daß du eine Preiskontrolle einführst, was ihn natürlich in seinem Geschäft behindert hätte. Du weißt ja, wie diese Täufler sind.«

Die Imps schnaubten laut. Isstvan nickte nachdenklich.

»Jedenfalls hat er beschlossen, zu versuchen, dich aufzuhalten. Dazu hat er uns vier erpreßt, ihm zu helfen. Wir sollten Verwirrung stiften, während er den üblichen Angriff startete.«

»Wieso, was hat er denn getan?« platzte Higgens heraus.

»Er hat diesen Wein präpariert!« erklärte Aahz. »Wißt ihr nicht mehr?«

»Wann?« wollte Brockhurst wissen.

»Als er diesen Schwindelkristall in den Krug fallen ließ, erinnert ihr euch?«

»Aber er hat auch aus dem Krug getrunken!« rief Higgens.

»Er hat ja auch vorher ein Gegengift genommen«, schloß Aahz bravourös.

»Dann sitzen wir hier fest!« Brockhurst spie angeekelt aus.

»Weißt du, Aahz«, sagte Isstvan langsam. »Selbst wenn

alles so abgelaufen ist, wie du es erzählt hast, so hast du mit deinen Freunden in dieser Geschichte doch eine tragende Rolle gespielt.«

»Da hast du schon recht«, gab Aahz zu, »aber ich bin bereit, dir ein Geschäft anzubieten.«

»Was für ein Geschäft?« fragte Isstvan mißtrauisch.

»Es besteht aus zwei Punkten. Um erstens wiedergutzumachen, daß Tanda und ich uns bei deinen letzten Bestrebungen nach der Macht gegen dich gestellt haben, biete ich dir und deinen Patnern die Ausreise aus dieser Dimension.«

»Hm ...« machte Isstvan. »Und zweitens?«

»Zweitens kann ich dir die beste Rachemöglichkeit an Frumpel hier überlassen. Dafür möchte ich deine Zusicherung, daß du gegen uns vier keinen Groll wegen deines heutigen Mißgeschicks hegst.«

»Schau, Aahz«, begann Higgens, »wenn du einen Kampf willst ...«

»Weit gefehlt, meine Herren! Einen Kampf will ich gerade vermeiden. Ich kann euch nur erklären, daß ihr den kürzeren zieht, wie immer dieser Kampf auch ausgehen mag.«

»Nicht unbedingt«, behauptete Brockhurst.

»Ganz unumgänglich«, sagte Aahz hartnäckig. »Wenn ihr uns umbringt, verderbt ihr eure einzige Möglichkeit, aus dieser Dimension wegzukommen. Dann sitzt ihr für immer auf Klah fest. Nach meiner Auffassung ist das eine Niederlage.«

»Darin sind wir uns einig«, murmelte Brockhurst.

»Ach, hör mit dieser Quengelei auf!« unterbrach ihn Isstvan mit einem Kichern. »Aahz hat recht wie gewöhnlich. Er hat vielleicht eine Reihe physischer und magischer Kämpfe verloren, aber ich habe noch keinen gehört, der in einer Diskussion gegen ihn hätte ankommen können.«

»Dann gilt das Geschäft?« fragte Aahz.

»Es gilt«, antwortete Isstvan entschieden. »Als ob wir eine andere Wahl hätten!«

Sie schüttelten sich feierlich die Hände.

Ich bemerkte, daß die Imps im Hintergrund flüsterten und uns finstere Blicke zuwarfen. Ich fragte mich, ob eine Abmachung mit Isstvan auch für die Imps bindend war, und ob ein Handschlag in einer solchen Lage überhaupt eine ernsthafte Verpflichtung darstellte. Am meisten jedoch war ich darauf gespannt, welchen Trumpf Aahz', noch im Ärmel hatte.

»Nun, Aahz?« erkundigte sich Isstvan. »Wo ist die versprochene Fluchtmöglichkeit?«

»Hier zur Stelle«, parierte Aahz und fischte einen vertrauten Gegenstand aus seinem Hemd, den er Isstvan zuwarf.

»Ein D-Hüpfer!« rief Isstvan voller Freude. »So einen habe ich schon seit ...«

»Was ist das?« fiel Higgens ihm ins Wort.

»Eine Fahrkarte aus dieser Dimension«, erklärte er grollend.

»Wie funktioniert es denn?« erkundigte sich Brockhurst mißtrauisch.

»Vertraut ganz auf mich, meine Herren!« Isstvans verächtlicher Ausdruck strafte die Jovalität seiner Worte Lügen. Er wandte sich wieder Aahz zu.

»Imps!« schimpfte er vor sich hin.

»Du hast sie doch selber angeheuert«, erklärte Aahz ohne jegliches Mitgefühl.

»Das habe ich. So, und was ist nun mit dieser teuflischen Rache an Frumpel?«

»Das ist einfach«, lächelte Aahz. »Benutze den D-Hüpfer und bring ihn zurück nach Tauf.«

»Warum nach Tauf?« wollte Isstvan wissen.

»Weil er von Tauf verbannt worden ist«, antwortete Higgens, dem es nun allmählich dämmerte.

»... und die Täufler unerreicht sind in ihrer Art, jenen Strafen zuzumessen, die ihre Gesetze mißachten«, ergänzte Brockhurst mit einem bösen Grinsen.

Isstvan besah sich den D-Hüpfer und lächelte. »Aahz, ich habe schon immer deinen Sinn für Humor bewundert. Er ist noch bösartiger als meiner.«

»Was kann man schon von einem Perverser erwarten?« höhnte Brockhurst.

»Hüte deine Zunge!« fuhr ich den Imp an.

Er begann, mir auf die Nerven zu gehen.

»Dann ist alles abgemacht«, gluckste Isstvan und klatschte freudig in die Hände. »Brockhurst! Higgens! Schart euch hier um Frumpel. Wir brechen auf nach Tauf!«

»Jetzt sofort?« fragte Brockhurst.

»Und lassen alles so ungeordnet zurück?« meinte Higgens mit einem Seitenblick auf uns.

»Oh, wir werden nicht lange fortbleiben«, beruhigte Isstvan sie. »Hier gibt es nichts, das wir nicht auch später noch holen könnten.«

»Das ist wahr«, stimmte Brockhurst zu und starrte mich nachdenklich an.

»Hm ... Isstvan?«

Das war Ganzfix.

»Sprichst du mit mir?« fragte Isstvan mit ironischer Höflichkeit.

»Ja.« Ganzfix sah unbehaglich drein. »Verstehe ich das richtig, daß ihr alle vor dem Aufbruch in eine Gegend steht, die völlig von Dämonen bevölkert ist?«

»Ganz recht«, nickte Isstvan.

»Könnte ... ich meine ... würde es euch etwas ausmachen, wenn ich euch begleite?«

»Was?« rief ich echt entsetzt. »Warum denn?«

»Nun«, sagte Ganzfix zögernd, »wenn ich in diesen Tagen etwas gelernt habe, so ist das, daß ich verdammt wenig von Dämonen verstehe ...«

»Hört, hört«, murmelte Aahz.

»Ich bin unentschlossen, ob ich meinen eigentlichen Beruf weiter ausüben will oder nicht«, fuhr Ganzfix fort. »Aber jedenfalls reizt es mich, mehr über Dämonen zu erfahren. Welcher Ort wäre dazu besser geeignet, als einer, der ganz von Dämonen bewohnt wird?«

»Warum sollten wir uns ausgerechnet noch einen Dämonenjäger auf den Hals laden?« appellierte Brockhurst an Isstvan.

»Vielleicht könnten wir ihm etwas über Dämonen beibringen«, schlug Higgens mit übertrieben unschuldiger Stimme vor und boxte seinen Partner in die Seite.

»Was. Hm ... Ja, du hast recht, Higgens.« Brockhurst lächelte plötzlich wieder.

»Gut!« rief Isstvan. »Wir machen das Ganze zu einem Ausflug.«

»In diesem Fall«, schnurrte Tanda, »habt ihr sicher nichts dagegen, wenn ich mit von der Partie bin.«

»Was!?« entfuhr es Brockhurst.

»Warum?« parierte Higgens.

»Zur Unterstützung, selbstverständlich«, lächelte sie. »Ich möchte zu gerne dabei sein, wenn ihr Ganzfix über die Dämonen informiert. Ich kann sicher behilflich sein, daß er es besser begreift.«

»Wunderbar, wunderbar!« strahlte Isstvan und überging die Einwände der Imps. »Je mehr, desto besser. Aahz? Skeeve? Wollt ihr nicht auch mit?«

»Diesmal nicht, danke«, antwortete Aahz, ehe ich den Mund aufmachen konnte. »Das Kerlchen hier und ich haben noch ein paar Dinge zu erledigen, die keinen Aufschub dulden.«

»Wie zum Beispiel?« fragte ich.

»Halt den Mund, Kind!« fauchte Aahz und lächelte sogleich wieder der Gruppe zu. »Wir werden hier sein, wenn ihr zurückkehrt.«

»Darauf freuen wir uns schon«, erwiderte Brockhurst mit bösem Lächeln.

»Auf Wiedersehen, Aahz, Skeeve!« Tanda winkte uns zu. »Ich schau demnächst mal bei euch vorbei.«

»Aber Tanda«, setzte ich an.

»Mach dir keine Sorgen, Bursche«, wollte Ganzfix mich beruhigen. »Ich sorge schon dafür, daß der Lady nichts geschieht.«

Tanda zwinkerte mir unzüchtig über seine Schulter hinweg zu.

»Aahz!« kicherte Isstvan. »Ich habe mich richtig an deine

Gesellschaft gewöhnt. Wir müssen nächstens öfter zusammenarbeiten.«

Er stellte auf dem D-Hüpfer die Koordinaten ein und breitete alles zum Start vor.

»Auf Wiedersehen, Isstvan!« Aahz winkte ihm zu. »Und denk an mich!«

Ein Rauschen hing in der Luft, dann waren sie verschwunden. Alle.

»Aahz!« mahnte ich heftig. »Hast du nicht beobachtet, wie die Imps uns angesehen haben?«

»Hm? Oh! Doch, ja, Kind! Ich hab dir ja gesagt, daß sie schmierige kleine Kreaturen sind.«

»Aber was wollen wir machen, wenn sie zurückkommen?«

»Mach dir darüber keine Gedanken, Kerlchen!«

»Mach dir darüber keine Gedanken!« kreischte ich. »Wir müssen sofort ...«

»... weil sie gar nicht zurückkehren werden«, ergänzte Aahz.

Das brachte mich zur Vernunft.

»Aber ... wenn sie auf Tauf landen ...«

»Das war doch nur ein Scherz, Kerlchen.« Aahz grinste mich an. »Die landen nicht auf Tauf.«

›Eine Frau ist wie ein gutes Musikstück:
sie sollte einen sauberen Schluß haben‹
F. SCHUBERT

26

»Sie landen nicht auf Tauf?«

Es fiel mir schwer, mich so rasch auf diesen Gedanken einzustellen.

»Ganz recht, Kerlchen«, meinte Aahz und goß sich noch etwas Wein ein.

»Aber Isstvan hat doch selbst den D-Hüpfer eingestellt!«

»Das schon!« antwortete Aahz selbstgefällig. »Aber ich habe gestern abend einige Vorbereitungen für diesen Ausflug getroffen. Ich habe die Markierungen an den Zeigern vertauscht.«

»Wo fahren sie denn dann hin?«

»Woher soll ich das wissen?« Aahz zuckte mit den Schultern und nahm einen tiefen Zug Wein. »Aber ich wette, sie brauchen eine ganze Weile, um den Rückweg zu finden. Der D-Hüpfer hat einen Haufen Anzeigen.«

»Aber was ist mit Tanda und Ganzfix?«

»Tanda kann sich um Ganzfix kümmern«, beruhigte mich Aahz. »Außerdem besitzt sie die Kräfte, sie jederzeit da herauszuholen, wenn sie will.«

»Wirklich?«

»Klar. Aber sie wird sich vermutlich erst einmal amüsieren, mit den Kerlen herumzuziehen. Ich kann ihr das nicht verübeln. Mir würde das auch Spaß machen, zuzusehen, wie Ganzfix in den verschiedenen Dimensionen zurechtkommt.«

Er nahm einen weiteren ausgiebigen Schluck.

»Aahz!« schrie ich über einen plötzlichen Einfall. »Der Wein!«

»Was ist damit? Oh, mach dir keine Sorgen, Kerlchen.« Er lächelte. »Ich habe meine Kräfte doch schon verloren, erinnerst du dich? Abgesehen davon glaubst du doch wohl nicht, daß ich mir etwas in meinen eigenen Wein schütte, oder?«

»*Du* hast etwas in den Wein geschüttet?«

»Klar. Das war doch meine Geheimwaffe. Du hast doch nicht den ganzen Unfug mit Frumpel geglaubt, wie?«

»Also … natürlich nicht«, antwortete ich beleidigt.

Obwohl ich tatsächlich wußte, daß Frumpel es nicht getan hatte, hatte ich jede Vorstellung darüber eingebüßt, wer was wem angetan hatte.

»Hier, Kerlchen.« Aahz reichte mir seinen Becher und griff nach dem Krug. »Trink auch etwas. Du hast deine Sache heute nachmittag großartig gemacht.«

Ich nahm den Becher, konnte mich aber irgendwie nicht dazu überwinden, etwas davon zu trinken.

»Was hast du denn überhaupt in den Wein geschüttet?« erkundigte ich mich.

»Scherzpulver«, erklärte Aahz. »Soweit ich das sagen kann, ist das das gleiche, was Garkin bei mir angewandt hat. Man kann es in ein Getränk schütten, übers Essen sprühen oder verbrennen, damit das Opfer die Dämpfe einatmet.«

Mir schoß das Bild des rauchenden Kessels durch den Kopf, als Aahz sich bei Garkin materialisiert hatte.

»Was bewirkt es?«

»Hast du denn nicht zugehört, Kerlchen?« Aahz neigte den Kopf. »Es nimmt einem die Kräfte.«

»Für immer?«

»Natürlich nicht!« schalt Aahz. »Nur ein Jahrhundert lang.«

Meine Fragen waren alle beantwortet … bis auf eine.

»Sag mal, Aahz?«

»Ja, Kind?«

»Was machen wir denn jetzt?«

»In welcher Angelegenheit?« wollte Aahz wissen.

»Ich meine, was haben wir jetzt vor? Seit wir uns kennengelernt haben, waren wir doch hinter Isstvan her. Das ist jetzt erledigt. Was machen wir nun?«

»Du, Lehrling«, sagte Aahz streng, »widmest dich deiner Magik. Du hast noch eine gute Weile vor dir, ehe du an den

Meisterstatus auch nur heranreichst. Was mich betrifft … na ja, werde wohl meine meiste Zeit damit zubringen, dir die Magik beizubringen.«

Er spülte ein wenig Wein die Kehle hinab.

»Im Augenblick sind wir ganz gut ausgerüstet«, stellte er fest. »Wir haben einen Zauberkristall dank Frumpel … und dieses krumme Schwert, wenn wir es brauchen sollten«, ergänzte ich.

»Und einen schlecht funktionierenden Feuerring.«

»Äh …«, machte Aahz. »Ehrlich gesagt … äh … den habe ich Tanda geschenkt.«

»Geschenkt?« fragte ich. »Du hast etwas verschenkt?«

Aahz zuckte mit den Schultern.

»Ich habe ein weiches Gemüt. Da kannst du jeden fragen.«

»Hm …« Ich hatte meine Zweifel.

»Äh, außerdem haben wir ein Schlachteinhorn, wenn wir irgendwohin reiten wollen«, fügte Aahz hastig hinzu, »und deinen albernen Drachen.«

»Gliep ist nicht albern!« fuhr ich ihn heftig an.

»Na gut, na gut«, lenkte Aahz ein, »… deinen intelligenten staattlichen Drachen.«

»Schon besser«, murmelte ich.

»Aber eigentlich frage ich mich, warum wir überhaupt hier weg sollten«, erläuterte Aahz und blickte um sich. »Dieses Haus kommt mir ganz vernünftig vor. Wir haben hier ein paar ordentliche Kräftelinien zur Verfügung, und so wie ich Isstvan kenne, ist der Weinkeller gut ausgestattet. Wir könnten eine weit schlechtere Operationsbasis haben.«

Eine weitere Frage kam mir in den Sinn.

»Sag mal, Aahz?«

»Ja, Kind?«

»Vor ein paar Minuten hast du gesagt, du würdest gern miterleben, wie Ganzfix sich durch die verschiedenen Dimensionen schlägt … und du hast doch offensichtlich eine Schwäche für Tanda …«

»Ja?« Aahz blickte finster drein. »Und?«

»Warum bist du dann nicht mit ihnen gefahren? Du brauchst doch nicht an dieser Dimension zu kleben.«

»Isstvan ist eine taube Nuß«, unterbrach mich Aahz, »und Imps kann ich nicht ausstehen. Meinst du, die hatte ich gerne als Reisegefährten?«

»Aber du hast doch gesagt, Tanda könnte sich frei in Dimensionen bewegen? Hättest du nicht mit ihr ...«

»Schon gut, schon gut«, fiel Aahz mir ins Wort. »Wenn du es unbedingt hören willst: Ich bin wegen dir hiergeblieben.«

»Warum?«

»Weil du noch nicht zwischen den Dimensionen reisen kannst. Nicht, bis du ...«

»Ich meine, warum bleibst du überhaupt bei mir?«

»Warum? Weil du mein Lehrling bist, darum!«

Aahz schien echt verärgert zu sein. »Wir haben ein Abkommen geschlossen, wie du dich vielleicht erinnerst. Du hilfst mir gegen Isstvan, und ich lehre dich die Magik. Nun, du hast deine Verpflichtung erfüllt, und ich werde mein Versprechen auch halten. Ich werde dir die Magik beibringen, und wenn du dabei draufgehst ... oder ich, was wahrscheinlicher ist!«

»Ja, Aahz«, stimmte ich hastig zu.

»Außerdem«, murmelte er und goß sich noch einen Becher ein, »mag ich dich.«

»Wie bitte? Das hab ich nicht ganz verstanden.«

»Dann paß nächstens besser auf!« schnauzte Aahz mich an. »Ich sagte, trink deinen Wein und gib deinem albernen Drachen was davon. Ich erlaube dir, eine ... hörst du, *eine* Nacht durchzufeiern. Und morgen früh beginnen wir, ernsthaft zu arbeiten.«

»Ja, Aahz«, sagte ich gehorsam.

»Und Kerlchen«, Aahz grinste. »Mach dir keine Sorgen, daß es zu langweilig werden könnte. Wir werden nicht nach Abenteuern suchen müssen. Bei unserem Beruf kommen die gewöhnlich von selber.«

Ich hatte das ungute Gefühl, daß er recht hatte.

ENDE
DES ERSTEN BUCHES

Drachenfutter

›Das Leben besteht aus ständigem rüden Erwachen‹
R. V. WINKLE

1

Von allen unerfreulichen Arten, aus einem gesunden Schlaf gerissen zu werden, ist der Lärm, den ein Drache und ein Einhorn beim Fangenspielen veranstalten, eine der schlimmsten.

Ich öffnete vorsichtig ein Auge und versuchte trüben Blicks, mich im Zimmer zu orientieren. Ein Stuhl fiel polternd zu Boden und überzeugte mich, daß die verschwommenen Bilder, die in meinem Gehirn angelangten, zumindest soweit stimmten, daß unregelmäßige Erschütterungen Boden und Wände erzittern ließen. Jemand ohne mein hart erworbenes und schmerzlich gehütetes Schatzkästlein an Erfahrungen wäre vielleicht geneigt gewesen, das Inferno einem Erdbeben anzulasten. Ich hingegen nicht. Die hinter dieser Entscheidung stehende Logik ist recht simpel. Erdbeben waren in dieser Gegend außergewöhnlich selten. Ein Drache und ein Einhorn beim Fangenspielen dagegen nicht.

Der Tag begann ganz normal ... das heißt normal, wenn man ein Jungzauberer ist, der bei einem Dämonen in die Lehre geht.

Wäre ich imstande gewesen, die Zukunft nur mit annähernder Wahrscheinlichkeit vorherzusagen und so zu sehen, welche Ereignisse mir bevorstanden, wäre ich vermutlich im Bett geblieben. Ich will sagen, kämpfen war noch nie meine Stärke, und die Vorstellung, es mit einer gesamten Armee aufzunehmen ... aber ich greife mir vorweg.

Das Dröhnen, welches mich weckte, erschütterte das gesamte Gebäude und zog das Klirren verschiedener schmutziger Teller nach sich, die auf dem Boden laut zerschellten.

Das darauf folgende Getöse war noch spektakulärer.

Ich zog in Erwägung, etwas zu unternehmen, erwog auch weiterzuschlafen. Dann fiel mir der Zustand meines Lehrers ein, als dieser am Abend zuvor ins Bett gegangen war.

Das machte mich schnell hellwach. Es gibt nur eines, das unerquicklicher ist als ein Dämon von Perv, nämlich ein Dämon von Perv mit einem Kater.

Schon war ich auf den Beinen und schoß wie ein Pfeil zur Tür. (Meine Behendigkeit war eher Frucht meiner Angst als angeborenes Talent.) Ich zog die Tür auf, streckte den Kopf hinaus und sondierte das Terrain. Das Gelände um den Gasthof wirkte normal. Das Unkraut war völlig außer Kontrolle geraten und stand an manchen Stellen brusthoch. Eines Tages würde damit irgend etwas geschehen müssen, doch mein Lehrer schien sich an ihrem ungezügelten Wachstum wenig zu stören, und da ich der logische Kandidat fürs Jäten wäre, wenn ich das Thema anspräche, beschloß ich wieder einmal, in dieser Angelegenheit Stillschweigen zu bewahren.

Statt dessen besah ich mir die verschiedenen niedergewalzten Stellen und frischen Trampelpfade zwischen den Pflanzen und versuchte zumindest die Richtung auszumachen, in welcher meine Beute zu suchen war. Ich war schon fast überzeugt, daß die Stille zumindest halbwegs von Dauer sein sollte, als der Boden wieder zu beben begann. Ich seufzte, richtete mich taumelnd zu voller Höhe auf, was nicht besonders hoch war, und bereitete mich darauf vor, dem Angriff entgegenzutreten.

Als erstes kam das Einhorn in Sicht. Seine Hufe warfen riesige Erdklumpen auf, und es schoß hinter der rechten Ecke des Gasthofes hervor.

»Butterblume!« rief ich so gebieterisch ich konnte.

Den Bruchteil einer Sekunde später mußte ich in die Dekkung der offenen Tür rennen, um von dem rasenden Tier nicht niedergetrampelt zu werden. Wenn ich auch ein wenig ärgerlich war über seinen Ungehorsam, so konnte ich ihm doch keinen Vorwurf machen. Es wurde von einem Drachen verfolgt, und Drachen sind nicht gerade berühmt für ihre Gewandtheit, wenn es zum plötzlichen Halt kommt.

Als habe er nur auf mein Stichwort gewartet, erschien nun der Drache auf der Szene. Um genau zu sein, er erschien nicht, sondern polterte heran und ließ den Gasthof erbeben, als er gegen die Ecke prallte. Wie ich schon sagte, sind Drachen nicht gerade besonders gewandt.

»Gliep!« rief ich. »Hört sofort damit auf!«

Er tat einen Satz zurück und antwortete mit einem herzlichen Schlag seines Schwanzes. Glücklicherweise verfehlte diese Geste weit ihr Ziel und traf den Gasthof mit einem weiteren donnernden Dröhnen.

Soweit also der Erfolg meines gebieterischen Auftretens. Wenn unsere beiden Schützlinge auch nur ein bißchen gehorsamer wären, müßte ich von Glück sagen, wenn ich mit dem Leben davonkäme. Aber ich mußte sie trotzdem dazu bringen, mit ihrem Spiel aufzuhören. Wer immer das unsterbliche Sprichwort in die Welt gesetzt hat, man solle keine schlafenden Hunde wecken, hat es offensichtlich nie mit einem schlafenden Dämon versucht.

Ich sah ein paar Augenblicke zu, wie die beiden einander durch das Gras jagten, und beschloß, das Ganze auf die einfache Art und Weise zu beenden. Ich schloß die Augen und stellte mir die beiden vor, den Drachen sowie das Einhorn. Dann überlagerte ich das Bild des Einhorns mit dem des Drachens, gestaltete es kurz farblich im Geiste aus und schlug die Augen wieder auf.

Es bot sich mir der unveränderte Anblick, ein Einhorn und ein Drache, die sich in einem Unkrautfeld gegenüberstanden. Aber da ich den Zauber ausgesprochen hatte, sah ich natürlich nicht seine Wirkung. Die Wirkung ließ sich für mich nur an Glieps Reaktion ablesen.

Er neigte den Kopf, bis er nach hinten sah, und wiederholte den gleichen Prozeß, um seinen Blick über die Vegetation ringsum schweifen zu lassen. Dann sah er wieder Butterblume an.

Für ihn war sein Spielgefährte plötzlich verschwunden, von einem anderen Drachen ersetzt. All das war äußerst verwirrend, und er wollte seinen Spielkameraden zurückhaben.

Ich muß zur Rechtfertigung meines Lieblings sagen, daß wenn ich von einem Mangel an körperlicher und geistiger Gewandtheit sprach, damit nicht gesagt werden soll, daß er tölpelhaft oder dumm wäre. Er ist noch jung, weshalb er auch erst drei Meter lang ist und seine Flügel noch nicht ausgewachsen sind. Ich rechne fest damit, daß er – wenn er in vier- bis fünfhundert Jahren erst einmal ausgewachsen ist – sehr flink und klug sein wird, was ich von mir nicht behaupten kann. Sollte ich unwahrscheinlicherweise so lange leben, werde ich einzig und allein alt sein.

»Gliep?«

Nun schaute der Drache zu mir herüber. Nachdem er seine geistigen Fähigkeiten bis zur Grenze ihrer Belastbarkeit strapaziert hatte, wandte er sich nun an mich, damit ich die Situation in Ordnung brachte oder zumindest eine Erklärung lieferte. Als Verursacher der Lage, die seine Verwirrung hervorrief, empfand ich schreckliche Schuldgefühle. Einen Augenblick lang neigte ich schon dazu, Butterblume seine richtige Gestalt wiederzugeben.

»Wenn ihr ganz sicher seid, genug Lärm zu veranstalten ...«

Ich zuckte beim Klang der tiefen, sarkastischen Töne zusammen, die direkt hinter mir erklangen. All meine Bemühungen waren umsonst. Aahz war wach.

Ich nahm meine beste Armsünderhaltung ein und drehte mich um, um ihm ins Angesicht zu schauen.

Es erübrigt sich zu bemerken, daß er schrecklich aussah.

Falls Sie zufällig glauben, daß ein mit grünen Schuppen bedeckter Dämon schon schrecklich aussieht, dann haben sie niemals einen mit Kater kennengelernt. Die gewöhnlich goldfarbenen Flecken in seinen gelben Augen schimmerten nun kupfern und wurden durch ein Netz pochender, orangefarbener Äderchen betont. Seine Lippen waren zu einer schmerzlichen Grimasse zurückgezogen, die noch mehr seine spitzen Zähne entblößte als sein furchterregendes *besänftigendes* Lächeln. Wie er so drohend mit in die Hüften gestemmten Armen hinter mir stand, bot er ein so erschreckendes Bild, daß selbst ein Spinnbär in Ohnmacht gefallen wäre.

Ich hatte jedoch keine Angst. Ich war mit Aahz nun über ein Jahr zusammen und wußte, daß sein Bellen schlimmer war als sein Biß. Abgesehen davon hatte er mich auch noch nie gebissen.

»Ei, Aahz«, sagte ich und scharrte mit dem Zeh ein Loch in die Erde. »Du sagst doch immer, wenn ich mich von etwas wecken ließe, wäre ich auch nicht richtig müde.«

Er ignorierte die Spitze wie so häufig, wenn ich ihm eines seiner eigenen Zitate vorhalten kann. Statt dessen blinzelte er über meine Schulter hinweg nach draußen.

»Kind, sage mir bloß, daß du übst. Erzähle mir nur nicht, daß du noch einen Drachen aufgegabelt hast, der uns das Leben versauert.«

»Ich bin am Üben«, beeilte ich mich, ihn zu beruhigen.

Zum Beweis gab ich Butterblume schnell sein normales Aussehen zurück.

»Gliep!« meinte Gliep glücklich, und schon waren die zwei wieder auf und davon.

»Ehrlich, Aahz«, sagte ich, um seiner nächsten bissigen Bemerkung zuvorzukommen. »Wo sollte ich denn in dieser Dimension einen zweiten Drachen finden?«

»Wenn es hier auf Klah einen gäbe, so würdest du ihn auch ausfindig machen«, spottete er. »Soweit ich mich erinnern kann, hattest du keine Probleme, diesen hier zu entdecken, als ich dir das erste Mal den Rücken gekehrt hatte. Lehrlinge!«

Er drehte sich um und kehrte aus dem Sonnenschein in das Dämmerlicht im Innern des Gasthofes zurück.

»Soweit ich mich erinnere«, ergänzte ich, während ich ihm folgte, »war das auf dem Bazar auf Tauf. Und dort kann ich mir keinen anderen Drachen holen, weil du mir nicht beibringen willst, wie man durch die Dimensionen reist.«

»Geh mir bloß nicht auf die Nerven, Bürschchen!« stöhnte er. »Das haben wir nun doch schon x-mal durchgekaut. Schau mich an. Da sitze ich ohne meine Kräfte in einer hinterwäldlerischen Dimension wie Klah fest, wo man einen barbarischen Lebensstil und eine widerliche Küche hat.«

»Du hast deine Kräfte verloren, weil Garkin seinem Spezialbecher einen Schuß Scherzpulver beigefügt hat und umgebracht wurde, ehe er dir das Gegenmittel verabreichen konnte«, bemerkte ich.

»Paß auf, wie du von deinem alten Lehrer sprichst«, warnte mich Aahz. »Der alte Schleimpanscher ließ sich gelegentlich zu übertriebenen Streichen hinreißen. Aber er war ein Meister der Magik ... und mein Freund. Wäre er das nicht gewesen, hätte ich mir nicht seinen großmäuligen Lehrling aufgehalst«, schloß er und warf mit einen bedeutungsvollen Blick zu.

»Entschuldige, Aahz«, sagte ich. »Es ist nur, weil ...«

»Schau, Bürschchen«, unterbrach er mich erschöpft. »Wenn ich meine Kräfte hätte, was nicht der Fall ist – und wenn du soweit wärst, das Dimensionsspringen zu erlernen, was du nicht bist, dann könnten wir einen Versuch wagen. Würdest du dich dann verrechnen und uns in die falsche Dimension schleudern, so könnte ich uns herausholen, ehe irgend etwas geschähe. Doch so wie die Dinge stehen, wäre dir das Dimensionshüpfen beizubringen gefährlicher als Russisches Roulette.«

»Was ist ein Russisches Roulette?« wollte ich wissen.

Der Gasthof zitterte, als Gliep wieder die Ecke übersah.

»Wann wirst du deinem dummen Drachen endlich beibringen, daß er auf der anderen Straßenseite spielen soll?« schnaubte Aahz und reckte den Hals, um aus dem Fenster zu spähen.

»Ich gebe mir alle Mühe, Aahz«, erklärte ich besänftigend. »Vergiß nicht, ich habe ein ganzes Jahr gebraucht, bis er stubenrein war.«

»Erinnere mich nicht daran!« brummte Aahz. »Wenn es nach mir ginge, würden wir ...«

Plötzlich verstummte er und neigte den Kopf zur Seite. »Du solltest den Drachen lieber verwandeln, Kerlchen«, verkündete er plötzlich. »Und mach dich bereit für einen deiner ›Dubiosen-Charakter‹-Typen. Wir bekommen Besuch.«

Ich bestritt seine Behauptung nicht. Es war schon lange geklärt, daß Aahz das weit bessere Gehör von uns beiden hatte.

»In Ordnung, Aahz«, stimmte ich zu und machte mich eilends an meine Aufgaben.

Der Nachteil an der Benutzung eines Gasthauses als Operationsbasis, so einsam und verwittert es auch sein mochte, war, daß gelegentlich Leute hier vorbeischauten und Unterkunft und Verpflegung haben wollten. Magik war in diesen Gegenden noch immer gesetzwidrig, und Zeugen waren das letzte, was wir brauchen konnten.

›Erst Eindrücke, die am längsten anhalten, sind von größter Bedeutung‹
J. CARTER

2

Aahz und ich hatten den Gasthof unter ziemlich dubiosen Umständen erworben. Um genau zu sein, wir beanspruchten ihn als unsere rechtmäßige Kriegsbeute, nachdem wir beide (mit Unterstützung zweier abwesender Verbündeter) Isstvan, einen wahnsinnigen Zauberer aufgespürt und zusammen mit all seinen überlebenden Verbündeten in fernabliegende Dimensionen geschickt hatten. Der Gasthof war Isstvans Operationsbasis gewesen. Doch nun gehörte er uns. Trotz Aahz' ständiger Versicherungen lebte ich in der Angst, eines Tages dem rechtmäßigen Besitzer des Gasthauses über den Weg zu laufen.

Dies fiel mir unwillkürlich alles ein, während ich vor dem Gasthof auf unseren Besucher wartete. Wie ich schon sagte, besitzt Aahz ein sehr gutes Gehör. Wenn er mir sagt, daß er ›ganz in der Nähe‹ etwas hört, so vergißt er häufig zu bemerken, daß ›ganz in der Nähe‹ anderthalb Kilometer entfernt sein kann.

Im Laufe unserer Freundschaft habe ich ebenso festgestellt, daß sein Gehör auf merkwürdige Weise selektiv arbeitet.

Er kann hören, wie ein Echsenvogel in fünfhundert Metern Entfernung sich kratzt, scheint jedoch gelegentlich nicht in der Lage, selbst die höflichsten Bitten zu vernehmen, wie laut ich ihn auch anbrüllte.

Noch immer war nichts von usnerem Gast zu sehen. Ich überlegte gerade, ob ich mich aus der späten Vormittagssonne in den Gasthof zurückziehen sollte, entschied mich jedoch anders. Ich hatte die Szene für die Ankunft unseres Gastes sorgfältig arrangiert, und es war mir zuwider, sie für etwas so Nebensächliches wie persönliche Bequemlichkeit auseinanderzureißen.

Ich hatte den Verwandlungszauber in großzügiger Weise auf Butterblume, Gliep und mich selbst angewandt. Gliep sah nun wie ein Einhorn aus, eine Veränderung, die Butterblume nicht im geringsten zu beeindrucken schien. Offensichtlich sind Einhörner bei der Wahl ihrer Spielgefährten weniger wählerisch als Drachen. Ich ließ sie beide noch beträchtlich schlampiger und ungepflegter aussehen, als sie in Wirklichkeit waren. Dies war notwendig zur Untermauerung des Eindrucks, den mein eigenes Erscheinen hervorrief.

Aahz und ich waren in den ersten Tagen unseres Aufenthaltes hier zu dem Schluß gekommen, daß die beste Art, mit unerwünschten Gästen umzugehen, nicht darin bestand, sie zu bedrohen oder zu erschrecken, damit sie gingen, sondern sich so abstoßend zu geben, daß sie aus eigenem Entschluß weiterreisten. Zu diesem Zwecke hatte ich allmählich eine Tarnung entwickelt, welche Fremde davon überzeugen sollte, daß sie nicht im gleichen Gasthof wie ich verweilen wollten, unabhängig von dessen Größe und der Anzahl seiner Gäste. In dieser Verkleidung pflegte ich hartnäckige Reisende als Wirt des Gasthauses zu begrüßen.

In aller Bescheidenheit will ich zugeben, daß die Verkleidung der letzte Schrei eines durchschlagenden Erfolgs war. In der Tat reagierten viele Besucher entsprechend. Sie schrien, einige sahen aus, als wollten sie sich übergeben, und andere warfen verschiedene religiöse Symbole in die Luft zwischen sich und mich. Keiner von ihnen entschloß sich, die Nacht über zu bleiben.

Als ich mit verschiedenen körperlichen Gebrechen herumexperimentierte, wies Aahz zu Recht darauf hin, daß viele Leute ein einzelnes Gebrechen gar nicht abstoßend fanden. Vielmehr empfanden es die meisten in einer Dimension wie Klah als normal. Um den gewünschten Erfolg zu sichern, legte ich sie mir alle zu.

In meiner Verkleidung bewegte ich mich unter schwerfälligem Hinken, hatte einen Buckel und eine verkrüppelte Hand, die mit sichtbarem Ausschlag befallen war. Meine wenigen restlichen Zähne waren krumm und fleckig, und die Pupillen meines einen Auges zeigte Neigungen, unabhängig von der anderen umherzuwandern. Meine Nase, ja mein ganzes Gesicht war unsymmetrisch, und als Meisterstück meiner Verwandlungskünste krochen ekelerregende Läuse in meinem zottigen Haar und den zerfetzten Kleidern herum.

Der Gesamteindruck war furchterregend.

Selbst Aahz gab zu, daß er ihn beunruhigend fand, was eingedenk der Dinge, die er auf seinen Reisen durch die Dimensionen zu Gesicht bekommen hat, wirklich ein großes Lob bedeutete.

Ich wurde aus meinen Gedanken gerissen, als unser Besucher in Sicht kam. Er sah stocksteif auf dem Rücken eines riesigen, flugunfähigen Reitvogels. Er trug keine sichtbaren Waffen und auch keine Uniform, doch sein Verhalten wies ihn weit mehr als Soldaten aus, als jegliche äußeren Attribute dies vermocht hätten. Sein Blick war wachsam und streifte mißtrauisch umher, während er seinen Vogel in gemessener, gut gezügelter Gangart auf das Gasthaus zulenkte. Überraschenderweise strich sein Blick mehrere Male über mich hinweg, ohne daß er meine Anwesenheit registrierte. Vielleicht war ihm nicht klar, daß ich ein lebendiges Wesen war.

Das gefiel mir nicht. Der Mann wirkte eher wie ein Jäger, anstatt wie ein zufälliger Reisender. Aber nun war er einmal da, und es hieß, sich mit ihm auseinanderzusetzen. Ich begann meinen Auftritt.

»Möchte der edle Hääärr ein Zimmer haben?«

Beim Sprechen schwankte ich mit meinem eingeübten Humpelgang nach vorn. Für den Fall, daß ihm die Raffinesse meiner Verkleidung entging, ließ ich einen üppigen Speichelfaden aus meinem Mundwinkel triefen und ungehindert über mein Kinn laufen.

Einen Augenblick hatte der Mann damit zu tun, sein Reittier wieder in die Gewalt zu bekommen. Flugunfähig oder nicht, der Vogel versuchte, vom Boden abzuheben.

Offensichtlich hatte meine Tarnung einen Urtrieb des

Tieres aus der Zeit vor seinen flugunfähigen Vorfahren gereizt.

Ich wartete, den Kopf neugierig zur Seite geneigt, während der Mann versuchte, den bockigen Vogel zum Stehen zu zwingen. Endlich widmete er mir kurz seine Aufmerksamkeit. Dann wandte er den Blick von mir ab und schaute geflissentlich zum Himmel.

»Ich komme, den zu suchen, der unter dem Namen Skeeve der Zauberer bekannt ist«, erklärte er mir.

Nun war es an mir, einen Sprung zu tun. Nach allem, was ich wußte, konnte niemand wissen, wer und was und noch viel weniger wo ich war, außer Aahz und mir.

»Das bin ich«, platzte ich heraus, vergaß mich völlig und benutzte meine normale Stimme.

Der Mann schoß mir einen entsetzten Blick zu, worauf mir meine Verkleidung wieder einfiel.

»Das ist mein Herr!« korrigierte ich eilends. »Wartet ... ich gehe ihn holen.«

Ich drehte mich um und huschte hastig in den Gasthof. Aahz wartete drinnen auf mich.

»Worum geht's?« fragte er.

»Er will ... er will mit Skeeve reden ... mit mir!« plapperte ich aufgeregt.

»So?« meinte er pikiert. »Was machst du dann hier drinnen? Geh hinaus und sprich mit dem Mann.«

»In diesem Aufzug?«

Aahz rollte verzweifelt die Augen zur Decke.

»Wer schert sich darum, wie du aussiehst?« schnauzte er mich an. »Na, los, Kerlchen. Der Mann ist ein völlig Fremder!«

»Ich schere mich darum!« erklärte ich mit stolzgeschwellter Brust. »Der Mann fragte nach Skeeve, dem Zauberer, und ich finde ...«

»Was hat er?« unterbrach mich Aahz.

»Er fragte nach Aahz, dem Zauberer«, wiederholte ich und beobachtete aus der Deckung die Gestalt vor der Tür.

»Auf mich wirkt er wie ein Soldat«, fügte ich hinzu.

»Auf mich wie einer, der die Hosen voll hat«, gab Aahz

zurück. »Vielleicht solltest du deine Verkleidung das nächste Mal ein wenig mildern.«

»Glaubst du, er ist ein Dämonenjäger?« fragte ich nervös.

Anstatt meine Frage zu beantworten, wandte Aahz sich unvermittelt vom Fenster ab.

»Wenn er einen Zauberer sucht, soll er einen Zauberer haben«, murmelte er. »Schnell, Kind, stülp mir die Garkin-Tarnung über.«

Wie ich früher schon bemerkt habe, war Garkin mein erster Ausbilder. Als imposante Gestalt mit Salz-und-Pfeffer-Bart stellte er eine unserer beliebtesten und häufig benutzten Verkleidungen dar. Garkin konnte ich im Schlaf.

»So ist es schon gut, Bürschchen«, kommentierte Aahz, während er die Ergebnisse meiner Arbeit besah. »Nun halte dich dicht hinter mir und überlaß mir das Reden.«

»So, wie ich bin?« rief ich aus.

»Nur mit der Ruhe, Kind«, besänftigte er mich. »Für dieses Gespräch bin ich du. Klar?«

Aahz war schon auf dem Weg zur Tür, ohne meine Antwort abzuwarten und ließ mir kaum eine andere Wahl, als ihm zu folgen. »Wer erstrebt eine Audienz beim großen Skeeve?« dröhnte Aahz mit schallendem Baß.

Der Mann warf mir erneut einen nervösen Blick zu, dann nahm er eine steife, höfliche Haltung an.

»Ich komme als Gesandter seiner höchsten Majestät, Rodrick dem Fünften, König von Possiltum, der ...«

»Was ist Possiltum?« unterbrach ihn Aahz.

»Wie meinen?« Der Mann blinzelte.

»Possiltum«, wiederholte Aahz. »Wo liegt das?«

»Oh!« entfuhr es dem Mann, als er endlich begriff. »Das ist das Königreich direkt östlich von hier ... auf der anderen Seite des Ember-Flusses ... Ihr könnt es nicht verfehlen.«

»In Ordnung.« Aahz nickte. »Fahrt fort.«

Der Mann holte tief Luft, dann stockte er mit einem Stirnrunzeln.

»... König von Possiltum ...«, gab ich ihm sogleich das Stichwort.

»O ja, danke«, antwortete der Mann mit einem kurzen

Lächeln, auf das wieder ein fassungsloser Blick folgte, ehe er fortfuhr: »... König von Possiltum, der jenem, der unter dem Namen Skeeve der Zauberer bekannt ist, seine Ehrerbietung erweist und Grüße übermittelt ...«

Er hielt inne und sah Aahz erwartungsvoll an. Er wurde mit einem freundlichen Kopfnicken belohnt. Zufrieden sprach der Mann weiter.

»Seine Majestät spricht an Skeeve, den Zauberer, eine Einladung aus, am Hofe von Possiltum zu erscheinen, um zu prüfen, ob er die Fähigkeiten für das Amt des Hofzauberers besitzt.«

»Ich fühle mich wirklich nicht qualifiziert, ein Urteil zur Eignung des Königs als Hofzauberer abzugeben«, erklärte Aahz bescheiden und beäugte den Mann wachsam. »Begnügt er sich denn nicht damit, einfach nur König zu sein?«

»Nein, nein!« verbesserte der Mann eilfertig. »Der König möchte Eure Eignung prüfen.«

»Oh!« sagte Aahz mit einem Anschein plötzlichen Begreifens. »Das ist natürlich eine völlig andere Angelegenheit. Nun schön. Eine Einladung von ... wer war das gleich noch?«

»Rodrick V.«, verkündete der Mann und hob stolz seinen Kopf.

»Nun«, sagte Aahz mit breitem Grinsen. »Ich habe noch nie einen *Fünften* ausgeschlagen!«

Der Mann blinzelte, runzelte die Stirn und warf mir dann einen fragenden Blick zu.

»Ihr könnt Seiner Majestät bestellen«, fuhr Aahz fort, ohne unsere Verwirrung zu bemerken, »ich werde seine freundliche Einladung gerne annehmen. Ich werde bei Hofe erscheinen, sobald es mir möglich ist.«

Der Mann runzelte die Stirn.

»Ich glaube, Seine Majestät erwartet Euer unverzügliches Erscheinen«, bemerkte er finster.

»Natürlich«, antwortete Aahz ruhig. »Wie dumm von mir. Wenn Ihr unsere Gastfreundschaft für eine Nacht in

Anspruch nehmen wollt, werden mein Assistent hier und ich glücklich sein, euch morgen früh zu begleiten.«

Ich erkannte ein Stichwort, wenn eines fiel. Ich sabberte und fletschte die Zähne in Richtung des Botschafters.

Der Mann warf mir einen furchterfüllten Blick zu.

»Eigentlich ...«, sagte er hastig, »muß ich wirklich gehen. Ich werde Seiner Majestät sagen, daß Ihr mir direkt folgt.«

»Seid Ihr sicher, daß Ihr nicht lieber bleiben wollt?« fragte Aahz hoffnungsvoll.

»Ganz sicher!«

Der Mann brüllte seine Antwort fast, während er sein Tier schon von uns fort dirigierte.

»Na, schön«, meinte Aahz. »Vielleicht holen wir Euch auf der Straße ein.«

»In diesem Falle«, sagte der Mann und wendete seinen Vogel, »möchte ich einen Vorsprung ... ich meine, ich mache mich auf den Weg, um Euer Kommen anzukündigen.«

Ich hob die Hand, um ihm zum Abschied nachzuwinken, doch er ritt schon in vollem Galopp, trieb sein Reittier zu noch größerer Geschwindigkeit an und beachtete mich gar nicht.

»Hervorragend!« rief Aahz aus und rieb sich freudig die Hände. »Ein Hofzauberer! Was für ein gemütlicher Job! Dabei hat der Tag so jämmerlich begonnen.«

»Wenn ich unterbrechen darf«, unterbrach ich ihn. »Dein Plan hat einen kleinen Haken.«

»Hmm? Welchen?«

»Ich will nicht Hofzauberer werden!«

Wie gewöhnlich konnte mein Protest seine Begeisterung überhaupt nicht dämpfen.

»Du wolltest ja auch nicht Zauberer werden«, erinnerte er mich taktlos. »Dieb wolltest du werden. Nun, hier hast du einen schönen Kompromiß. Als Hofzauberer bist du Staatsbediensteter ... und Staatsbedienstete sind Diebe in einem Maßstab, wie du ihn nie für möglich gehalten hättest.«

›Neunzig Prozent jeder geschäftlichen Transaktion bestehen darin, sich selbst an den Kunden zu verkaufen‹
MATA HARI

3

»Nun laß mal sehen, ob ich das richtig verstanden habe«, sagte ich vorsichtig. »Du behauptest also, sie werden mich nicht auf Grund meiner Fähigkeiten anstellen?«

Ich konnte gar nicht glauben, daß ich Aahz' Vortrag richtig interpretiert hatte, doch er strahlte begeistert.

»Ganz recht, Bürschchen. Jetzt hast du es kapiert.«

»Nein, habe ich nicht«, erklärte ich starrsinnig. »Das ist das Verrückteste, was ich je gehört habe.«

Aahz stöhnte auf und bedeckte sein Gesicht mit der Hand.

So ging das, seit wir den Gasthof verlassen hatten, und kein Mensch kann das Geächze eines Dämonen drei Tage lang aushalten.

»Es tut mir leid, Aahz«, sagte ich gereizt. »Aber ich glaube es einfach nicht. Ich habe viele deiner Behauptungen beweislos Glauben geschenkt, aber das ... das verstößt doch gegen den gesunden Menschenverstand.«

»Was hat denn damit gesunder Menschenverstand zu tun?« explodierte er. »Wir reden hier von Einstellungsgesprächen!«

Bei diesem Ausbruch schnaubte Butterblume und warf den Kopf zurück, daß wir uns ducken mußten, um nicht in Reichweite seines Horns zu kommen.

»Ruhig, Butterblume«, mahnte ich besänftigend.

Das Einhorn rollte zwar noch die Augen, verfiel aber wieder in seinen gleichmäßigen Trott. Dem Karren mit unserer Ausrüstung, den es hinter sich herzog, war nichts geschehen. Trotz solcher Vorfälle wie zuvor am Gasthof kamen Butterblume und ich sehr gut miteinander aus, und gewöhnlich gehorchte er mir auch. Sein Verhältnis zu Aahz dagegen war äußerst gespannt, insbesondere wenn dieser es sich einfallen ließ, zornig herumzubrüllen.

»Es bedarf doch nur eines bißchens Freundlichkeit«, informierte ich Aahz selbstgefällig. »Du solltest es manchmal damit versuchen.«

»Wenn du schon deine dubiose Beziehung zu Tieren demonstrierst«, gab Aahz zurück, »solltest du deinen Drachen zurückrufen. Es fehlt uns gerade noch, daß er die ganze Gegend aufscheucht.«

Ich sah mich rasch um. Er hatte recht. Gliep war wieder einmal verschwunden.

»Gliep!« rief ich. »Komm her, Junge!«

»Gliep!« ertönte die Antwort.

Mein Haustier benötigte keine weitere Ermahnung. Es hüpfte aus dem Gebüsch und trottete an meiner Seite.

»Und ich sage immer noch, wir hätten den dummen Drachen im Gasthof lassen sollen«, knurrte Aahz.

Ich beachtete ihn gar nicht und überprüfte, ob unser Gepäck, das wie Satteltaschen über seinem Rücken hing, noch sicher befestigt war. Ich persönlich war der Ansicht, daß wir viel zuviel persönliche Habe mitschleppten, aber Aahz hatte darauf bestanden. Gliep versuchte, mir einen zärtlichen Nasenstüber zu versetzen, wobei ich eine Nase voll von seinem Atem mitbekam. Einen Augenblick lang drängte sich mir die Frage auf, ob Aahz nicht doch recht damit gehabt hatte, daß wir den Drachen besser zurückgelassen hätten.

»Was sagtest du doch gleich von Einstellungsgesprächen«, fragte ich, um das Thema zu wechseln.

»Ich weiß, daß es lächerlich klingt, Kind«, begann Aahz mit plötzlicher Ehrlichkeit, »und das ist es auch, aber vieles ist lächerlich, besonders in dieser Dimension. Das heißt nicht, daß wir solchen Dingen aus dem Wege gehen könnten.«

Darüber mußte ich erst nachdenken. Vielen Menschen käme es lächerlich vor, einen Dämon und einen Drachen als Reisebegleiter zu haben. Und wenn ich es mir genau überlegte, kam es mir selbst reichlich albern vor.

»Na, gut, Aahz«, sagte ich schließlich. »Ich kann Lächerlichkeit als real existent akzeptieren. Und nun versuch noch einmal, mir die Angelegenheit mit dem Hofzauberer zu erklären.«

Wir zogen weiter, während Aahz seine Gedanken ordnete. Zur Abwechslung zockelte Gliep friedlich neben Butterblume her, anstatt wieder einen seiner Erkundungsausflüge zu unternehmen.

»Paß auf, ob es einen Sinn ergibt«, begann er schließlich. »Hofzauberer haben nicht viel zu tun ... zumindest auf dem Gebiete der Magik. Man stellt sie vorwiegend um der Schau willen an, als Statussymbol, um zu beweisen, daß der Hof so fortschrittlich ist, einen Zauberer zu berufen. Es kommt selten vor, daß man sie zu einer Aufgabe ruft. Wärst du Hofnarr, wüßtest du nicht, wo dir vor Arbeit der Kopf steht, aber nicht so als Zauberer. Vergiß nicht, viele Leute sind der Magik gegenüber äußerst scheu und wenden sie so selten wie möglich an.«

»Wenn das so ist«, sagte ich zuversichtlich, »dann habe ich die nötige Qualifikation. Mit meiner Fähigkeit, nichts zu tun, kann ich es mit jedem Zauberer auf Klah aufnehmen.«

»Da will ich dir nicht widersprechen«, kommentierte Aahz trocken. »Aber ganz so leicht ist es auch nicht. Den Job zu behalten, kostet nicht die geringste Mühe. Aber ihn zu bekommen kann ein harter Kampf werden.«

»Oh!« meinte ich etwas kleinlauter.

»Und um die Stelle nun zu bekommen, mußt du den König und vermutlich auch seine Berater beeindrucken«, fuhr Aahz fort. »Du wirst sie durch deine Person, nicht durch deine Fähigkeiten beeindrucken müssen.«

»Was soll das nun wieder heißen?« fragte ich mit gerunzelter Stirn.

»Schau, Kerlchen. Wie ich schon sagte, ist ein Hofzauberer ein Ausstellungstück, ein Demonstrationsobjekt. Sie werden nach einem suchen, den sie gerne sich am Hofe herumtreiben sehen würden, einen, der etwas hermacht, ob er nun etwas kann oder nicht. Du mußt Selbstsicherheit ausstrahlen. Und was am wichtigsten ist: Du mußt wie ein

Zauberer aussehen. Wenn du wie ein Zauberer dich kleiden, reden und auftreten kannst, dann wird vielleicht niemand merken, daß du nicht die Fähigkeiten zum Zauberer besitzt.«

»Vielen Dank, Aahz!« Ich schnitt eine Grimasse. »Du tust wirklich alles, um mein Selbstvertrauen zu stärken.«

»Ach, schmolle nicht«, ermahnte mich Aahz. »Du kannst recht schwere Objekte levitieren, nicht schlecht fliegen, und den Verwandlungszauber beherrschst du wie am Schnürchen. Für einen Anfänger stellst du dich sehr geschickt an, aber mach dir nichts vor und glaube nicht, du wärst bald ein richtiger Zauberer.«

Er hatte natürlich recht, aber ich war nicht in der Stimmung, das zuzugeben.

»Wenn ich so ein wichtigtuerischer Tölpel bin«, antwortete ich steif, »warum sind wir dann unterwegs, um mich als Hofzauberer einstellen zu lassen?«

Aahz fletschte wütend die Zähne.

»Du hörst nicht zu, Kerlchen«, knurrte er. »Die Stelle zu behalten, ist ein Klacks, wenn du sie erst einmal hast. Damit wirst du klarkommen. Der knifflige Teil besteht darin, daß du überhaupt angenommen wirst. Aber zum Glück werden wir dich mit einigen Korrekturen und ein bißchen Nachhilfe wohl gesellschaftsfähig machen können.«

»Korrekturen welcher Art?« fragte ich und war nun unwillkürlich neugierig geworden.

Aahz besah mich mit großer Geste von oben bis unten.

»Als allererstes«, erklärte er, »wäre da einmal deine Art, dich zu kleiden.«

»Was soll denn an der Art, wie ich mich kleide, nun schon wieder falsch sein?« konterte ich abwehrend.

»Nichts«, erwiderte er unschuldig. »Zumindest wenn du dich als Bauernlümmel mit Mist an den Stiefeln darstellen willst. Aber wenn du freilich Hofzauberer werden willst, ist das eine ganz andere Angelegenheit. Kein angesehener Zauberer würde sich auch nur im Dunkeln in solcher Aufmachung sehen lassen.«

»Aber ich bin ein angesehener Zauberer!« widersprach ich.

»Tatsächlich? Angesehen bei wem?«

Nun hatte er mich, und ich verstummte.

»Aus diesem besonderen Grund war ich so weitsichtig, ein paar Sachen aus dem Gasthof mitzubringen«, fuhr Aahz fort und wies mit ausholender Geste auf Butterblumes Gepäck.

»Und ich dachte, du nähmst nur alles mit, was nicht niet- und nagelfest ist«, bemerkte ich trocken.

»Nun mach aber einen Punkt!« warnte er mich. »Das geschieht alles zu deinem Nutzen.«

»Wirklich? Und du erhoffst dir gar nichts bei diesem Geschäft?«

Wie üblich war mein Sarkasmus bei ihm vergeudet.

»Oh, ich werde in der Nähe bleiben«, gab er zu. »Mach dir darum keine Gedanken. Nach außen hin werde ich dein Lehrling sein.«

»Mein Lehrling?«

Nun klang der Job plötzlich viel besser.

»Nach außen hin!« wiederholte Aahz schnell. »Insgeheim wirst du mit dem Unterricht wie üblich fortfahren. Vergiß das nicht, ehe du anfängst, dich an deinem Lehrling auszulassen.«

»Natürlich, Aahz«, versicherte ich ihm. »Und wie meintest du nun, sollte ich mich anders kleiden?«

Er warf mir von der Seite einen Blick zu, offensichtlich machte ihn meine plötzliche Begeisterung mißtrauisch.

»Nicht, daß an mir wirklich etwas nicht in Ordnung wäre«, fügte ich mit theatralisch finsterem Blick hinzu.

Dies zerstreute offensichtlich seine Zweifel.

»Nichts ist in Ordnung an der Art, wie du dich kleidest«, brummte er. »Wir können von Glück reden, daß die beidem Imps ihre meiste Garderobe zurückließen, als wir sie mit Isstvan zum Teufel schickten.«

»Higgens und Brockhurst?«

»Ja, genau die beiden.« Aahz grinste gehässig bei dieser Erinnerung. »Eines muß man den Imps lassen. Sie sind vielleicht nicht so gute Kaufleute wie die Täufler, aber sie wissen *wirklich*, sich flott anzuziehen.«

»Ich kann kaum glauben, daß das ganze Zeug, das du zusammengepackt hast, Klamotten sein sollen«, bemerkte ich skeptisch.

»Natürlich nicht«, stöhnte mein Lehrer. »Es ist unsere Spezialeffekte-Ausrüstung.«

»Spezialeffekte?«

»Hast du denn alles vergessen, Kerlchen?« schalt Aahz. »Das habe ich dir doch schon alles erzählt, als wir uns kennengelernt haben. Wie leicht Magik auch sein mag, sie darf nicht leicht *aussehen*. Man benötigt ein paar Geräte und eine Reihe unverständlicher Sprüche ... du weißt doch, so wie Garkin sie besaß.«

Garkins Hütte, wo ich meine ersten Schritte in Magik unternahm, war vollgestopft gewesen mit Kerzen, Phiolen voller seltsamer Mittel, staubigen Büchern ... die rechte Behausung eines Zauberers! Natürlich hatte ich in der Zwischenzeit erfahren, daß das meiste davon zur wirklichen Arbeit mit der Magik völlig unnötig war.

Ich begriff allmählich, was Aahz meinte, wenn er sagte, ich müßte eine Schau abziehen lernen.

»Wir haben einen Haufen Zeug, das wir in deine Vorführung einbauen können«, fuhr Aahz fort. »Isstvan hat den ganzen Krempel zurückgelassen. Oh, und du wirst auch auf einige vertraute Gegenstände stoßen, wenn wir auspacken. Ich nehme an, die Imps bedienten sich ungeniert bei Garkin und brachten die Ausrüstungsgegenstände dann zu dem Gasthof.«

»Tatsächlich?« fragte ich aufrichtig interessiert. »Haben sie auch Garkins Kessel mitgenommen?«

»Ja, stimmt! Ja, ich glaube, ich habe ihn dabei gesehen. Warum?

»Nur so«, antwortete ich unschuldig. »Ich mochte ihn immer besonders gern, das ist alles.«

Als ich Garkin in den ersten Tagen meiner Laufzeit beobachtet hatte, war mir klar geworden, daß der Kessel Geheimnisse barg, die ich um mein Leben gern erfahren wollte. Und ich wollte das, wenn möglich, als Überraschung für Aahz aufheben.

»Wir werden auch etwas mit deinem körperlichen Erscheinungsbild machen müssen«, fuhr Aahz nachdenklich fort.

»Was, zum ...«

»Du bist zu jung«, antwortete er und nahm meine Frage vorweg. »Keiner stellt einen jungen Zauberer ein. Sie wollen einen, der eine Weile herumgekommen ist. Wenn wir ...«

Plötzlich verstummte er und verdrehte den Hals.

»Kind«, sagte er langsam mit zum Himmel gewandten Blick. »Dein Drache ist wieder weg.«

»Gliep!« rief ich. »Hierher, Bursche!«

Der Kopf des Drachen tauchte aus einem Busch hinter uns auf. Aus seinem Maul baumelte etwas Schleimiges mit Beinen, doch bevor ich genau erkennen konnte, worum es sich handelte, schluckte mein Liebling, und dies Dingsda war verschwunden.

»Gliep!« sagte er stolz und leckte sich mit seiner langen gegabelten Zunge über die Lippen.

»Blöder Drache!« murmelte Aahz finster.

»Er ist jedenfalls billig in der Haltung«, gab ich als Anspielung auf Aahz' knausrige Natur zurück.

Während wir warteten, bis der Drache uns eingeholt hatte, hatte ich Zeit zu überlegen, daß ich zum ersten Mal keine moralischen oder ethischen Bedenken hatte, bei einem von Aahz' Plänen mitzuwirken. Selbst wenn der ahnungslose Rodrick V. auf unsere Maskerade hereinfallen und uns anstellen sollte, war ich zuversichtlich, daß der König mehr geboten bekäme, als er erwartete.

›Wenn angemessene Vorbereitungen und notwendige Vorsichtsmaßnahmen getroffen sind, wird jede Inszenierung zum garantierten Erfolg‹
DAS PHANTOM DER OPFER

4

Die Kerze entzündete sich beim leisesten Zucken meines Denkens.

Erfreut blies ich sie aus und versuchte es aufs neue.

Ein Blick von der Seite, eine rasche Willenskonzentration, und schon stand der schwelende Docht wieder in Flammen.

Dies war der erste echte Beweis dafür gewesen, wie weit sich meine magischen Kräfte im letzten Jahr entwickelt hatten.

Ich kannte diese Kerze noch aus meiner Zeit als Garkins Schüler. Damals war sie mein Waterloo gewesen. Selbst wenn ich meine gesamten Energien auf die Kerze gerichtet hatte, war es mir nicht gelungen, sie zu entzünden. Jetzt dagegen ...

Wieder schaute ich zu dem Docht, und erneut belohnte er mich mit dem Ausbruch einer Flamme.

Ich blies sie aus und wiederholte die Übung, mein Selbstvertrauen wuchs, als mir bewußt wurde, wie leicht mir heute etwas fiel, das ich einmal für unmöglich gehalten hätte.

»Hörst du nun den Quatsch mit der Kerze auf!«

Ich fuhr beim Klang von Aahz' Geschrei zusammen, so daß ich beinahe die Kerze umgestoßen und die Decke in Brand gesteckt hätte.

»Entschuldige, Aahz«, sagte ich und blies die Kerze schnellstens ein letztes Mal aus. »Ich wollte nur ...«

»Du bewirbst dich hier als Hofzauberer«, unterbrach er mich. »Und nicht als städtischer Weihnachtsbaum!«

Ich überlegte, ob ich Aahz fragen sollte, was ein Weihnachtsbaum war, entschied mich jedoch dagegen. Aahz wirkte ungewöhnlich reizbar und nervös, und ich war ziemlich sicher, daß er mir, so gut die Frage auch formuliert sein mochte, eine sarkastische und unergiebige Antwort geben würde.

»Blödes Kerzengeblinke«, murmelte Aahz in seinen Bart. »Macht jeden Soldaten im Schloß auf uns aufmerksam.«

»Ich dachte, wir wollten ihre Aufmerksamkeit erregen«, bemerkte ich, doch Aahz beachtete mich gar nicht und spähte statt dessen durch das Licht des frühen Morgens zum Schloß hinüber.

Er mußte seine Augen nicht sehr anstrengen, denn wir lagerten mitten auf der Straße direkt vor dem Haupttor des Schlosses.

Wie ich schon sagte, hatte ich den Eindruck, daß unser Lagerplatz so gewählt war, daß wir Aufmerksamkeit erregen mußten.

Wir hatten uns mitten in der Nacht hierher geschleppt und mühselig unseren Weg durch die schlafenden Häuser um das Haupttor gebahnt. Da wir keinerlei Licht machen wollten, hatten wir nur wenig ausgepackt, doch selbst im Dunkeln hatte ich Garkins Kerze erkannt.

All das hing mit einem, wie Aahz das nannte, ›dramatischen Auftritt‹ zusammen. Soweit ich bislang sagen konnte, bedeutete das, daß wir nichts auf die einfachste Art und Weise tun konnten.

Mit Hilfe der von den Imps zurückgelassenen Garderobe und meinen Verwandlungszauberkünsten war unser Auftritt ebenso sorgfältig auf Wirkung angelegt.

Aahz war mit einer meiner ›Dubiosen-Typen‹-Verkleidung ausgestattet. Der als Einhorn getarnte Gliep stand neben Butterblume, so daß die beiden ein passendes Paar abgaben. Meinem eigenen Äußeren hatte jedoch unsere größte Aufmerksamkeit gegolten.

Aahz und ich waren uns einig gewesen, daß die Garkin-Tarnung für diesen Zweck ungeeignet wäre. Während meine eigene Erscheinung zu jung war, war die von Garkin zu alt. Da wir die Vorstellung so gut wie frei wählen konnten, beschlossen, wir, einen Zauberer von Mitte bis Ende

Dreißig zu entwerfen: Jung, doch nicht jugendlich, erfahren, aber nicht alt, mächtig, aber noch in ständigem Lernprozeß.

Diese Verkleidung zu schaffen erforderte größere Mühe als gewöhnlich, da ich kein fertiges Bild besaß, mit dem ich das meine überlagern konnte. Statt dessen schloß ich die Augen und stellte mir mein normales Aussehen vor, dann löschte ich langsam die einzelnen Züge, bis das Gesicht für den Anfang eine leere Fläche war. Dann begab ich mich an die Arbeit, wobei Aahz sorgfältig zuschaute und Vorschläge und Veränderungswünsche einbrachte.

Als erstes veränderte ich meine Größe, bis eine Gestalt vor mir stand, die meine wirkliche Statur um anderthalb Kopf überragte. Als nächstes kam mein Haar an die Reihe, und ich verwandelte meinen rotblonden Schopf zu finsterem Schwarz und tönte gleichzeitig meine Haut um mehrere Stufen ab.

Das Gesicht stellte uns die größten Probleme.

»Verlängere das Kinn noch ein wenig«, wies Aahz mich an. »Leg mal einen Bart an ... nicht so viel, Dummkopf! Nur einen kleinen Knebelbart ... Schon besser! ... Nun zieh die Koteletten etwas herunter ... okay, nun eine neue Nase ... schmaler ... mach die Augenbrauen buschiger ... nein, alles zurück, aber die Augenhöhlen etwas tiefer ... und als letzten Clou wechselst du jetzt die Augenfarbe! Mach sie braun ... gut, und jetzt noch ein paar Falten auf der Stirn ... Schön. Das müßte hinhauen.«

Ich fixierte die Gestalt in meinem Kopf und prägte sie mir ins Gedächtnis. Sie war eindrucksvoll, wenn auch vielleicht ein wenig finsterer, als ich sie geschaffen hätte, wenn ich nach meinen eigenen Vorstellungen verfahren wäre, aber Aahz war der Fachmann, und ich mußte mich auf sein Urteil verlassen. Ich schlug die Augen auf.

»Spitze, Kind!« Aahz strahlte. »Wenn du jetzt noch das schwarze Gewand der Imps mit dem rot-goldenen Putz anlegst, gibst du eine Figur ab, auf die jeder Hof stolz sein kann.«

»Haut ab hier! Ihr versperrt die Straße!«

Der grobe Befehl holte mich in die Gegenwart zurück. Ein Soldat in glänzender Ledergewandung, der mit einem gefährliche aussehenden Speer herumfuchtelte, näherte sich wütend unserem improvisierten Lager. Die Tore hinter ihm standen leicht offen, und ich konnte die Köpfe mehrerer anderer Soldaten sehen, die uns neugierig beobachteten.

Die Lichtverhältnisse besserten sich nun ein wenig, so daß ich die Mauer erkennen konnte. Es war keine großartige Mauer, kaum drei Meter hoch. Das sprach Bände. Was wir nämlich seit der Grenze zu sehen bekommen hatten, ließ auch nicht auf ein großartiges Königreich schließen.

»Seid ihr taub oder was?« schnauzte uns der Soldat an, der immer näher kam. »Ich sagte, ihr sollt machen, daß ihr abhaut!«

Aahz huschte nach vorn und stellte sich dem Soldaten in den Weg.

»Skeeve der Prächtige ist eingetroffen«, verkündete er. »Und er ...«

»Wer ihr seid, ist mir scheißegal!« knurrte der Soldat und vergeudete keine Zeit, um seine Pike zwischen sich und seinem Gesprächspartner zu plazieren. »Ihr könnt nicht ...«

Er verstummte unvermittelt, als seine Pike aus seiner Hand sprang und waagerecht in der Luft schwebte, bis sie eine Barriere zwischen ihm und Aahz bildete.

Ich löste diesen Zwischenfall aus, ein simples Levitationskunststuck.

Ungeachtet unserer geplanten Spieleröffnung hatte ich den Eindruck, ich müßte mich direkt in die Geschehnisse mischen, ehe alles außer Kontrolle geriet.

»Ich bin Skeeve!« erklärte ich mit dröhnendem Baß. »Und jener, den du mit deiner läppischen Waffe zu bedrohen suchst, ist mein Assistent. Wir sind hier auf Einladung Rodricks V., König von Possiltum!«

»Das stimmt, Kerl!« verhöhnte Aahz den Soldaten. »Nun sei ein braves Kerlchen und lauf melden, daß wir hier sind ... ja?«

Wie ich schon erwähnte, war dies alles geplant, um das

gemeine Volk in helles Erstaunen zu versetzen. Offensichtlich hatte der Soldat unser Drehbuch nicht gelesen. Er duckte sich weder entsetzt zu Boden, noch wand er sich vor Angst. Wenn überhaupt, so hatte unsere kleine Szene höchstens die entgegengesetzte Wirkung auf ihn.

»Ein Zauberer, wie?« sagte er mit spöttischem Feixen. »In diesem Falle habe ich klare Orders. Geht zur Hinterseite, wo die anderen sind.«

Das verblüffte uns ... also, zumindest mich verblüffte es. Nach unserem Plan wollten wir schließlich darüber streiten, ob wir das Schloß betreten und unsere Vorstellung am königlichen Hofe darbieten sollten, oder ob der König sein Gefolge zu der Stelle herausbringen mußte, wo wir waren. Zur Hintertür geschickt zu werden war keine Alternative, die wir in Betracht gezogen hatten.

»Zur Hinterseite?« blitzte Aahz ihn an. »Du wagst es einem Zauberer vom Rang meines Herren vorzuschlagen, wie ein gemeiner Bediensteter die Hintertür zu nehmen?«

Der Soldat wich keinen Zentimeter.

»Wenn es nach mir ginge, würde ich für euch noch viel unerfreulichere Dinge vorzuschlagen wagen. Aber ich habe nun einmal meine Befehle. Ihr werdet schön zum Hintereingang gehen wie die anderen auch.«

»Die anderen?« fragte ich vorsichtig.

»Ganz recht«, spottete der Wachsoldat. »Der König hält für alle euch ›Wunderwirker‹ eine Open Air-Audienz ab. Sämtliche käuflichen Sprücheklopfer aus acht Königreichen befinden sich in der Stadt. Einige davon haben sich schon gestern mittag eingestellt. Nun zieht zum Hintereingang und gebt die Straße frei!«

Mit diesen Worten machte er auf der Stelle kehrt und marschierte zum Tor zurück, seine Pike ließ er einfach mitten in der Luft hängen.

Nun war Aahz einmal ebenso sprachlos wie ich. Offenbar war ich nicht der einzige, den der König eingeladen hatte. Offenbar saßen wir ganz schön in der Tinte.

›Auge des Wassermolches, Zehe des Frosches …‹

Vermutlich das erste Rezept eines explosiven Gemischs … der Vorläufer des Schwarzpulvers.

5

»Was machen wir nun, Aahz?«

Sobald der Wachposten außer Hörweite war, konnte ich meine normale Stimme wieder annehmen und Klartext sprechen, obwohl ich meine äußere Tarnung aufrechterhalten mußte.

»Das ist ganz einfach«, antwortete er. »Wir packen unsere Sachen und ziehen um das Schloß zur Hinterseite. Hast du denn nicht zugehört, Junge?«

»Aber was machen wir mit …«

Doch Aahz hatte sich schon darangemacht, die paar Sachen, die wir ausgepackt hatten, wieder zusammenzuschnüren.

»Mach gar nichts, Kerlchen«, warnte er mich über die Schulter. »Wir können nicht riskieren, daß einer dich bei Aufgaben eines Dieners beobachtet. Das schadet dem Image.«

»Er hat gesagt, daß noch andere Zauberer da seien!« sprudelte es schließlich aus mir heraus.

»Hm. Und?«

»Ja, und was machen wir nun?«

Aahz blickte finster drein.

»Das habe ich dir schon einmal gesagt. Wir packen unsere Sachen und …«

»Was machen wir mit den anderen Zauberern?«

»Machen? Wir machen gar nichts. Weißt du, du wirst dich ja wohl kaum duellieren wollen.« Er hatte das Packen beendet und trat zurück, um sein Werk zu begutachten. Mit einem zufriedenen Nicken drehte er sich um und warf einen Blick über meine Schulter hinweg.

»Unternimm was mit dem Spieß, ja, Kind?«

Ich folgte seinem Blick. Die Pike des Wachsoldaten schwebte immer noch in der Luft. Obwohl ich gar nicht mehr darüber nachgedacht hatte, hatte ein Teil meines Denkens sie in ihrer Stellung gehalten, bis ich zu einem Entschluß käme, was damit zu tun war. Die Frage lautete, was ich wirklich damit tun sollte.

»Sag mal, Aahz ...«, begann ich, doch Aahz marschierte schon auf die Mauer zu.

Einen Augenblick lang blieb ich unentschlossen stehen. Der Soldat war fortgegangen, so daß ich ihm seine Waffe nicht zurückgeben konnte.

Sie einfach auf die Erde fallen zu lassen, kam mir irgendwie unangemessen läppisch vor.

Da mir nichts mit dem entsprechenden dramatischen Flair einfiel, beschloß ich, die Entscheidung zu verschieben. Im Augenblick ließ ich die Pike hinter mir herschweben, während ich Aahz folgte und gab ihr etwas mehr Höhe, damit sie Gliep und Butterblume nicht gefährdete.

»Hattest du damit gerechnet, daß noch andere Zauberer hier sind?« fragte ich, als ich meinen Lehrer eingeholt hatte.

»Eigentlich nicht«, gestand Aahz. »Natürlich bestand diese Möglichkeit, ich hielt sie jedoch nicht für sehr wahrscheinich. Aber so überraschend ist es eigentlich nicht. Ein gemütlichicher Job wie dieser lockt immer Konkurrenz an.«

Er wirkte nicht besonders aufgeregt, also versuchte auch ich, die neue Entwicklung leicht zu nehmen.

»Na schön«, sagte ich, »und inwieweit verändert das nun unsere Pläne?«

»Überhaupt nicht. Zieh deine Nummer so ab, wie ich dir das gezeigt habe, dann wird schon alles klappen.«

»Aber wenn die anderen Zauberer ...?«

Aahz blieb unvermittelt stehen und wandte mir das Gesicht zu.

»Schau, Kind«, sagte er ernst. »Wenn ich dir auch erzähle, daß du bis zum Zaubermeister noch einen langen Weg vor dir hast, heißt das nicht, daß du ein Tölpel bist! Ich hätte dich nicht ermutigt, zu diesem Gespräch zu erscheinen, wenn ich nicht die Ansicht verträte, daß du gut genug bist, um den Job an Land zu ziehen.«

»Tatsächlich, Aahz?«

Er drehte sich um und ging weiter.

»Vergiß nicht, daß im Vergleich der Dimensionen Klah nicht gerade für seine Magiker berühmt ist. Du bist kein Meister, aber Meister sind auch nicht reich gestreut. Ich wette, daß du im Vergleich zur Konkurrenz wie ein richtiger Experte wirkst.«

Das klang einleuchtend. Aahz machte keinen Hehl aus seiner geringen Meinung über Klah und seiner Bewohner, einschließlich mir. Dieser letzte Gedanke reizte mich dazu, weitere Bestätigung zu suchen.

»Aahz?«

»Ja, Kerlchen?«

»Wie schätzt du ganz ehrlich meine Chancen ein?«

Einen Augenblick trat Stille ein, ehe er antwortete.

»Bürschchen, du weißt doch, daß du dich immer beklagst, ich würde dein Selbstvertrauen zunichte machen?«

»Ja und?«

»Nun, um unser beider willen solltest du nicht so sehr auf meine ehrliche Anerkennung drängen.«

Das ließ ich dann auch bleiben.

Zum Hintereingang zu gelangen erwies sich als völlig problemlos ... insbesondere, da es keinen Hintereingang gab. Zu meiner Überraschung und Aahz' Verachtung führte die Mauer nicht rund um den Palast. Soweit ich dies feststellen konnte, war nur die vordere Mauer fertig. Die beiden Seitenmauern befanden sich im Bau, eine Hintermauer existierte nicht. Ich sollte das vielleicht näher erklären. Meine Behauptung, die Seitenmauern wären im Bau, basiert auf der Existenz von Gerüsten am Ende des Weges und nicht etwa auf realer Bautätigkeit. Sollten dort wirklich Arbeiten im Gange sein, so achtete man dabei offensichtlich auf die Schonung des Unkrauts, das üppig zwischen den Gerüsten wuchs.

Ich begann, schwere Zweifel an dem Königreich zu hegen, mit dem ich mich verbünden wollte.

Es war schwer zu sagen, ob der Hof nun in einem Garten oder einem Innenhof abgehalten wurde, der seinen Kampf gegen das Unkraut verlor, das durch die fehlende Hintermauer hereinwucherte. Als einer, der auf dem Lande aufgewachsen war, bestand meine Grundeinstellung zu Pflanzen darin, daß es sich bei allem, das nicht eßbar war und in geordneten Reihen wuchs, um Unkraut handelte.

Quasi als Reaktion auf meine Gedanken zupfte Butterblume ein riesiges Maul voll vom nächsten Büschel und begann es genüßlich zu kauen. Gliep schnüffelte am selben Busch und drehte angewidert den Kopf beiseite.

Dies alles registrierte ich nebenbei. Meine Hauptaufmerksamkeit galt dem Hof selbst. An der Palastmauer befand sich ein kleiner, an einer Seite offener Pavillon, in dessen Schutz eine Gestalt saß, wahrscheinlich der König. Zwei Männer standen dicht zu seiner Rechten und Linken. Die Menge war in zwei Gruppen geteilt. Die eine stand in einer halbwegs ordentlichen Reihe auf der einen Seite des Gartens. Ich nahm an, daß es sich hierbei um die Wartenden handelte ... oder zumindest hoffte ich es, denn hier stellen wir uns an. Die zweite Gruppe stand in einem ungeordneten Haufen auf der gegenüberliegenden Gartenseite und beobachtete die Geschehnisse. Ob es sich hierbei um abgewiesene Bewerber oder lediglich um interessierte Zuschauer handelte, konnte ich nicht sagen.

Plötzlich zog ein Pärchen unter den Zuschauern meine Aufmerksamkeit auf sich. Ich hatte nicht erwartet, hier irgendwelche bekannten Gesichter anzutreffen, aber diese beiden hatte ich schon einmal gesehen. Aahz und ich hatten uns einmal für sie ausgegeben und waren dadurch sehr aufgehalten worden.

»Aahz!« flüsterte ich eindringlich. »Siehst du die zwei dort drüben?«

»Nein«, sagte Aahz einfach, ohne sich auch nur umzudrehen und hinzuschauen.

»Aber das sind ...«

»Vergiß sie«, sagte er starrsinnig. »Beobachte die Preisrichter. *Die* müssen wir beeindrucken.«

Ich mußte zugeben, daß das einigermaßen Sinn ergab. Mißmutig wandte ich meine Aufmerksamkeit den Gestalten im Pavillon zu.

Der König war überraschend jung, etwa Mitte Zwanzig. Sein Haar trug er in einem Wuschel schulterlanger Locken, die ihn zusammen mit seinem zarten Körperbau fast weibisch aussehen ließen. Nach seiner Haltung zu schließen dauerten die Vorsprachen entweder schon eine gute Weile an, oder aber er beherrschte die Kunst, völlig gelangweilt dreinzublicken. Der Mann zu seiner Linken beugte sich herab und flüsterte wichtigtuerisch dem König ins Ohr, der mit einem vagen Nicken antwortete.

Der Mann, nur wenig älter als der König, doch schon merklich kahlköpfig, trug eine Uniform und einen Umhang von graubrauner Farbe und konservativem Schnitt. Trotz seiner lockeren Haltung und seinem ruhigen Gehabe blitzten seine Augen so wachsam, daß ich an ein quicklebendiges Wiesel denken mußte.

Dann regte sich die Gestalt zur Rechten des Königs und lenkte meine Aufmerksamkeit in dieser Richtung. Für einen kurzen Augenblick hatte ich den Eindruck von einem pelzigen Klotz, dann begriff ich voller Schreck, daß es sich um einen Menschen handelte. Er war riesig groß und breit, sein Kopf wurde von einer dichten, schwarzen, lockigen, ungekämmten Mähne gekrönt, sein Gesicht war unter einem buschigen Vollbart kaum mehr zu sehen. Dies zusammen mit einem schweren Pelzmantel verlieh ihm ein animalisches Aussehen, das meinen ersten Eindruck beherrschte. Er sprach kurz mit dem König, dann überkreuzte er mit abschließender Geste die Arme und blickte den anderen Berater an. Währenddessen ging für einen Augenblick sein Mantel auf, so daß ich ein schimmerndes Kettenhemd und eine schwere, doppelköpfige Handaxt zu sehen bekam, die von einem Gürtel an seiner Taille herabbaumelte. Mit diesem Mann galt es besser nicht in Streit zu geraten. Die Gestalt mit der Halbglatze zeigte sich unbeeindruckt und entgegnete den Blick ihres Rivalen.

Jemand stieß mir heftig in die Rippen.

»Hast du das gesehen?« flüsterte Aahz drängend.
»Was gesehen?« fragte ich.
»Die Ratgeber des Königs. Ein General und ein Kanzler, wenn ich mich nicht täusche. Hast du das Goldmedaillon gesehen, das der General trug?«
»Nein, aber seine Axt«, flüsterte ich zurück.
Plötzlich verdunkelte sich das Licht im Innenhof.
Mit einem Blick zum Himmel sah ich, wie eine Wolkenbank über uns aufzog und die Sonne verfinsterte.
»Wetterbeherrschung«, murmelte Aahz mehr zu sich selbst. »Nicht schlecht.«
Der alte Mann im roten Mantel, der gegenwärtig vor dem Thron stand, gestikulierte heftig und warf eine Wolke roten Puders in die Luft, worauf ein leichter Nieselregen einsetzte.
Mein Stimmungsbarometer fiel mit dem Regen. Selbst mit Aahz' Regie für die Vorführung war meine Magik lange nicht so mächtig und eindrucksvoll.
»Aahz!« flüsterte ich.
Anstatt zu antworten, winkte er mir, zu schweigen, ohne ein Auge von dem Pavillon zu wenden.
Als ich seinem Blick folgte, sah ich, wie der General heftig auf den König einredete. Der König lauschte einen Moment, dann zuckte er die Achseln und sagte etwas zu dem Zauberer.
Was immer es war, dem Zauberer gefiel es nicht. Er richtete sich stolz auf und wandte sich zum Gehen, wurde jedoch sogleich vom König zurückgerufen. Der König deutete zu den Wolken hinauf, sprach ein paar Worte und lehnte sich dann zurück. Der Zauberer zögerte, dann zuckte er mit den Schultern und hob erneut an zu gestikulieren und zu singen.
»Hat ihn abgelehnt«, erklärte Aahz selbstzufrieden.
»Was macht er denn dann jetzt?«
»Vertreibt den Regen, ehe die Vorstellung weitergeht«, informierte mich Aahz.
Sogleich hörte der Regen auf, und die Wolken begannen sich zu zerstreuen, sehr zur Erleichterung des Publikums,

das im Gegensatz zum König keinen Pavillon zum Schutz gegen das Unwetter hatte.

Doch dieser weitere Beweis für die Macht des Zauberers trug nicht gerade zur Stärkung meines ohnehin lädierten Selbstvertrauens bei.

»Aahz!« flüsterte ich. »Er ist ein besserer Zauberer als ich.«

»Hm«, antwortete Aahz. »Und das besagt?«

»Wenn sie ihn schon ablehnen, habe ich nicht die geringste Chance!«

»Vielleicht, vielleicht auch nicht«, kam die nachdenkliche Antwort. »Soweit ich das sagen kann, suchen die nach etwas Bestimmtem. Wer weiß? Vielleicht bist du das. Vergiß nicht, was ich dir gesagt habe, die gemütlichen Jobs bekommt nicht immer der Geschickteste. Vielmehr verhält es sich meistens genau umgekehrt.«

»Ja«, antwortete ich, und versuchte, optimistisch zu klingen, »vielleicht habe ich Glück.«

»Dazu braucht es mehr als Glück«, verbesserte Aahz mich streng. »Was hast du nun bei der Beobachtung der Berater des Königs herausgefunden?«

»Sie mögen sich nicht«, bemerkte ich sogleich.

»Richtig!« Aahz wirkte überrascht und erfreut. »Das bedeutet, daß es dir vermutlich nicht gelingen kann, beiden zu gefallen. Du wirst einem der beiden schöntun müssen ... oder noch besser den einen beleidigen, damit sicherst du dir das Wohlgefallen des anderen schneller als mit allen anderen Mitteln. Welchen möchtest du nun für dich gewinnen?«

Das war leichter als die erste Frage.

»Den General«, erklärte ich unumstößlich.

»Falsch! Den Kanzler willst du.«

»Den Kanzler!« rief ich und stieß die Worte lauter als beabsichtigt hervor. »Hast du die große Axt gesehen, die der General mit sich herumschleppt?«

»Hmm«, antwortete Aahz. »Hast du gehört, wie es dem Burschen erging, der seinen Auftritt vor dem alten Rotmantel hatte?«

Ich machte die Augen zu und verkniff mir meine erste, bissige Erwiderung.

»Aahz«, sagte ich vorsichtig. »Erinnerst du dich an mich? Ich bin Skeeve. Ich bin derjenige, der nicht ein Flüstern in anderthalb Kilometer Entfernung hören kann.«

Wie üblich ignorierte Aahz meinen Sarkasmus.

»Der letzte Bursche bekam nicht einmal die Gelegenheit, sein Zeug vorzuführen«, klärte er mich auf. »Der Kanzler warf einen Blick auf die Schar, die er mitgebracht hatte und fragte ihn, wie viele Leute er in seinem Gefolge hätte. ›Acht‹, sagte der Mann. ›Zu viele!‹ antwortete der Kanzler, und der arme Kerl wurde sogleich abgewiesen.«

»Das heißt?« fragte ich grob.

»Das heißt, daß der Kanzler derjenige ist, der die Finanzen überwacht«, folgerte Aahz. »Und das heißt darüber hinaus, daß er größten Einfluß besitzt als der General. Schau dir diese dummen Mauern an. Glaubst du, ein Militär würde eine Mauer halbfertig stehenlassen, wenn er das Sagen hätte? Jemand kam zu dem Schluß, daß ihr Bau zu große Summen verschlang, so daß das Projekt vertagt oder aufgegeben wurde. Ich wette, dieser Jemand war der Kanzler.«

»Vielleicht sind ihnen die Steine ausgegangen«, schlug ich vor.

»Jetzt komm aber, Kind! Nach allem, was wir seit der Grenze gesehen haben, besteht der größte Teil der landwirtschaftlichen Erträge dieses Königreiches aus Steinen.«

»Aber der General ...«

Während ich sprach, schaute ich wieder in die Richtung des Generals. Zu meiner Überraschung und meinem Mißfallen starrte er mich direkt an. Und sein Blick war keineswegs freundlich.

Ich zögerte einen Moment und hoffte, daß ich mich täuschte.

Der Blick des Generals blieb starr auf mich gerichtet und seine Miene wurde nicht freundlicher. Wenn sie sich überhaupt veränderte, so höchstens, daß sie noch widerlicher wurde.

»Aahz ...«, zischte ich verzweifelt, ohne meinen Blick vom General wenden zu können.

Nun starrten auch der König und der Kanzler in meine Richtung, nachdem sie durch den General aufmerksam geworden waren.

»Kind!« stöhnte Aahz neben mir. »Ich sagte dir doch, du solltest etwas mit dem Spieß unternehmen!«

Die Pike! Ich hatte sie völlig vergessen!

Ich löste meinen Blick vom General und schaute so unauffällig es ging hinter mich.

Butterblume und Gliep standen immer noch geduldig hinter uns und über ihnen schwebte fröhlich die Pike des Wachmannes. Ich schätze, es war schon ein bißchen auffällig.

»Du!«

Beim Dröhnen dieser Stimme kehrte ich mich dem Pavillon zu. Der General war vorgetreten und deutete mit gewaltigem Finger auf mich.

»Ja, du!« brüllte er, als unsere Blicke sich wieder begegneten. »Wo hast du diesen Spieß her? Er gehört der Palastwache.«

»Ich glaube, jetzt hast du gleich deinen Auftritt, Junge«, murmelte Aahz. »Gib dir alle Mühe, daß sie gerade so von den Socken sind!«

»Aber ...«, widersprach ich.

»Das erübrigt uns das Schlangestehen!«

Mit diesen Worten trat Aahz einen großen Schritt zurück. Der Effekt war der gleiche, als wäre ich einen Schritt vorgetreten, was ich definitiv nicht getan hatte. Doch da nun die Aufmerksamkeit des ganzen Hofes auf mich gerichtet war, hatte ich keine andere Wahl, als den Sprung zu wagen.

›That's entertainment!‹
VLAAD DER PFÄHLER

6

Ich kreuzte die Arme vor der Brust und ging gemessenen Schrittes auf den Pavillon zu.

Aahz hatte darauf bestanden, daß ich diesen Gag einübte. Er sagte, damit würde ich sicher und selbstbeherrscht wirken. Im Augenblick, da ich nun tatsächlich vor einen König trat, stellte ich fest, daß mir dieser Gang weniger als Demonstration von Arroganz diente als dazu, die Schwäche in meinen Beinen zu verbergen.

»Nun?« polterte der General vor mir drohend. »Ich habe dir eine Frage gestellt! Wo hast du diese Pike her? Antworte lieber, ehe ich in Wut gerate!«

Irgendwo in mir schnappte etwas ein. Jegliche Angst, die ich gegenüber dem General und seiner Axt empfunden hatte, verflog und wich einem berauschenden Gefühl von Stärke.

Ich hatte bei meinem ersten Besuch auf dem Bazar von Tauf herausgefunden, daß ich es verabscheute, von vierschrötigen, großmäuligen Täuflern bedrängt zu werden. Nun stellte ich fest, daß ich es genausowenig ausstehen konnte, wenn einer meiner Mitbürger von Klah sich als großmäuliger Kraftprotz erwies.

Der Kerl will mir also angst machen?

Mit einem kleinen Ruck meiner Gedanken rief ich den Spieß. Ohne mich umzudrehen ließ ich ihn über meine Schulter fliegen mit Kurs auf die Brust des Generals.

Der Generals sah ihn kommen und erblaßte. Er trat ungeschickt einen Schritt zurück, erkannte, daß es zur Flucht zu spät war und griff wie von Sinnen nach seiner Axt.

Ich hielt die Pike einen Meter vor seiner Brust an und ließ sie so vor ihm schweben, daß ihre Spitze auf sein Herz gerichtet war.

»Diese Pike?« fragte ich beiläufig.

»Ähä ...«, antwortete der General, ohne einen Blick von der Waffe zu wenden.

»Diese Pike nahm ich einem allzu grobschlächtigen Soldaten ab. Er sagte, er handelte auf Befehl. Solltet Ihr zufällig diese Befehle erlassen haben?«

»Ich ... äh ...« Der General leckte sich über die Lippen. »Ich gab den Befehl aus, daß meine Männer Fremde in angemessener Weise behandeln. Ich sagte kein Wort, daß sie dabei unhöflich sein sollten.«

»In diesem Falle ...«

Ich neigte die Pike um 90 Grad, daß sie den General nicht länger bedrohte.

»Überreiche ich euch die Pike, daß Ihr sie dem Wachposten mit einer Präzisierung Eurer Befehle zurückgebt.«

Der General zögerte, blickte finster drein und streckte schließlich die Hand aus, um die schwebende Pike zu pakken. Genau ehe er zufassen konnte, ließ ich sie auf den Boden fallen, wo sie scheppernd aufschlug.

»Und möglichst mit ein paar zusätzlichen Anweisungen, wie sie mit ihren Waffen umgehen sollen«, schloß ich.

Der General lief rot an und machte sich daran, die Pike aufzuheben. In diesem Augenblick kicherte der Kanzler, so daß der General herumfuhr und ihm einen bösen Blick zuwarf. Der Kanzler feixte ungeniert und flüsterte dem König etwas ins Ohr, worauf dieser ein Lächeln unterdrükken mußte.

Der General drehte sich wieder zu mir um, ließ die Pike Pike sein und blickte von seiner gewaltigen Höhe auf mich herab.

»Wer bist du?« erkundigte er sich in einem Ton, aus dem hervorging, daß mein Name sofort an die erste Stelle seiner Liste für öffentliche Hinrichtungen wandern würde.

»Wer begehrt das zu wissen?« Ich erwiderte seinen Blick, ohne meine Angst völlig überwunden zu haben.

»Der Mann, mit dem Ihr sprecht«, schaltete sich nun der König ein, »ist Hugh Badaxe, Oberbefehlshaber der Königlichen Armeen von Possiltum.«

»Und ich bin J. R. Grimble«, beeilte sich der Kanzler hinzuzufügen aus Angst, übergangen zu werden. »Erster Berater Seiner Majestät.«

Der General warf Grimble wieder einen giftigen Blick zu. Ich beschloß, daß es an der Zeit war, zur Sache zu kommen.

»Ich bin der Zauberer, den man unter dem Namen Skeeve kennt«, begann ich großsprecherisch. »Ich kam auf die freundliche Einladung Seiner edelsten Majestät Rodrick V.«

Ich machte eine Pause und verbeugte mich leicht in Richtung des Königs, der mir daraufhin zunickte.

»Ich bin gekommen, um mir ein Bild darüber zu machen, ob ich eine Stellung am Hofe von Possiltum in Betracht ziehen könnte.«

Diese letzte Formulierung war von Aahz sehr sorgsam zurechtgelegt worden. Sie sollte mein Selbstbewußtsein verdeutlichen und zeigen, daß ich und nicht sie die Wahl traf.

Diese Feinheit war dem Kanzler nicht entgangen, der bei meinen Worten kritisch eine Augenbraue hob.

»Nun denn, eine solche Stellung bedarf des Vertrauens beider Seiten«, fuhr ich fort. »Ich muß die Gewißheit haben, für meine Dienste reich belohnt zu werden, und Seine Majestät muß sicher sein, daß meine Fähigkeiten seine Großzügigkeit wert sind.«

Ich drehte mich ein wenig zur Seite und sprach lauter zum ganzen Hof hin gerichtet.

»Die Großzügigkeit der Krone von Possiltum ist allgemein bekannt«, verkündete ich. »Und ich bin fest überzeugt, daß Seine Majestät seine Gefolgschaft entsprechend ihren Diensten entlohnt.«

Hinter mir erklang ein unterdrücktes, würgendes Geräusch, das, wie ich annahm, vom General stammte, doch ich schenkte ihm keine Beachtung.

»Deshalb bedarf es wohl lediglich des Beweises für Seine Majestät und seine Berater, daß meine Talente tatsächlich seinen Ansprüchen genügen werden.«

Ich wandte mich wieder zum Thron und ließ den König

mein heimliches Lächeln sehen, das die Bescheidenheit meiner Worte Lügen strafte.

»Euer Majestät, ich verfüge über zahlreiche und vielseitige Kräfte. Doch das Wesentliche besteht darin, eine Kraft in der Gewalt zu haben. Da ich mir nun darüber im klaren bin, daß Ihr ein vielbeschäftigter Mann seid, will ich Eure Zeit nicht mit Profitricks und zweitklassigen Vorführungen vergeuden, wie wir sie bisher gesehen haben. Ich will hier nur drei Zauber ersinnen und vertraue Eurer Weisheit, ihre Reichweite zu erkennen.«

Ich drehte mich um und streckte den Finger aus, um auf Gliep und Butterblume zu deuten.

»Dort drüben steht mein vielbewundertes Einhornpaar«, begann ich theatralisch. »Wären Euer Majestät so freundlich, eines davon auszuwählen?«

Der König blinzelte überrascht, daß er an meiner Demonstration teilnehmen sollte. Einen Augenblick lang zögerte er.

»Hmmm ... ich nehme das zur Linken«, sagte er schließlich und deutete auf Butterblume.

Ich verneigte mich leicht.

»Sehr wohl, Euer Majestät. Auf Euer Wort hin soll jene Kratur verschont werden. Beobachtet nun die andere genau.«

Das war in Wirklichkeit ein weiterer kleiner Trick, den Aahz mir beigebracht hatte. Er heißt »Überzeugungsfalle« und gestattet dem Vorführenden, dem Publikum eine Wahl zu lassen, die in Wirklichkeit gar keine Wahl ist. Hätte der König Gliep ausgesucht, wäre ich mit der Erklärung an die Arbeit gegangen: »Auf Euer Wort hin ist diese Kratur dem Untergang geweiht.«

Langsam richtete ich meinen Finger auf Gliep und senkte den Kopf ein wenig.

»Walla walla Washington!« flüsterte ich düster.

Ich wußte nicht, was die Worte zu bedeuten hatten, doch Aahz hatte mir versichert, daß sie von geschichtlicher Herkunft waren und die Leute überzeugen würden, daß ich wirklich etwas Schwieriges vollbrachte.

»Alla kazam schazam«, fuhr ich fort und hob dabei den anderen Arm. *»Bibbity bobbity ...«*

Im Geiste hob ich Glieps Verkleidung auf.

Die Menge reagierte mit einem Aufstöhnen, das mein abschließendes ›Goo-gliep‹ übertönte.

Doch mein Drache hörte seinen Namen und reagierte sogleich. Er hob den Kopf und schleppte sich schwerfällig nach vorn, um artig an meiner Seite stehenzubleiben. Wie geplant war Aahz sofort an eine Stelle in der Nähe von Glieps Kopf gestürzt und stand dort wachsam und bereit.

Damit wollten wir zu erkennen geben, daß wir alle Schwierigkeiten, die sich mit dem Drachen ergeben könnten, bewältigen würden. Doch die Reaktion der Menge auf Aahz überstieg noch ihren Schrecken angesichts der Verwandlung eines Einhorns in einen Drachen. Ich hatte nicht mehr daran gedacht, wie wirksam die ›Dubioser-Charakter‹-Tarnung war. Aus Angst, meine Vorführung könnte an Ausdruckskraft verlieren, fuhr ich schnell fort.

»Dieser mißgestaltete, arme Teufel ist mein Liebling Aahz«, verkündete ich. »Ihr fragt euch vielleicht, ob es in seiner Macht steht, den Drachen zu bezwingen, falls das Tier bösartig werden sollte. Ich kann Euch sagen ... dies ist nicht der Fall!«

Die Menge schreckte nervös zurück. Im Augenwinkel sah ich, wie die Hand des Generals zum Schaft seiner Axt fuhr.

»... wohl aber steht es in meiner Macht! Nun wißt Ihr, daß die Kräfte der Finsternis für Skeeve keine Unbekannten sind!«

Ich wirbelte herum und stieß mit dem Finger in Aahz' Richtung.

»Bobbelty gook, Krümel und Martyrien!«

Ich hob Aahz' Tarnung auf.

Einen Augenblick lang herrschte fassungsloses Staunen, dann lächelte Aahz. Aahz' Lächeln ist bekannt dafür, starken Männern die Knie weich zu machen, und in der Menge befanden sich viele starke Männer.

Die Zuschauer trampelten einander fast nieder in ihrer Hast, sich von dem Dämonen zu entfernen, und zwischen den kreischenden Schreien waren eilends ausgestoßene Schutzformeln zu hören.

Ich drehte mich wieder zum Thron um. Der König und der Kanzler schienen es gut aufzunehmen. Sie waren gefaßt, wenn auch ein wenig bleich. Der General blickte finster und nachdenklich zu Aahz hinüber.

»Als Dämon verfügt mein Lehrling über die Fähigkeit, den Drachen zu bezwingen, falls dies notwendig werden sollte. Dies liegt in meiner Macht. Doch Macht muß durch Freundlichkeit, ja Höflichkeit, wenn Ihr so wollt, gemäßigt werden.«

Ich erlaubte mir eine nachdenkliche Miene.

»Um seine Feinde zu verwirren oder Verbündete zu werben, bedarf es keiner offenen Machtdemonstration oder Drohung. Für solche Gelegenheiten kann man seine Fähigkeiten tarnen, bis man nicht verdächtiger aussieht ... als ein junges Bürschchen.«

Mit diesen abschließenden Worten hob ich meine eigene Maskierung auf und stand nun in meiner ganzen jugendlichen Glanzlosigkeit da. Wahrscheinlich hätte ich irgendwelche erfundenen Beschwörungsformeln benutzt, doch ich hatte schon alle eingesetzt, die Aahz mich gelehrt hatte und traute mich nicht, mit neuen herumzuexperimentieren.

Der König und der Kanzler starrten mich eindringlich an, als versuchten sie, allein mit ihrer Willenskraft, meine magische Verkleidung zu durchdringen. Der General hielt es ähnlich mit Aahz, der die Arme überkreuzte und seine Zähne zu einem beruhigenden Lächeln fletschte.

Zur Abwechslung teilte ich einmal seine Zuversicht. Laß sie gaffen. Es war zu spät, meine Magik zu entlarven, weil ich keine mehr anwandte. Obwohl die königliche Truppe und das gesamte Publikum überzeugt waren, Zeuge eines mächtigen Fluches zu sein, hatte ich in Wirklichkeit nichts anderes getan, als den Zauber aufzuheben, der ihre Sicht beeinträchtigt hatte. Im Augenblick hatten wir alle, Aahz, Butterblume, Gliep und ich, unser normales Aussehen, wie außergewöhnlich wir auch erscheinen mußten. Selbst die fähigste Zaubersehkraft konnte einen nicht-existierenden Zauber nicht durchdringen.

»Wie Ihr seht, Euer Majestät«, schloß ich, »gehen meine Fähigkeiten weit über das Übliche hinaus. Sie vermögen den Sanften furchterregend, den Mächtigen harmlos erscheinen zu lassen. Sie sind in der Lage, Eure Feinde zu vernichten oder Euren Hofstaat zu unterhalten, ganz nach Eurem Gutdünken. Sprecht ein Wort, bekundet Eure Zustimmung, und Skeeves Kräfte unterstehen Eurem Befehl.«

Ich richtete mich auf, neigte den Kopf respektvoll und blieb stehen, um das Urteil des Thrones zu vernehmen.

Mehrere Augenblicke vergingen, ohne daß ein Wort fiel. Schließlich riskierte ich einen Blick zu dem Pavillon.

Der Kanzler und der General debattierten erhitzt im Flüsterton über dem Kopf des Königs, der seinen Kopf bald hierhin, bald dorthin neigte, je nachdem, wer gerade sprach. Da mir klar war, daß das eine Weile dauern konnte, hob ich schließlich den Kopf und wartete ab.

»Skeeve!« rief der König plötzlich und unterbrach damit den Streit seiner Berater. »Was Ihr da mit der Pike vollführt habt ... Könnt Ihr immer so leicht mit Waffen umgehen?«

»Ein Kinderspiel, Eure Majestät«, antwortete ich bescheiden. »Ich zögere, es überhaupt als besondere Kraft auszugeben.«

Der König nickte und sprach kurz in gedämpftem Ton mit seinen Ratgebern. Als er zum Ende gekommen war, lief der General rot an, machte auf dem Absatz kehrt und entfernte sich ins Innere des Palastes. Der Kanzler lächelte selbstzufrieden.

Ich riskierte einen Blick zu Aahz, der mir zuzwinkerte. Obwohl er weiter entfernt stand, hatte er offensichtlich durch sein gutes Gehör die Entscheidung des Königs mitbekommen.

»Mögen alle hier Versammelten Zeugen sein!« erhob der Kanzler seine wohlklingende Stimme. »Rodrick V., König von Possiltum, belobigt hiermit das magische Geschick und Wissen eines gewissen Skeeve und ernennt ihn offiziell zum Hofzauberer von Possiltum. Applaudiert alle der Berufung seines Zaubermeisters ... und geht dann nach Hause.«

Meine bezwungenen Rivalen spendeten halbherzig Beifall, und manch einer warf mir böse Blicke zu. Ich beachtete weder das eine noch das andere, während ich versuchte, die Worte des Kanzlers zu begreifen.

Ich hatte es geschafft! Ich war Hofzauberer. Von sämtlichen Zauberern aus fünf Königreichen war ich ausgewählt worden! Ich! Skeeve!

Plötzlich bemerkte ich, wie der Kanzler mir zunickte, ich solle vortreten. Ich bemühte mich, lässig zu wirken, als ich mich dem Thron näherte.

»Herr Zauberer«, sagte der Kanzler mit einem Lächeln. »Wenn Ihr mögt, können wir nun die Frage Eurer Entlohnung erörtern.«

»Diese Angelegenheit regelt mein Lehrling«, klärte ich ihn dünkelhaft auf. »Ich ziehe es vor, mich nicht mit solchem weltlichen Tand zu belasten.«

Wir hatten nämlich vereinbart, daß Aahz die Lohnverhandlungen führen sollte, da seine Kenntnisse der Magik nur noch durch sein Geschick beim Feilschen übertroffen wurden. Ich wandte mich um und winkte ihn heran. Er eilte sofort hinzu, zumal er schon durch sein Mitlauschen Bescheid wußte.

»Das hat Zeit, Grimble«, unterbrach der König. »Dringlichere Angelegenheiten erfordern die Aufmerksamkeit unseres Zauberers.«

»Ihr braucht nur zu befehlen, Majestät«, sagte ich mit einer großartigen Verbeugung.

»Schön«, strahlte der König. »Dann berichtet General Badaxe schnell von Eurem Plan.«

»Welchem Plan?« fragte ich aufrichtig verwirrt.

»Dem Plan bezüglich der Invasionsarmee natürlich«, entgegnete der König.

In meinem Hinterkopf ging eine Alarmsirene los.

»Invasionsarmee?« fragte ich vorsichtig. »Was für eine Invasionsarmee?«

»Diejenige, die just an unseren Grenzen steht«, erklärte der Kanzler. »Warum sonst sollten wir plötzlich einen Zauberer benötigen?«

›Zahlenmäßige Überlegenheit besagt noch gar nichts. Der Taktiker ist es, der den Sieg im Kampf davonträgt‹
GENERAL A. CUSTER

7

»Ein gemütlicher Job, hat mir einer erzählt. Mit Zeit zum Üben, hat mir einer erzählt! Das reinste Zuckerschlecken, hat mir einer erzählt!«

»Nun laß mal die Luft ab, Kind!« knurrte Aahz.

»Die Luft ablassen? Aahz, hast du denn nicht zugehört? Ich soll eine Armee aufhalten! Ich!«

»Es könnte schlimmer sein«, widersprach Aahz hartnäkkig.

»Wie?« fragte ich grob.

»Du könntest ohne mich vor dieser Aufgabe stehen«, erwiderte er. »Denk mal darüber nach.«

Das tat ich denn und beruhigte mich sogleich. Obwohl meine Beziehung zu Aahz mich ständig in beachtliche Schwierigkeiten zu bringen schienen, so hatte er mich auch ausnahmslos wieder daraus befreit … bislang. Es wäre das letzte gewesen, was ich vorhatte, ihn genau dann zu vertreiben, wenn ich ihn am dringendsten benötigte.

»Was soll ich tun, Aahz?« stöhnte ich.

»Wenn du mich fragst«, lächelte Aahz, »zuerst mal nicht in Panik geraten, solange wir nicht die ganze Geschichte kennen. Vergiß nicht, es gibt solche und solche Armeen. Nach allem, was wir wissen, könnte die schwach genug sein, daß wir sie kurz und klein schlagen.«

»Und wenn nicht?« fragte ich skeptisch.

»Darüber machen wir uns Gedanken, wenn es soweit ist«, seufzte Aahz. »Als erstes wollen wir uns mal anhören, was der alte Badaxe zu sagen hat.«

Da mir keine Antwort darauf einfiel, hielt ich den Mund. Unter finsterem Schweigen hielt ich mit meinem Lehrer Schritt, während wir nach den Anweisungen des Kanzlers durch die Gänge des Palastes liefen.

Es wäre einfacher gewesen, wie angeboten eine Begleitung anzunehmen, um zu unserem Ziel zu gelangen, aber ich war äußerst erpicht darauf gewesen, mit Aahz alleine zu sprechen. Folglich hatten wir Gliep und Butterblume mit unserer Ausrüstung im Innenhof gelassen und suchten auf eigene Faust die Gemächer des Generals.

Der Palast war ein derartiges Labyrinth von Korridoren, daß ich mich fragte, ob es hier nicht mehr Gänge als Zimmer gab. Unser Weg wurde noch erschwert durch die Lichtverhältnisse oder vielmehr das mangelnde Licht. Obwohl in die Wände viele Fackelhalter eingelassen waren, schien nur jeder vierte benutzt zu werden, und das Licht, das jene Fackeln verbreiteten, war mehr als unzulänglich, um sich genau in diesem Labyrinth zurechtzufinden.

Ich bemerkte Aahz gegenüber, daß dies ein weiterer Beweis für die knausrige Natur des Königreiches war. Seine knappe Antwort lautete, daß sie um so mehr Geld für Luxusartikel wie uns ausgeben konnten, je mehr sie an Gesamt- und Unterhaltungskosten einsparten.

Er versuchte mir hartnäckig das Konzept einer ›Energiekrise‹ zu erklären, als wir um eine Ecke bogen und die Gemächer des Generals erblickten.

Sie waren leicht als solche auszumachen, da dies auf unserem ganzen Weg die einzige Tür war, die von zwei Ehrenwachen flankiert wurden. Ihre polierten Rüstungen blitzten auf den breiten Schultern, während sie unser Kommen aus zusammengekniffenen Augen beobachteten.

»Sind das die Quartiere von General Badaxe?« erkundigte ich mich höflich.

»Seid Ihr der Zauberer mit Namen Skeeve?« gab der Soldat zurück.

»Das Bürschchen hat dir eine Frage gestellt, Soldat!« mischte Aahz sich ein. »Wirst du nun antworten, oder bist du so stupide, daß du nicht weißt, was sich jenseits der Tür befindet, die du bewachst?«

Der Wachsoldat lief rot an, und ich bemerkte, wie die Handknöchel des anderen, der seine Pike fest umklammert hielt, sich weiß abzeichneten. Es kam mir in den Sinn, daß es vielleicht nicht die klügste Strategie war, sich jetzt, nachdem ich den Job bekommen hatte, noch mit dem Militär anzulegen.

»Äh ... Aahz ...«, murmelte ich.

»Ja. Ja! Das ist das Quartier von General Badaxe ... Sir!« bellte der Gardist plötzlich los.

Offensichtlich bestätigte die Nennung des Namens meines Mitarbeiters meine Identität, obgleich ich mich fragte, wie viele Fremde sonst mit riesigen, schuppigen Dämonen hier durch die Gänge schlenderten. Das abschließende, schwer abgerungene ›Sir‹ war ein Tribut an meine Darbietung im Schloßhof. Offensichtlich waren die Leibwachen angewiesen worden, sich höflich zu verhalten, zumindest mir gegenüber, wie schwer es ihnen auch offensichtlich fallen mochte.

»Danke, Gardist«, sagte ich leichthin und pochte mit der Faust an die Tür.

»Außerdem«, fügte der Wachposten hinzu, »hat der General Anweisung gegeben, daß Ihr direkt eintreten sollt.«

Die Tatsache, daß er diesen Informationsteil zurückgehalten hatte, bis ich geklopft hatte, bewies, daß die Soldaten ihre Mißachtung gegenüber Zauberern keineswegs völlig aufgegeben hatten, sondern eher auf subtilere Methoden sannen, um sie zu ärgern.

Ich bemerkte, daß Aahz zu einer neuen Debatte mit dem Wachposten ansetzen wollte, öffnete hastig die Tür und trat ein, so daß er mir folgen mußte.

Der General stand am Fenster, das hereinfallende Licht umriß seine Konturen. Er drehte sich zu uns um, als wir den Raum betraten.

»Aha! Kommt herein, meine Herren«, brummte er in sanften Tönen. »Ich habe Euch erwartet. Nehmt Euch Wein, wenn Ihr mögt.«

Ich fand sein unvermitteltes freundliches Gebaren noch beängstigender als seine frühere Demonstration von Feindseligkeit. Aahz jedoch machte sich gar nichts daraus und ergriff sofort den dargebotenen Weinkrug. Einen Augenblick lang dachte ich, er würde einen der Becher füllen, die auf dem Tablett neben dem Krug standen, um ihn mir zu reichen. Statt dessen nahm er einen tiefen Zug aus dem Krug selbst und behielt ihn in der Hand, wobei er genüßlich seine Lippen leckte. Es war ganz hübsch, daß einige Dinge inmitten des Chaos, in welches sich mein Leben verwandelt hatte, unverändert blieben.

Der General runzelte angesichts dieser Darbietung kurz die Stirn, dann bemühte er sich, wieder die joviale Miene aufzusetzen, mit welcher er uns auch begrüßt hatte.

»Ehe wir mit der Planung beginnen«, sagte er lächelnd, »muß ich mich für mein ungehobeltes Benehmen während der Vorstellung entschuldigen. Grimble und ich ... haben unterschiedliche Auffassungen zur gegewärtigen Situation, und ich fürchte, daß ich das an Euch ausgelassen habe. Dafür möchte ich mich entschuldigen. Gewöhnlich habe ich nichts gegen Zauberer als Gruppe oder Euch im besonderen.«

»Whoa! Wartet eine Minute, General!« unterbrach ihn Aahz. »Was haben wir denn mit Eurem Streit mit Grimble zu tun?«

Das Aufblitzen in den Augen des Generals strafte seine vornehmtuerische Sprechweise Lügen.

»Es ist die Fortführung einer alten Diskussion über die Bewilligung von Geldern«, erklärte er. »Als wir die Nachricht von der heranrückenden Streitmacht erhielten, riet ich dem König zur sofortigen Verstärkung unserer eigenen Armee, damit wir unsere Pflicht, das Reich zu verteidigen, angemessen erfüllen konnten.«

»Der Rat klingt mir ganz vernünftig«, warf ich ein und hoffte, mein Ansehen beim General zu verbessern, indem ich ihm zustimmte.

Badaxe reagierte jedoch mit einem starren Blick.

»Seltsam, das gerade von Euch zu hören, Zauberer«, bemerkte er eisig. Grimbles Ratschlag lautete, das Geld anders einzusetzen, nämlich zur Einstellung eines Zauberers.«

Plötzlich wurde klar, warum wir vom General und den

Soldaten nicht gerade mit den offenen Armen der Kameradschaft empfangen wurden. Nicht nur, daß man ihnen anstatt ihrer Verstärkung uns vor die Nase gesetzt hatte, sondern unsere Präsenz war auch ein Schlag gegen ihre Fähigkeiten.

»Na schön, General«, stimmte Aahz zu. »Das ist ja nun einmal alles gegessen. In welcher Klemme sitzen wir denn nun?«

Der Blick des Generals wanderte zwischen Aahz und mir hin und her, offenbar wunderte er sich, daß ich meinem Lehrling die Leitung in diesem Gespräch überließ. Als ich Aahz nicht wegen seines vorlauten Gehabes zurechtwies, zuckte der General die Schultern und trat zu einem Stück Pergament an der Wand.

»Ich glaube, das hier zeigt die Situation ganz eindeutig«, erklärte er.

»Was ist das?« wollte Aahz wissen.

Der General wollte eine scharfe Bemerkung machen, riß sich dann aber zusammen.

»Das hier«, sagte er leichthin, »ist eine Karte des Königreiches, das Ihr verteidigen sollt. Es heißt Possiltum.«

»Ja, natürlich«, nickte ich. »Fahrt fort.«

»Diese Linie hier im Norden unserer Grenze stellt die vorrückende Armee dar, mit der Ihr es aufnehmen sollt.«

»Schade, daß Ihr es nicht im richtigen Maßstab hinbekommen habt«, bemerkte Aahz. »So sieht es ja aus, als sei die feindliche Front länger als Eure Grenze.«

Der General fletschte die Zähne.

»Die Zeichnung *ist* im richtigen Maßstab«, betonte er. »Vielleicht begreift Ihr nun den Umfang der Aufgabe, die vor Euch liegt.«

Mein Kopf wollte seine Erklärung gar nicht wahrhaben.

»Wirklich, General«, tadelte ich ihn. »Gewiß überzeichnet Ihr den Fall. In keinem Königreich gibt es ausreichend Leute, um eine so lange Front aufzustellen.«

»Zauberer!« Die Stimme des Generals klang bedrohlich. »Ich habe meinen gegenwärtigen Rang nicht erworben, weil ich militärische Situationen überzeichnet habe. Die

Armee, der Ihr gegenübersteht, ist eine der stärksten Streitkräfte, die die Welt je gesehen hat. Es handelt sich um die kampfstarke Armee eines wachsenden Reiches im Norden. Sie rückt nun seit drei Jahren vor, verleibt sich alle kleineren Königreiche ein und walzt jeden Widerstand nieder. Alle tauglichen Männer der eroberten Länder werden zum Militärdienst einberufen, so daß ihre Reihen nun die Größe angenommen haben, wie Ihr sie auf der Karte seht. Der einzige Grund, daß sie nicht noch schneller vorrücken, besteht darin, daß sie zusätzlich zu der zahllosen Menge von Menschen über stabile Kriegsmaschinen verfügen, die zwar sehr wirksam, aber schwer zu transportieren sind.«

»Und jetzt könnt Ihr uns die schlechte Nachricht beibringen«, kommentierte Aahz trocken.

Obwohl ich sicher bin, daß seine Bemerkung ironisch gemeint war, nahm der General ihn völlig ernst.

»Die schlechte Nachricht«, knurrte er, »lautet, daß ihr Führer ein unvergleichlicher Stratege ist. Er kam an die Macht, indem er Heere besiegte, die dreimal so stark waren wie das seine, jetzt mit einer riesigen Armee unter seinem Oberbefehl ist er echt unschlagbar.«

»Allmählich verstehe ich, warum der König sein Geld in einen Zauberer stecken will«, erklärte mein Lehrer. »Es sieht nicht so aus, als hättet Ihr eine ausreichend große Streitmacht erstellen können, um sie aufzuhalten.«

»Das war auch nicht meine Absicht«, widersprach der General zornig. »Wenn wir auch nicht in der Lage gewesen wären, den Feind zu vernichten, so hätten wir ihm doch bei der Überschreitung unserer Grenzen derartige Verluste beibringen können, daß er es vielleicht vorgezogen hätte, andere, kleinere Reiche zu erobern, die weniger Widerstand leisteten.«

»Wißt Ihr, Badaxe«, sagte Aahz nachdenklich, »das ist kein übler Plan. Wenn wir zusammenarbeiten, könnten wir ihn vielleicht immer noch durchführen. Wie viele Leute könnt Ihr zu unserer Unterstützung abstellen?«

»Keinen!« sagte der General unumstößlich.

Ich blinzelte.

»Entschuldigt, General«, drängte ich ihn. »Wenn ich richtig verstanden habe, sagtet Ihr doch gerade …«

»Keinen«, wiederholte er. »Ich werde keinen einzigen meiner Soldaten zur Unterstützung Eures Feldzuges abstellen.«

»Aber das ist doch Wahnsinn!« explodierte Aahz. »Wie sollen wir denn Eurer Auffassung nach eine derartige Armee mit Magik aufhalten?«

»Überhaupt nicht«, lächelte der General.

»Aber wenn wir scheitern«, betonte ich, »wird Possiltum besiegt.«

»Das ist richtig«, entgegnete Badaxe ruhig.

»Aber …«

»Gestattet mir, daß ich meine Position erläutere«, unterbrach er mich. »Nach meiner Einschätzung steht hier mehr als nur ein Königreich auf dem Spiel. Solltet Ihr mit Eurem Auftrag Erfolg haben, so beweist das, daß Magik ein geeigneteres Mittel zur Verteidigung eines Reiches darstellt als militärische Stärke. Das könnte schließlich dazu führen, daß alle Armeen aufgelöst und statt dessen Zauberer eingestellt werden. Ich werde keinen Finger rühren, um einen derartigen Präzedenzfall zu schaffen. Wenn Ihr beweisen wollt, daß Zauberer Armeen überlegen sind, so werdet Ihr das alleine mit Hilfe der Magik zustande bringen müssen. Das Militär wird zu Eurer Unterstützung keinen Finger krumm machen.«

Während er sprach, nahm er Aahz den Weinkrug aus den Händen, ein Zeichen dafür, daß Aahz ebenso verblüfft war durch die Worte des Generals wie ich.

»Ich bin in dieser Angelegenheit sehr engagiert, meine Herren«, fuhr Badaxe fort und goß sich etwas Wein ein. »So sehr, daß ich bereit bin, mich und mein Königreich zu opfern, um den Beweis zu erbringen. Und darüber hinaus würde ich Euch sehr empfehlen, es ebenso zu halten.«

Er machte eine Pause und betrachtete uns mit glitzernden Augen.

»Denn ich sage Euch hier und jetzt, solltet Ihr aus der bevorstehenden Schlacht siegreich hervorgehen, werdet

Ihr keine Gelegenheit mehr haben, die Früchte Eurer Mühen zu ernten. Der König herrscht vielleicht bei Hofe, doch was im Königreich vor sich geht, erfährt er über meine Soldaten, und diese Soldaten säumen Euren Rückweg zum Palast. Sie haben Befehl, Euren Unfalltod zu melden, und wenn sie ihn selbst organisieren müßten. Habe ich mich klar genug ausgedrückt?«

›Alle Arbeit, die der Mühe wert ist, ist auch wert, sich dafür gut bezahlen zu lassen‹
HERCULES

8

Es kostete mich gewaltige Selbstbeherrschung, mich nicht nur bis wir die Gemächer des Generals verlassen hatten zurückzuhalten, sondern bis uns die Leibwachen nicht mehr hören konnten. Und als ich schließlich das Wort ergriff, gelang es mir sogar, den verräterischen, hysterischen Unterton zu unterdrücken, der meine wahren Gefühle sofort entlarvt hätte.

»Wie du schon sagtest, Aahz«, bemerkte ich leichthin, »es gibt solche und solche Armeen. Stimmt's?«

Aahz ließ sich keinen Augenblick täuschen.

»Hysterie hilft uns nicht weiter, Kind«, erklärte er. »Was wir jetzt brauchen, ist gesunder Menschenverstand.«

»Entschuldige mal«, sagte ich spitz, »aber war es nicht ›gesunder Menschenverstand‹, der uns in diesen Schlamassel gebracht hat?«

»Na schön, na schön!« Aahz zog eine Grimasse. »Ich will ja zugeben, daß ich ein paar Kleinigkeiten übersehen habe bei meiner ursprünglichen Einschätzung der Lage.«

»Ein paar Kleinigkeiten übersehen?« wiederholte ich ungläubig. »Aahz, der ›gemütliche Job‹, auf den du mich da gehetzt hast, hat nicht die geringste Ähnlichkeit mit der Beschreibung, mit der du mich darauf heiß gemacht hast!«

»Ich weiß, Kerlchen«, seufzte Aahz. »Ich schulde dir wohl eindeutig eine Entschuldigung. Es klingt wirklich so, als arte das Ganze in Arbeit aus.«

»Arbeit?« kreischte ich, während ich allmählich die Beherrschung verlor. »Selbstmord wird das!«

Aahz schüttelte traurig den Kopf.

»Da übertreibst du doch schon wieder. Es muß kein Selbstmord werden. Wir haben immer noch die Wahl, weißt du.«

»Klar«, gab ich sarkastisch zurück. »Wir können uns aussuchen, ob wir von den Invasoren oder Badaxes Männern umgebracht werden. Wie dumm von mir, daß ich daran nicht gedacht hatte. Da habe ich mir doch glatt einen Augenblick lang Sorgen gemacht.

»Unsere Wahl«, verbesserte Aahz mich streng, »besteht darin, diesen hirnrissigen Auftrag anzunehmen, oder das Geld zu kassieren und abzuhauen.«

Ein Hoffnungsstrahl durchbrach die schaurige Finsternis, die meine Gedanken umwölkt hatte.

»Aahz«, sagte ich voll aufrichtiger Ehrfurcht, »du bist ein Genie. Komm, verduften wir!«

»Wohin verduften?« wollte Aahz wissen.

»Zurück zum Gasthof natürlich«, erwiderte ich. »Je eher, je besser.«

»Das war keine unserer Alternativen«, spottete mein Lehrer.

»Aber du sagtest doch ...«

»Ich sagte, das Geld kassieren *und* abhauen, nicht nur ›abhauen‹!« korrigierte er.

»Wir gehen keinen Schritt, ehe wir nicht bei Grimble vorgesprochen haben.«

»Aber Aahz ...«

»Nichts ›aber Aahz‹!« unterbrach er mich hitzig. »Dieser kleine Ausflug hat uns einiges gekostet. Das wollen wir zumindest wieder hereinholen, wenn nicht gar einen kleinen Gewinn einstreichen.«

»Es hat doch keinen Pfennig gekostet«, sagte ich dümmlich.

»Es hat uns Reisezeit gekostet und Zeit, die wir uns nicht unseren Studien widmen konnten«, konterte Aahz. »Das ist schließlich einiges wert.«

»Aber ...«

»Abgesehen davon«, fuhr er angelegentlich fort, »stehen hier wichtigere Dinge auf dem Spiel.«

»Zum Beispiel?« drängte ich ihn.

»Na ... zum Beispiel, hm ...«

»Da seid Ihr ja, meine Herren!«

Wir drehten uns um und sahen Grimble, der eilends auf uns zukam.

»Ich hoffte, Euch nach der Besprechung abpassen zu können«, fuhr der Kanzler fort, der sich nun zu uns gesellte. »Habt Ihr etwas dagegen, wenn ich Euch begleite? Ich weiß, Ihr habt es eilig, Euren Feldzug anzutreten, aber es gibt da einige Angelegenheiten, die wir unbedingt vor Eurer Abreise klären müssen.«

»Wie beispielsweise unsere Gehälter«, schlug Aahz unumstößlich vor.

Grimbles Lächeln gefror auf seinem Gesicht.

»Oh! Ja, natürlich. Aber zuvor gibt es noch andere Dinge zu erledigen. Ich gehe davon aus, daß der General Euch die notwendigen Informationen für Euren Auftrag hat zukommen lassen.«

»Bis zum letzten, brutalen Detail«, bestätigte ich.

»Gut, gut«, gluckste der Kanzler, den mein Sarkasmus keineswegs zu dämpfen schien. »Ich bin zutiefst überzeugt, daß Ihr in der Lage seid, mit dem Gesindel aus dem Norden fertig zu werden. Ich will Euch sagen, daß ich bereits vor der Vorstellung für Euch gestimmt hatte. Tatsächlich war ich derjenige, durch den Ihr die Einladung erhalten habt.«

»Wir werden es nicht vergessen«, sagte Aahz lächelnd und kniff furchterregend die Augen zusammen.

Da fiel mir etwas ein.

»Sagt, ... Herr Kanzler«, fragte ich beiläufig, »wie hattet Ihr überhaupt von uns erfahren?«

»Warum fragt Ihr?« gab Grimble zurück.

»Aus keinem bestimmten Grund«, versicherte ich ihm. »Aber da die Vorstellung sich für uns als so fruchtbar erwiesen hat, würde ich dem Betreffenden, der mich in so hohen Tönen bei Euch gelobt hat, gerne ein Zeichen meiner Dankbarkeit zukommen lassen.«

Es war eine reichlich fadenscheinige Geschichte, doch der Kanzler schien sie abzunehmen.

»Nun ... äh, ehrlich gesagt war es eine Dirne«, gab er zu. »Ziemlich gewöhnlich, aber ich kann mich im Augenblick nicht an ihren Namen erinnern. Sie hat sich vielleicht die Haare gefärbt, seit Ihr sie gekannt habt. Zur Zeit, als wir sie … äh, kennenlernten, waren sie grün. Wißt Ihr, wer das ist?«

Und ob ich das wußte. Es gab nur eine Frau, die von Aahz und mir wußte und auch noch von unserer Bleibe. Und außerdem kannte ich nur eine Frau, auf die die Beschreibung von Wollüstigkeit und grünem Haar paßte. Tanda!

Ich machte den Mund auf, um zuzugeben, daß ich sie kannte, als Aahz mir warnend einen Ellbogen in die Rippen stieß.

»Glah!« sagte ich intelligenterweise.

»Wie meintet Ihr?« erkundigte sich Grimble.

»Ich … aä, ich kann die Person nicht aus dem Stegreif unterbringen«, log ich. »Aber Ihr wißt ja, wie zerstreut wir Zauberer sind.«

»Natürlich«, antwortete der Kanzler mit einem Lächeln und wirkte aus irgendeinem Grunde erleichtert.

»Da das nun geklärt ist«, unterbrach ihn Aahz, »meine ich, Ihr erwähnt unsere Gehälter.«

Grimble sah einen Augenblick lang finster drein, dann setzte er ein gutmütiges Grinsen auf.

»Nun verstehe ich, warum Meister Skeeve Euch seine Geschäftsverhandlungen überläßt«, gestand er.

»Schmeicheleien sind ja ganz nett«, bemerkte Aahz, »aber man kann sich nichts dafür kaufen. Es ging um unsere Gehälter.«

»Ihr müßt begreifen, daß wir ein bescheidenes Königreich sind«, seufzte Grimble. »Trotzdem bemühen wir uns, unsere Gefolgsleute so gut wie möglich zu belohnen. Für den Hofzauberer wurden Gemächer bereitgestellt, die für Euch beide groß genug sein dürften. Ihr erhaltet freie Kost, sofern Ihr anwesend seid, wenn die Mahlzeiten serviert werden. Darüber hinaus besteht eine Möglichkeit, nein, ich würde sagen die Gewißheit, daß die Großzügigkeit seiner Majestät Euch Stallplätze und Futter für Eure Einhörner gewährt. Wie klingt das?«

»Bis jetzt ziemlich billig«, bemerkte Aahz frei heraus.

»Was meint Ihr mit ›billig‹?« fauchte der Kanzler, der für einen Augenblick seine Fassung verlor.

»Ihr habt bislang nicht mehr geboten, als ein Zimmer, in dem wir nicht schlafen«, spottete Aahz, »Mahlzeiten, die wir nicht essen und Stallplätze, die wir nicht in Anspruch nehmen werden, weil wir auf dem Schlachtfeld Euren Krieg für Euch austragen. Dafür wollt Ihr dann Skeeves Fähigkeiten, um Euer Königreich zu retten. Nach meinen Berechnungen ist das ziemlich billig!«

»Ja, ich verstehe Euer Argument«, räumte Grimble ein. »Nun, Ihr werdet natürlich auch eine kleine Barentlohnung erhalten.«

»Wie klein?« drängte Aahz.

»Genügend, um Eure Unkosten zu decken«, antwortete der Kanzler lächelnd. »Sagen wir, fünfzig Goldstücke pro Monat?«

»Sagen wir zweihundert«, lächelte Aahz zurück.

»Vielleicht könnten wir auf fünfundsiebzig hochgehen«, entgegnete Grimble.

»Und wir gehen auch zweihundertfünfundzwanzig herunter«, bot Aahz an.

»Angesichts seiner Fähigkeiten könnten wir ... entschuldigt!« Der Kanzler begriff allmählich. »Sagtet Ihr zweihundertfünfundzwanzig?«

»Genau«, bestätigte Aahz, »ich hatte mich versprochen.«

»Dachte ich mir's doch«, lächelte Grimble.

»Ich meinte zweihundertfünfzig.«

»Nun paßt mal auf ...«, begann der Kanzler.

»Paßt auf, Grimble«, kam Aahz ihm auf halber Strecke entgegen. »Ihr hattet drei Möglichkeiten. Ihr konntet Eure Armee verdoppeln, einen Zauberer anstellen oder Euer Königreich verlieren. Selbst bei dreihundert im Monat ist Skeeve hier Euer bestes Geschäft. Bedenkt nicht nur Eure Ausgaben, sondern auch Eure Einsparungen.«

Grimble dachte ein paar Augenblicke darüber nach.

»Na schön«, sagte er mit einer Grimasse, »bleiben wir bei zweihundertfünfzig.«

»Soweit ich mich erinnere, war dreihundert als Zahl im Gespräch«, bemerkte ich bissig.

Das trug mir einen bitterbösen Blick ein, doch ich gab nicht nach und hielt dem Blick stand.

»Dreihundert«, sagte er, wobei er die Worte zwischen zusammengepreßten Zähnen hervorquetschte.

»Im voraus zu zahlen«, fügte Aahz hinzu.

»Am Ende der Zahlungsfrist zu entrichten«, korrigierte Grimble.

»Nun kommt schon, Grimble«, hob Aahz an, doch der Kanzler unterbrach ihn mit emporgehaltener Hand.

»Nein! In diesem Punkt bleibe ich unnachgiebig«, sagte er halsstarrig. »Alle im königlichen Gefolge werden zum gleichen Zeitpunkt bezahlt, nämlich wenn am Ende der Zahlungsperiode die Tresore geöffnet werden. Wenn wir mit diesem Brauch brechen und Ausnahmen zulassen, dann ist kein Ende abzusehen.«

»Ihr könntet uns doch zumindest einen Teil als Abschlag geben«, drängte Aahz. »Etwas, womit sich die Unkosten des bevorstehenden Feldzuges decken lassen.«

»Eindeutig nein!« entgegnete Grimble. »Wenn ich Geld für noch nicht geleistete Dienste auszuzahlen begänne, würden gewisse Leute, besonders Hugh Badaxe vermuten, daß Ihr die Absicht habt, das Geld zu nehmen und die Flucht zu ergreifen, ohne überhaupt in die Schlacht zu ziehen.«

Das traf die Wahrheit ziemlich genau, und ich merkte, wie ich den Blick abwandte, um mich nicht zu verraten. Aahz dagegen zuckte noch nicht einmal mit der Wimper.

»Und was ist mit Schmiergeldern?« fragte er.

Grimble schaute finster drein.

»Es ist unvorstellbar, daß einer der Anhänger des Königs ein Bestechungsgeld annähme, geschweige denn es zum festen Bestandteil seines Einkommens rechnen würde. Jeden Versuch, Euch zu bestechen, solltet Ihr unverzüglich Seiner Majestät melden.«

»Es geht nicht um die Annahme von Schmiergeldern«, schnaubte Aahz, »es geht darum, sie selber zu vergeben.

Wenn wir beim Feind Geld ausgeben, geht das von unseren Löhnen ab, oder trägt das das Reich?«

»Ich bezweifle ernsthaft, daß Ihr in der Lage sein solltet, die Armee, die Euch gegenübersteht, zu kaufen«, bemerkte der Kanzler skeptisch. »Außerdem sollt Ihr es mit Magik schaffen, dafür werdet Ihr schließlich bezahlt.«

»Selbst die Magik benötigt die Unterstützung durch genaue Informationen«, erwiderte Aahz treffend. »Nun kommt schon, Grimble, Hofintrigen sind Euch doch nichts Neues. Eine kleine Vorwarnung kann in einer Schlacht eine Menge nützen.«

»Das ist schon wahr«, gab der Kanzler zu. »Nun schön, ich nehme an, wir können Euch die Vollmacht für Bestechungen geben, vorausgesetzt, sie halten sich im Rahmen.«

»Wie stark im Rahmen?« erkundigte sich Aahz.

»Sagen wir, fünf Goldstücke.«

»Fünfundzwanzig wären ...«

»Fünf«, sagte Grimble, und es klang unumstößlich.

Aahz betrachtete seinen Gegner einen Augenblick, dann seufzte er.

»Fünf«, bestätigte er und streckte dem anderen seine Handfläche hin.

Der Kanzler kramte knurrend in seiner Börse und zählte fünf Goldstücke heraus. Er zählte sie tatsächlich zweimal, ehe er sie Aahz aushändigte.

»Ihr werdet freilich verstehen«, sagte er warnend, »daß ich nach Eurem Sieg eine Abrechnung über diese Gelder verlange.«

»Gewiß«, lächelte Aahz und liebkoste die Münzen.

»Ihr scheint unseres Sieges sehr sicher, Herr Kanzler«, bemerkte ich.

Grimble betrachtete mich einen Moment lang mit hochgezogener Augenbraue.

»Selbstverständlich bin ich ganz sicher, Herr Zauberer«, antwortete er schließlich. So sicher, daß ich mein Königreich und sogar meinen Ruf für Euren Erfolg aufs Spiel gesetzt habe. Ihr werdet feststellen, daß ich meinen guten

Ruf über das Königreich stelle. Das ist kein Zufall. Königreiche entstehen und zerfallen, doch ein Kanzler findet überall einen Posten. Das heißt natürlich nur, wenn das Königreich nicht durch seine Ratschläge zugrunde gerichtet wurde. Solltet Ihr in Eurem Feldzug zur Rettung Possiltums versagen, so ist meine Karriere ruiniert. Und sollte das eintreten, so geht Eure Laufbahn mit der meinen zu Ende.«

»Das klingt ja wie eine Drohung«, bemerkte Aahz trokken.

»Tatsächlich?« entgegnete der Kanzler mit gespielter Ahnungslosigkeit. »Das war nicht meine Absicht. Ich drohe nicht, ich konstatiere Fakten. Ich pflege gute Kontakte zu den Kanzlern der benachbarten Königreiche, mit einigen bin ich sogar verwandt. Sie blicken alle auf mein Urteil in dieser Auseinandersetzung Magik kontra Militär. Sollte sich mein Urteil als falsch herausstellen, und ihr scheitert bei der Verteidigung von Possiltum, so werden sie sich das merken. Dann wird in Zukunft jeder Zauberer und ganz besonders Ihr, Skeeve, als Schwindler und Scharlatan abgewiesen werden, wenn Ihr eine neue Stelle sucht. Und da häufig die Kanzler die Höfe regieren, sollte es mich nicht wundern, wenn sie eine Entschuldigung oder einen vorgeschobenen Grund finden, um Euch mir zuliebe hinrichten zu lassen. Die Tötungsmethoden sind von Reich zu Reich verschieden, aber das Ergebnis bleibt das gleiche. Ich bin überzeugt, daß Ihr das bei der Planung Eures Feldzuges nicht vergessen werdet.«

Mit diesen Worten machte er auf dem Absatz kehrt und ließ uns einfach wortlos stehen.

»Nun, Aahz«, sagte ich schließlich. »Hast du irgendeinen vernünftigen Vorschlag für diese Lage?«

»Natürlich«, gab er zurück.

»Welchen?« fragte ich.

»Jetzt, da wir die ganze Geschichte erfahren haben«, meinte er feierlich, »können wir in Panik verfallen.«

›Es geht hier um mehr als unser Leben‹
OBERST TRAVIS
Anfeuerungsrede vor Alamo

9

Am dritten Abend, nachdem wir den Regierungssitz von Possiltum verlassen hatten, lagerten wir auf einem kleinen Hügel mit Blick auf die Haupt-Nordsüdverbindung des Königreiches.

Ich setzte hier Nord-Süd ziemlich willkürlich gleich. In den ganzen drei Tagen war unser Marsch die einzige Bewegung in Richtung Norden, die wir auf diesem speziellen Streifen ausgefahrenen Staubs hatten beobachten können. Der fehlende Verkehr gen Norden wurde noch auffälliger durch die große Menge der Leute, die in die entgegengesetzte Richtung zogen.

Auf unserer Reise begegneten wir ständig kleinen Gruppen oder Familien, die ihren Weg zum Regierungssitz auf jene beständige Weise ohne Hast nahmen, wie er typisch ist für Leute, die kein anderes Transportmittel als ihre Füße kennen.

Sie wirkten nicht besonders erschreckt oder furchtsam, aber zwei Merkmale wiesen sie als mehr denn gewöhnliche Reisende aus.

Zum einen überstieg die große Menge persönlicher Habe, die sie mit sich führten, bei weitem das selbst für eine lange Reise notwendige Gepäck. Ob nun in beschwerlichen Rucksäcken oder kleinen Handkarren aufgestapelt, offensichtlich war, daß die Reisenden in Richtung Süden soviel ihres weltlichen Besitzes bei sich trugen oder mit sich schleppten, wie sie nur konnten.

Zum zweiten schenkte uns keiner mehr Beachtung als einen flüchtigen Blick. Und das war noch bemerkenswerter als die erste Beobachtung.

Gegenwärtig bestand unsere Gruppe aus drei Mitgliedern: Mir, Aahz und Gliep. Wir hatten Butterblume zum großen Unmut von Aahz im Palast zurückgelassen. Wir hätten lieber Butterblume mitgenommen und Gliep zurückgelassen, aber in dieser Hinsicht waren die königlichen Befehle eindeutig gewesen. Der Drache durfte nicht im Palast bleiben, sofern nicht einer von uns dabei blieb, um ihn zu bändigen. Folglich reisten wir zu dritt, ein Jugendlicher, ein Drache und ein brummiger Dämon, also nicht gerade ein gewöhnliches Bild in dieser oder anderen Gegenden. Doch die nach Süden ziehenden Bauern beachteten uns nur, um uns auf der Straße Platz zu machen, wenn wir vorüberkamen.

Aahz behauptete hartnäckig, das läge daran, daß der Grund für ihre Flucht ihnen solche Angst einflößte, daß sie kaum irgend etwas oder irgend jemanden auf ihrem Weg beachteten. Darüber hinaus nahm er an, daß die treibende Kraft für ihren Exodus in der Armee bestand, der entgegenzutreten wir unterwegs waren.

Um diese Vermutung zu untermauern, versuchten wir, mehrere Gruppen zu befragen, die uns über den Weg liefen. Nach dem ersten Tag gaben wir das wegen der reichlichen Übereinstimmungen bei den Antworten wieder auf.

Hier ein Beispiel:

> Aahz: Haltet ein, Fremder! Wohin geht Ihr?
> Antwort: Zur Hauptstadt!
> Aahz: Warum?
> Antwort: Um so nahe wie möglich beim König zu sein, wenn er sich gegen die Eindringlinge aus dem Norden verteidigt. Er wird zumindest versuchen müssen, sich selbst zu retten, wenn er die Provinzen schon nicht verteidigen will.
> Aahz: Bürger, Ihr braucht nicht mehr zu fliehen. Ihr habt des Königs Sorge um Eure Sicherheit unterschätzt. Vor Euch seht Ihr den neuen Hofzauberer, den Seine Majestät eigens zur Verteidigung Possiltums gegen die Invasionsarmee bestellt hat. Was sagt Ihr dazu?
> Antwort: Einen einzigen Zauberer?

Aahz: Und meine sachkundige Unterstützung natürlich.

Antwort: Ich würde sagen, Ihr seid verrückt.

Aahz: Nun seht einmal ...

Antwort: Nein, seht *Ihr* einmal, was immer und wer immer Ihr auch seid. Ohne es an der notwendigen Achtung für diesen und alle anderen Zauberer fehlen zu lassen, so seid Ihr doch Narren, Euch dieser Armee entgegenzustellen. Magik mag bei gewöhnlichen Heeren schön und recht sein, aber *die* Armee haltet Ihr nicht mit einem Zauberer auf ... nicht einmal mit zwanzig.

Aahz: Wir sind ganz zuversichtlich.

Antwort: Dann zieht weiter gen Norden. Ich für meinen Teil, ich halte auf den Palast zu!

Obwohl dieser Wortwechsel schließlich unsere Bemühungen, die Bevölkerung zu beruhigen, zunichte gemacht hatte, gab er Stoff für einen Disput, der immer noch nicht geklärt war, als wir uns am dritten Abend schlafen legten.

»Was ist aus deinem Plan geworden, das Geld einzusakken und abzuhauen?« knurrte ich.

»Ein tolles Geschäft!« gab Aahz zurück. »Mit fünf ganzen Goldstücken.«

»Du sagtest, du wolltest einen Gewinn herausschlagen«, drängte ich weiter. »Na schön! Wir haben einen. Wenn er auch nicht gewaltig ist ... unsere bisherigen Bemühungen waren schließlich auch nicht überwältigend. Wenn man dann noch in Betracht zieht, daß wir nichts ausgegeben haben ...«

»Und was ist mit dem Einhorn?« erwiderte Aahz. Solange sie noch das Einhorn haben, haben wir ein schlechtes Geschäft gemacht.«

»Aahz«, mahnte ich ihn. »Butterblume hat uns nichts gekostet. Erinnerst du dich? Er war ein Geschenk von Quigley.«

»Aber es würde Geld kosten, ihn zu ersetzen«, antwortete Aahz starrsinnig. »Das heißt, daß wir Geld eingebüßt haben, bis wir ihn wiederbekommen. Ich habe dir gleich gesagt, daß ich etwas verdienen will ... und einen Verlust hinzunehmen, lehne ich strikt ab.«

»Gliep?«

Aahz' hitzige Worte hatten meinen Drachen geweckt, der nun schläfrig fragend den Kopf hob.

»Schlaf weiter, Gliep!« sagte ich besänftigend. »Es ist alles in Ordnung.

Beruhigt rollte er sich auf den Rücken und legte den Kopf zurück.

So albern wie er dalag mit seinen in die Luft gereckten vier Beinen, hatte er mich an etwas erinnert.

Ich ging mein Gedächtinis eine Weile durch und beschloß dann, meine Taktik zu ändern.

»Aahz«, sagte ich nachdenklich, »aus welchem Grund willst du diese Sache eigentlich durchstehen?«

»Hast du denn nicht zugehört Kind? Ich sagte doch ...«

»Ich weiß, ich weiß«, unterbrach ich ihn. »Du sagtest, es wäre um des Gewinns willen. Der einzige Haken dabei ist, daß du Gliep zurücklassen wolltest, der uns Geld gekostet hat, anstatt Butterblume, für den wir keinen Pfennig bezahlt haben! Das klingt aber irgendwie falsch, wenn du mit geringstem Einsatz einen Gewinn einstreichen willst.«

»Hm, du weißt ja, wie ich zu dem dummen Drachen stehe ...«, hob Aahz an.

»... und du weißt, wie ich zu ihm stehe«, unterbrach ich ihn. »Und deshalb weißt du auch genau, daß ich ihn nie im Stich lassen würde, um meine eigene Haut zu retten, geschweige denn für Geld. Aus irgendeinem Grunde wolltest du, daß mir diese Zusammenhänge aufgehen ... und dieser Grund hat nicht das geringste mit Geld zu tun. Was aber ist es dann?«

Nun war Aahz an der Reihe, einige Minuten nachdenklicher Stille einzulegen.

»Du machst Fortschritte bei der Einsicht in Zusammenhänge, Kind«, sagte er schließlich.

Normalerweise hätte ich das Kompliment gerne angenommen. Diesmal jedoch erkannte ich es als das, was es war, nämlich ein Versuch, mich abzulenken.

»Der Grund, Aahz!« mahnte ich entschlossen.

»Es gibt mehrere Gründe, Bürschchen«, erklärte er mit ungewohnter Feierlichkeit. »Der Hauptgrund ist der, daß du noch kein Meisterzauberer bist.«

»Wenn du mir die Bemerkung gestattest«, kommentierte ich trocken, »das ergibt keinen rechten Sinn. Wenn meine Fähigkeiten so begrenzt sind, weshalb hast du mich dann so eifrig auf diesen Auftrag gehetzt?«

»Hör mich zu Ende an, Kind«, sagte Aahz und hob abwehrend die Hand. »Ich habe einen Fehler begangen, und dieser Fehler hat uns in eine Lage gebracht, wo ein Zaubermeister vonnöten ist. Nicht so sehr seine Fähigkeiten als vielmehr sein Bewußtsein. Kannst du mir folgen?«

»Nein«, gab ich zu.

»Kein Wunder«, seufzte Aahz. »Deshalb habe ich versucht, dich in die Ausführung dieses Auftrags zu stürzen, anstatt es zu erklären. Bislang galt deine ganze Ausbildung den körperlichen Geschicken, ohne dein professionelles Bewußtsein zu entwickeln.«

»Du hast mir beigebracht, ein wachsames Auge auf die Einkünfte zu haben«, erklärte ich abwehrend.

»Das meine ich nicht, Kerlchen. Vergiß nun mal für einen Augenblick die Einkünfte.«

»Geht es dir gut, Aahz?« fragte ich voll aufrichtiger Besorgnis. »Du klingst gar nicht wie du selbst.«

»Vielleicht läßt du mich mal in Ruhe«, fauchte er. »Ich versuche, dir hier etwas Wichtiges zu erklären!«

Ich verfiel in schüchternes Schweigen. Aber ich war wenigstens beruhigt, daß Aahz eindeutig Aahz war.

»Als du bei Garkin in die Lehre gingst«, begann Aahz, »und sogar noch, als ich dich kennengelernt habe, wolltest du nicht Zauberer werden. Du wolltest Dieb werden. Um dich zu deinen Lektionen zu motivieren, mußte ich unterstreichen, wie nützlich dir die Magik dabei werden könnte.«

Er machte eine Pause, ich sagte nichts. Es gab nichts zu

sagen. Er hatte recht, sowohl in bezug auf seine Erinnerungen wie auch auf seine Interpretationen derselben.

»Nun«, seufzte er, »die Magik hat noch eine andere Seite. Du trägst Verantwortung ... eine Verantwortung für deine Kollegen, und was noch wichtiger ist, für die Magik selbst. Zwar haben wir Rivalen und werden uns noch mehr einhandeln, je länger wir leben, zwar bekämpfen wir sie oder bringen sie um ihre Posten, doch sind wir alle einer gemeinsamen Sache verpflichtet. Jeder Zauberer hat die Pflicht, die Magik weiterzuentwickeln, dafür zu sorgen, daß sie einen guten Ruf hat und geachtet wird. Je größer der Zauberer, um so größer sein Pflichtbewußtsein.«

»Und was hat das mit der aktuellen Lage zu tun?« erkundigte ich mich.

»Hier steht einiges auf dem Spiel, Kind«, antwortete er vorsichtig. »Du hast es sowohl von Badaxe wie von Grimble gehört. Und was noch bedeutsamer ist, du hast es von der Bevölkerung gehört, als wir die Bauern ansprachen. Rodrick setzt sein ganzes Reich auf das Geschick der Magik, das Werk zu vollbringen. Nun, niemand als ein Zauberer vermag zu sagen, wie vernünftig oder unvernünftig eine solche Aufgabe sein mag. Wenn wir scheitern, werden alle Gefolgsleute sehen, daß die Magik selbst versagt hat, und sie werden nie wieder Vertrauen in sie setzen. Deshalb können wir vor dieser Mission nicht davonlaufen. Wir stehen hier als Vertreter der Magik ... und wir müssen unser Bestes dafür tun.«

Ich dachte ein paar Augenblicke darüber nach.

»Aber was können wir gegen eine ganze Armee ausrichten?« fragte ich schließlich.

»Um dir gegenüber ehrlich zu sein«, seufzte Aahz, »ich habe nicht die geringste Idee. Ich hoffe, wir können uns etwas ausdenken, wenn wir genau gesehen haben, mit wem wir es zu tun bekommen.«

Danach saßen wir lange schweigend zusammen, ein jeder in Gedanken verloren über unseren Auftrag und alles, was auf dem Spiel stand.

›Es bedarf nicht zahlenmäßiger Überlegenheit, wenn man den Feind genau ausgekundschaftet und eingeschätzt hat‹
SITTING BULL

10

Mein letztes Fünkchen Hoffnung zerstob, als wir die Armee zu Gesicht bekamen. Die Berichte über ihre gewaltige Größe waren nicht übertrieben gewesen; sie hatten sogar den vollen Umfang der feindlichen Macht nicht auszudrücken vermocht.

Unser Spähunternehmen hatte uns über die Nordgrenze Possiltums und mehrere Tagreisen in das Gebiet eines kleineren Nachbarreiches geführt. Der Name des Königreiches war nicht von Bedeutung. Falls man es nicht jetzt schon als Teil des neuen Imperiums betrachtete, so würde man dies spätestens dann tun, sobald die Neuigkeiten bekannt wurden.

Wir wußten nicht so recht, ob wir die letzte Schlacht versäumt hatten, oder ob sich das Königreich einfach ergeben hatte.

Wie dem auch gewesen sein mochte, jedenfalls waren keine Verteidigungstruppen zu sehen, es erstreckten sich lediglich große Feldlager der Streitkräfte des Imperiums in einer groben Linie, die in beiden Richtungen bis über den Horizont hinaus reichte.

Glücklicherweise war das Heer nicht in Bewegung, was unsere Kundschafterei erheblich erleichterte. An der ganzen Frontlinie entlang waren in regelmäßigen Abständen Wachen aufgestellt, aber da sie nicht weit von den Feldlagern entfernt waren, überschritten wir die Linie einfach, ohne ihnen zu nahe zu kommen und entgingen so der Entdeckung.

Von Zeit zu Zeit konnten wir an ein Lager näher herankriechen oder einen Baum erklimmen, um besser zu sehen. Aahz schien sehr in seine eigene Gedanken versunken, sowohl wenn wir die Soldaten direkt beobachteten, als auch, wenn wir unseren Standort wechselten. Da ich ihm nicht mehr als ein gelegentliches Grunzen oder etwas ähnlich Einsilbiges entlocken konnte, widmete ich mich meinen eigenen Beobachtungen.

Die Soldaten waren ungefähr gleich gekleidet. Zu der Standardausrüstung gehörten offensichtlich ein Lederhelm, ein Brustschild, ein derber, knielanger Uniformmantel, Sandalen, ein Schwert, zwei Speere und ein großes, rechteckiges Schild. Allem Augenschein nach hatten sie nicht die Absicht, demnächst weiterzuziehen, denn sie hatten Zelte aufgestellt und brachten die meiste Zeit damit zu, ihre Waffen zu schärfen, Rüstungen zu reparieren, zu essen oder einfach umherzuschlendern. Gelegentlich erschien ein metallgepanzerter Soldat, vermutlich ein Offizier und brüllte die anderen an, worauf diese lustlos Aufstellung nahmen und mit den Drills begannen. Gewöhnlich erschlafften ihre Trainingsmaßnahmen, sobald der Offizier verschwunden war.

Gelegentlich sahen wir einzelne Belagerungsgeräte, die gebaut waren, um dicke Steine oder Speere über weite Entfernungen zu schleudern, obgleich wir sie niemals in Aktion erlebten. Die einzigen Ausrüstungsgegenstände, die offenbar mit gewisser Regelmäßigkeit benutzt wurden, waren die Signaltürme. Jedes Feldlager besaß einen davon, eine wackelige Angelegenheit aus zusammengeschnürten Pfählen, die sich etwas sechs Meter in die Höhe schoben und eine kleine, quadratische Plattform trugen. Mehrmals am Tag bestieg ein Soldat in jedem Lager dieses Gerüst, dann gaben sie sich mit Fahnen und Standarten Zeichen. Die Türme dienten auch als Wäscheständer und waren von Zeit zu Zeit mit flatternden Uniformjacken geschmückt.

Alles in allem sah es nach einer unglaublich langweiligen Existenz aus. Und meiner Schätzung nach gab es tatsächlich nur noch eines, das anödender war, als Soldat des Imperiums zu sein, nämlich mehrere Tage ununterbrochen damit zuzubringen, die Soldaten des Imperiums zu beobachten.

Ich machte eine entsprechende Bemerkung gegenüber Aahz, während wir bäuchlings auf einem grasbewachsenen Hügel lagen und mal wieder ein Feldlager beobachteten.

»Du hast vollkommen recht, Bürschchen«, gab er geistesabwesend zu. »Soldat zu sein ist ein ziemlich stumpfsinniger Job.«

»Und was ist mit uns?« hakte ich nach, um das Gespräch in Gang zu halten. »Was wir machen, ist auch nicht gerade rasend aufregend, weißt du!«

»Du suchst etwas Aufregendes?« fragte er mich und sah mich zum ersten Mal seit Tagen richtig an. »Dann will ich dir was sagen. Warum schlenderst du nicht einfach da runter und bittest den diensthabenden Offizier, dir einen kurzen Abriß ihrer Operationsmethoden zu geben? Ich möchte wetten, daß das die Sache entschieden lebhafter für dich macht.«

»*Sooo* gelangweilt bin ich nun auch wieder nicht!« korrigierte ich hastig.

»Dann halte doch den Mund und laß mich das hier auf meine Weise zu Ende bringen.« Aahz lächelte und setzte seine Studien fort.

»Was auf deine Weise zu Ende bringen?« bohrte ich weiter. »Was versuchen wir hier eigentlich zu erfahren?«

Aahz seufzte.

»Wir kundschaften den Feind aus«, erklärte er geduldig. »Es stehen schon genügend Faktoren gegen uns, ohne daß wir unvorbereitet den Kampf antreten.«

»Wie viele Informationen benötigen wir denn?« brummelte ich. »Dieses Feldlager unterscheidet sich kaum von den letzten fünf, die wir uns angesehen haben.«

»Das liegt daran, daß du nicht weißt, wonach du schauen mußt«, schalt Aahz. »Was hast du denn bis jetzt über die Gegenseite in Erfahrung gebracht?«

Ich war auf die Frage nicht vorbereitet, nahm die Forderung jedoch bereitwillig an.

»Hm ... sie sind ziemlich viele ... sie sind gut bewaffnet ... hm ... und sie haben Katapulte ...«

»Das ist alles?« spottete Aahz. »Brillant! Du und Badaxe geben ein feines Paar Strategen ab.«

»Na schön, dann erklär's mir!« gab ich zurück. »Was hast du denn in Erfahrung gebracht?«

»Man kann Jahre damit zubringen, sich Militärtheorien aneignen zu wollen, ohne auch nur an der Oberfläche zu kratzen«, entgegnete mein Lehrer streng. »Aber ich will versuchen, dir das Wesentliche in wenigen Worten zu erläutern. Um eine Streitmacht einzuschätzen, wie wir das nun tun, mußt du dir zwei Worte merken: ›Sam‹ und ›Fok‹.«

»›Sam‹ und ›Fok‹«, wiederholte ich artig.

»Manche ziehen ›Salute‹ vor, aber mir gefallen ›Sam‹ und ›Fok‹ besser«, fügte Aahz so nebenbei hinzu.

»Großartig«, feixte ich. »Wenn du mir vielleicht noch erklären würdest, was das bedeutet?«

»Es sind die Anfangsbuchstaben für deine Checkliste«, vertraute Aahz mir an. »›Salute‹ steht für Standort, Ausrüstung, Leistungskraft, Umfang, Truppenteile und Einsatzzeit. Das ist ja soweit ganz schön und recht, aber es setzt beim Späher keine Urteilsfähigkeit voraus. Ich ziehe ›Sam‹ und ›Fok‹ vor. Sie bedeuten Stärke, Armierung, militärische Bewegung und Formation, Organisation und Kommunikation.«

»Aha«, antwortete ich und hoffte, daß er nicht damit rechnete, daß ich mir das alles merken würde.

»Nun wollen wir einmal anhand dieses Gerüsts zusammenfassen, was wir bislang gesehen haben«, fuhr Aahz fort. Stärke: Es sind ein Haufen, so daß eine genaue Zählung sinnlos ist. Militärische Bewegung: Im Augenblick sitzen sie nur herum.«

»Soweit bin ich auch selbst gekommen«, erklärte ich ironisch.

»Der große Schlüssel jedoch«, sprach Aahz weiter, ohne mir Beachtung zu schenken, sind Armierung und Ausrüstung. Wenn man über diesen Punkt nachdenkt, muß man gleichermaßen in Rechnung stellen, was sie haben und was nicht.«

»Wie war das gleich?« erkundigte ich mich.

»Was sie haben, sind eine Menge Fußlatscher, Infanterie, eine kleine Artillerie in Form von Katapulten und Bogenschützen, aber nichts, was im geringsten nach Kavallerie aussieht. Das bedeutet, daß sie beim Vorrücken langsamer werden, insbesondere im Kampf. Wir haben also keine schnellen Flankenangriffe zu befürchten, vielmehr wird es ein Mann-gegen-Mann-Kampf werden.«

»Aber Aahz«, setzte ich an.

»Was nun Formation und Organisation angeht«, fuhr er unbeeindruckt fort, »so haben sie sich über die ganze Gegend verteilt, wahrscheinlich ist die Lebensmittelzufuhr auf diese Weise besser sicherzustellen. Auf der anderen Seite beweist das eine gewisse Selbstsicherheit, sie halten es nicht für notwendig, ihre Kräfte zu massieren. Ich denke, wir sollten uns nun ihrer Organisation zuwenden: Es ist eine Sammlung von Kompanien oder Bataillonen, die jeweils unter der Führung von zwei oder drei Offizieren stehen und alle zusammen unter der Oberleitung des Generals.«

»Aahz ...«, versuchte ich wieder, ihm ins Wort zu fallen.

»Die Kommunikation scheint ihr schwächster Punkt zu sein«, fuhr er hartnäckig fort. »Wenn eine Armee dieser Größe ihre Truppenbewegungen nicht koordiniert, gerät sie ganz schön in die Klemme. Wenn sie tatsächlich Signaltürme und Läufer zur Nachrichtenübermittlung benutzen, sind wir vielleicht in der Lage, sie ein wenig durcheinander zu bringen.«

»Und was heißt das nun alles?« unterbrach ich ihn endlich.

»Hm? Oh, das ist eine knappe Zusammenfassung dessen, wogegen wir kämpfen müssen«, antwortete Aahz unschuldig.

»Ich weiß, ich weiß«, seufzte ich. »Aber seit Tagen hast du gesagt, du würdest dir einen Plan ausdenken, sobald du gesehen hast, mit wem wir es zu tun haben. Nun hast du es gesehen. Wie lautet nun dein Plan? Wie können wir sie schlagen?«

»Gar nicht«, gab Aahz ernst zu. »Wenn ich eine Möglichkeit gesehen hätte, hätte ich es dir schon gesagt. Da dem aber nicht so ist, beobachte ich weiter.«

»Vielleicht gibt es überhaupt keine Möglichkeit«, meinte ich vorsichtig.

Aahz seufzte.

»Allmählich fange ich an zu glauben, daß du recht hast. Wenn das stimmt, müssen wir etwas tun, das ich wirklich nicht gern mache.«

»Du meinst aufgeben?« fragte ich aufrichtig erschrocken. »Nach der gewaltigen Rede von Verantwortungsgefühl, die du mir gehalten hast ...«

»Woau«, unterbrach mich Aahz. »Ich habe kein Wort von Aufgeben gesagt. Wir werden vielmehr ...«

»Gliep!«

Der unmißverständliche Laut erscholl hinter uns und tönte aus dem strauchbewachsenen Graben herauf, wo wir mein Haustier zurückgelassen hatten.

»Kind!« stöhnte Aahz. »Würdest du bitte diesen dummen Drachen zum Schweigen bringen? Das fehlt uns gerade noch, daß er uns jetzt die Armee auf den Hals hetzt.«

»Richtig, Aahz!« stimmte ich ihm zu und schob mich so schnell ich konnte rückwärts.

Sobald ich hinter dem Hügelkamm war, richtete ich mich geduckt auf und huschte in dieser Haltung den Hang hinab. Kriechen ist weder eine bequeme noch eine schnelle Fortbewegungsart.

Wie es uns inzwischen zur Gewohnheit geworden war, hatten wir Gliep an einen Baum gebunden ... einen großen Baum, nachdem er mehrere kleinere erfolgreich entwurzelt hatte. Es erübrigt sich zu erklären, daß er von der Idee keineswegs erbaut war, aber angesichts der delikaten Natur unserer gegenwärtigen Aufgabe war das unumgänglich.

»Gliep?«

Nun konnte ich ihn sehen, wie er heftig an dem Seilende zerrte. Überraschenderweise versuchte er jedoch nicht, auf mich zuzustürzen. Vielmehr tat er sein Möglichstes, um zu einem großen Gebüsch zu gelangen, das in der Nähe des

Baumes stand ... oder zu etwas, das sich in dem Gebüsch versteckte.

Plötzlich trat mir kalter Schweiß auf der Stirn. Ich kam auf den Gedanken, daß Gliep vielleicht von einem der gegnerischen Späher entdeckt worden war. Das wäre schon schlimm genug, doch noch schrecklicher war die Möglichkeit, daß der Späher sich noch immer in der Nähe befand.

Ich trat eilends zur Seite in den Schatten eines Baumes und überdachte noch einmal die Lage. Bis jetzt hatte ich noch keinen Späher gesehen. In dem betreffenden Busch regte sich überhaupt nichts. Ich könnte mich hochschleichen und Aahz holen, aber wenn ich mich täuschte, wäre er nicht sehr erbaut davon, wegen eines blinden Alarms gestört worden zu sein. Ich konnte Gliep loslassen, damit er den Eindringling aufstöberte, aber das hieß, mich selbst zu gefährden.

Während ich so dastand und meinen nächsten Schritt überlegte, schlüpfte jemand hinter mich und legte mir seine Hände über die Augen.

»Wer ist es denn?« ertönte eine sanfte Stimme hinter mir.

›*Wiedersehen macht Freude...*‹
GRAF VON MONTE CRISTO

11

Ich machte einen Sprung in die Luft!

Vielleicht sollte ich das näher erklären. Wenn ich sage, ›in die Luft‹, so bin ich wirklich in die Luft gesprungen. Vor über einem Jahr hatte Aahz mir das Fliegen beigebracht, wobei es sich eigentlich um ein gesteuertes Schweben handelt, das durch die Umkehrung der Levation zustande kommt.

Was immer es war, ich tat es. Ich ging etwa drei Meter senkrecht in die Luft und blieb dort. Ich wußte nicht, wer sich hinter mir angeschlichen hatte und wollte es auch gar nicht wissen. Vielmehr wollte ich Hilfe haben. Ich brauchte Aahz!

Ich holte tief Luft, um diesem übermächtigen Bedürfnis Ausdruck zu verleihen.

»Bißchen nervös, was, Süßer?«

Das durchdrang sogar meine Panik.

Ich unterdrückte den Schrei, zu dem ich noch nicht einmal richtig angesetzt hatte und schaute auf meinen Angreifer hinab. Von meinem Blickwinkel aus erkannte ich ein prächtiges, oliv-goldenes Antlitz mit mandelförmigen Katzenaugen, das von einer herrlichen Mähne hellgrünen Haars umrahmt war. Außerdem sah ich einen ausladenden Busen.

»Tanda!« rief ich begeistert und versuchte, meinen Blick wieder auf ihr Gesicht zu richten.

»Hättest du etwas dagegen, herunterzukommen?« rief sie. »Ich kann so schlecht hoch.«

Ich erwog erst, theatralisch auf sie herabzuschweben, entschied mich jedoch dagegen.

Ich bin noch nicht so gut im Fliegen, und die ganze Wirkung wäre dahin gewesen, wäre ich ungeschickt auf sie gedonnert.

Statt dessen entschloß ich mich, mich langsam ein paar Schritte von ihr entfernt zu Boden zu lassen.

»Ei, Tanda, ich ... ächz!«

Letzteres wurde mit Gewalt aus mir herausgepreßt, als Tanda mich umarmte, daß mir fast die Knochen krachten.

»He, es ist schön, dich zu sehen, Süßer«, murmelte sie glücklich. »Wie ist es dir denn so ergangen?«

»Mir *ging* es gut«, bemerkte ich, während ich mich kurz von ihr losmachte. »Was machst du denn hier?«

Als ich Tanda zum letzten Male gesehen hatte, gehörte sie der unglücklichen Gruppe an, welche Aahz und ich in unbekannte Dimensionen hatte aufbrechen sehen. Von dem ganzen Haufen war sie die einzige gewesen, die ich nur ungern hatte gehen sehen.

»Ich warte auf dich, Dummerchen«, foppte sie mich und legte liebevoll den Arm um meine Taille.

»Wo steckt Aahz?«

»Er ist ...« Ich wollte gerade zu dem Hügel empordeuten, als mir etwas auffiel. »Sag mal ..., woher weißt du eigentlich, daß Aahz bei mir ist?«

»O! Nun spinn mal nicht rum«, schalt sie mich und schüttelte mich zum Scherz. »Das liegt doch auf der Hand. Nicht einmal Aahz würde dich allein gegen eine ganze Armee antreten lassen.«

»Aber woher ...«

»Gliep!«

Mein Drache hatte entdeckt, daß seine Beute sich nicht mehr in dem Gebüsch versteckte. Deshalb zerrte er nun am Ende des Seiles, um sich zu uns zu gesellen. Der Baum, an welchen er gebunden war, schwankte gefährlich hin und her.

»Gliep!« rief Tanda erfreut. »Wie geht's dir denn, mein Junge?«

Der Baum erreichte neue Tiefen, während der Drache vor Freude darüber zitterte, daß sie ihn erkannt hatte. Ich zitterte ja selbst ein bißchen. Tanda wirkt dergestalt auf männliche Wesen.

Ohne an ihre eigene Sicherheit zu denken, sprang Tanda

nach vorn, um sich vor Gliep zu knien, seine Barthaare zu kraulen und zärtlich über seine Nase zu streicheln.

Gliep genoß es. Ich ebenfalls. Zu ihren üblichen, weichen, wadenhohen Stiefeln trug Tanda eine grüne Uniform, welche ihre üppigen Rundungen zusammenhielt und ihre Beine sehen ließ. Mehr noch, als sie niederkniete, rutschte ihr Rocksaum hoch, bis ...

»Was ist denn mit dem Drachen los?« polterte Aahz los, der nun aus dem Gebüsch hinter mir trat.

Diesmal sprang ich nicht in die Luft ... nicht viel, zumindest.

»Ei, Aahz«, setzte ich an. »Es ist nämlich ...«

Ich hätte mich gar nicht erst um eine Erklärung bemühen brauchen. Tanda richtete sich auf und schoß an mir vorüber.

»Aahz!« rief sie und warf sich in seine Arme.

Zur Abwechslung war mein Lehrer einmal ebenso fassungslos, wie ich es gewesen war. Einen Augenblick lang schwankte das Armegewirr am Rande des Zusammenbruchs, dann ging es zu Boden. Sie landeten mit einem laut schallenden Dröhnen, Aahz auf der Unterseite fing glücklicherweise den meisten Schwung auf.

»Immer noch ziemlich impulsiv, was?« spöttelte Tanda.

»Uff ... ha ... ah ...«, antwortete Aahz liebenswürdig.

Tanda rollte sich auf die Füße und zog ihre Uniform zurecht.

»Wenigstens muß ich dich nicht fragen, ob du dich freust, mich wiederzusehen«, bemerkte sie.

»Tanda!« keuchte Aahz schließlich.

»Du erinnerst dich?« strahlte Tanda.

»Sie hat auf uns gewartet, Aahz«, ergänzte ich freudig.

»Das ist wahr!« Aahz blickte finster drein. »Grimble sagte, du hättest uns diesen Job auf den Hals geladen.«

Tanda zuckte zusammen.

»Das kann ich erklären«, sagte sie entschuldigend.

»Ich kann es kaum erwarten«, brummte Aahz.

»Darauf bin ich aber auch neugierig«, fügte ich hinzu.

»Hm ..., das könnte eine Weile in Anspruch nehmen,

Jungs«, sagte sie nachdenklich. »Habt ihr vielleicht etwas zu trinken dabei?«

Das war zweifellos die gescheiteste Frage, die ich an diesem Tag gehört hatte. Wir zogen den Wein heraus, saßen in Null Komma nichts im kleinen Kreis und stillten unseren Durst. Zum großen Unbehagen Aahz' hatte ich darauf bestanden, daß wir ganz in Glieps Nähe saßen, damit er sich nicht ausgeschlossen fühlte. Dies bedeutete natürlich, daß sein etwas strenger Atem unser Gespräch umnebelte, aber wie ich erklärte, war dies die einzige Möglichkeit, ihn ruhig zu halten, während wir sprachen.

»Was tat sich nach eurer Abreise?« drängte ich sie. »Wo stecken Isstvan und Brockhurst und Higgens? Was ist aus Quinley geworden? Habt ihr Frumpel jemals wieder zum Leben erwecken können, oder ist er immer noch eine Statue?«

»Später, Kind«, unterbrach mich Aahz. »Die wichtigen Dinge zuerst. Du wolltest gerde die Sache mit Grimble erklären.«

»Grimble«, antwortete Tanda und runzelte die Nase. »Hast du jemals festgestellt, daß, je unehrlicher einer ist, um so besitzergreifender er auch ist? Er ist der Hauptgrund, daß ich in Possiltum nicht länger auf euch gewartet habe.«

»Von vorne!« ordnete Aahz an.

»Von vorne.« Tanda schürzte nachdenklich die Lippen. »Also, ich riß ihn in einer Single-Bar auf ... er ist verheiratet, aber das erfuhr ich erst später.«

»Was ist eine Single-Bar?« fiel ich ihr ins Wort.

»Halt den Mund, Kerlchen«, schnauzte Aahz mich an.

»Na ja, es war auch eigentlich keine Single-Bar«, verbesserte Tanda. »Eher eine Taverne. Ich hätte wissen sollen, daß er verheiratet war. Ich meine, kein Mann in so jungen Jahren kann so kahl sein, wenn er nicht eine Frau zu Hause hat.«

»Die Philosophie kannst du dir schenken«, stöhnte Aahz. »Erzähl uns schlicht und einfach die Geschichte, ja?«

Tanda hob eine Augenbraue in seine Richtung.

»Weißt du, Aahz«, beschuldigte sie ihn, »für einen, der so viele Schlenker macht wie du, wenn es ums Geschichtenerzählen geht, bist du verdammt ungeduldig, wenn es darum geht, jemanden anders anzuhören.«

»Da hat sie ganz recht«, kommentierte ich.

»Schluß jetzt!« brüllte Aahz. »Die Geschichte!«

»Nun, eines der Dinge, die Grimble erwähnte, als er mir mit seinem hohen Posten imponieren wollte, war, daß er einen Hofzauberer suchte. Er sagte, er hätte den König überzeugt, einen anzustellen, aber jetzt konnte er keinen ausfindig machen und würde am Ende wie ein Idiot dastehen.«

»Und als er auf Idioten zu sprechen kam«, ergänzte ich, »fielen wir dir ein.«

»Nun fang bloß nicht so an«, schalt Tanda. »Ich hielt es für eine gute Möglichkeit, zwei Freunden weiterzuhelfen, ich wußte, daß ihr in dem Wald da rumhingt … und schließlich weiß jeder, was für ein gemütlicher Job Hofzauberer ist.«

»Genau wie ich dir gesagt habe, Kerlchen«, betonte Aahz.

»Dann müssen wir von verschiedenen Jobs gesprochen haben«, gab ich zurück.

»He!« unterbrach Tanda, indem sie zärtlich eine Hand auf meinen Arm legte. »Als ich ihm eure Namen angab, wußte ich nichts von der Invasionsarmee. Ehrlich!«

Unter ihrer Berührung schmolz mein Ärger dahin wie Eis. In diesem Augenblick hätte sie mir gestehen können, meinen Kopf als Gallonsfigur verkauft zu haben, und ich hätte ihr noch verziehen.

»Nun …«, hob ich an, doch sie fuhr zu meinem Glück fort.

»Sobald ich die ganze Geschichte erfahren hatte, wußte ich, daß ich euch in einen Engpaß geführt hatte«, sagte sie leise und aufrichtig. »Wie ich schon sagte, hätte ich in Possiltum gewartet, doch ich hatte Angst, daß ihr mich mit euren Maskeraden erkennen würdet, ehe ich euch ausmachen könnte. Hättet ihr mich auf gewohnte Weise begrüßt, wäre das dem Geschäft sehr zuwider gelaufen. Grimble ist ein eifersüchtiger Narr, und wenn er uns für mehr als flüchtige Bekannte gehalten hätte, hätte er euch womöglich alle Unterstützung versagt, die er euch normalerweise gewährt hätte.«

»Ein tolles Geschäft«, knurrte Aahz, »fünf ganze Goldstücke.«

»So viel?« Tanda klang aufrichtig überrascht. »Wie habt ihr das denn geschafft?«

»Aahz holt bei jedem Handel das Bestmögliche heraus«, sagte ich stolz. »Zumindest in finanzieller Hinsicht.«

»Also«, schloß Tanda, »zumindest will ich nicht eure Kriegskasse belasten. Als ich den ganzen Schlamassel erfuhr, in den ich euch gebracht hatte, beschloß ich, mich diesmal umsonst zur Verfügung zu stellen. Da ich euch da hineingerissen habe, ist das mindeste, was ich tun kann, euch wieder herauszuhelfen.«

»Klasse!« rief ich aus.

»Und wie das klasse ist!« stimmte Aahz zu.

Irgend etwas an seiner Stimme störte mich.

»Ich meine, daß sie uns helfen will«, stieß ich hervor, »nicht daß sie es umsonst tut.«

»Das habe ich ja auch gemeint, Lehrling«, gab Aahz böse zurück. »Aber im Gegensatz zu einigen anderen weiß ich, wovon ich rede!«

»Jungs!?« sagte Tanda und schob uns auseinander. »Wir stehen auf der gleichen Seite, wißt ihr noch?«

»Gliep!« erklärte der Drache und schob sich neben Tanda. Wie ich schon sagte, ist der Atemhauch meines Drachen stark genug, um jedes Gespräch zu beenden, und es dauert einige Minuten, bis die Luft wieder so frisch war, daß wir unsere Unterhaltung fortsetzen konnten.

»Ehe wir so rauh unterbrochen wurden«, keuchte Tanda schließlich, »wolltest du etwas sagen, Aahz. Hast du dir einen Plan ausgedacht?«

»Inzwischen ja«, lächelte Aahz und faßte sie unters Kinn. »Und glaub mir, ohne dich wäre das ziemlich schwierig geworden.«

Das klang irgendwie besorgniserregend. Tandas Hauptgewerbe, zumindest das einzige, das man in anständiger Gesellschaft erwähnen konnte, war das einer Mörderin.

»Nun komm schon, Aahz«, schalt ich. »Tanda ist gut, aber sie ist nicht so gut, daß sie es mit einer ganzen Armee aufnehmen könnte.«

»Sei dir da lieber nicht so sicher, Süßer«, meinte sie und zwinkerte mir zu.

Ich errötete, führte mein Argument jedoch weiter aus. »Ich behaupte nun einmal, daß die Sache für einen oder auch für drei einfach zu gewaltig ist«, erklärte ich hartnäkkig.

»Da hast du recht, Kerlchen«, sagte Aahz feierlich.

»Wir können einfach nicht ... Was sagtest du gerade, Aahz?«

»Ich sagte, daß du recht hast«, wiederholte er.

»Dachte ich mir's doch«, meinte ich verwundert. »Ich wollte es nur noch mal hören.«

»Das könntest du öfter hören, wenn du öfter recht hättest«, erläutert Aahz.

»Nun komm schon, Aahz«, unterbrach ihn Tanda. »Wie lautet der Plan?«

»Wie das Bürschchen schon sagt«, meinte Aahz leichthin, »benötigen wir weitere Hilfe. Wir brauchen eine eigene Armee.«

»Aber Aahz«, erinnerte ich ihn, »Badaxe sagte doch ...«

»Wer redet denn von Badaxe?« erwiderte Aahz in aller Unschuld. »Wir sollen diesen Krieg doch mit Hilfe der Magik gewinnen, nicht wahr? Na schön. Mit Tanda in unserem Team verfügen wir über ein paar weitere Tricks, vergiß das nicht.«

Ich vergaß es nicht. Ich hatte nicht vergessen, wie Aahz erklärt hatte, er mache sich keine Sorgen um Tanda, die mit Isstvan verschwunden war, denn sie könnte selbst durch die Dimensionen reisen, falls die Lage prekär würde.

»Du meinst ...«

»Genau das, Kerlchen«, lächelte Aahz. »Wir kehren zurück auf Tauf. Wir werden eine eigene kleine Invasionsarmee rekrutieren!«

›Das ist kein Spiel für alte Knacker!
Schickt die Knaben herein!‹
CALIGULA

12

Ich weiß nicht, wie Tanda uns von meiner Heimatdimension Klah nach Tauf gebracht hat. Wüßte ich es, so hätte ich sie nicht dazu gebraucht. Ich weiß nur, daß sie zu der entsprechenden Zeit zu singen begann und ihre Schultern wiegte (an sich schon ein faszinierender Vorgang), und schon waren wir da.

Mit ›da‹ meine ich in diesem Fall den Bazar auf Tauf. Doch dieser Satz allein vermag keinen Eindruck der neuen Umgebung zu vermitteln, deren Anblick sich uns nun bot.

Vor langer Zeit erlitt die Dimension Tauf einen wirtschaftlichen Zusammenbruch. Um zu überleben, nutzten die Täufler (welche ich früher unter der Bezeichnung Teufel gekannt hatte) ihre Fähigkeit zum Dimensionen-Reisen und wurden Kaufleute. Durch einen Ausleseprozeß waren nicht jene Täufler am stärksten, die am besten kämpfen konnten, sondern jene, die am geschicktesten handelten. Nach zahllosen Generationen, die diesen Prozeß durchliefen, waren die Täufler als die besten Kaufleute aller Dimensionen bekannt. Außerdem waren sie als die verschlagensten, kältesten und profitgierigsten Betrüger berühmt, die die Welt jemals gesehen hat.

Der Bazar auf Tauf war ihr Schaufenster. Es war ein Markt, der rund um die Uhr und das ganze Jahr über stattfand, und wo die Täufler miteinander um die Waren feilschten, welche sie aus den verschiedensten Dimensionen herbeigeschleppt hatten. Obwohl der Markt ursprünglich von den Täuflern eingerichtet und unterhalten wurde, war es keineswegs ungewöhnlich, Reisenden aus vielen Dimensionen zu begegnen, welche durch die endlosen Reihen von Auslagen und Buden schlenderten. Als Faustregel galt: ›Wenn man es überhaupt irgendwo findet, dann auf dem Bazar von Tauf.‹

Ich war schon einmal mit Aahz hiergewesen. Damals suchten wir nach einer Überraschungswaffe zum Einsatz gegen Isstvan. Schließlich kehrten wir mit Gliep und Tanda zurück! … Rund um den Markt gab es zahllose Unterhaltungsmöglichkeiten.

Ich erwähne dies, weil niemand, so ungewöhnlich unser Vierergespann auch erschienen sein mochte, uns auch nur die geringste Beachtung schenkte, während wir dastanden und das Kaleidoskop von Aktivitäten sich um uns drehen ließen.

Gliep drückte sich ängstlich an mich, da ihn der plötzliche Wechsel unserer Umgebung erschreckt hatte. Ich beachtete ihn nicht weiter. Mein erster Besuch hier war viel zu kurz gewesen, um meine Neugier befriedigt zu haben. Folglich verrenkte ich mir nun den Hals, um so schnell wie möglich so viel wie möglich mitzubekommen.

Tanda war da schon profihafter.

»Da wir nun hier sind«, meinte sie schleppend, »hast du eine Ahnung, wo wir hin müssen, Aahz?«

»Nein«, gab Aahz zu. »Aber das werde ich auf der Stelle herausbekommen.«

Ohne weitere Vorwarnung streckte er die Hand aus und packte den Arm des nächstbesten Passanten, eines kurzgewachsenen, häßlichen Burschen mit Fangzähnen. Aahz wirbelte sein Opfer herum und beugte sich hinab, um ihm drohend ins Gesicht zu schauen.

»He, du!« knurrte er. »Hast du Lust auf ein Kampfchen?«

Einen Augenblick lang blieb mir das Herz stehen. Das fehlte uns gerade noch, in eine Schlägerei verstrickt zu werden.

Glücklicherweise zog der Keiler keine Waffe, sondern wich einen Schritt zurück und beäugte unsere Gruppe mißtrauisch.

»Doch nicht mit einem Perversen mit einem Drachen zur Unterstützung. Ich nicht!« gab er vorsichtig zurück.

»Gut!« lächelte Aahz. »Und wenn du jemanden anheuern wolltest, der den Kampf für sich austrägt, wohin würdest du dann gehen?«

»Auf den Bazar von Tauf.« Der Keiler zuckte die Achseln.

»Das weiß ich selbst!« knurrte Aahz. »Aber wohin auf dem Bazar?«

»Ach so!« rief der Keiler, als er plötzlich verstand. »Etwa zwanzig Reihen weiter in dieser Richtung, dann cirka dreißig Reihen nach rechts. Dort hängen die Söldner herum.«

»Zwanzig, dann dreißig nach rechts«, wiederholte Aahz aufmerksam. »Danke!«

»Ein Finderlohn wäre besser angebracht als Dank«, sagte der Keiler mit einem Lächeln und hielt uns die offene Handfläche entgegen.

»Da hast du wohl recht!« stimmte Aahz ihm zu und kehrte unserem Wohltäter den Rücken.

Der Keiler zögerte einen Moment, dann zuckte er mit den Schultern und ging seines Weges. Ich hätte ihm sagen können, daß Perfekter im allgemeinen und Aahz im besonderen nicht gerade für ihre Großzügigkeit berühmt sind.

»Wir gehen zwanzig Reihen hier entlang, dann dreißig nach rechts«, informierte uns Aahz.

»Hm. Wir haben es gehört.« Tanda schnitt eine Grimasse. »Warum hast du ihn denn nicht direkt danach gefragt?«

»Meine Methode ist schneller«, erwiderte Aahz selbstgefällig.

»Tatsächlich?« fragte ich skeptisch.

»Hör zu, Bürschchen«, schalt Aahz. »Möchtest du uns durch diese Menagerie führen?«

»Also ...« Ich trat den Rückzug an.

»Dann halt den Mund und laß mich machen, okay?«

In Wirklichkeit ließ ich mich nur allzugern von Aahz leiten, wo immer er uns auch hinführen mochte. Zum einen war er dann damit beschäftigt, uns einen Weg durch die Menge zu bahnen. Zum anderen hatte ich dann so gut wie nichts zu tun und konnte den Anblick des Bazars genießen, während ich ihm folgte.

Doch so sehr ich mich auch bemühte, es gab einfach zu vieles zu sehen für eine einziges Augenpaar.

In einer Bude debattierten zwei Täufler mit einem elefantenköpfigen Wesen über einen Schädel oder zumindest etwas, das ich für einen Schädel hielt. In einer anderen Bude bereitete ein Täufler eine Vorführung für ein buntgemischtes Publikum vor und lockte Wolken aus grünen, schwebenden Bläschen aus einem Holzkasten.

Einmal wurde uns der Weg durch eine Bude versperrt, an der man Ringe verkaufte, die Lichtpfeile verschossen. Zwischen der Vorführung des Verkäufers und den Kunden, die ihre Erwerbung ausprobierten, war tatsächlich kein Durchkommen.

Aahz und Tanda verlangsamten ihren Schritt jedoch nicht, sondern gingen unbekümmert weiter zwischen den Blitzen hindurch. Wie durch ein Wunder blieben sie unversehrt.

Ich biß die Zähne zusammen, packte Gliep am Ohr und folgte ihnen auf dem Fuße. Und wieder trafen uns die Energiestrahlen nicht. Offensichtlich würde ein Täufler niemals einen potentiellen Kunden verletzen oder zulassen, daß dergleichen an seinem Stand geschah. Es war gut, das zu wissen.

Doch die Blitzringe erinnerten mich an etwas anderes. Als wir das letzte Mal mit Tanda zusammen gewesen waren, hatte Aahz ihr einen Ring geschenkt, mit dem man ein manngroßes Objekt durch Hitzestrahlen auf der Stelle versengen konnte. Es stimmt ..., ich sagte, er *schenkte* ihn ihr. Sie denken vielleicht, daß dies ein Ausdruck seiner tiefen Gefühle für sie war.

Meiner Auffassung nach war er einfach krank. Jedenfalls fiel mir der Ring nun wieder ein, und ich war neugierig, was aus ihm geworden war.

Als ich etwas schneller ging, um den Abstand zwischen mir und den beiden an der Spitze zu verringern, konnte ich lediglich feststellen, daß sie tief in ein Gespräch verwickelt waren. Das auf dem Bazar herrschende Getöse vereitelte jeden Versuch, jemanden ernsthaft zu belauschen, doch es gelang mir, beim Gehen gelegentlich Brocken ihrer Unterhaltung aufzuschnappen.

»... gehört ... fürchterlich teuer, oder?« hörte ich Tanda sagen.

»... sind ihr Geld wert ...«, erwiderte Aahz.

Ich schob mich ein bißchen näher heran, um besser zu hören.

»... glaubst du eigentlich, daß hier jemand zu finden ist?« erkundigte sich Tanda.

»Bei den vielen Kneipen?« gab Aahz zurück. »Nach allem, was ich weiß, ist das eine ihrer Lieblings...«

Den Rest der Debatte bekam ich nicht mehr mit. Ein kniehohes, vielarmiges Scheusal huschte plötzlich über meine Füße und duckte sich unter einer Zeltklappe hindurch, dicht gefolgt von zwei äußerst frustriert wirkenden Täuflern.

Ich beachtete die Verfolgungsjagd und die folgenden Schreie nicht weiter, sondern beeilte mich, Aahz und Tanda einzuholen. Offensichtlich sprachen sie über Söldner, und ich wollte so viel wie möglich mitbekommen, sowohl für meine weitere Ausbildung als auch aus dem Grund, daß ich sie vielleicht in die Schlacht führen mußte.

»... sie denn finden?« fragte Tanda gerade. »Wir kennen ja nur die grobe Richtung.«

»... leicht«, erwiderte Aahz zuversichtlich. »Man muß nur dem Gesang nachgehen.«

»Dem Gesang?« Tanda war sekptisch.

»Das ist ihr Markenzeichen«, verkündete Aahz. »Das bringt sie auch in die meisten ...«

Ein Täufler trat vor mich und hielt mir stolz eine Handvoll Samen entgegen. Dann warf er sie mit Schwung zu Boden, und sogleich erwuchs ein schwarzer Dornbusch, der mir den Weg versperrte. Unwahrscheinlich! Normalerweise wäre ich fasziniert gewesen, doch im Augenblick hatte ich es zu eilig.

Ohne mich auch nur damit aufzuhalten, dem Täufler Vorwürfe zu machen, erhob ich mich in die Lüfte, wobei mein Unmut mir Flügel verlieh ... mein Unmut und ein bißchen Levitation. Ich überwand den Dornbusch ohne Schwierigkeiten und landete weich auf der anderen Seite, um beinahe von Gliep niedergetrampelt zu werden, als dieser durch das Hindernis gestapft kam.

»Gliep?« sagte er und drehte neugierig den Kopf nach mir.

Ich rappelte mich aus dem Staub auf, wo sein Ungestüm mich hingeschleudert hatte und versetzte ihm eine Kopfnuß.

»Paß das nächste Mal auf, wo du hingehst!« befahl ich wütend.

Seine Reaktion bestand darin, seine lange Zunge auszufahren und mir das Gesicht anzulecken. Sein Mundgeruch war verheerend, und seine Zunge hinterließ eine Schleimspur. Ganz offensichtlich hatte meine Ermahnung ihn in Furcht und Schrecken versetzt.

Mit einem tiefen Seufzer rannte ich hinter Aahz her, während Gliep neben mir herpolterte.

Ich hätte sie fast überholt, als Aahz plötzlich mitten im Wege stehenblieb und sich umdrehen wollte. Da ich bei meinem Tempo nicht mehr stehenbleiben konnte, prallte ich auf ihn und warf ihn zu Boden.

»Hast du's eilig, Süßer?« erkundigte sich Tanda und blinzelte mich vielsagend an.

»Ei, Aahz«, stammelte ich über ihn gebeugt. »Ich wollte dich nicht ...«

Aus einer halben Sitzstellung heraus, holte seine Hand zu einer Ohrfeige aus, die mich um mich selber wirbelte.

»Paß das nächste Mal auf, wo du hingehst«, schalt er.

»Gliep«, sagte der Drache und leckte mir übers Gesicht.

Entweder war mir schlimmer schwindelig, als ich geglaubt hatte, oder ich hatte diese Szene schon einmal erlebt.

»Nun hör mal auf herumzualbern, und paß auf, Kerlchen.«

Aahz war wieder auf den Beinen und ganz bei der Sache.

»Hier trennen wir uns erst einmal für eine Weile. Du wartest hier, während ich mit den Söldnern feilschen werde.«

»Ach, Aahz«, jammerte ich. »Darf ich nicht ...«

»Nein, du darfst nicht!« sagte er unumstößlich. »Der Haufen, hinter dem ich her bin, ist eine wilde Horde. Das fehlte uns gerade noch, daß du mitten in den Verhandlungen eine dumme Bemerkung machst und die ihre Preise verdreifachen.«

»Aber ...«, setzte ich an.

»Du wartest hier!« befahl Aahz. »Ich sage es noch einmal: *Warte!* Keine Schlägereien und kein Einkaufsbummel mit Drachenkauf. Du tust nichts außer zu warten!«

»Ich werde hier bei ihm bleiben, Aahz«, erklärte Tanda sich bereit.

»Gut.« Aahz nickte. »Sieh zu, daß er nicht in Schwierigkeiten gerät, ja?«

Mit diesen Worten drehte er sich um und verschwand in der Menge. Eigentlich war ich nicht allzu enttäuscht. Ich meine, ich hätte ihn schon gerne begleitet, aber noch lieber war es mir, einige Zeit alleine mit Tanda zu verbringen ... das heißt, soweit man es als Alleinsein mit jemanden bezeichnen kann, wenn man mitten im Bazar auf Tauf steht.

»Na, Tanda«, sagte ich und setzte mein strahlendstes Lächeln auf.

»Später, Süßer«, antwortete sie spröde. »Im Augenblick habe ich noch einige Besorgungen zu machen.«

»Besorgungen?« Ich blinzelte.

»Hmm. Aahz ist großartig, was die Leistungskraft angeht, aber ich hätte gerne noch ein paar Tricks im Ärmel, für den Fall, daß es brenzlig wird«, erklärte sie. »Ich husche mal rüber zur Spezialeffekte-Abteilung und sehe mir an, was sie am Lager haben.«

»Einverstanden«, sagte ich. »Gehen wir!«

»Nein, du nicht.« Sie schüttelte den Kopf. »Ich glaube, es ist besser, wenn ich diesmal alleine gehe. Die Lokalitäten, an die ich denke, sind nichts für zivilisierte Gäste. Du wartest hier mit dem Drachen.«

»Aber du solltest doch dafür sorgen, daß ich nicht in Schwierigkeiten gerate!« widersprach ich.

»... genau deshalb nehme ich dich ja auch nicht mit«,

sagte sie mit einem Lächeln. »Na, was hast du überhaupt an Waffen dabei?«

»Nun ...«, sagte ich zögernd, »in Glieps Gepäck befindet sich eine Art Schwert.«

»Schön!« sagte sie. »Hol es heraus und hänge es dir um. Es wird dir den Pöbel vom Hals halten. Dann ... hm ... wartest du da drinnen auf mich!«

Sie deutete auf ein zweifelhaft aussehendes Steingebäude mit einem abblätternden Schild an der Vorderseite.

»Was ist das denn?« fragte ich und beäugte es mißtrauisch.

»Das gehört zur Kette mit dem gelben Halbmond«, erklärte sie. »Eine Art Restaurant. Bestell dir was zu essen. Die Speisen sind nicht besonders appetitlich, aber halbwegs genießbar.«

Ich besah mir das Haus eine Weile.

»Eigentlich«, entschied ich schließlich, »würde ich lieber ...«

Genau in diesem Augenblick bemerkte ich, daß ich mit mir selbst sprach. Tanda war spurlos verschwunden.

Zum zweiten Mal in meinem Leben stand ich nun alleine auf dem Bazar von Tauf.

›Ran an die Buletten!‹
HEINRICH VIII.

13

So faszinierend der Bazar auch ist, sich dort alleine wiederzufinden kann ziemlich erschreckend sein.

Folglich beschloß ich, Tandas Rat zu befolgen und betrat das Gasthaus.

Zuerst war ich jedoch vorsichtig genug, Gliep an einem der Pfosten des Gasthofs anzubinden und das Schwert herauszuziehen. Unglücklicherweise trug Aahz es gerade, so daß mir nur Garkins altes Schwert blieb, eine Waffe, die gleichermaßen zum Gespött von Dämonen und Dämonenjägern geworden war. Doch ihr Gewicht an meiner Hüfte wirkte beruhigend auf mich, obwohl es vielleicht noch beruhigender gewesen, hätte ich gewußt, wie man damit umgeht. Bedauerlicherweise hatte es jedoch bei meinem Unterricht bei Aahz bislang noch keine Stunden im Schwertkampf gegeben.

Ich konnte nur hoffen, daß dem zufälligen Beobachter nicht gleich in die Augen sprang, daß ich zum ersten Mal ein Schwert trug.

Ich blieb im Türrahmen stehen und besah mir das Innere des Gasthauses. So wenig vertraut ich mit gepflegtem Speisen war, begriff ich doch sofort, daß hier nicht die Rede davon sein konnte.

Einer der wenigen Ratschläge, die mein bäuerlicher Vater mir erteilt hatte, ehe ich von zu Hause fortgelaufen war, lautete, daß man keinem Gasthaus oder Restaurant trauen sollte, das übertrieben sauber wirkte. Er behauptete, je sauberer ein Lokal war, um so zweifelhafter wären Qualität und Herkunft seiner Speisen. Wenn er nur annähernd recht hatte, mußte dieser Gasthof das allerletzte sein. Er war nicht sauber, er blitzte nur so.

Ich meine das wörtlich. Grelle Deckenlampen spiegelten sich auf wahllos arrangierten, winzigen Tischen und unbequem aussehenden Stühlen aus glänzendem Metall und einem harten, weißen Material, das ich nicht kannte. An der entgegengesetzten Wand des Gasthauses erstreckte sich eine Theke, hinter der ein großer, steinerner Wasserspeier stand, das einzige dekorative Stück in diesem Raum. Hinter ihm befand sich eine Tür, die vermutlich zur Küche führte. Ein kleines Fenster in dieser Tür gab den Blick auf die Speisezubereitung frei. Diese Zubereitung bestand darin, kleine Fleischpasteten auf dem Herd zu garen, sie in Rollenform zu halbieren, eine Vielzahl bunter Pasten auf das Fleisch zu schmieren und die ganze Scheußlichkeit in Papier zu schlagen.

Die Beobachtung dieser Vorgänge erhärtete meine vorangegangenen Befürchtungen. Ich erledige die gesamte Kocherei für Aahz und mich, wie zuvor für Garkin und mich und früher für mich ganz allein. Während ich mir über das Niveau meiner Kochkünste keine Illusionen mache, so weiß ich doch, daß nach einem solchen Umgang mit dem Fleisch die Mahlzeit Beschaffenheit und Geschmack von verkohltem Handschuhleder haben muß.

Trotz der offenkundig geringen Qualität der Speisen war der Gasthof fast voll besetzt mit Gästen. Das beobachtete ich aus den Augenwinkeln. Und ich bemerkte ebenso, daß ein hoher Prozentsatz von ihnen mich anstarrte. Es kam mir in den Sinn, daß das vielleicht daran liegen mochte, daß ich so lange in der Tür stand, während ich Mut faßte, um einzutreten.

Ich war nun etwas verlegen, trat in den Raum und ließ die Tür hinter mir zuschwingen. Mit teuflischer Präzision schloß sie sich über meinem Schwert und klemmte es sogleich fest, daß ich beim Weitergehen tölpelhaft strauchelte. Soviel zu meinem Auftreten als Schwertträger.

Peinlich berührt vermied ich es, den anderen Gästen in die Augen zu sehen und sputete mich zur Theke. Ich wußte nicht so recht, was ich dort anfangen wollte, da ich dem Essen nicht traute, aber vermutlich würden die Leute aufhören, mich anzustarren, wenn ich die Bestellprozedur hinter mich brachte.

Immer noch in dem Bemühen, ihren Blicken auszuweichen, betrachtete ich demonstrativ den Wasserspeier. Plötzlich ertönte ein knirschendes Geräusch, und die Statue drehte den Kopf, um mich anzusehen. Das war gar keine Statue! Sie hatten ein richtiges Scheusal, das an der Theke bediente.

Das Scheusal schien aus grobem, grauem Stein zu bestehen, und wenn es seine Flügel bewegte, rieselten kleine Stückchen zermalmten Gesteins zu Boden. Seine Hände waren krallenbewehrt, aus seinen Ellbogen wuchsen geschwungene Dornen. Der einzige versöhnliche Zug, den ich entdecken konnte, war sein Lächeln, das wiederum leicht entnervend war. Es beherrschte sein faltiges Gesicht und schien in sein Gesicht eingetäzt, erstreckte sich bis hinter die Ohren und entblößte eine Reihe spitzer Zähne, die noch länger als Aahzens waren.

»Ihre Bestellung, bitte?« erkundigte sich das Scheusal höflich, ohne auch nur einmal sein Lächeln aufzugeben.

»Hm ...«, sagte ich und trat einen Schritt zurück. »Ich muß erst darüber nachdenken. Die Auswahl ist so groß.«

In Wirklichkeit konnte ich die Speisekarte nicht lesen ..., falls es sich überhaupt um diese handelte. Hinter dem Scheusal war etwas in einer Sprache in die Wand gemeißelt, die ich nicht entziffern konnte. Ich nahm an, daß es sich um die Speisekarte handelte, denn die Preise waren nicht in die Wand geritzt, sondern mit Kreide über viele ausradierte Stellen geschrieben.

Das Scheusal zuckte mit den Schultern.

»Wie Sie wollen«, sagte es gleichgültig. »Wenn Sie sich entschieden haben, rufen Sie einfach. Gus heiße ich.«

»Das werde ich tun ..., Gus«, sagte ich lächelnd und schob mich langsam wieder zur Tür.

Zwar war es meine Absicht, mich still hinauszuschieben und draußen mit Gliep zu warten, doch es sollte anders kommen. Noch ehe ich vier Schritte getan hatte, fiel mir schwer eine Hand auf meine Schulter.

»Skeeve, nicht wahr?« erklang eine Stimme.

Ich wirbelte herum, beziehungsweise setzte dazu an. Der

Versuch wurde vereitelt, als mein Schwert an ein Tischbein stieß. Doch mein Kopf drehte sich weiter, und ich sah mich einem Imp gegenüber.

»Brockhurst!« rief ich aus, denn ich erkannte ihn sogleich.

»Ich dachte doch gleich, daß du das bist, als du ... *heh!«* Der Imp trat einen Schritt zurück und hob abwehrend die Hände. »Nun mal langsam! Ich will doch gar keinen Ärger machen.«

Meine Hand war unwillkürlich zu meinem Schwert gefahren, um es aus dem Tischbein zu ziehen. Offensichtlich hatte Brockhurst diese Bewegung als das Bemühen interpretiert, meine Waffe zu ziehen.

Das kam mir gelegen. Brockhurst war einer von Isstvans Helfershelfern gewesen, und wir waren nicht in bestem Einvernehmen auseinandergegangen.

»Ich hege keinen Groll mehr«, fuhr Brockhurst halsstarrig fort. »Das war nur mein Job. Und zur Zeit warte ich auf einen neuen ... und zwar schon eine ganze Weile!«

Das letzte sagte er mit einem bitteren Unterton, der meine Neugier anstachelte.

»Dann ist es dir nicht allzu gut ergangen?« erkundigte ich mich vorsichtig.

Der Imp zog eine Grimasse.

»Das ist eine Untertreibung. Komm, setz dich. Ich spendier dir ein Milchshake und erzähle dir alles.«

Ich wußte nicht recht, was ein Milchshake war, war jedoch überzeugt, daß ich keines wollte, wenn es hier verkauft wurde.

»Hm ... vielen Dank jedenfalls, Brockhurst«, sagte ich und rang mir ein Lächeln ab. »Aber ich möchte lieber nichts.«

Der Imp hob eine Augenbraue.

»Immer noch ein bißchen mißtrauisch, wie?« murmelte er. »Na ja, ich kann es dir nicht verdenken. Aber ich werde dir sagen, was wir machen.«

Ehe ich ihn aufhalten konnte, schlenderte er zur Theke.

»He, Gus!« rief er. »Ich hätte gern noch einen Becher.«

»Eigentlich ...«, begann der Wasserspeier.

»Danke!«

Brockhurst war schon auf dem Rückweg und trug seine Erwerbung, eine Art dünnwandigen, durchschimmernden Becher. Er stellte ihn auf einen nahe gelegenen Tisch, nickte mir zu und wies mit der Hand auf den Stuhl gegenüber.

Die Höflichkeit ließ mir keine andere Wahl, als mich zu ihm zu setzen, obwohl mir später der Gedanke kam, daß ich keinerlei Verpflichtung zur Höflichkeit hatte. Mit vorsichtigen Bewegungen, um nicht wieder etwas mit meinem Schwert umzustoßen, bahnte ich mir meinen Weg zu dem bezeichneten Platz.

Offenbar hatte Brockhurst hier vorher schon gesessen, denn auf dem Tisch stand genauso ein Becher, wie er ihn eben an der Theke geholt hatte. Der einzige Unterschied bestand darin, daß der auf dem Tisch zu drei Vierteln mit einer merkwürdigen rosafarbenen Flüssigkeit gefüllt war.

Betont feierlich nahm der Imp den Becher vom Tisch und schüttelte die Hälfte daraus in das neue Behältnis. Die Flüssigkeit hatte die Konsistenz von flüssigem Dung.

»Hier!« sagte er und schob mir einen der Becher über den Tisch zu. »Nun brauchst du dir über die komische Sache mit den Getränken keine Gedanken mehr zu machen. Jetzt trinken wir beide das gleiche.«

Mit diesen Worten hob er seinen Becher zu einem ironischen Zuprosten und nahm einen kräftigen Schluck. Offensichtlich erwartete er, daß ich es ihm gleichtat. Doch eher hätte ich Blut gesaugt.

»Es ist schwer zu glauben, daß die Geschäfte bei dir nicht laufen«, sagte ich. »Du siehst ziemlich gut aus.«

Zur Abwechslung war ich einmal ganz ehrlich. Brockhurst sah gut aus ... sogar für einen Imp. Wie Aahz gesagt hatte, verstanden die Imps, sich flott zu kleiden, und Brockhurst bildete da keine Ausnahme. Er war mit einem rostfarbenen, goldgeschnürten Samtwams bekleidet, das seine rosa Hautfarbe und sein glattes, schwarzes Haar gut zur Geltung brachte. Falls er Hunger litt, sah man ihm das jedenfalls nicht an. Obwohl er immer noch ziemlich schlank war, war er so muskulös und durchtrainiert wie bei unserer früheren Begegnung.

»Laß dich nicht vom Anschein täuschen«, sagte Brockhurst nachdrücklich und schüttelte de Kopf. »Du hast vor dir einen Imp, der mit dem Rücken zur Wand steht. Ich mußte alles verkaufen: Meine Armbrust, meinen Beutel mit Magiktricks, ich konnte nicht einmal meine Schulden bei der Mörderzunft bezahlen.«

»Ist es denn so schwierig, Arbeit zu finden?« fragte ich mitleidsvoll.

»Ich sage dir, Skeeve«, flüsterte er vertraulich, »seit dem Fiasko mit Isstvan habe ich keine Arbeit mehr gehabt.«

Der Klang des Namens jagte mir immer noch einen Schauer über den Rücken.

»Wo ist Isstvan überhaupt?« fragte ich beiläufig.

»Mach dir um den keinen Gedanken«, antwortete Brockhurst finster. »Den haben wir mit einer Lotteriebude auf der Isle of Coney zwei Dimensionen von hier zurückgelassen.«

»Und was ist aus den anderen gworden?«

Ich war aufrichtig neugierig. Ich hatte noch keine große Gelegenheit gehabt, mich mit Tanda zu unterhalten, seit wir wieder zusammen waren.

»Frumpel sahen wir zuletzt unter einer Vogelschar in irgendeinem Park ... offenbar sah er als Statue besser aus als lebendig. Der Dämonenjäger und das Mädchen sind eines Nachts zu unbekannten Gefilden aufgebrochen, während wir schliefen. Mein Partner, Higgens, hat sich auf den Heimweg nach Imper gemacht. Er meinte, seine Karriere sei zu Ende, so daß er sich genausogut irgendwo niederlassen könnte. Ich suche seither Arbeit und glaube allmählich, daß Higgens wirklich recht gehabt hat.«

»Nun komm schon, Brockhurst«, schalt ich ihn. »Irgend etwas mußt du doch tun können. Ich meine, wir sind hier doch schließlich auf dem Bazar von Tauf!«

Der Imp stieß einen schweren Seufzer aus und nahm noch einen Schluck von seinem Getränk.

»Es ist nett, daß du das sagst, Skeeve.« Er lächelte mich an. »Aber ich muß mich mit den Tatsachen abfinden. Jedenfalls besteht keine große Nachfrage nach Imps, und schon gar nicht nach einem Imp ohne Zauberkräfte.«

Ich verstand, was er meinte. Alle Dimensionsreisenden, die ich bislang kennengelernt hatte – Aahz, Isstvan, Tanda und sogar der Täufler Frumpel – schienen Imps für minderwertige Wesen zu halten. Die netteste Bemerkung, die ich noch über Imps gehört hatte, war, daß sie stillose Imitatoren der Täufler seien.

Er tat mir leid. Zwar waren wir uns beim ersten Mal als Gegner gegenübergestanden, doch es war noch nicht allzu lange her, daß ich selbst jedermann ein Klotz am Bein gewesen war.

»Du mußt es weiterversuchen«, ermutigte ich ihn. »Irgendwo gibt es schon jemanden, der dich einstellen möchte.«

»Das ist reichlich unwahrscheinlich.« Der Imp schnitt eine Grimasse. »In meinem jetzigen Zustand würde ich mich ja nicht einmal selbst einstellen. Du vielleicht?«

»Na, klar doch«, bestätigte ich. »Jederzeit.«

»Ach, ja«, seufzte er. »Ich sollte mich nicht so viel mit mir selbst beschäftigen. Wie ist es dir denn ergangen? Was führt dich denn auf den Bazar?«

Nun war es an mir, eine Grimasse zu schneiden.

»Aahz und ich sitzen ganz schön in der Tinte«, erklärte ich. »Wir wollen hier versuchen, eine Truppe zu unserer Unterstützung anzuwerben.«

»Dann heuert ihr Leute an?« Brockhurst war plötzlich ganz bei der Sache.

»Hmm. Warum?« erwiderte ich.

Zu spät begriff ich, was ich gesagt hatte.

»Dann hast du es ernst gemeint, als du sagtest, du würdest mich anstellen!« Brockhurst setzte sich freudestrahlend neben mich.

»Hm …«, machte ich.

»Das ist ja großartig«, kicherte der Imp und rieb sich die Hände. »Glaub mir, Skeeve, du wirst es nicht bereuen.«

Ich bereute es jetzt schon.

»Nun warte mal eine Minute, Brockhurst«, unterbrach ich ihn verzweifelt. »Da gibt es einige Punkte, die du bei dem Job wissen solltest.«

»Zum Beispiel?«

»Äh ... einmal stehen unsere Chancen miserabel«, erklärte ich wohlüberlegt. »Wir haben es mit einer ganzen Armee zu tun. Das ist eine ziemlich harte Sache angesichts der niedrigen Bezahlung.«

Ich dachte, daß ich mit dieser Bemerkung den Punkt träfe. Das tat ich auch.

»Wie niedrig *ist* die Bezahlung denn?« fragte der Imp plump.

Nun saß ich in der Klemme. Ich hatte nicht die geringste Vorstellung, wieviel Söldner normalerweise bekamen.

»Wir ... äh ... wir könnten nicht mehr als ein Goldstück für den gesamten Auftrag anbieten.« Ich zuckte die Achseln.

»Einverstanden!« rief Brockhurst aus. »Beim aktuellen Stand meiner Finanzen kann ich es mir gar nicht leisten, ein solches Angebot abzulehnen, wie gefährlich der Job auch sein mag.«

Mir fiel auf, daß ich mir gelegentlich von Aahz einmal die Wechselkurse erläutern lassen müßte.

»Hm ..., da ist noch ein anderes Problem«, murmelte ich nachdenklich.

»Und das wäre?«

»Nun, mein Partner, du erinnerst dich doch an Aahz?«

Der Imp nickte.

»Also, er ist gerade unterwegs, um eine Truppe anzuheuern, und er hat das Geld bei sich«, fuhr ich fort. »Es kann durchaus sein, daß wir nicht mehr genug Geld haben, dich anzustellen, wenn er Erfolg hat.«

Brockhurst schürzte die Lippen einen Augenblick lang, dann zuckte er die Achseln.

»Na«, sagte er. »Ich werde es riskieren, ich hatte ja ohnehin nichts anderes vor. Wie ich schon sagte, haben sie mir nicht gerade die Tür eingerannt mit Arbeitsangeboten.«

Nun fiel mir keine Ausrede mehr ein.

»Also ...«, sagte ich lahm, »wenn du dir darüber im klaren bist ...«

»Vorsicht, Boß«, unterbrach mich das Gemurmel des Imps. »Wir haben Gesellschaft bekommen.«

Ich weiß nicht, was mich mehr ängstigte: Die Tatsache, daß Brockhurst mich ›Boß‹ nannte, oder die gespensterhafte Erscheinung, die an unseren Tisch getreten war.

›Wir können noch ein paar gute Leute gebrauchen‹
B. CASSIDY

14

Einen Augenblick lang dachte ich, vor uns stände ein Skelett. Dann sah ich genauer hin und begriff, daß wirklich Haut über die Knochen gespannt war, obwohl ihre staubigweiße-Tönung sie sehr tot aussehen ließ.

Die Blässe der Gestalt wirkte noch leichenhafter durch den blau-schwarzen Kapuzenumhang, in den sie gehüllt war.

Erst als ich das runzlige Gesicht mit einem struppigen, kurzen Bart bemerkte, begriff ich, daß es sich bei unserem Besucher um einen sehr, sehr alten Mann handelte.

Er sah so schwach aus, als würde er gleich zusammenbrechen und klammerte sich verzweifelt an einen knorrigen, schwarzen Wanderstab, der allein in der Lage schien, ihn aufrechtzuhalten.

Doch seine Augen blinkten noch ganz klar, und sein Lächeln strahlte Selbstvertrauen aus, während er dastand und uns ansah.

»Habe ich euch Jungs richtig verstanden?« fragte er mit krächzender Stimme.

»Wie bitte?« Brockhurst schaute ihn finster an.

Der Greis schnaubte verächtlich und sprach lauter.

»Ich sagte ›Habe ich euch Jungs richtig verstanden?!‹« brüllte er.

»Was ist los? Bist du taub?«

»Hm ... verzeiht mir«, unterbrach ich hastig. »Ehe wir Eure Frage beantworten können, müssen wir ja wissen, was Ihr zu verstehen glaubtet.«

Der alte Mann dachte einen Augenblick nach, dann hüpfte sein Kopf zu einem plötzlichen Nicken auf und nieder.

»Tatsächlich, da hast du recht!« kicherte er. »Ziemlich schlaues Kerlchen.«

Er begann, zur Seite zu schwanken, fing sich dann aber wieder.

»Ich glaube, gehört zu haben, wie du dem Rosenröschen hier sagtest, du suchst eine Truppe, die es mit einer ganzen Armee aufnimmt«, erklärte er und wies mit dem Daumen auf Brockhurst.

»Brockhurst ist mein Name, nicht Rosenröschen!« knurrte der Imp.

»Na schön, Bockwurst«, nickte der alte Mann. »Kein Grund zur Aufregung.«

»Brockhurst heiße ich!«

»Ihr habt ganz recht gehört«, unterbrach ich wieder in der Hoffnung, der Alte würde abziehen, wenn seine Neugier befriedigt war.

»Gut!« erklärte der Mann. »Auf mich könnt ihr zählen. Ich und Blackie haben schon lange keinen anständigen Kampf mehr mitgemacht.«

»Wieviel Jahrhunderte ist das denn her?« spottete Brockhurst.

»Sieh dich vor, was du sagst, Bockwurst!« warnte ihn der alte Mann. »Wir sind vielleicht alt, aber wir können dir immer noch ein paar Takte erzählen, wie man einen Krieg gewinnt.«

»Wer ist Blackie?« fragte ich und kam damit Brockhursts Erwiderung zuvor.

Zur Antwort richtete der alte Mann sich auf ... bis er fast kerzengerade dastand und tätschelte seinen Stock.

»Das ist Blackie«, verkündete er stolz. »Der beste Bogen, der je von Archäa kam, und da kamen eine Menge guter Bogen her.«

Voller Schrecken wurde mir klar, daß der Stock ein ungespannter Bogen war, dessen Schnur nun locker um das Holz gewickelt war. Er ähnelte keinem Bogen, den ich jemals gesehen hatte, war schwerfällig und uneben, doch so glatt poliert, daß ihm in seinem Glanz ein eigenes Leben innezusein schien.

»Warte mal!« Brockhurst war plötzlich sehr interessiert. »Sagtet Ihr, Ihr kommt von Archäa?«

»Das sagte ich«, grinste der alte Mann. »Ajax ist mein Name, Kämpfen mein Beruf. Bis jetzt habe ich noch keinen Krieg erlebt, der den alten Ajax hätte niedermähen können, und ich habe eine ganze Menge davon miterlebt.«

»Hm ... würdet Ihr uns wohl einen Augenblick entschuldigen, Sir?« Brockhurst lächelte entschuldigend.

»Aber gewiß, mein Sohn.« Der Alte nickte. »Laßt euch Zeit.«

Ich konnte die plötzliche Verhaltensänderung des Imps nicht begreifen, doch er schien Feuer und Flamme zu sein, als er seinen Kopf zu mir drehte, also beugte ich mich nahe genug zu ihm, um zu hören, was er zu sagen hatte.

»Stell ihn ein, Boß!« zischte er mir ins Ohr.

»Was?« keuchte ich, da ich nicht glauben konnte, was ich gerade gehört hatte.

»Ich sagte, stell ihn ein!« wiederholte der Imp. »Ich habe dir vielleicht nicht viel zu bieten, aber einen Rat kann ich dir geben. Und jetzt lautet mein Rat, stell ihn ein!«

»Aber er ist doch ...«

»Er stammt von Archäa!« fiel Brockhurst mir ins Wort. »Boß, in dieser Dimension hat man das Bogenschießen *erfunden*. Man findet kaum noch Archäer in einem Alter, daß sie eingestellt werden könnten. Wenn ihr wirklich einen Krieg am Hals habt, dann stell ihn ein. Er könnte für uns das Zünglein an der Waage werden!«

»Wenn er so gut ist«, flüsterte ich zurück, »können wir ihn uns dann leisten?«

»Ein Goldstück wäre angemessen«, lächelte Ajax mit gefletschten Zähnen, wobei er seinen Kopf zu den unsrigen steckte. »Ich nehme euer Angebot an.«

»Großartig!« Brockhurst strahlte.

»Wartet einen Augenblick!« schrie ich verzweifelt. »Ich habe einen Partner ...«

»Ich weiß, ich weiß«, seufzte Ajax und hob abwehrend die Hand. »Ich habe es gehört, als du mit Bockwurst hier verhandelt hast.«

»Brockhurst«, knurrte der Imp, jedoch immer noch mit einem Lächeln auf den Lippen.

»Wenn dein Partner keine Helfer findet, sind wir eingestellt!« lachte der alte Mann und schüttelte den Kopf. »Es ist ein bißchen eigentümlich, aber wir haben nun einmal eigentümliche Zeiten.«

»Das kannst du laut sagen«, murmelte ich.

Allmählich kam ich zu der Auffassung, daß ich bei meiner Unterhaltung mit Brockhurst zu laut gesprochen hatte.

»Aber eines solltest du wissen, Bürschchen«, murmelte Ajax vertrauensvoll. »Ich werde verfolgt.«

»Von wem?« wollte ich wissen.

»Ich weiß es nicht recht«, gab er zu. »Habe es noch nicht herausbekommen. Es ist der kleine, blaue Kerl in der Ecke hinter mir.«

Ich reckte meinen Hals, um in die angegebene Ecke zu schauen. Sie war leer.

»Was für ein Kerl?«

Ajax drehte seinen Kopf mit einer Geschwindigkeit, die sein gebrechliches Aussehen Lügen strafte.

»Verdammnis!« fluchte er. »Nun hat er es schon wieder geschafft. Ich sage dir doch, Junge, deshalb bekomme ich ja auch nicht heraus, hinter was er her ist!«

»Aha, ... natürlich, Ajax«, antwortete ich besänftigend. »Das nächste Mal erwischst du ihn sicher.«

Großartig. Ein Imp ohne seine Kräfte und jetzt ein alter Bogenschütze, der phantasiert.

Ich wurde aus meinen Gedanken gerissen, als mir jemand sachte auf die Schulter tippte. Ich drehte mich um und sah den Wasserspeier über mich gebeugt.

»Ihre Bestellung ist fertig, Sir«, sagte er durch sein Dauerlächeln hindurch.

»Meine Bestellung?«

»Ja, wenn Sie bitte hier entlang mitkämen.«

»Da muß ein Irrtum vorliegen«, begann ich. »Ich habe gar nichts ...«

Der Wasserspeier war schon wieder gegangen und humpelte zur Theke zurück. Ich überlegte, ob ich einfach nicht reagieren sollte. Dann bedachte ich seine Größe und seinen Gesichtsausdruck und kam zu dem Schluß, daß ich dieses

Mißverständnis auf höfliche Weise aus der Welt schaffen mußte.

»Entschuldigt«, sagte ich zu meinen Schützlingen. »Ich bin gleich wieder zurück.«

»Mach dir keine Sorgen um uns, Boß«, winkte Brockhurst ab.

Ich war nicht sehr beruhigt.

Es gelang mir, ohne jemanden oder etwas mit meinem Schwert zu streifen, bis zur Theke zu gelangen, ein Erfolg, der meine Stimmung zum ersten Mal an diesem Nachmittag hob. Entsprechend ermutigt trat ich dem Scheusal gegenüber.

»Ich ... äh ... kann mich nicht erinnern, etwas bestellt zu haben«, stellt ich höflich fest.

»Das kann ich Ihnen auch nicht verdenken«, brummte der Wasserspeier durch sein Lächeln. »Es verblüfft mich ohnehin, wie irgend jemand oder irgend etwas den Mist essen kann, den die hier verkaufen.«

»Aber ...«

»Ich habe das nur gesagt, um Sie von den beiden loszueisen.« Das Scheusal zuckte mit den Schultern. »Verstehen Sie, ich bin etwas schüchtern.«

»In welcher Hinsicht denn?«

»Um Sie um einen Job zu bitten, natürlich!«

Ich beschloß, daß ich in Zukunft wirklich leiser sprechen mußte. Mein gedämpftes Gespräch mit Brockhurst mußte die Aufmerksamkeit des halben Bazars erregt haben.

»Sehen Sie ..., äh ...«

»Gus«, ergänzte der Wasserspeier.

»Nun ja, Gus, ich stelle eigentlich keine Leute ein ...«

»Ich weiß. Ihr Partner macht das«, unterbrach mich Gus. »Aber Sie sind nun einmal hier und er nicht, deshalb dachte ich mir, ich haue Sie schon mal an, ehe die Ersatzmannschaft schon voll ist.«

»Aha!« sagte ich, weil mir nichts Besseres einfiel.

»Ich bin der Ansicht«, fuhr der Wasserspeier fort, »daß wir Ihnen eine Menge nützen könnten. Sie sind Klahder, nicht wahr?«

»Ich stamme von Klah«, gab ich steif zu.

»Also, wenn mein Gedächtnis mich nicht trügt, ist die Kriegsführung in jener Dimension technologisch nicht allzu fortgeschritten.«

»Wir besitzen Armbrüste und Katapulte«, informierte ich ihn. »Zumindest die Gegenseite.«

»Das sagte ich ja«, stimmte Gus zu. »Praktisch ganz primitiv. Um dieses Heer aufzuhalten, braucht ihr nicht mehr als Luftunterstützung und etwas Feuerkraft. Wir können beides bieten, und wir arbeiten billig, beide zusammen für ein Goldstück.«

Nun war ich endgültig überzeugt, daß ich den Marktwert der Goldstücke unterschätzt hatte. Doch das Angebot war verlockend.

»Ich weiß nicht recht, Gus«, erwiderte ich gerissen. »Ajax dort hinten soll ein ziemlich guter Bogenschütze sein.«

»Bogenschütze!« spottete das Scheusal. »Ich rede von *richtiger* Feuerkraft. So wie mein Partner sie zu liefern vermag.«

»Wer ist denn Ihr Partner?« erkundigte ich mich. »Er ist nicht zufällig klein und blau, oder?«

»Nein«, entgegnete Gus und wies zur gegenüberliegenden Ecke. »Das ist der Gremliner. Der kam mit dem Bogenschützen herein.«

»Ein Gremliner?« fragte ich und schaute seinem Finger nach.

Dort hockte tatsächlich auf einem Stuhl in der Ecke ein kleiner, koboldhafter Typ. Bösartige Augen blitzten aus seinem sanften, blauen Gesicht, als er mir schweigend zur Begrüßung zunickte. Unwillkürlich lächelte ich und nickte zurück. Offenbar war ich Ajax eine Entschuldigung schuldig.

»Ich dachte, Gremliner gäbe es gar nicht«, meinte ich leichthin zu Gus.

»Viele Leute glauben das«, bestätigte der Wasserspeier. »Aber Sie können ja mit eigenen Augen sehen, daß sie wirklich existieren.«

Ich war nicht überzeugt. In dem Sekundenbruchteil, da

ich meinen Blick abwandte, um mit Gus zu sprechen, war er spurlos verschwunden. Ich war versucht, nach ihm zu suchen, doch Gus redete weiter.

»Nur einen Augenblick, dann stelle ich Ihnen meinen Partner vor«, sagte er. »Er muß hier irgendwo sein.«

Bei diesen Worten begann der Wasserspeier an seinem eigenen Körper herumzutasten, befühlte seine Armhöhlen und Hauttaschen.

Ich sah neugierig zu, bis eine kleine Echse meine Aufmerksamkeit auf sich zog, welche aus einer Flügelfalte des Wasserspeiers gekrochen war und mich nun von Gus' rechter Schulter aus wie gebannt anstarrte. Sie war nur etwa acht Zentimeter lang, schillerte jedoch in strahlendem Orange. Fleckige, rote Muster schienen über die Haut der Echse zu kriechen, als führten sie ein eigenes Leben. Die Gesamtwirkung war überwältigend schön.

»Ist das Ihre Echse?« fragte ich.

»Da ist er ja!« krähte Gus triumphierend, schnappte das Reptil von seiner Schulter und legte seine beiden Hände darum. »Darf ich Ihnen Berfert vorstellen. Er ist der Partner, von dem ich Ihnen erzählt habe.«

»Hallo, Berfert«, sagte ich mit meinem Lächeln und streckte einen Finger aus, um ihn zu streicheln.

Der Wasserspeier zuckte heftig zurück und nahm die Echse aus meiner Reichweite.

»Vorsicht!« warnte er mich. »Auf diese Weise werden Sie schnell einen Finger los.«

»Ich wollte ihm nichts tun«, erklärte ich.

»Nein, aber er Ihnen!« entgegnete Gus. »Berfert ist ein Salamander, eine wandelnde Feuerbombe. Wir kommen miteinander zurecht, weil ich zu den wenigen Wesen gehöre, die bei seiner Berührung nicht zu Asche verbrennen.«

»Oh«, sagte ich, als ich plötzlich verstand. »Als sie von ›Feuerkraft‹ sprachen ...«

»Meinte ich auch *Feuerkraft*«, schloß Gus. »Berfert erledigt sie zu Boden, und ich stürze mich aus der Luft auf sie. Nun, was sagen Sie dazu? Kommen wir ins Geschäft?«

»Ich ... äh ... muß noch mit meinem Partner sprechen«, erwiderte ich.

»Schön«, strahlte Gus. »Ich gehe schon mal packen.«

Er war verschwunden, ehe ich ihn zurückhalten konnte.

Ich sackte gegen den Tresen und wünschte mir sehnlichst, Aahz würde zurückkehren. Als könnte er meine Gedanken lesen, polterte in diesem Augenblick mein Lehrer durch die Tür, dicht gefolgt von Tanda.

Meine Begrüßung blieb mir im Halse stecken, als ich seinen finsteren Blick sah. Aahz war keinesfalls guter Laune.

»Ich sagte dir doch, du solltest draußen warten«, schnauzte er mich an.

»Nun beruhige dich doch, Aahz«, wollte Tanda ihn besänftigen. »Ich dachte, es wäre bequemer für ihn, hier drinnen zu warten. Außerdem besteht schließlich kein Grund zur Aufregung. Wir sind da, und er ist da. Es ist nichts schiefgegangen.«

»Du hast nicht mit irgendwelchen Täuflern gehandelt?« erkundigte Aahz sich mißtrauisch.

»Ich habe nicht einmal mit einem geredet«, versicherte ich.

»Gut!« gab er etwas besänftigt zurück. »Dann besteht noch Hoffnung für dich, Kerlchen.«

»Ich sagte dir doch, daß er sich nicht in Schwierigkeiten bringen muß«, lächelte Tanda triumphierend. »Stimmt's, Süßer?«

So sehr ich mich auch bemühte, ich brachte es nicht fertig, ihr zu antworten.

›Darüber werde ich mir morgen Gedanken machen‹
GENERAL JACK D. RIPPER

15

»Hm ... warten die Söldner draußen?« fragte ich schließlich.

»Du hast die Frage nicht beantwortet, Kerlchen«, bemerkte Aahz und sah mich erneut mißtrauisch an.

»Verrenk dir nicht den Hals nach den Söldnern, Süßer«, riet mir Tanda. »Es sind keine da. Sieht ganz so aus, als sei unser großer Feilscher auf Ebenbürtige gestoßen.«

»Diese Gauner!« explodierte Aahz. »Hast du eine Vorstellung, was es uns gekostet hätte, ihre Kneipenrechnung als Teil unsrer Vereinbarung zu bezahlen? Wenn das ein gemeinnütziger Verein ist, möchte ich bei denen mal eine Buchprüfung machen.«

Meine Hoffnung auf Rettung sank wie ein Stein im Wasser.

»Du hast sie nicht angeheuert?« fragte ich ihn.

»Nein, habe ich nicht«, erklärte Aahz finster. »Und das wirft uns zurück auf den Nullpunkt. Nun müssen wir eine ganze Streitmacht auf einmal anwerben.«

»Hast du denn versucht ...«, begann ich.

»Hör zu, Kerlchen«, unterbrach mich Aahz mit einem Schnauben. »Ich tat mein Bestes und habe nichts erreicht. Ich möchte mal sehen, ob du es besser machst.«

»Das hat er schon!« verkündete Brockhurst und erhob sich von seinem Platz. »Während du deine Zeit vergeudet hast, hat Skeeve hier selbst ein ganzes Kampfteam angeheuert.«

»Er hat was?« brüllte Aahz und drehte sich zu seinem Kritiker um.

»Brockhurst! Was machst du denn hier?«

»Erwarte die Befehle für unseren bevorstehenden Feldzug«, entgegnete derr Imp leichthin.

»Welchen Feldzug?« fragte Aahz drohend.

»Den auf Klah natürlich«, blinzelte Brockhurst. »Hast du's ihm noch nicht erzählt, Boß?«

»Boß?« grölte Aahz. »Boß?«

»Kein Grund zum Brüllen«, brummelte Ajax und wandte sich nun der Gesellschaft zu. »Wir hören dich sehr gut!«

»Ajax!« rief Tanda begeistert.

»Tanda!« kreischte der alte Mann seinerseits.

Mit einem Satz stand sie bei ihm, doch er schob schnell seinen Bogen zwischen sich und sie.

»Immer mit der Ruhe, Mädel«, lachte er. »Nur keine von deinen athletischen Begrüßungen. Ich bin nicht mehr so jung wie früher, weißt du!«

»Du alter Gauner!« neckte sie ihn. »Du wirst uns noch alle überleben.«

Ajax zuckte theatralisch mit den Schultern.

»Das hängt davon ab, ein wie guter General das Bürschchen da ist«, meinte er.

»Kerlchen«, knurrte Aahz zwischen zusammengepreßten Zähnen hervor. »Ich muß mal mit dir reden. *Auf der Stelle!*«

»Die Trompete kenne ich doch«, verkündete Gus, der gerade aus dem Hinterzimmer trat.

»Gus!« entfuhr es Aahz.

»In Stein und Bein!« bestätigte der Wasserspeier. »Bist du auch auf dieser Expedition dabei? Der Boß hat kein Wort davon erzählt, daß er mit Perfektern arbeitet.«

Anstatt zu antworten sank Aahz schwer auf einen Stuhl und schlug die Hände vors Gesicht.

»Tanda«, stöhnte er. »Erzähl mir doch noch mal, wie dieses Bürschchen sich aus allen Schwierigkeiten raushalten kann.«

»Hm ... Aahz«, begann ich vorsichtig. »Könnte ich dich mal einen Augenblick sprechen ... unter vier Augen?«

»Na, ich denke, das ist eine großartige Idee ..., Boß!« sagte er.

Das Lächeln, das er mir schenkte, war nicht allzu freundlich.

»Kind!« stöhnte Aahz, nachdem ich meine Erzählung beendet hatte. »Wie oft muß ich dir das noch sagen? Du bist hier auf dem Bazar von Tauf! Hier mußt du vorsichtig sein, was du sagst und wem, insbesondere, wenn dabei Geld im Spiel ist.«

»Aber ich habe ihnen doch erklärt, daß nichts definitiv ist, bis wir wissen, ob du jemand anders angeheuert hast«, protestierte ich.

»... Aber ich habe keinen angeheuert, somit ist der Handel perfekt«, seufzte Aahz.

»Können wir uns da nicht rausreden?« erkundigte ich mich hoffnungsvoll.

»Auf Tauf aus einem Geschäft aussteigen?« Aahz schüttelte den Kopf. »Damit wären wir so schnell vom Markt ausgeschlossen, daß dir schwindlig würde. Vergiß nicht, auf diese Dimension regiert die Kaufmannsgilde.«

»Na, du sagtest doch, du wolltest Hilfe von außerhalb«, erinnerte ich ihn.

»Aber doch nicht von so weit außerhalb«, feixte er. »Ein Imp, ein seniler Archäer und ein Wasserspeier!«

»... und ein Salamander«, ergänzte ich.

»Gus hängt immer noch mit Berfert zusammen?« erkundigte sich Aahz, dessen Miene sich plötzlich erhellte. »Das ist ein Pluspunkt.«

»Der einzig unsichere Faktor«, sagte ich nachdenklich, »ist der Gremliner.«

»Wie kommst du darauf?«

»Er hat Ajax verfolgt. Die Frage ist, warum? Und verfolgt er uns weiter auf Klah?«

»Kind!« sagte Aahz feierlich. »Ich habe es dir schon einmal erklärt: So etwas wie Gremliner gibt es nicht!«

»Aber Aahz! Ich habe ihn gesehen!«

»Laß dich nicht irremachen, Kind«, sagte Aahz mitfühlend. »Nach einem Tag, wie du ihn durchgemacht hast, würde ich mich nicht wundern, wenn du einen Tatzelwurm sähst.«

»Was ist denn ein ...«

»Alles geklärt?« erkundigte sich Tanda, die sich nun zu uns gesellte.

»Soweit es sich überhaupt klären läßt«, seufzte Aahz. »Aber wenn du meine ehrliche Meinung hören willst: Mit dem Team könnten wir eher einen Zoo aufmachen als Krieg führen.«

»Aahz steht der Auswahl meiner Rekruten etwas kritisch gegenüber«, erklärte ich ihr.

»Was hast du für Bauchschmerzen, Aahz?« fragte sie und neigte den Kopf zur Seite. »Ich dachte, du und Gus, ihr wärt alte Kumpels.«

»Wegen Gus mache ich mir keine Gedanken«, versicherte Aahz eilends. »Wegen Berfert genausowenig. Die kleine Echse ist Spitze, wenn sie feuert.«

»Nun, für Ajax kann ich mich verbürgen«, klärte Tanda ihn auf. »Laß dich nicht von seinem Alter täuschen. Ich möchte lieber von ihm Rückendeckung erhalten als von einer ganzen Kompanie Bogenschützen.«

»Kommt er wirklich von Archäa?« fragte Aahz skeptisch.

»Das behauptet er zumindest, seit ich ihn kenne.« Tanda zuckte die Achseln. »Und nachdem ich ihn habe schießen sehen, habe ich keinen Anlaß, daran zu zweifeln. Warum?«

»Ich habe noch nie einen richtigen Archäer kennengelernt«, erklärte Aahz. »Eine Zeitlang glaubte ich schon fast, die ganze Dimension sei ein Märchen. Na, wenn er nur halb so gut schießt, wie die Archäer es angeblich vermögen, dann habe ich keine Bauchschmerzen, daß er dabei ist.«

Allmählich fühlte ich mich etwas wohler. Doch unglücklicherweise bemerkte Aahz mein Lächeln.

»Das mit dem Imp ist dagegen eine ganz andere Geschichte«, sagte er finster. »Ich bin nicht scharf darauf, mit einem Imp zusammenzuarbeiten, aber einen ohne seine Kräfte einzustellen, ist nackte Geldverschwendung.«

»Vergiß nicht, daß er ein Mörder ist«, erinnerte ihn Tanda. »Kräfte oder nicht, ich wette, wir finden schon eine Gelegenheit, ihn einzusetzen. Als wir uns gerade mit dem Gremliner unterhalten haben ...«

»Jetzt fang du bloß nicht auch noch damit an!« schnaubte Aahz.

»Womit anfangen?« Tanda blinzelte verständnislos.

»Mit dem Gremliner-Quatsch«, schalt Aahz. »Jeder halbwegs Normale weiß, daß es so etwas wie Gremliner nicht gibt!«

»Willst du ihm das nicht selber sagen?« Tanda lächelte. »Ich rufe ihn mal an den Tisch und ... oh, verdammt! Nun ist er fort.«

»Wenn Ihr fertig seid«, brummte Aahz und erhob sich von seinem Stuhl, »dann sollten wir besser aufbrechen. Wir haben einen Krieg zu führen, wißt ihr.«

»Ach! Da fällt mir ein!« rief Tanda und suchte in ihrem Mantel.

»Ich weiß, ich sollte das nicht fragen«, seufzte Aahz. »Aber was ...«

»Hier«, verkündete Tanda und warf ihm einen wohlbekannten Gegenstand zu.

Es war ein Metallstab von etwa zwanzig Zentimeter Länge und zwei Zentimeter Durchmesser mit einem Knopf am Ende.

»Ein D-Hüpfer!« rief ich, da ich das Gerät sofort wiedererkannte.

»Es ist derselbe, den du Isstvan gegeben hast«, lächelte Tanda stolz.

»Ich habe ihn ihm abgenommen, als wir uns trennten. Aber du wirst besser erst wieder beheben, was du damals an den Kontrollmechanismen frisiert hast.«

»Wenn ich mich genau daran erinnere«, sagte Aahz mit finsterem Blick auf das Gerät.

»Ich dachte, es könnte vielleicht von Nutzen sein, falls wir bei diesem Job mal getrennt würden und ihr einen schnellen Abgang benötigt.« Tanda zuckte mit den Schultern.

»Ich weiß den Einfall ja auch zu schätzen«, lächelte Aahz und legte seinen Arm um sie.

»Heißt das, daß du jetzt in der Lage bist, mir beizubringen, wie man durch die Dimensionen reist?« fragte ich hoffnungsvoll.

»Aber nicht jetzt!« Aahz zog eine Grimasse. »Wir haben einen Krieg auszufechten, erinnerst du dich noch?«

»Oh! Ja, natürlich.«

»Na, dann treib deine Soldaten zusammen und laß uns gehen«, befahl Aahz.

»Okay«, erklärte ich mich einverstanden und stand auf. »Ich hole Gliep und ... warte mal! Hast du eben gesagt *meine* Soldaten?«

»Du hast sie angeheuert, du führst sie auch«, grinste mein Lehrer.

»Aber du ...«

»Ich bin natürlich dein militärischer Berater«, fuhr Aahz leichthin fort. »Aber der Job des furchtlosen Führers liegt ganz bei dir. Du bist doch der Hofzauberer, weißt du noch?«

Ich schluckte schwer. Dies hatte mir nie so recht in den Kopf gewollt.

»Und was mache ich jetzt?« fragte ich verzweifelt.

»Nun«, meinte Aahz schleppend. »Als erstes würde ich dir raten, sie nach draußen zu bringen, daß wir zusammen nach Klah aufbrechen können ... das heißt, falls du nicht deinen Drachen hierlassen möchtest.«

Darauf erübrigte sich jede Antwort.

Ich drehte mich zu den Soldaten um, schenkte ihnen einen, wie ich hoffte, herrischen Blick, der sofort ihre Aufmerksamkeit auf mich lenken mußte.

Es bemerkte gar keiner. Sie unterhielten sich alle gemütlich weiter.

Ich räusperte mich lautstark.

Nichts.

Ich erwog, zu ihrem Tisch zu gehen.

»Herhören!« brüllte Aahz plötzlich, daß ich mich schier zu Tode erschreckte.

Die Unterhaltung verstummte abrupt, die Köpfe flogen herum, alle schauten mich an.

»Äh ...«, begann ich selbstsicher. »Wir können jetzt

gehen. Alles nach draußen. Wartet beim Drachen auf mich.«

»In Ordnung, Boß«, rief Brockhurst und machte sich auf den Weg zur Tür.

»Bin gleich da, Junge«, krächzte Ajax und versuchte, sich aufzurappeln.

»Komm, Opi«, sagte Gus. »Laß dir helfen.«

»Ich heiße nicht Opi, sondern Ajax!« schimpfte der Archäer.

»Ich wollte dir ja nur behilflich sein«, entschuldigte sich der Wasserspeier.

»Ich kann alleine aufstehen«, sagte Ajax starrsinnig. »Daß ich alt bin, heißt noch lange nicht, daß ich hilflos bin.«

Ich warf Aahz einen hilfesuchenden Blick zu, doch er war mit Tanda schon auf dem Weg nach draußen. Als ich wieder zu Ajax schaute, glaubte ich eine kleine, blaue Gestalt wahrzunehmen, die vor uns durch die Tür schlüpfte. Falls es sich um den Gremliner gehandelt hatte, so war er jedenfalls nirgendwo zu sehen, als ich endlich auf der Straße war.

›*Ein kleiner Funke für einen Menschen …*‹
BERTHOLD SCHWARZ

16

Glücklicherweise hatte die Armee sich nicht von der Stelle gerührt, seit wir nach Tauf aufgebrochen waren. Ich sage glücklicherweise, weil Aahz darauf hinwies, daß sie in unserer Abwesenheit vielleicht weiter vorgerückt war. In diesem Falle hätten wir uns hinter den feindlichen Linien, wenn nicht gar mitten in einem ihrer Feldlager, wiederfinden können.

Natürlich erklärte er mir das erst, nachdem wir wieder auf Klah gelandet waren. Aahz steckt voller nützlicher Informationen, aber der Zeitpunkt, wenn er sie preisgibt, läßt stets vieles zu wünschen übrig.

Ajax verlor bei unsrer Ankunft keine Zeit. Mit einer Behendigkeit, die seine Jahre Lügen strafte, spannte er seinen Bogen, stellte sich auf und spähte zu den entfernten Feldlagern.

»Nun, Junge«, fragte er, ohne ein Auge von den feindlichen Linien zu wenden«, »welches sind meine ersten Ziele?«

Sein Eifer entsetzte mich ein wenig, doch Aahz sprang sauber für mich ein.

»Als erstes«, sagte er beiläufig, »müssen wir eine endgültige Planungsberatung durchführen.«

»Wir hatten ja nicht damit gerechnet, dich in unseren Reihen zu haben, Ajax«, fügte Tanda hinzu. »Einen echten Archäer auf unserer Seite zu haben, erfordert natürlich einige grundlegende Änderungen unserer Schlachtenpläne.«

»Mir soll's recht sein«, gab Ajax sich zufrieden. »Wollte euch nur wissen lassen, daß ich bereit bin, für mein Geld zu arbeiten. Laßt euch Zeit. Zu viele Kriege werden verpfuscht, weil keiner sich die Mühe gemacht hat, etwas zu planen! Wenn ihr nichts dagegen habt, werde ich wohl ein kleines Nickerchen machen. Ruft einfach, wenn ich schießen soll.«

»Ja ... mach nur, Ajax«, stimmte ich zu.

Ohne ein weiteres Wort ließ Ajax sich zu Boden fallen und zog seinen Umhang enger um sich. Innerhalb weniger Minuten schnarchte er leise, doch ich bemerkte, daß er seinen Bogen trotzdem fest umklammert hielt.

»Da seht ihr mal wirklich einen fronterfahrenen Soldaten«, erklärte Aahz. »Holt sich seinen Schlaf, wann und wo er kann.«

»Soll ich ein paar Erkundungsrunden drehen, Boß?« fragte mich Gus.

»Hm ...« Ich zögerte und warf Aahz schnell einen Blick zu.

Aahz bemerkte das und nickte mir knapp zu.

»Klar, Gus«, antwortete ich schließlich. »Wir werden hier auf dich warten.«

»Ich könnte mal in die andere Richtung schleichen«, erbot sich Brockhurst.

»In Ordnung.« Ich nickte. »Aahz, kannst du ihm mal kurz seine Anweisungen geben?«

Ich versuchte, Aahz die Verantwortung aufzuladen, und er stieg so schnell in unser Gespräch ein, als hätten wir das vorher so geprobt.

»Über zwei Dinge könnten wir nähere Informationen brauchen«, erklärte er feierlich. »Zum einen benötigen wir ein Schlachtfeld, das regelmäßig mit Stellen zur Deckung durchsetzt ist. Danach siehst du dich um, Gus. Du weißt ja, was wir brauchen werden. Brockhurst, kümmere dich um Näheres über die drei nächsten Feldlager.«

Beide Späher nickten knapp.

»Und laßt euch beide nicht sehen«, warnte Aahz. »Die Informationen nützen uns nichts, wenn ihr nicht zurückkommt.«

»Nun komm schon, Aahz«, mahnte Gus. »Über was verfügen die schon, das einem alten Felsklotz etwas anhaben könnte?«

Mit diesen Worten schlug er zur Demonstration seinen

Unterarm gegen einen jungen Baum. Der Baum sank zu Boden, ohne offensichtlich den Arm des Wasserspeiers im geringsten beschädigt zu haben.

»Ich weiß nicht«, gab Aahz zu. »Und ich will es auch noch gar nicht wissen. Du bist eine unserer Überraschungswaffen. Es wäre unsinnig, den Feind vorzuwarnen. Verstehst du, was ich meine?«

»Verstanden, Aahz«, nickte Gus und schwankte davon.

»Auf bald«, winkte uns Brockhurst zu und verschwand in der entgegengesetzten Richtung.

»Wo wir nun endlich mal eine Minute unter uns haben«, murmelte ich zu Aahz, während ich Brockhurst hinterdrein winkte, »würdest du mir vielleicht verraten, wie unser endgültiger Plan aussieht? Ich kenne ja nicht einmal die Pläne für die Vorbereitungen.«

»Das ist nicht schwer zu beantworten«, erwiderte Aahz. »Wir haben keinen ... noch nicht.«

»Na, und wann denken wir uns einen aus?« Ich zwang mich zur Geduld.

»Wahrscheinlich auf dem Schlachtfeld«, gähnte Aahz. »Vorher hat es keinen Sinn. Bis zu jenem Zeitpunkt bestehen zu viele Variablen.«

»Wäre es nicht klug, zumindest eine grobe Vorstellung zu haben, was wir unternehmen, *ehe* wir in die Schlacht ziehen?« fragte ich hartnäckig. »Meinem Seelenfrieden käme das sehr zugute.«

»Ach, eine grobe Vorstellung, was wir unternehmen werden, habe ich schon«, gab Aahz zu.

»Ist er nicht ein Herzchen?« Tanda zog eine Grimasse. »Hättest du was dagegen, sie uns mitzuteilen? Wir sind nämlich auch darin verwickelt.«

»Also«, begann er träge. »Die entscheidende Parole heißt Verzögerung und Demoralisierung. So wie ich mir das denke, werden wir sie nicht kräftemäßig überwinden. Wir können nicht einmal genug ins Feld führen, um das überhaupt zu versuchen.«

Ich verkniff mir eine sarkastische Bemerkung und ließ ihn weitersprechen.

»Zu Verzögerung und Demoralisierung sollten wir allerdings in der Lage sein«, lächelte Aahz. »Wir haben von vornherein zwei starke Waffen, um diese Art von Kampf zu führen.«

»Ajax und Berfert«, ergänzte ich eifrig.

»Angst und Bürokratie«, verbesserte mich Aahz.

»Wie war das gleich?« Tanda runzelte die Stirn.

»Tanda, mein Schätzchen«, lächelte Aahz, »deine Herumtollerei durch die Dimensionen hat dich verdorben. Du weißt nicht mehr, wie der Mann von der Straße denkt. Der Durchschnittsbürger in allen Dimensionen hat nicht die geringste Vorstellung von Magik und schon gar nicht von ihren Grenzen. Wenn das Bürschchen ihnen erzählen würde, er könnte dafür sorgen, daß die Sonne nicht mehr aufgeht oder die Bäume von oben nach unten wachsen, so würden sie ihm glauben. Insbesondere wenn um ihn herum ein paar eigentümliche Typen herumhampeln zum Beweis seiner Macht, und ich denke, du wirst schon zugeben müssen, daß die Mannschaft, die er diesmal hinter sich hat, recht eigentümlich ist.«

»Was ist Bürokratie?« fragte ich, als ich endlich zu Worte kam.

»Der Amtsschimmel ... das System«, klärte Aahz mich auf. Die Organisation, die für jene Dinge sorgt, welche veranlassen, daß andere Dinge unerledigt bleiben. In diesem Falle nennt sich das Befehlskette. Eine Armee von der Größe der, welche uns gegenubersteht, muß wie eine gut geölte Maschine funktionieren, sonst beginnt sie, über die eigenen Füße zu stolpern. Ich wette, wenn wir ein paar Handvoll Sand ins Getriebe werfen, werden sie mehr Zeit dazu aufwenden, sich untereinander zu bekämpfen, als uns zu jagen.«

Das war das erste Mal, daß Aahz eine seiner Äußerungen erläutert hatte. Ich wünschte, er hätte es bleiben lassen. Nun war ich nämlich noch mehr durcheinander als zuvor.

»Hm ... und wie wollen wir das alles schaffen?« erkundigte ich mich.

»Das können wir besser entscheiden, nachdem du deinen ersten Kriegsrat abgehalten hast.« Aahz zuckte die Achseln.

»Halten wir denn den nicht im Augenblick ab?«

»Ich meine mit dem Feind«, meinte Aahz mit finsterem Blick. »Irgendwann in nächster Zeit wirst du dich mit einem ihrer Offiziere zusammensetzen müssen, damit ihr entscheidet, wie dieser Krieg geführt werden soll.«

»Ich?« Ich blinzelte nervös.

»Du *bist* nun mal der Führer der Verteidigungsstreitmacht, vergiß das nicht!« Aahz grinste mich an.

»Das gehört zu dem Job«, versicherte mir Tanda.

»Wartet mal eine Minute«, unterbrach ich. »Mir kam da gerade ein Gedanke. Ich glaube, ich habe eine bessere Idee.«

»Das muß ich hören«, feixte Aahz.

»Halt den Mund, Aahz«, herrschte Tanda ihn an und stieß ihn in die Rippen. »An was dachtest du denn, Süßer?«

»Wir haben auf unserer Seite doch zwei ausgebildete Mörder, nicht wahr?« erklärte ich. »Warum lassen wir die nicht einfach an die Arbeit gehen? Wenn plötzlich genügend Offiziere tot wären, stünden die Chancen doch sicher gut, daß die ganze Armee auseinanderfällt. Stimmt's?«

»Das klappt nicht, Junge«, verkündete Aahz frei heraus.

»Warum nicht?«

»Wir können Regeln zwar zu unseren Gunsten auslegen, aber wir können sie nicht brechen«, erklärte Aahz. »Kriege werden von Soldaten ausgefochten. Offiziere umzubringen, ohne ihre Soldaten in einen Kampf zuverwickeln, widerspricht der Tradition. Ich bezweifle, daß unsere eigene Streitmacht einen solchen Plan akzeptieren würde. Alte Soldaten wie Ajax würden bei einem derartigen Vorgehen nicht mitmachen.«

»Da hat er recht«, bestätigte Tanda. »Mörder übernehmen Aufträge bei Einzelpersonen in individuellen Auseinandersetzungen, jedoch nicht gegen den Generalstab einer Armee.«

»Aber es wäre doch so leicht«, meinte ich starrköpfig.

»Betrachte es mal von dieser Warte«, gab Aahz zu bedenken. »Wenn du es könntest, könnten sie es auch. Doch so wie die Dinge stehen, hast du von Mördern nichts zu befürchten. Möchtest du das wirklich ändern?«

»Aber was soll ich bei einem Kriegsrat denn vorbringen?«

»Das werde ich dir zu gegebener Zeit schon erklären«, beruhigte mich Aahz. »Im Augenblick haben wir andere Dinge zu planen.«

»Wie, zum Beispiel?«

»Wie, zum Beispiel, was wir mit den Signaltürmen anstellen«, gab Aahz zurück und machte eine Kopfbewegung in Richtung eines der Gerüste in der Ferne.

»Wir werden vermutlich kaum die Zeit haben, ihren Kode zu entschlüsseln, also lautet die nächstbeste Lösung, ihre Signalkette zu durchbrechen. Nun, du sagtest doch, du hättest auf dem Bazar ein paar Trickgeräte erworben. Hast du irgend etwas dabei, das wir gegen die Signaltürme anwenden könnten?«

»Ich weiß nicht so recht.« Tanda runzelte nachdenklich die Stirn. »Hättest du doch nur ein Wort gesagt, ehe ich meinen Einkaufsbummel unternahm.«

»Wie wär es denn mit Ajax?« schlug ich vor.

»Was soll mit ihm sein?« fragte Aahz.

»Wie nahe müßte er denn an die Türme heran, um etwas kaputtzuschießen?«

»Ich weiß es nicht«, meinte Aahz mit einem Achselzucken. »Warum fragst du ihn nicht?

Begeistert, meinen eigenen Vorschlag weiterführen zu können, hockte ich mich zu dem alten Bogenschützen.

»He … Ajax!« rief ich leise.

»Worum geht's, Junge?« fragte der alte Mann, der sofort hellwach war.

»Siehst du die Signaltürme dort?« Ich deutete auf die Gerüste in der Ferne.

Ajax erhob sich und blinzelte in die angegebene Richtung.

»Klar!« Er nickte.

»Wir … äh … ich habe überlegt«, erklärte ich. »Kannst du mit deinem Bogen ihre Signalflaggen herunterholen?«

Zur Antwort zog Ajax einen Pfeil unter seinem Umhang hervor, spannte und ließ ihn fliegen, ehe ich ihn davon abhalten konnte.

Der Pfeil verschwand in Richtung des nächststehenden Turmes. Das Herz wurde mir immer schwerer, während ich meine Augen anstrengte, um seine Spur weiterzuverfolgen.

Auf der Plattform des Turmes stand ein Mann, seine Standarte war gegen das Geländer zu seiner Seite gelehnt. Plötzlich kippte seine Standarte um, offensichtlich brach sie eine Handbreit unter der Querstange. Der Mann bückte sich, hob den unteren Teil der Stange auf und starrte das abgebrochene Ende sichtbar fassungslos an.

»Noch irgendwelche anderen Ziele?« erkundigte sich Ajax.

Er lehnte sich gelassen auf seinen Bogen und hatte dem Turm den Rücken zugekehrt. Er hatte sich nicht einmal die Mühe gemacht hinzusehen, ob sein Geschoß sein Ziel getroffen hatte.

»Äh ... im Augenblick nicht, Ajax«, versicherte ich ihm. »Schlaf ruhig weiter.«

»Mir soll's recht sein, Jungchen«, lächelte Ajax und legte sich wieder hin. »Morgen werden wir noch genügend Ziele haben.«

»Wie kommst du denn darauf?« fragte ich.

»Nach dem Signal, das ich abgeschossen habe«, grinste er, »bereitet die Armee sich für morgen zum Weitermarsch vor.«

»Du kannst die Signale lesen?«

»Klar«, nickte Ajax. »Es gibt nur etwa acht Kodes, welche von Armeen benutzt werden, und die kenne ich alle. Das gehört zu meinem Handwerk.«

»Und sie rücken morgen vor?« drang ich nochmals in ihn.

»Das habe ich doch schon gesagt«, schalt der Bogenschütze. »Was ist los, hörst du schlecht?«

»Nein«, versicherte ich ihm eilends. »Es ändert nur vollkommen unsere Pläne. Geh wieder schlafen.«

Als ich zu unserem kleinen Gesprächskreis zurückkehrte, fand ich Tanda und Aahz im Gespräch mit Brockhurst.

»Schlechte Nachrichten, Kind«, informierte mich Aahz. »Brockhurst hier sagt, die Armee zieht morgen weiter.«

»Ich weiß«, sagte ich. »Ich habe es gerade durch Ajax erfahren. Kannst du auch Signalflaggen lesen, Brockhurst?«

»Nöö«, gab der Imp zu. »Aber der Gremliner.«

»Was für ein Gremliner?« Aahz fletschte die Zähne.

»Vor einer Minute war er noch da«, erklärte Brockhurst und sah sich finsteren Blickes um.

»Na schön, Süßer«, seufzte Tanda und schaute mich an. »Ich schätze, nun bleibt uns keine Zeit mehr zum Planen. Hol lieber deinen Drachen. Ich glaube, wir werden morgen alle Hilfe benötigen, die wir bekommen können.«

Gliep hatte sich kurz nach unserer Ankunft davongetrollt, wir konnten ihn nur gelegentlich hören, wenn er durchs Unterholz tappte.

»Den Drachen holst du«, befahl Aahz. »Obwohl ich nicht weiß, wie er uns behilflich sein könnte. Der ›Boß‹ hier und ich müssen mal seinen Kriegsrat für morgen absprechen.«

Alle Zuversicht, die in mir aufgekeimt war, als ich zuvor Aahz' großem Plan gelauscht hatte, verflog nun. Tanda hatte recht. Wir hatten keine Zeit mehr.

›Diplomatie ist die feinfühlige Waffe des zivilisierten Kriegers‹
UNBEKANNTER HUNNE

17

Wir warten geduldig auf unseren Kriegsrat. Wir beide, Aahz und ich. Allein gegen eine Armee.

Das war natürlich Aahz' Idee. Wäre es nach meinen eigenen Vorstellungen gegangen, so hätte man mich nicht einmal tot in einer solchen Situation vorfinden können.

Ich versuchte, diese unglückliche Formulierung zu verdrängen, räusperte mich und sagte zu Aahz aus dem Mundwinkel:

»Aahz?«

»Hm, Kerlchen?«

»Wie lange wollen wir eigentlich hier stehen bleiben?«

»Bis sie uns bemerken und etwas unternehmen.«

Großartig. Entweder konnten wir an Ort und Stelle verschimmeln, oder aber irgend jemand pumpte uns mit Pfeilen voll.

Wir standen etwa 20 Meter von einem der Feldlager entfernt, zwischen uns und ihnen lag nichts als flache Wiese. Wir sahen genau das geschäftige Treiben innerhalb des Lagers, und in der Theorie hinderte sie nichts daran, uns zu sehen. Deshalb standen wir an diesem Fleck und versuchten, ihre Aufmerksamkeit auf uns zu ziehen. Unglücklicherweise hatte es bislang keiner bemerkt.

Es war beschlossen worden, daß Aahz und ich bei diesem ersten Ausflug alleine arbeiten sollten, um unsere wahre Truppenstärke geheimzuhalten. Mir kam der Gedanke, daß wir so auch unsere Truppenschwäche geheimhielten, aber ich hatte den Eindruck, daß eine entsprechende Äußerung taktlos gewesen wäre.

Zuerst hatte Brockhurst sich eingesetzt, an Aahz' Stelle mit mir zu kommen und hatte argumentiert, als Imp besäße er weit mehr Erfahrungen beim Verhandeln als ein Dämon. Aahz wies ihn ziemlich lautstark darauf hin, daß hier nicht um Glasperlen oder Blumenketten, sondern um einen Krieg verhandelt wurde ... und wenn der Imp Aahz beweisen wollte, daß er mehr vom Kämpfen verstand ...

Es erübrigt sich zu sagen, daß Brockhurst hier den Rückzug antrat. Das war gut so, denn es brachte mich aus der Verlegenheit, sein Angebot geradewegs abzulehnen. Ich meine, ich bin vielleicht nicht gerade der schnellste Lerner hier, aber ich konnte mich noch genau erinnern, wie Aahz das Bestmöglichste aus Brockhurst herausholte, als die beiden sich beim letzten Mal zu Verhandlungen gegenübergestanden hatten.

Außerdem wollte ich meinen Lehrer in Reichweite wissen, damit er, falls diese Unterredung schieflief, die Folgen mit mir zusammen ausbadete.

Als standen wir da, zeigten uns angeberisch dem Feind und hatten noch nicht einmal ein Schwert zu unserer Verteidigung. Das war ein weiterer von Aahz' Geistesblitzen. Er argumentierte, daß unsere Nichtbewaffnung drei Punkte erfüllte: Erstens zeigte sie, daß wir zum Verhandeln und nicht zum Kämpfen erschienen waren. Zweitens demonstrierte sie unser Vertrauen in meine magischen Fähigkeiten zu unserer Verteidigung. Drittens ermutigte sie unseren Feind, uns ebenfalls unbewaffnet gegenüberzutreten.

Aahz wies noch darauf hin, daß Ajax sich in der Baumreihe hinter uns mit gespanntem Bogen und eingelegtem Pfeil versteckt halten würde, und uns vermutlich besser verteidigen konnte als zwei Schwerter, falls etwas schiefgehen sollte.

Er hatte natürlich recht, aber das vermochte meine Nerven beim Warten kaum zu beruhigen.

»Es geht los, Kerlchen«, murmelte Aahz. »Wir bekommen Besuch.«

Tatsächlich marschierte ein ziemlich untersetzter Typ über die Wiese auf uns zu.

»Kind!« zischte Aahz plötzlich. »Deine Tarnung!«

»Was ist damit?« flüsterte ich zurück.

»Du hast sie nicht angelegt!« kam die Antwort.

Er hatte recht. Ich hatte sorgfältig seine ›Dubioser-Typ‹-Erscheinung zurechtgemacht, jedoch völlig vergessen, meine eigene zu verändern. Die Tatsache, daß unsere bunt zusammengewürfelte Mannschaft mich in meiner normalen Erscheinung als Führer akzeptierte, hatte mich dazu verführt zu übersehen, daß Klahder schwerer als Dämonen zu beeindrucken sind.

»Soll ich?« hob ich an.

»Zu spät!« knurrte Aahz.

Der Soldat hatte uns nun fast erreicht und war so nahe, daß ich zusehen konnte, wie er seinen gelangweilten Gesichtsausdruck aufgab und sich zu einem Lächeln zwang.

»Tut mir leid, Leute«, rief er mit wohlgeübter Autorität. »Ihr werdet hier abziehen müssen. Wir rücken bald weiter, und ihr steht mitten im Weg.«

»Ruf deinen diensthabenden Offizier!« herrschte Aahz ihn an.

»Meinen was?« Der Soldat runzelte die Stirn.

»Deinen diensthabenden Offizier, Kommandeur, oder wie immer ihr den nennt, der im Augenblick für euren Truppenteil verantwortlich ist«, erklärte Aahz. »Irgendeiner muß die Sache doch schließlich in der Hand haben, und wenn du ein Offizier bist, bin ich die Maikönigin.«

Ob der Soldat nun Aahz' Anspielung verstand oder nicht (ich verstand sie nicht), jedenfalls bekam er den groben Sinn mit.

»Ja, wir haben schon einen Verantwortlichen«, knurrte er, und seine Miene verdüsterte sich etwas. »Aber der hat im Augenblick eine Menge zu tun, zuviel, um herumzustehen und sich mit Zivilisten zu unterhalten. Wir machen unsere Truppen zum Abmarsch bereit, Mister, also schnappt Euren Sohn und haut ab. Wenn ihr den Soldaten zusehen wollt, müßt ihr mitziehen und zusehen, wenn wir heute abend das Lager aufschlagen.«

»Hast du die geringste Vorstellung, mit wem du sprichst?« fragte ich mit überraschend sanfter Stimme.

»Es ist mir völlig egal, wer dein Vater ist, Jungchen«, gab der Soldat zurück. »Wir versuchen …«

»Ich heiße nicht Jungchen sondern *Skeeve!*« zischte ich und richtete mich auf. »Hofzauberer am Hofe von Possiltum, bestellt zur Verteidigung des Königreiches. Nun rate ich dir, deinen Offizier zu holen, oder willst du morgen in einem Lilienbusch aufwachen?«

Der Soldat trat einen Schritt zurück und musterte mich mißtrauisch.

»Meint er das ernst?« fragte er Aahz skeptisch.

»Was hältst du denn vom Fliegen?« Aahz lächelte.

»Sie meinen, er kann wirklich ...«

»Hör zu«, fiel Aazh ihm ins Wort. »Ich spiele ja nicht den Diener eines Halbwüchsigen, weil er so eine tolle Persönlichkeit ist, wenn du verstehst, was ich sagen will.«

»Ich verstehe ... hm ...« Der Soldat schob sich vorsichtig zum Lager zurück. »Ich ... äh ... werde meinen Offizier holen.«

»Wir warten hier«, versicherte ihm Aahz.

»Was stimmt denn nicht mit meiner Persönlichkeit?« fragte ich platt heraus.

Aahz seufzte.

»Später, Kerlchen. Konzentriere dich im Augenblick nur darauf, distanziert und würdevoll auszusehen, okay?«

Okay oder nicht, es blieb mir nicht viel anderes zu tun, während wir warteten, daß der Offizier auftauchte.

Offensichtlich hatte sich die Nachricht von unserer Anwesenheit im Lager in Rekordzeit herumgesprochen, denn eine Menge Soldaten scharrten sich am Rande des Lagers zusammen, lange ehe wir das geringste Zeichen des Offiziers zu sehen bekamen. Es sah so aus, als seien alle Aufbruchvorbereitungen zumindest für den Augenblick lahmgelegt, während die Soldaten sich aufstellten und die Hälse reckten, um uns zu begaffen.

Es war schon ein ganz nettes Gefühl, eine solche Sensation ausgelöst zu haben, bis ich bemerkte, daß einige Soldaten sich die Zeit nahmen, Waffen und Rüstungen anzulegen, bevor sie sich der Menge anschlossen.

»Aahz!« flüsterte ich.

»Ja, Kerlchen?«

»Ich dachte, das soll eine friedliche Unterredung werden.«

»Wird es auch«, versicherte er mir.

»Aber sie bewaffnen sich!« erklärte ich.

»Immer mit der Ruhe, Kind«, wisperte er zurück. »Vergiß nicht, daß Ajax uns Deckung gibt.«

Ich versuchte, mich auf diesen Gedanken zu konzentrieren. Dann sah ich einen, bei dem es sich vermutlich um den Offizier handelte, von zwei Soldaten flankiert auf uns zukommen, und mein Blick fiel auf die Schwerter, die sie alle trugen. »Aahz!« zischte ich.

»Ganz ruhig, Kerlchen«, riet mir Aahz. »Denk an Ajax!«

Ich dachte an ihn. Und ich dachte auch daran, daß wir zahlenmäßig weit unterlegen waren.

»Wenn ich recht verstehe, sind die Herren die Botschafter von Possiltum?« erkundigte sich der Offizier, als er vor uns stehen blieb.

Ich nickte steif, und hoffte, daß man meine abrupte Bewegung als Zeichen der Verärgerung und nicht der Angst interpretierte.

»Schön«, sagte der Offizier feixend. »Dann habe ich als erster Vertreter des Imperiums, der mit einem Vertreter von Possiltum sprechen kann, das Vergnügen, Eurem Königreich offiziell den Krieg zu erklären.«

»Wie heißt Ihr?« fragte Aahz beiläufig.

»Claude«, antwortete der Offizier. »Warum fragt Ihr?«

»Historiker lieben Details«, erklärte Aahz mit einem Achselzucken. »Nun, Claude, als erster Vertreter von Possiltum, die in Kriegszeiten mit einem Vertreter Eures Imperiums sprechen können, haben wir das Vergnügen, Euch zur bedingungslosen Kapitulation aufzufordern.«

Das entlockte dem Offizier ein Lächeln.

»Kapitulation?« kicherte er. »Vor einem Krüppel und einem Halbwüchsigen? Ihr müßt verrückt sein. Selbst wenn ich die Befugnis hätte, dergleichen zu tun, so käme mir das nicht in den Sinn.«

»Na schön.« Aahz schüttelte den Kopf wie zu spöttischer Selbstkritik. »Das hätten wir uns denken können. Einer der an der Spitze einer Nachschubeinheit steht, kann in einer solchen Armee nicht viel zu sagen haben, wie?«

Wir hatten diese besondere Soldatengruppe zur Annäherung ausgesucht, weil es sich dabei um eine Nachschubeinheit handelte. Das bedeutete, daß sie leicht bewaffnet und mit etwas Glück nicht gerade eine Elitekampftruppe waren.

Doch Aahz' Spitze traf ins Schwarze. Der Offizier lächelte nicht mehr, sondern fuhr mit der Hand zu seinem Schwertgriff. Mir fiel auf, daß ich schon wieder an Ajax' Deckung denken mußte.

»Ich habe gerade genug Befugnis, um Euch beide vorzuknöpfen«, zischte er.

»Befugnis vielleicht«, gähnte ich. »Aber ich bezweifle ehrlich gesagt, daß Ihr die Stärke besitzt, uns Widerstand zu leisten.«

Ich fühlte mich keineswegs so sicher, wie ich auftrat. Die Leibwachen hatten es ihm gleichgetan, so daß nun alle drei Gegner bereitstanden, ihre Waffen zu ziehen.

»Na gut«, knurrte Claude, »Ihr seid gewarnt. Wir schaffen nun unsere Wagen hierher, und wenn Ihr dann immer noch da seid, habt Ihr die Folgen einzig und allein Euch selber zuzuschreiben.«

»Einverstanden!« meinte Aahz gehässig. »Sagen wir morgen mittag?«

»Morgen?«

Der Offizier runzelte die Stirn. »Warum denn nicht jetzt gleich?«

»Nun kommt aber, Claude«, mahnte ihn Aahz. »Wir reden hier vom ersten Gefecht einer neuen Schlacht. Gewiß wollt Ihr doch ein wenig Zeit, um Euch Eure Taktik zurechtzulegen.«

»Taktik?« wiederholte Claude nachdenklich.

»... und um Euren Vorgesetzten zu melden, daß Ihr den Eröffnungszug macht«, meinte Aahz beiläufig.

»... und um Verstärkung anzufordern«, ergänzte ich. »Sofern Ihr natürlich nicht den ganzen Ruhm auf Euch häufen wollt.«

»Ruhm?«

Das war es. Claude stürzte sich auf das Wort wie ein Täufler auf ein Goldstück. Aahz hatte recht gehabt, als er behauptete, daß Nachschuboffiziere das Schlachtfeld selten zu sehen bekamen.

»Ich … äh … glaube kaum, daß ich Verstärkung anfordern werde«, murmelte er.

»Seid Ihr da ganz sicher?« spottete Aahz. »Die Chancen stehen nur hundert zu eins für Euch.«

»Aber er ist nun mal ein Zauberer«, lächelte Claude. »Ein guter Offizier kann nicht allzu vorsichtig sein. Außerdem wäre es sinnlos, zu viele Offiziere … äh, Soldaten in ein kleineres Scharmützel zu verwickeln.«

»Claude«, erklärte Aahz voll mißgünstiger Bewunderung. »Ich sehe, Ihr seid ein militärischer Geist ohnegleichen. Sieg oder Niederlage, jedenfalls freue ich mich darauf, Euch als Gegner zu haben.«

»Ich mich ebenfalls, Sir«, gab der Offizier mit gleicher Höflichkeit zurück. »Sagen wir also morgen mittag?«

»Wir werden hier sein.« Aahz nickte.

Daraufhin drehte sich der Offizier um und marschierte schnell auf sein Lager zu, die beiden Leibwachen stapften pflichtbewußt neben ihm her.

Unsere Kameraden überschütteten uns mit Fragen, als wir wieder hinter die Baumreihe kamen.

»Alles klar, Boß?« erkundigte sich Brockhurst.

»Irgendwelche Schwierigkeiten?« drängte Tanda.

»Es war ein Klacks«, prahlte Aahz. »Stimmt's, Kerlchen?«

»Na ja«, begann ich bescheiden. »Ich war etwas besorgt, als sie zu ihren Schwertern greifen wollten. Ich hätte mich zu Tode geängstigt, wenn ich nicht gewußt hätte, daß Ajax … sagt mal, wo steckt eigentlich Ajax?«

»Der ist da oben in den Büschen«, informierte mich Gus und deutete mit seinem Daumen auf ein Dickicht am Rande der Baumgruppe. »Er sollte schon wieder hier sein.«

Als wir Ajax fanden, war er tief eingeschlafen um seinen Bogen gekuschelt. Wir mußten ihn mehrmals schütteln, ehe er wach wurde.

›Und eh ich in die Schlacht zog, Mama, dachte ich an dich ...‹
CONAN

18

Eine lange, schleimige Zunge fuhr aus der Dunkelheit auf mich herab, begleitet von einer Fahne übelsten Mundgeruchs, wie sie nur einen Ursprung haben konnte.

»Gliep!«

Ich begann automatisch, den Drachen wegzuschubsen, doch dann überkam mich ein jäher Gesinnungsumschwung.

»Hallo, Burschi.« Ich lächelte und kraulte ihm das Ohr. »Fühlst du dich einsam?«

Zur Antwort warf sich mein Liebling mit einem Rums auf die Seite, daß der Boden erbebte. Sein schlangenartiger Hals war so lang, daß ihm dieses Manöver gelang, ohne seinen Kopf aus meiner Umarmung zu ziehen.

Seine treue Zuneigung ließ mich zum ersten Mal seit meiner einsamen Nachtwache lächeln.

Es war ein gutes Mittel gegen meine nervös bedingte Schlaflosigkeit.

Ich lehnte an einem Baumstamm und beobachtete die Lichtpünktchen, die die Lagerstellen des Feindes markierten. Obwohl ich nach den Ereignissen des Tages reichlich erschöpft war, kam mein Kopf angesichts der Ängste und Vorahnungen auf den morgigen Kampf nicht zur Ruhe. Da ich niemanden auf mein Unbehagen aufmerksam machen wollte, hatte ich mich fortgestohlen, um alleine zu sein.

So unbemerkt ich auch zu bleiben versucht hatte, hatte Gliep offenbar mitbekommen, wie ich mich weggeschlichen hatte und war nun gekommen, um mir Gesellschaft zu leisten.

»O Gliep«, flüsterte ich. »Was sollen wir nur tun?«

Als Antwort darauf kuschelte er sich noch dichter an mich und legte seinen Kopf in meinen Schoß, damit ich ihn weiterstreichelte. Sein Vertrauen in meine Fähigkeit, jede aufkommende Krise zu bewältigen, erschien unerschütterlich.

Ich wünschte von ganzem Herzen, ich könnte seine Zuversicht teilen.

»Skeeve?« ertönte eine zarte Stimme zu meiner Rechten.

Ich drehte den Kopf zur Seite und sah Tanda ganz in meiner Nähe stehen. Das Beunruhigende daran, eine Mörderin zur Freundin zu haben, ist ihre Fähigkeit, sich so lautlos zu bewegen.

»Kann ich einen Augenblick mit dir sprechen?«

»Klar, Tanda«, sagte ich und tätschelte auf den Boden neben mir. »Komm, setz dich.«

Anstatt an der angebotenen Stelle Platz zu nehmen, ließ sie sich zu Boden sinken, wo sie gerade stand und schlug die Beine übereinander.

»Es geht um Ajax«, begann sie zögernd. »Ich behellige dich nur ungern damit, aber ich mache mir Sorgen um ihn.«

»Was ist denn los?«

»Na ja, die Mannschaft hat ihn aufgezogen, weil er heute eingeschlafen ist, als er euch Deckung geben sollte«, erklärte sie. »Er hat es ziemlich schwer genommen.«

»Ich fand es auch nicht besonders«, kommentierte ich bitter. »Es ist ein scheußliches Gefühl, wenn man bedenkt, daß wir ganz schutzlos da draußen standen. Wenn *tatsächlich* etwas schiefgegangen wäre, hätte man uns in aller Ruhe in Stücke gehauen, während wir auf das Einschreiten unseres Bogenexperten gewartet hätten!«

»Ich weiß.« Tanda sprach so leise, daß sie kaum zu hören war. »Und ich mache dir daraus keinen Vorwurf. In gewisser Weise mache ich mir selbst Vorwürfe.«

»Dir?« Ich blinzelte. »Warum?«

»Ich habe für ihn gebürgt, Skeeve«, flüsterte sie. »Weißt du denn nicht mehr?«

»Doch«, gab ich zu, »aber du konntest ja nicht wissen ...«

»Aber ich hätte es wissen sollen«, unterbrach sie mich bitter. »Ich hätte mir klarmachen müssen, wie alt er ist. Er sollte nicht hier sein, Skeeve. Deshalb wollte ich mit dir reden, daß du etwas unternimmst.«

»Ich?« fragte ich aufrichtig entsetzt. »Warum sollte ich etwas unternehmen?«

»Schick ihn zurück!« drängte mich Tanda. »Es ist dir gegenüber nicht fair, wenn deine ganze Mission seinetwillen aufs Spiel gesetzt wird, und es ist Ajax gegenüber nicht fair, ihn in eine solche Angelegenheit zu verwickeln.«

»Das meinte ich nicht«, murmelte ich und schüttelte den Kopf. »Ich meinte, warum sagst du mir das alles? Aahz ist derjenige, den du überzeugen mußt.«

»Da täuschst du dich aber, Skeeve«, widersprach sie mir. »Nicht Aahz führt die Gruppe an, sondern du.«

»Wegen seiner Äußerungen auf Tauf?« Ich lächelte. »Nun komm aber, Tanda. Du kennst doch Aahz. Er war nur ein bißchen sauer. Du hast doch selber gesehen, daß er bis jetzt alle Entscheidungen getroffen hat.«

Das Mondlicht schimmerte in Tandas Haar, als sie den Kopf schüttelte.

»Ich kenne Aahz, Skeeve. Besser als du«, sagte sie. »Er ist ein Pedant, was Befehlsketten angeht. Wenn er gesagt hat, daß du der Anführer bist, dann bist du es auch.«

»Aber ...«

»... abgesehen davon«, fuhr sie mir über den Mund, »ist Aahz nur ein Mitglied der Mannschaft. Was zählt ist, daß alle anderen auch auf dich setzen. Auf dich, nicht auf Aahz. Du hast sie angeworben, und für sie bist du der Chef.«

Das Erschreckende war, daß sie recht hatte. Ich hatte alles noch nicht zu Ende gedacht, aber sie sagte die Wahrheit. Ich war bisher zu sehr mit meinen eigenen Sorgen beschäftigt gewesen, um darüber nachzudenken. Nun, da ich mir über den vollen Umfang meiner Verantwortung im klaren wurde, überkam mich eine neue Welle des Zweifels. Ich war meiner ja noch nicht einmal als Zauberer sicher, und als Führer von Menschen ...

»Ich werde darüber nachdenken müssen«, sagte ich ausweichend.

»Du hast nicht viel Zeit«, gab sie mir zu bedenken. »Morgen soll ein Krieg beginnen.«

Ein Krachen in dem Busch zu meiner Linken unterbrach unser Gespräch.

»Boß?« ertönte Brockhursts leiser Ruf. »Bist du gerade beschäftigt?«

»Gewissermaßen«, rief ich zurück.

»Was ich zu sagen habe, dauert nur eine Minute.«

Ehe ich etwas erwidern konnte, lösten sich zwei Schatten von dem Gebüsch und kamen näher. Der eine war Brockhurst, der andere Gus. Ich hätte mir bei dem Lärm denken müssen, daß Brockhurst in Begleitung des Wasserspeiers war. Der Imp konnte sich wie Tanda so geräuschlos wie ein Gespenst anschleichen.

»Wir unterhielten uns gerade über Ajax«, erklärte mir Brockhurst und kauerte sich zu Boden, um unseren kleinen Gesprächskreis zu erweitern. Der Wasserspeier tat es ihm nach.

»Ja«, bestätigte Gus. »Wir drei wollten dir einen Vorschlag machen.«

»Stimmt«, nickte Brockhurst. »Gus, ich und der Gremliner.«

»Der Gremliner?« fragte ich.

Der Imp reckte den Hals und schaute sich um.

»Er muß im Lager zurückgeblieben sein.« Er zuckte mit den Schultern.

»Zu Ajax!« drängte Tanda.

»Wir meinen, daß du ihn aus dem Team nehmen solltest«, verkündete Gus. »Schick ihn auf Tauf zurück, raus aus der Schußlinie.«

»Es geht nicht um uns«, beeilte Brockhurst sich zu erklären. »Es geht um ihn. Er ist ein netter, alter Kerl, und wir fänden es schrecklich, wenn ihm etwas zustieße.«

»Er ist schon ziemlich alt«, murmelte ich.

»Alt!« rief Gus aus. »Boß, der Gremliner sagt, er sei ihm seit zweihundert Jahren auf den Fersen ... zweihundert Jahre! Und nach seinen Aussagen war Ajax schon alt, als er ihm zum ersten Mal begegnet ist. Einen Krieg zu verpassen wird ihn nicht umbringen, doch ein Kampfeinsatz könnte ihn das Leben kosten.«

»Warum ist der Gremliner ihm überhaupt auf den Fersen?« fragte ich.

»Kerlchen, ich habe dir doch schon einmal erklärt«, erdröhnte eine Stimme hinter mir, »Gremliner gibt es nicht!«

Mit dieser Erklärung ließ Aahz sich zwischen Tanda und mir zu Boden fallen. Während ich versuchte, mein Herzklopfen wieder zu beruhigen, fiel mir auf, daß ich eine Menge Leute kannte, die sich aufs lautlose Anschleichen verstehen.

»Hallo, Aahz«, sagte ich und rang mir ein Lächeln ab. »Wir sprachen gerade über ...«

»Ich weiß, ich habe es gehört«, unterbrach mich Aahz. »Und zur Abwechslung bin ich mal eurer Meinung.«

»Tatsächlich?« Ich blinzelte.

»Klar«, sagte er mit einem Gähnen. »Es ist ein eindeutiger Vertragsbruch. Er ließ sich als Bogenschütze anstellen, und bei dem ersten Auftrag, den du ihm erteilst, legte er die Arbeit sprichwörtlich nieder.«

Eigentlich war es ja sein zweiter Auftrag gewesen. Wie ein Blitz schoß mir das Bild durch den Kopf, wie Ajax zielte, in einer geschmeidigen, flüssigen Bewegung schoß und die Signalstandarte herunterholte, welche so weit entfernt war, daß man sie kaum sehen konnte.

»Mein Rat wäre, ihn zurückzuschicken«, sagte Aahz. »Wenn du dein Gewissen beruhigen willst, zahl ihm einen Teil seines Lohnes aus und gib ihm ein Empfehlungsschreiben, aber so wie er ist, nützt er keinem etwas.«

Vielleicht lag es an Tandas Rede, doch plötzlich fiel mir auf, daß Aahz seinen Vorschlag erklärtermaßen als ›Ratschlag‹ und nicht als Befehl erteilt hatte.

»Achtung Leute«, murmelte Brockhurst, »wir bekommen Gesellschaft.«

Als ich seinem Blick folgte, sah ich Ajax auf uns zustolpern, seine geisterhafte Blässe blitzte in der Dunkelheit wie ..., nun eben wie ein Gespenst. Mir kam in den Sinn, daß was als Augenblick der Stille und Einsamkeit begonnen hatte, allmählich zu einer Massenversammlung ausartete.

»'n Abend, Jungchen«, grüßte er. »Ich wollte nicht stören. Ich wußte nicht, daß ihr eine Versammlung abhaltet.«

»Wir ... äh ... haben uns nur ein wenig unterhalten«, erklärte ich und war nun reichlich verlegen.

»Ich kann mir auch schon denken worüber«, seufzte Ajax. »Tja, ich wollte das eigentlich mehr unter vier Augen abwickeln, aber ich schätze, ihr anderen könnt es ruhig mithören.«

»Was abwickeln, Ajax?« fragte ich.

»Meinen Rücktritt«, sagte er. »Er scheint mir als der einzig anständige Ausweg, nach dem, was heute geschehen ist.«

»Das hätte doch jedem passieren können.« Ich zuckte die Achseln.

»Nett von dir, das zu sagen, Jungchen«, meinte Ajax mit einem Lächeln. »Aber ich kann die Schrift an der Wand deutlich erkennen. Ich bin zu alt, um jemandem noch nutze zu sein. War wohl Zeit, daß ich mir das selbst eingestand.«

Ich registrierte unwillkürlich, wie er die Schultern hängen ließ und von einer Mattigkeit befallen war, von der auf Tauf noch nichts zu spüren gewesen war.

»Laß dir keine grauen Haare über meine Bezahlung wachsen«, fuhr Ajax fort. »Ich habe nichts getan, folglich gehe ich davon aus, daß du mir auch nichts schuldest. Wenn mich nur jemand auf Tauf zurückbefördern würde. Ich werde euch nicht weiter stören und lasse euch euren Krieg führen, wie er geführt werden muß.«

»Ja, Ajax«, seufzte Aahz, stand auf und streckte ihm die Hand hin. »Wir werden dich vermissen.«

»Moment mal!« hörte ich mich mit kalter Stimme sagen. »Willst du mir erzählen, daß du deinen Vertrag brichst?«

Ajax' Kopf flog ruckartig hoch.

»Von einem echten Archäer hätte ich Besseres erwartet«, schloß ich.

»Ich würde das nicht Vertragsbruch nennen, Jungchen«,

begann der alte Bogenschütze vorsichtig, »eher eine Trennung im gegenseitigen Einvernehmen. Ich bin einfach zu alt ...«

»Alt?« fiel ich ihm ins Wort. »Ich wußte, daß du alt bist, als ich meine Strategie für morgen um deine Schießkunst herum angelegt habe. Ich wußte, daß du alt bist, Ajax, aber daß du ein Feigling bist, wußte ich nicht!«

Irgend jemand ganz in meiner Nähe holte tief Luft, doch ich konnte nicht feststellen, wer es war. Meine Aufmerksamkeit war auf Ajax gerichtet. Er war nicht mehr der niedergeschlagene, alte Mann, sondern ein stolzer, zornerfüllter Krieger, der drohend über mich gebeut stand.

»Söhnchen«, knurrte er. »Ich weiß, daß ich alt bin, denn in meinen jüngeren Jahren hätte ich dich für diese Äußerung umgebracht. Nie in meinem Leben bin ich vor einem Kampf davongelaufen, und niemals habe ich einen Vertrag gebrochen. Wenn du morgen ein paar Schießaufträge hast, dann werde ich sie ausführen. Vielleicht siehst du dann, was es heißt, einen echten Archäer auf deiner Seite zu haben!«

Mit diesen Worten machte er auf dem Absatz kehrt und stapfte davon in die Dunkelheit.

Es war ein wohlerwogenes Risiko gewesen, doch ich mußte feststellen, daß mir angesichts des Zorns des Alten immer noch der kalte Schweiß auf der Stirn stand. Ich bemerkte ebenfalls, daß die übrige Gruppe mich erwartungsvoll ansah.

»Wahrscheinlich wundert ihr euch alle, warum ich das getan habe«, sagte ich mit einem Lächeln.

Ich hatte auf eine Antwort gehofft, doch das Schweigen dauerte an.

»Ich weiß eure Ratschläge zu schätzen, und hoffe, daß ihr sie mir auch weiterhin zukommen laßt. Aber ich bin der Anführer dieser Truppe und habe damit die endgültige Entscheidung zu treffen.«

Aus den Augenwinkeln sah ich, wie Aahz eine Augenbraue hochzog, schenkte ihm aber keine weitere Beachtung.

»Alle einschließlich Aahz sagten, wenn ich ihn gehen ließe, nach Tauf zurückschickte, würde ihm kein Leid geschehen. Ich bin anderer Auffassung. Es hätte ihn um das eine beraubt, das die Jahre ihm belassen haben ... seinen Stolz. Es hätte seine schlimmsten Befürchtungen bestätigt, daß er ein alter, nutzloser Mann geworden sei.«

Ich ließ meinen Blick über meine Zuhörer schweifen. Keiner konnte mir in die Augen sehen.

»Er kann ums Leben kommen. Na und? Dieses Risiko nahm er in jedem Krieg, den er ausgefochten hat, auf sich. Ich würde ihn eher in ein Gefecht schicken in dem Bewußtsein, daß dies seinen sicheren Tod bedeutet, als ihn zu dem tödlichen Leben eines abgewirtschafteten Kneipenherumhängers zu verdammen. Auf diese Art hat er eine Chance, und als sein Arbeitgeber fühle ich mich verpflichtet, ihm diese Chance zu geben.«

Ich machte eine Pause, um Luft zu holen. Nun schauten sie mich alle wieder an und lauerten auf meine folgenden Worte.

»Und noch eines«, knurrte ich. »Ich möchte kein Wort mehr davon hören, daß er nutzlos sei. Der alte Mann geht immer noch besser mit dem Bogen um als alle, die ich jemals gesehen habe. Wenn ich keine Möglichkeit finde, ihn sinnvoll einzusetzen, dann ist das meine Schuld, weil ich ein schlechter Stratege bin, aber nicht die seine. Ich habe meine Fehler, aber ich würde sie Ajax ebenso wenig wie euch jemals in die Schuhe schieben.«

Wieder herrschte Schweigen, aber es machte mir nichts aus. Ich hatte gesagt, was ich auf dem Herzen hatte, und empfand kein Bedürfnis, sinnlos weiterzulabern, nur um die Stille zu überwinden.

»Nun, Boß«, Brockhurst räusperte sich und stand auf. »Ich glaube, ich gehe mal wieder zurück.«

»Ich auch«, kam das Echo von Gus, der sich ebenfalls erhob.

»Nur eins noch.« Der Imp blieb stehen und sah mir direkt in die Augen. »Als kleiner Aktenvermerk: Es ist eine Freude, für dich zu arbeiten.«

Der Wasserspeier nickte zustimmend, und die beiden verschwanden im Gebüsch.

Dann bekam ich einen zarten Kuß auf die Wange, aber bis ich meinen Kopf gedreht hatte, war Tanda auch schon verschwunden.

»Weißt du, Kerlchen«, sagte Aahz, »eines Tages wirst du einen anständigen Anführer abgeben.«

»Danke, Aahz.« Ich blinzelte.

»... falls du das noch erlebst«, beendete mein Lehrer seinen Satz.

Wir saßen noch eine Weile schweigend nebeneinander. Gliep war offensichtlich eingedöst, denn er schnarchte leise, als ich ihn weiterstreichelte.

»Falls es nicht zu neugierig ist«, fragte Aahz schließlich, »wie sieht denn der meisterhafte Plan aus, den du dir für morgen mit Ajax ausgedacht hast?«

Ich seufzte und machte die Augen zu.

»Ich habe noch keinen«, gab ich zu. »Ich hoffte, du hättest ein paar Ideen.«

»Ich habe befürchtet, daß du das sagen würdest«, brummte Aahz.

›Was aber, wenn sie einen Krieg veranstalten, und die eine Partei erscheint einfach nicht?‹
LUZIFER

19

»Wach auf, Kerlchen!«

Ich kam zu mir, als ich heftig zur Seite hin und über den Waldboden gekullert wurde, wobei der Zeh meines Lehrers eine ausschlaggebende Rolle spielte.

Nachdem ich endlich zum Stilliegen gekommen war, sammelte ich alle meine Kräfte und hob den Kopf.

»Aahz«, verkündete ich feierlich, »als Anführer der Gruppe bin ich zu einem weiteren Entschluß gekommen. In Zukunft möchte ich von Tanda geweckt werden.«

»Keine Chance«, spottete Aahz. »Sie erkundet unsere rechte Flanke. Entweder ich oder der Drache.«

Großartige Alternativen. Plötzlich fiel mir auf, wie hell es war.

»He!« blinzelte ich. »Wie spät ist es?«

»Ich schätze, wir haben noch ungefähr eine Minute, ehe der Zauber losgeht«, sagte Aahz betont lässig.

»Wie lange?« keuchte ich.

Aahz zog die Brauen zusammen, während er einen Moment über meine Frage nachdachte. Die Zeiteinheiten von Klah bereiteten ihm immer noch gewisse Schwierigkeiten.

»Eine Stunde!« lächelte er triumphierend. »Das war's! Eine Stunde!«

»Das ist schon besser«, seufzte ich und ließ mich in die Horizontale zurücksinken.

»Auf die Beine, Kerlchen!« befahl Aahz. »Wir haben dich so lange schlafen lassen, wie es ging, aber jetzt wirst du zur Truppenschau benötigt.«

»Hast du alle informiert?« fragte ich gähnend und setzte mich auf.

»Ist der Plan klar?«

»So klar es in Anbetracht aller Umstände nur geht«, antwortete Aahz mit einem Schulterzucken.

»Okay«, antwortete ich und hockte mich auf die Füße. »Gehen wir. Unterwegs kannst du mich ja über die neueste Entwicklung aufklären.«

Aahz und ich hatten fast die ganze Nacht über dem Plan für heute zugebracht, und ich stellte fest, daß ich ganz heiß darauf war, ihn in die Tat umgesetzt zu sehen.

»Du solltest dankbar sein, daß du nicht auf der anderen Seite bist«, kicherte Aahz, während wir zu den anderen gingen. »Der alte Claude hat die Zeit, die wir ihm ließen, voll genutzt.«

»Hat sie auf Trab gehalten, wie?« Ich grinste.

»Seit Sonnenaufgang«, erzählte Aahz gehässig. »Drill, Schwerter schärfen, keine ruhige Minute bei der Armee des Imperiums, soviel ist sicher.«

Ich war mir nicht ganz sicher, ob ich Aahz' Begeisterung darüber, daß die Feinde lange Zeit ihre Schwerter geschärft hatten, teilen konnte. Glücklicherweise blieb mir eine unbehagliche Antwort erspart, als Gus auf uns zu humpelte.

»Ihr habt gerade Brockhursts Report verpaßt«, klärte er uns auf. »Auf der linken Flanke ist immer noch alles ruhig.«

»Können wir nicht aus ihren Signalen entnehmen, ob sie Nachschub angefordert haben?« fragte ich.

»Wenn du ihren Signalen Glauben schenken kannst«, entgegnete Aahz. »Es wäre nicht das erste Mal, daß eine Armee irreführende Nachrichten sendet.«

»Aha«, sagte ich intelligent.

»Aber wenn wir gerade von Signalen sprechen. Weißt du noch, was sie gestern übermittelt haben? Sie seien auf ›geringen Widerstand‹ gestoßen.«

»Ich weiß noch.« Ich nickte.

»Nun, es sieht so aus, als sei Claude zu dem Schluß gekommen, er müßte den Einsatz erhöhen, um aus dieser Sache eine Beförderung herausschlagen zu können.

Über Nacht wurden wir zur ›bewaffneten Gegenmacht,

die mit Waffengewalt niedergeschlagen werden muß‹. Sauber, wie?«

Ich schluckte schwer.

»Heißt das, daß sie Verstärkung anfahren?« erkundigte ich mich und versuchte, lässig zu klingen.

»Ach wo, Kerlchen!« Aahz zwinkerte mir zu. »Claude hatte alle Hilfsangebote, die von oben kamen, abgelehnt. Er besteht hartnäckig darauf, das mit seiner Kompanie abwickeln zu können.«

»Ich würde sagen, er hat seinen Kopf ein wenig zu weit vorgestreckt«, kommentierte Gus.

»... und wir sind just diejenigen, die ihn ihm abschlagen werden«, nickte Aahz.

»Wo steckt Ajax?« erkundigte ich mich, um das Thema zu wechseln.

»Drunten im Wald, sucht sich die günstigste Stelle zum Schießen aus«, erwiderte Gus. »Mach dir keine Sorgen, Boß. Er ist wach.«

In Wirklichkeit machte ich mir wegen Ajax diesbezüglich nicht die geringsten Sorgen. Vor meinem geistigen Auge sah ich immer noch, wie er sich zornig vor mir aufbaute, als ich ihn in der vergangenen Nacht einen Feigling geschimpft hatte.

»'n Morgen, Jungchen«, rief der Bogenschütze, der nun aus den Büschen auftauchte. »Glaube, habe den richtigen Platz gefunden, um sie alle aufs Korn zu nehmen.«

»Hallo, Ajax«, grüßte ich zurück. »Sag mal ... hm ... wenn du mal eine Minute Zeit hast, würde ich gerne wegen gestern abend mit dir reden.«

»Mach dir deswegen keine Gedanken mehr«, versicherte mir Ajax mit einem Grinsen. »Ich hab ohnehin schon alles vergessen.«

Ein Blitzen in seinen Augen strafte seine Worte Lügen, aber wenn er so tun wollte, als sei nichts geschehen, würde ich es vorläufig dabei belassen.

»Ich störe euch nicht gerne«, unterbrach uns Aahz. »Aber ich glaube, Freund Claude rüstet schon zum Aufbruch.«

Tatsächlich stellte man sich im Feldlager in der Ferne zu Gefechtsformation auf. Die Handkarren wurden beladen und in einer Reihe aufgestellt, während die Begleitmannschaft sich vorn und an den Seiten postierte. Der Signalturm war allem bisherigen Anschein zum Trotz ebenfalls beweglich, und wurde von mehreren schwitzenden Soldaten hinter der Formation hergeschoben.

»Altmodischer Kram!« höhnte Ajax. »Ich sage dir, Jungchen, Militärs sind in allen Dimensionen gleich!«

»Okay, Kerlchen«, sagte Aahz knapp. »Zieh deine Sache durch. Es ist allmählich Zeit, daß wir Aufstellung nehmen.« Mit ein paar geistigen Pinselstrichen verwandelte ich die Züge des Wasserspeiers, bis er mein Spiegelbild war.

»Recht ordentlich«, bemerkte Aahz und ließ seinen Blick kritisch zwischen Gus und mir hin- und herschweifen.

Ich ging nochmals ans Werk und verlieh Aahz seine ›Dubioser-Typ‹-Verkleidung.

»Also, es kann losgehen«, winkte Aahz. »Jetzt wollen wir den Gegner mal ein bißchen durcheinanderbringen!«

Der heutige Plan erforderte, daß Gus mich ersetzte. Die dahinterstehende Logik besagt, daß sein steinerner Leib ihn nicht nur vor Schaden bewahrte, wenn irgend etwas schief ging, sondern Aahz gleichzeitig als Schutzschild diente.

Irgendwie kam es mir nicht recht vor, in relativer Sicherheit zu bleiben, während ich einen anderen nach vorne schickte, meine Risiken auf sich zu nehmen. Mir kam in den Sinn, daß ich vielleicht den falschen einen Feigling genannt hatte, als ich in der vergangenen Nacht mit Ajax sprach.

Doch der Bogenschütze schien die Vorkehrungen widerspruchslos hinzunehmen.

»Komm mit, Jungchen«, krächzte er. »Ich möchte keinen Augenblick versäumen!«

Mit diesen Worten drehte er sich um und tauchte in die Büsche, so daß ich kaum eine andere Wahl hatte, als ihm zu folgen.

Glücklicherweise war der von Ajax gewählte Aussichtspunkt nicht weit. Alt oder nicht, ich fand, daß er ein verdammtes Tempo draufhatte.

Er spannte seinen Bogen, kauerte sich nieder, wartete und kicherte voller Vorfreude. Während ich mich neben ihm niederließ, nahm ich mir einen Augenblick Zeit, um die Kräftelinien zu überprüfen, die Energieströme, von denen Zauberer ihre Kräfte beziehen. Ganz in der Nähe verliefen zwei Linien, eine in der Luft, die andere im Boden, und das war gut. Zwar hatte Aahz mir beigebracht, wie man Energien speichert, doch bei den vielen Aktionen, die für diesen Tag geplant waren, wollte ich soviel Kraft, wie ich nur bekommen konnte.

Wir konnten zusehen, wie Aahz und Gus sehr würdevoll auf die ausgewählte Kampfstelle zuschritten. Die gegnerische Streitkraft beobachtete wie erstarrt, wie die beiden Aufstellung nahmen. Einen Augenblick lang stand alles reglos wie auf einem Gemälde.

Dann drehte Claude sich zu seiner Truppe um, bellte einen Befehl. Sogleich traten ein Halbdutzend Bogenschützen aus der Schlachtenreihe und verteilten sich zu beiden Seiten der Wagen. Langsam und bedächtig nahm jeder einen Pfeil und legte ihn an, dann hoben sie die Bögen in Richtung der beiden Gestalten, die die Kompanie am Weiterziehen hinderten.

Ich konzentrierte meine Energien.

Claude brüllte unseren Kameraden etwas zu. Sie verharrten reglos an Ort und Stelle.

Ich konzentrierte mich stärker.

Die Bogenschützen ließen ihre Geschosse davonfliegen. Gus hob theatralisch die Hand.

Die Pfeile blieben mitten in der Luft stehen und fielen dann zu Boden.

Die Bogenschützen blickten einander erstaunt an. Claude brüllte ihnen einen neuen Befehl zu. Zitternd legten sie an und schossen eine neue Salve ab.

Diese war weniger synchron als die erste, doch es gelang mir, sie ebenfalls aufzuhalten.

»Gute Arbeit, Jungchen!« stieß Ajax freudig hervor. »Das wird ihnen einheizen.«

Und tatsächlich lösten sich die säuberlichen Reihen der Soldaten in Wellen auf, als die Männer untereinander tuschelten. Claude bemerkte es ebenfalls und beorderte seine Schützen zurück in die Aufstellung.

Die erste Runde ging an uns.

Doch mein Hochgefühl war von kurzer Dauer. Nun zogen die Soldaten ihre Schwerter. Die beiden Gruppen, welche zum Schutz des Wagens abgestellt waren, traten nun vor und bildeten zwei Flügel, die sich um unsere Mannschaftsmitglieder zu schließen wollen schienen. Claude war so nervös, daß er die Soldaten, welche die Wagen ziehen sollten, nach vorne holte, um die Mitte der Schlachtreihe zu verstärken.

Darauf hatten wir nur gewartet.

»Jetzt, Ajax!« zischte ich. »Setze sie hoch an.«

»Ich weiß, Jungchen«, grinste unser Schütze. »Ich bin soweit, wenn du bereit bist.«

Ich wartete, bis er seinen Bogen hob, dann konzentrierte ich einen intensiven Energiestrahl auf einen Punkt wenige Zentimeter vor seinem Bogen.

Es ähnelte der Kerzenübung und ging nun ebenso leicht, nachdem wir es letzte Nacht geübt hatten.

Sowie der Pfeil von Ajaxens Bogen flitzte, brach er in Flammen aus und flog weiter.

Immer und immer wieder schoß der Bogenschütze seine Geschosse pfeifend durch meinen Zündungspunkt. Es erforderte meine gesamte Konzentration, den notwendigen Energiestrom aufrechtzuerhalten und gelegentlich umzulenken, wenn er seine Zielrichtung änderte.

Schließlich ließ er seinen Bogen wieder neben sich sinken.

»Das müßte reichen, Jungchen«, grinste er. »Sieh dir das mal an!«

Das tat ich denn. Dort in der Ferne hinter den Reihen der Soldaten stiegen dünne Rauchfähnchen von den Wagen auf. Innerhalb weniger Augenblicke würde Claudes Nachschubeinheit ohne Nachschub dastehen.

Aber wir hatten ja nicht einmal wenige Augenblicke Zeit zu warten! Vor unseren Augen schritten die Männer auf Aahz und Gus zu, ihre Schwerter blitzten in der Sonne.

»Ich glaube, wir sollten besser etwas dagegen unternehmen«, murmelte Ajax und hob wieder seinen Bogen.

»Warte eine Sekunde, Ajax!« befahl ich und spähte mit zusammengekniffenen Augen nach den beiden Gestalten in der Ferne.

Aahz und Gus hatten rasch einige Worte gewechselt, dann trat der Wasserspeier zurück und fuchtelte wild in Richtung seines Begleiters.

Ich brauchte einen Augenblick, aber dann begriff ich die Nachricht. Lächelnd schloß ich die Augen und hob Aahzens Tarnung auf.

Ein Höllenspektakel trat ein. Die Soldaten in der vorderen Reihe warfen einen Blick auf den Dämonen, der vor ihnen stand, dann rasten sie nach hinten und trampelten dabei die Männer hinter ihnen halb zu Boden. Als die Kunde sich in der Formation ausbreitete, wurde diese zur wilden Meute, obwohl ich bezweifle, daß die in den hinteren Reihen überhaupt wußten, warum sie auf und davonliefen.

»Jipih!« schrie Ajax und sprang mir ins Kreuz. »Das hat geklappt. Sieh dir an, wie sie laufen. Man sollte glauben, die Kerle hätten noch nie im Leben einen Perfekter gesehen.«

»Haben sie vermutlich auch nicht«, kommentierte ich und versuchte, meine lädierte Schulter zu massieren.

»Weißt du«, erklärte der Bogenschütze schleppend mit einem Blick auf die Szenerie unter uns. »Ich habe da eine Idee. Die Burschen sind so schnell abgehauen, daß sie vergessen haben, jemandem Zeichen zu geben. Was meinst du, wenn wir das für sie erledigen?«

»Wie?« fragte ich.

»Nun«, grinste er. »Ich kenne die Signale, und du bist ein Zauberer. Wenn ich dir sagen würde, welches Zeichen gesetzt werden muß, könntest du das dann schaffen? Ohne daß einer es halten muß?«

»Klar«, bestätigte ich. »Was brauchen wir für das Signal?«

»Laß mich nachdenken!« Er runzelte die Stirn. »Wir benötigen einen Schädel, zwei rote Tücher, eine schwarze Kugel und ...«

»Warte mal, Ajax«, sagte ich und hob die Hand. »Ich glaube, es gibt da ein einfacheres Signal, das sie verstehen werden. Paß auf.«

Ich jagte einen neuen Energiestoß fort, und sogleich stand der Signalturm in Flammen.

»Meinst du, diese Nachricht begreifen sie?« Ich lächelte.

Ajax starrte einen Augenblick zu dem brennenden Turm.

»Du machst das verdammt gut, Jungchen«, murmelte er schließlich. »Auf solche Entfernungen Feuer zu werfen.«

»Nun«, hob ich bescheiden an. »Wir Zauberer können ...«

»'türlich«, fuhr er fort. »Aber wenn du das kannst, hast du Blackie und mich für diesen Wagen doch eigentlich gar nicht gebraucht, oder?«

Zu spät bemerkte ich meinen Fehler.

»Ajax, ich ...«

»Schon ulkig, daß du diese ganze Mühe auf dich nimmst, nur um mich zu überzeugen, daß ich nicht nutzlos bin.«

»Du bist nicht nutzlos«, schnauzte ich ihn an. »Die Tatsache, daß du nicht immer gebraucht wirst, heißt nicht, daß du nutzlos bist. Ich bin vielleicht noch jung, aber alt genug, um das zu wissen.«

Ajax schaute mich einen Moment lang an, dann lächelte er plötzlich.

»Hoffen wir, daß du recht hast, Jung ... Skeeve«, lachte er. »Wahrscheinlich wußte ich es und hatte es nur für eine Weile vergessen. Gehen wir zurück und holen uns eine Flasche Wein aus dem Gepäck auf deinem Drachen. Ich würde dir gern angemessen dafür danken, daß du mich daran erinnert hast.«

Gemeinsam machten wir uns auf den Rückweg zum Lager.

›Die Befehlskette ist das Rückgrat allen militärischen Aufbaus und ist strikt zu beachten.‹
SCHWEJK, BRAVER SOLDAT

20

Im Lager herrschte verständlicherweise Feierstimmung. Wenn ich Hoffnungen gehegt hatte, mich an den Festivitäten zu beteiligen, so verflogen diese rasch, als Aahz mich rief.

»Hierher, Kerlchen«, winkte er. »Wir haben einige Planung vorzunehmen!«

»Das ist die Kehrseite des Daseins eines Generals, Jungchen«, murmelte Ajax mitfühlend. »Beschränkt sich nicht auf Ansprachen und Ruhm. Dann mach mal weiter. Ich trink derweilen einen mit den Jungs.«

Mit einer Kopfbewegung wies er auf Gus und Brockhurst, die sich schon den Wein zur Brust genommen hatten. Tanda wartete mit Aahz auf mich. Das machte mir die Wahl etwas leichter.

»Na gut, Ajax«, lächelte ich. »Ich geselle mich bald zu euch.«

»Herzlichen Glückwunsch, Süßer!« Tanda zwinkerte mir zu, als ich bei den beiden angelangt war. »Das war das beste Stückchen Arbeit, das ich seit langem gesehen habe.«

»Danke, Tanda.« Ich lief rot an.

»Wie ich sehe, sprechen Ajax und du wieder miteinander«, meinte Aahz und betrachtete mich mit hochgezogener Augenbraue. »Das ist auch kein schlechter Trick. Wie hast du es geschafft?«

»Wir ... äh ... haben ein langes Gespräch geführt«, antwortete ich vage. »Du sagtest, wir müßten einige Pläne erstellen?«

»Es geht eher um eine kurze Information. Tanda hier hat ein paar Spezialeffekt-Sachen dabei, über die du Bescheid wissen solltest.«

Tandas Besorgungen, um deretwillen sie mich auf dem Bazar alleingelassen hatte, hatte ich völlig vergessen. Da man mich nun daran erinnert hatte, war meine Neugier angestachelt.

»Was hast du denn bekommen, Tanda?« fragte ich beflissen.

»Nichts Umwerfendes«, meinte sie mit einem Achselzukken. »Da Aahz mit von der Partie ist, wußte ich ja schon, daß unser Budget ziemlich beschränkt sein würde, so daß ich mich auf ein paar grundlegende Dinge beschränkt habe.«

»Wie wär's denn, wenn du's ihm einfach zeigst?« knurrte Aahz. »Erspare uns deine Kommentare.«

Sie streckte ihm die Zunge raus und zog einen kleinen Beutel von ihrem Gürtel.

»Als erstes«, begann sie, »dachte ich, daß wir ein wenig Blitzpulver brauchen könnten. Das verfehlt nie seine Wirkung auf die Bauerntölpel.«

»Blitzpulver«, wiederholte ich aufmerksam.

»Man steckt es an«, ergänzte Aahz. »Es brennt schnell und bringt eine Rauchwolke hervor.«

»Ich habe ungefähr ein Dutzend Päckchen davon besorgt«, fuhr Tanda fort und zeigte mir den Inhalt ihres Beutels. »In verschiedenen Farben und Größen.«

»Kann ich mal eines ausprobieren?« fragte ich. »Ich habe mit diesem Zeug noch nie zuvor gearbeitet.«

»Klar.« Tanda grinste und hielt mir den Beutel hin. »Du kannst die benutzen, so wie du es für gut hältst.«

Ich nahm das Säckchen und suchte mir sorgfältig eines der Päckchen aus.

»Du streust es besser auf den Boden, Kerlchen«, fuhr Aahz fort. »Einige können es in ihrer Hand zünden, aber das bedarf einiger Übung. Wenn du das jetzt versuchen würdest, kostete dir das vermutlich eine Hand.«

Gehorsam warf ich den Beutel in einiger Entfernung auf die Erde. Dann schaute ich neugierig hin, was geschehen würde, wenn ich einen raschen Energiestrahl darauf richtete. Es gab einen hellen Blitz, gefolgt von einem leichten

Puffen. Ich blinzelte und besah mir die Stelle, wo das Päckchen gelegen hatte. Eine kleine, grüne Rauchwolke hing in der Luft, die sich allmählich im leichten Wind auflöste.

»Das ist klasse!« rief ich und griff nochmals in den Beutel.

»Laß es gut sein«, warnte Aahz. »Zuviel von dem Zeug haben wir auch nicht.«

»Ach, richtig, Aahz«, antwortete ich ein wenig dümmlich. »Was hast du denn sonst noch, Tanda?«

»Nun«, sagte sie mit einem Lächeln, »ich meine, das wäre eine gute Verteidigungswaffe.«

Bei diesen Worten schien sie etwas hinter ihrem Rücken hervorzuziehen. Ich sage ›schien‹, weil ich nichts erkennen konnte. Nach ihren Bewegungen zu urteilen, hielt sie einen Stab von etwa 75 cm Länge, doch ihre Hand war leer.

»Was ist das denn?« fragte ich.

Zur Antwort grinste sie und hielt, was immer es war, vor sich. Dann öffnete sie die Hand und löste sich in Luft auf.

»Unsichtbarkeit!« rief Aahz. »Einen Unsichtbarkeitsumhang!«

»Konnte ich mir nicht leisten«, ertönte Tandas Stimme irgendwo vor uns. »Ich mußte mich hiermit begnügen.«

»Hiermit«, war, wie sich herausstellte, eine Unsichtbarkeitswand. Es war eine Wand aus festem Material in der Größe von 75 cm auf 1.80 m. Tanda hatte sie zur Röhre gerollt bei sich getragen, und ihr Verschwinden wurde verursacht, indem die Wand sich zu ihrer Normalform entrollte.

Aahz und sie schnatterten aufgeregt über ihre Neuerwerbung, währenddessen hatte ich Zeit, mein Wissen auf dem Gebiet der Unsichtbarkeit zu erweitern.

Unsichtbarkeitswände schienen ungefähr aus dem gleichen Material wie Unsichtbarkeitsumhänge zu bestehen. Da die Wände nicht auf dem Leib getragen wurden, bedurften sie nicht der Flexibilität und Weichheit, wie sie für einen Umhang erforderlich sind. Folglich waren sie auch erheblich billiger.

Die Wirkung war ähnlich wie bei einer Trickscheibe. Stand man auf der richtigen Seite der Unsichtbarkeitswand, konnte man ungehindert hindurchsehen und alles und jeden beobachten, der sich auf der anderen Seite befand. Derjenige jedoch konnte einen nicht sehen.

Sie unterhielten sich immer noch über die Einsatzmöglichkeiten des neuen Geräts, als Brockhurst auf uns zugerannt kam.

»He! Boß!« rief er. »Wir haben Gesellschaft bekommen!«

»Wer? Wo?« fragte ich ruhig.

»Drunten auf der Wiese«, antwortete der Imp und wies in die entsprechende Richtung. »Der Gremliner sagt, sie stellen dort eine Art Gruppe auf.«

»Was für ein Gremliner?« knurrte Aahz.

»Komm, Aahz«, rief Tanda und machte sich auf den Weg. »Das schauen wir uns mal an.«

Tatsächlich stand eine kleine Gruppe auf der Wiese, lauter Soldaten des Imperiums. Das Verblüffende war, was sie machten, beziehungsweise, daß sie nichts machten. Sie schienen einfach dazustehen und auf etwas zu warten.

»Was machen die, Aahz?« flüsterte ich, während wir die Gruppe aus dem Schutz der Bäume heraus musterten.

»Die stehen herum und warten«, klärte Aahz mich auf.

»Das sehe ich auch«, sagte ich und schnitt eine Grimasse. »Aber worauf warten sie?«

»Vermutlich auf uns«, erwiderte mein Lehrer.

»Auf uns?« blinzelte ich. »Warum?«

»Um einen Kriegsrat abzuhalten.« Aahz grinste. »Schau dir das doch an, Kerlchen. Machen sie es nicht genauso wie wir, als wir mit ihnen sprechen wollten? Sie stehen sogar genau auf dem gleichen Fleck.«

Ich besah mir die Gruppe noch einmal unter diesem neuen Licht. Aahz hatte recht! Der Feind wollte einen Kriegsrat einberufen.

»Meinst du, wir sollten da hin?« erkundigte ich mich nervös.

»Klar«, erwiderte Aahz. »Aber nicht jetzt gleich. Laß sie ein bißchen schwitzen. Sie haben uns das erste Mal auch warten lassen, weißt du noch?«

Es war fast eine halbe Stunde später, als wir aus der

Baumgruppe hervortraten und über die Wiese zu jener Stelle gingen, wo die Soldaten warteten. Ich hatte Aahz vorsichtigerweise als dubiosen Charakter aufgemacht. Ich selbst trug die Unsichtbarkeitswand vor mir her, so daß die Soldaten glauben mußten, Aahz sei alleine, obwohl ich neben ihm hermarschierte.

Es befanden sich mehr Soldaten an dem Treffpunkt als bei unserer ersten Zusammenkunft mit Claude. Selbst für mein ungeübtes Auge war erkennbar, daß sich zwischen den Wachen mindestens sechs Offiziere befanden.

»Ihr wünscht eine Zusammenkunft?« fragte Aahz arrogant, als er vor der Gruppe stehenblieb.

Unter den Soldaten kam kurz Unruhe auf, während sie sich berieten. Schließlich trat einer von ihnen, offensichtlich der Anführer der Gruppe, vor.

»Wir möchten mit deinem Herrn sprechen!« verkündete er förmlich.

»Der ist im Augenblick beschäftigt«, antwortete Aahz gelangweilt. »Kann ich irgend etwas für euch tun?«

Der Führer errötete ein wenig.

»Ich bin der Befehlshaber dieser Abteilung!« brüllte er. »Ich wünsche Skeeve, den Kommandeur der Verteidigungsmacht, zu sprechen und nicht seinen Lakeien!«

Ich warf eines der Blitzpulverpäckchen vor mir auf die Erde.

»Wenn ihr darauf besteht, werde ich ihn holen«, knurrte Aahz.

»Aber er wird nicht begeistert sein.«

»Ich bin auch nicht hier, um ihn zu begeistern«, schrie der Führer. »Nun spute dich.«

»Das wird nicht notwendig sein«, sagte Aahz mit boshaftem Seitenblick. »Er ist Zauberer. Er hört und sieht, was sein Diener hört und sieht. Er wird kommen.«

Das war mein Stichwort. Ich ließ die Unsichtbarkeitswand sinken und entzündete sofort das Pulverpäckchen.

Das Ergebnis war echt spektakulär.

Die Soldaten wichen mit Ausnahme ihres Kommandeurs mehrere Schritte zurück. Für sie sah es so aus, als hätte ich mich plötzlich aus der Luft heraus in einer roten Rauchwolke materialisiert.

Für mich war der Effekt weniger eindrucksvoll. Als der Beutel mit dem Pulver losging, wurde mir bewußt, daß es etwas ganz anderes war, eine Rauchwolke aus der Ferne zu beobachten oder genau am Zündungspunkt zu stehen.

Während ich so eingehüllt in rote Schwaden stand, waren meine Gefühle nicht von hochtrabendem Siegesgefühl, sondern von dem Bedürfnis zu husten und zu niesen, bestimmt.

Meine Bemühungen, diese Reaktionen zu unterdrücken, führten dazu, daß sich meine Züge derart verzerrten, daß ich Gus mehr als nur entfernt ähnelte.

»Ruhig, Meister!« warnte Aahz.

»Aahz, ah!« keuchte ich.

»Laßt Euch nicht von eurem Zorn überwältigen«, fuhr mein Lehrer hastig fort. »Sie sind sich der Kräfte nicht bewußt, die sie leichtfertig reizen.«

»Ich ... ich wollte doch nicht gestört werden«, konnte ich schließlich hervorstoßen, als der Rauch sich verzog und ich wieder zu Atem kam.

Der Kommandeur der Gruppe war tapfer an Ort und Stelle stehengeblieben, sah jedoch ein wenig bleicher aus und wirkte weniger selbstsicher als im Gespräch mit Aahz.

»Wir ... äh ... bitten um Entschuldigung, Euch gestört zu haben«, begann er unsicher. »Aber es liegen einige Angelegenheiten vor, die Eurer sofortigen Aufmerksamkeit bedürfen, insbesondere der Krieg, in welchen wir gerade verstrickt sind.«

Ich besah ihn mir aufmerksam. Er schien von anderem Schnitt, als Claude es gewesen war.

»Ich fürchte, ich befinde mich im Nachteil, Sir«, sagte ich. »Ihr scheint mich zu kennen, doch ich erinnere mich nicht, Euch schon einmal gesehen zu haben.«

»Das habt Ihr auch nicht«, erwiderte der Offizier finster. »Wäre dies der Fall, so könnt Ihr sicher sein, daß einer von uns beiden jetzt nicht hierstände. Ich kenne Euch von Berichten, insbesondere über Eure jüngsten Bemühungen, dem Vorrücken unserer Armee Widerstand zu leisten. Ich bin Antonio, Kommandeur des rechten Flügels der linken Flanke der Armee des Imperiums. Das sind meine Offiziere.«

Er wies mit einer vagen Handbewegung auf die Soldaten hinter sich. Darauf richteten die Männer sich gerade auf und reckten hochmütig ihr Kinn vor.

Ich begrüßte sie mit einem leichten Kopfnicken.

»Wo ist Claude?« erkundigte ich mich beiläufig. »Ich hatte den Eindruck, er war der leitende Offizier dieses Bereichs.«

»Ihr habt ganz recht«, feixte Antonio. »Er *war* es. Er ist im Augenblick bis zu seiner Verhandlung vor dem Kriegsgericht in Haft. Er ist angeklagt wegen Unfähigkeit!«

»Unfähigkeit?« wiederholte ich. »Nun kommt aber, Sir. Ist das nicht ein bißchen hart? Claude mag seine Fähigkeiten überschätzt haben, doch ich würde nicht sagen, daß er unfähig ist. Ich meine, er hatte es schließlich mit übernatürlichen Kräften zu tun, falls Ihr versteht, was ich sagen will.«

Während ich sprach, richtete ich einen bebenden Finger auf Aahz und hob seine Tarnung auf.

Den wartenden Offizieren klappte das Kinn herunter, daß ihr hochmütiger Gesichtsausdruck dahin war. Dann grinste Aahz sie an, worauf sie die Münder wieder schlossen und hart schluckten.

Antonio zeigte sich unbeeindruckt.

»Ja, ja«, antwortete er spröde und winkte mit der Hand ab, als verjage er eine lästige Fliege. »Uns liegen Berichte, viele Berichte über Euer Verhältnis zu Dämonen vor. Claudes Unfähigkeit liegt in seiner verheerenden Unterschätzung der Kräfte, die ihm entgegenstanden. Seid versichert, daß mir nicht der gleiche Fehler unterlaufen wird.«

»Sei da nicht so sicher, Tony«, grinste Aahz bösartig. »Wir Dämonen können ein ganz verschlagener Haufen sein.«

Der Offizier beachtete ihn gar nicht.

»Doch wir sind nicht hier für müßige Scherze«, sagte er

und warf mir einen strengen Blick zu. »Ich glaube, wir haben einen Streit zu klären über unser Recht, dieses bestimmt Gebiet zu passieren.«

»Wir haben einen Streit über Euer Recht, das Königtumreich Possiltum zu passieren«, berichtigte ich ihn.

»Ja, ja«, erklärte Antonio gelangweilt. »Wenn Ihr uns natürlich davon abhalten wollt, Possiltum zu erobern, so ist das der geeignete Platz.«

»Das war unser Gedanke«, stimmt Aahz ihm zu.

»Ich will ja nicht auf diesem Punkt herumhacken, Antonio«, lächelte ich. »Aber ich glaube, wir *haben* Euch davon abgehalten.«

»Zeitweilig«, lächelte der Offizier. »Ich rechne damit, daß sich dies in kürzester Zeit ändert ... sagen wir ein paar Stunden nach Sonnenaufgang? Morgen?«

»Wir werden hier sein.« Aahz nickte.

»Nur einen Augenblick«, warf ich ein. »Antonio, Ihr erscheint mir als fairer Mann. Hättet Ihr Interesse, unsere morgige Begegnung etwas interessanter zu gestalten? Sagen wir, durch eine kleine, zusätzliche Wette?«

»Wie, zum Beispiel?« Der Offizier warf mir einen finsteren Blick zu.

»Wenn Ihr morgen verliert«, begann ich vorsichtig, »werdet Ihr dann zugeben, daß Claudes Niederlage nichts mit Unfähigkeit zu tun hat, und die Anklage gegen ihn fallen lassen?«

Antonio dachte einen Augenblick nach, dann nickte er.

»Gemacht«, antwortete er. »Normalerweise würde ich mir über die Reaktion meiner Vorgesetzten Gedanken machen, doch ich bin mir meines Sieges sicher. Es gibt Dinge, denen nicht einmal ein Dämon standhalten kann.«

»Wie, zum Beispiel?« erkundigte Aahz sich schleppend.

»Das werdet Ihr sehen«, lächelte der Offizier. »Morgen.«

Mit diesen Worten machte er auf dem Absatz kehrt und marschierte davon, seine Offiziere trotteten hinter ihm her.

»Was meinst du Aahz?« murmelte ich.

»Was ich meine?« Mein Lehrer schaute finster drein. »Ich meine, du wirst zu weich. Zuerst Brockhurst und nun

Claude. Was soll diese ›Sei-Nett-Zu-Den-Feinden‹-Tour, auf der du gerade reist?«

»Ich wollte wissen, was du zu morgen meinst«, erläuterte ich schnell.

»Ich weiß nicht, Kerlchen«, gab Aahz zu. »Er klang zu zuversichtlich, um sich keine Sorgen zu machen. Ich wünschte, ich wüßte, welchen Trumpf er gegen Dämonen noch im Ärmel hat.«

»Tja«, seufzte ich. »Ich schätze, das werden wir morgen sehen.«

›Einen Riesen zu bekämpfen bedarf es eines Reiches‹
H. PRYM

21

Unsere Besorgnis verließ uns nicht bis zum nächsten Tag.

Unsere Rivalen bereiteten tatsächlich etwas vor, doch wir konnten nicht herausfinden, um was es sich handelte. Tanda und Brockhurst waren des Nachts zu einem Erkundungsgang aufgebrochen und hatten verwirrende Neuigkeiten mitgebracht. Die Soldaten hatten eine Art schweres Gerät angeschleppt, das in einer riesigen Kiste verborgen war. Alles, was unsere Späher mit Sicherheit über die Geheimwaffe sagen konnten, war, daß sie riesig und schwer war.

Gus erbot sich, einen Rundflug über der Kiste zu machen und hineinzuspähen, doch wir lehnten diese Idee ab. Da die Kiste sich ständig inmitten der Soldatenschar befand, bestand keinerlei Möglichkeit, daß der Wasserspeier diesen Auftrag unbeobachtet hätte ausführen können. Bislang hatten wir seine Zugehörigkeit zu unserem Team geheimgehalten, und dabei wollten wir es auch belassen. Selbst wenn wir ihn mit meiner oder Aahzens Gestalt getarnt hätten, wäre dadurch offenkundig geworden, daß einer von und fliegen kann. Wie Aahz erklärte, würde diese Schlacht schwer genug werden, ohne daß wir den Gegner über den Umfang unserer Fähigkeiten vorwarnten.

Strategisch war das ganz richtig und klang unwiderlegbar logisch. Doch es beruhigte mich auch kein bißchen, während Aahz und ich standen und warteten, daß Antonio seinen Eröffnungszug machte.

»Ganz ruhig, Kerlchen«, murmelte Aahz. »Du siehst nervös aus.«

»Ich *bin* nervös«, gab ich zurück. »Wir stehen hier und warten auf den Kampf, ohne zu wissen, gegen wen und was wir zu kämpfen haben. Du wirst schon entschuldigen, wenn mich das ein wenig unsicher macht.«

Mir wurde bewußt, daß ich ungerechtfertigt grob zu meinem Lehrer war. Ajax und Gus standen parat, Brockhurst und Tanda hielten nach neuen Entwicklungen Ausschau. Der einzige nicht eingesetzte Mannschaftsangehörige an diesem Morgen war der Gremliner, doch ich hielt es für am klügsten, dies Aahz gegenüber nicht zu erwähnen. Ich nahm an, daß unser schwer faßbarer, blauer Freund irgendwo mit Gliep unterwegs war, denn mein Haustier war ebenfalls nirgends zu sehen.

Alles was vorbereitend getan werden konnte, war geschehen. Und doch fühlte ich mich unwohl.

»Sieh es mal von der Seite«, versuchte Aahz erneut, mich aufzumuntern. »Zumindest wissen wir, womit wir es *nicht* zu tun haben.«

Soldaten wurden nämlich nicht gegen uns eingesetzt. Zwar wurde eine große Menge von ihnen in der Nähe zusammengeschart, doch offensichtlich unternahm man keinen Versuch, sie für eine Schlacht zu bewaffnen oder aufzustellen. Als die abgesprochene Zeit näherrückte, wurde klar, daß sie nur als Zuschauer für den bevorstehenden Kampf gedacht waren.

»Ich glaube, ich hätte es lieber mit Soldaten zu tun«, sagte ich mürrisch.

»Kopf hoch, Kind«, gab Aahz zurück und stieß mich mit dem Ellbogen an. »Was immer uns bevorsteht, jetzt kommt es.«

Ich wußte, was er meinte, und es gefiel mir nicht. Es blieb mir jedoch keine Zeit zum Nachdenken. Antonio war gerade aufgetaucht. Er bog um die eine Ecke der Mammutkiste und war mit einem verdächtig aussehenden Typen in Kapuzenumhang ins Gespräch vertieft. Er warf uns einen kurzen Blick zu, lächelte und winkte fröhlich.

Wir winkten nicht zurück.

»Das gefällt mir alles gar nicht, Kerlchen«, knurrte Aahz.

Mir auch nicht, aber uns blieb nicht viel anderes übrig als zu warten. Antonio beendete sein Gespräch mit dem Fremden und trat zurück, wobei er die Arme vor der Brust verschränkte. Der Fremde winkte ein paar der zuschauenden

Soldaten beiseite, dann trat er ebenfalls zurück. Er richtete sich auf und begann, auf merkwürdige Weise mit den Händen zu wedeln. Dann trug der Wind mir die Geräusche zu, und ich begriff, daß er sang.

»Aahz«, keuchte ich. »Sie haben einen eigenen Zauberer aufgetrieben.«

»Ich weiß«, grinste Aahz zurück. »Aber nach allem, was ich hören kann, blufft er genauso wie du am Hof von Possiltum. Er verfügt vermutlich über ebensowenig Kräfte wie ich.«

Kaum hatte mein Lehrer seine Bemerkung gemacht, als die uns zugerichtete Wand der riesigen Kiste sich langsam zu Boden senkte. Zu sehen war nun im Innern des kräftigen Behältnisses ein Drache.

Die Kiste war riesig gewesen, über drei Meter lang und sechs Meter hoch, doch so wie der Drache aussah, mußte er ganz schön zusammengekauert gewesen sein.

Er war riesenhaft! Ich meine wirklich riesenhaft!

Ich habe mir niemals Illusionen über Glieps Größe gemacht. Wenn seine Länge von drei Metern hier auf Klah auch gewaltig erscheinen mag, so hatte ich auf Tauf Drachen gesehen, neben denen er klein aussah. Doch neben dem Drachen, den wir hier vor uns hatten, mußte alles zwergenhaft erscheinen, was ich je gesehen hatte.

Er war über die ganze Länge blaugrün und weit schlangenähnlicher, als ich das bei Drachen gewöhnt war. Er hatte kräftige Schwingen, die er ausstreckte und einzog, während er sich seinen Weg aus der engen Kiste scharrte. Seine Augenhöhlen schimmerten silbern und hätten ihm ein maschinenhaftes Aussehen verliehen, hätten seine mächtigen Glieder sich nicht so geschmeidig bewegt.

Für einen Augenblick war ich fast überwältigt von dem herrlichen Anblick, den er bot, als er auf dem Schlachtfeld erschien. Dann warf er seinen Kopf zurück und brüllte, daß meine Bewunderung für ihn mir das Blut in den Adern gefrieren ließ.

Der große Kopf drehte sich, bis seine Augen direkt auf uns gerichtet waren. Dann begann er auf uns zuzulaufen.

»Jetzt ist es Zeit, auf andere Art tapfer zu sein«, flüsterte Aahz und zupfte mich am Ärmel. »Laß uns hier abhauen.«

»Warte eine Minute, Aahz!« gab ich zurück. »Siehst du das, was der Wärter in der Hand hält?«

Ein goldenes Blitzen in der Sonne hatte mein Augenmerk auf sich gezogen. Der Drachenwärter hielt ein goldenes Amulett in der Faust, während er das Tier nach vorne trieb.

»So ein Amulett habe ich schon einmal gesehen!« erklärte ich aufgeregt. »Damit behält man den Drachen in der Gewalt.«

Der Täufler, der den Drachenstall geführt hatte, bei welchem ich Gliep erwarb, hatte ein solches Amulett getragen. Man benutzte es, um Drachen zu bändigen ... nicht fixierte Drachen, heißt das. Fixierte Drachen können von ihren Besitzern ohne irgendwelche Hilfsmittel gelenkt werden. Ein Drache fixiert sich auf denjenigen, der ihn füttert. Auf diese Weise bin ich auch an Gliep gekommen. Ich habe ihn gewissermaßen gefüttert. Genauer gesagt, hat er sich selbst mit einem kräftigen Biß in meinen Ärmel bedient.

»Steh nicht einfach so herum, Kerlchen«, schalt Aahz und riß mich aus meinen Träumerei. »Schaff's herbei!«

Ich tastete mit meinen Gedanken umher und bekam das Amulett zu fassen. Doch der Wärter spürte, wie es ihm aus der Hand glitt, packte es fester und rang mit mir um seinen Besitz.

»Ich ... ich kann es nicht bekommen, Aahz«, schrie ich. »Er läßt es nicht los.«

»Dann hau ab hier, Kind«, befahl mein Lehrer. »Sag Ajax, er soll diesen Wärter einsacken. Oder besser noch, sag Gus, er soll für alle Fälle mit Berfert bereitstehen. Ich werde versuchen, den Drachen zu besänftigen.«

Ein Bild erstand vor meinem geistigen Auge. Da war ich, Skeeve, der Hofzauberer, der sich mit großen Sprüngen in Sicherheit brachte, während Aahz sich alleine dem Drachen entgegenstellte. Da rastete irgend etwas in meinem Kopf ein.

»Du gehst!« fuhr ich ihn an.

»Kerlchen, bist du ...«

»Das ist mein Krieg und mein Job«, rief ich. »Und jetzt zieh Leine.«

Daraufhin drehte ich mich um, um dem Drachen entgegenzusehen, ohne zuwissen oder mir Gedanken zu machen, ob Aahz meine Befehle befolgte. Ich war Skeeve!

... Aber es war wirklich ein fürchterlich großer Drache!

Noch einmal versuchte ich, das Amulett zu fassen und hätte den Wärter durch meine Anstrengung fast vom Boden gerissen, doch der Mann hielt sein Eigentum fest umklammert und brüllte dabei dem Drachen Befehle zu.

Ich warf der wilden Bestie, die auf mich zuschoß, einen nervösen Blick zu. Wenn ich versuchte, mich aus dem Weg zu levitieren, konnte sie nur ...

»Vorsicht, Kind!« ertönte Aahz' Stimme hinter mir.

Ich drehte mich zur Seite, dann holperte etwas an mir vorbei und stellte sich genau zwischen mich und die heranrückende Bedrohung.

Es war Gliep!

»Gliep!« brüllte ich. »Zurück bei Fuß!«

Mein Liebling beachtete mich gar nicht. Sein Herrchen wurde bedroht, und da wollte er nicht tatenlos zusehen, egal was ich sagte.

Nun war er nicht mehr der gefügige, verspielte Gefährte, sondern pflanzte sich zwischen mich und das Ungeheuer, senkte den Kopf zu Boden und zischte wild, wobei eine zwei Meter lange Stichflamme aus seinem Maul schoß.

Die Wirkung auf den großen Drachen war erstaunlich. Er kam rutschend zum Stehen, setzte sich auf seine Hinterkeulen zurück und besah sich mit schräggeneigtem Kopf den Minidrachen, der ihm den Weg versperrte.

Gliep gab sich jedoch nicht damit zufrieden, seinen Gegner aufgehalten zu haben. Ungeachtet der Tatsache, daß der andere Drache etwa viermal so groß war wie er, begann er steif auf ihn zuzuschreiten und machte ihm das Revier streitig.

Der große Drache blinzelte und warf dann einen Blick hinter sich. Dann sah er wieder zu Gliep hinab und bog seinen Kopf zurück, bis sein langer Hals ein Fragezeichen bildete.

Gliep rückte weiter vor. Selbst wenn das Ungeheuer kein Feuer speien konnte, was zu bezweifeln war, so besaß es offensichtlich die rein körperliche Kraft, meinen Liebling mit minimaler Anstrengung zu zermalmen. Es unternahm immer noch nichts, sondern schaute ihn wieder fassungslos an, fast so, als wäre es ihm peinlich.

Ich beobachtete das Ganze, vor Entsetzen wie erstarrt. So konnte es nicht weitergehen. Gliep kam dem Riesen einfach zu nahe, um weiter ignoriert zu werden. Nun mußte das Monster jeden Augenblick reagieren.

Und das tat es dann schließlich nach einem letzten Blick auf seinen rasenden Wärter. Mit einem Seufzer stieß der große Drache seine krallenbewehrte Vorderpfote zu einem Knuff nach vorn, der ein Loch in ein Haus hätte schlagen können. Er traf Gliep seitlich am Kopf, daß er zu Boden ging und alle viere von sich streckte.

Doch mein Liebling zeigte Schneid, rappelte sich mühsam auf und schüttelte seinen Kopf, als müsse er ihn wieder klar bekommen.

Doch bevor er seine aggressive Haltung wieder einnehmen konnte, streckte der große Drache seinen Hals, bis ihrer beider Köpfe sich auf gleicher Höhe befanden und begann, Gliep etwas ins Ohr zu murmeln und zu brummeln. Mein Drache legte seinen Kopf schief, als lausche er, dann wuffte er etwas zur Antwort.

Unter den fassungslosen Blicken der menschlichen und nichtmenschlichen Wesen konferierten die beiden Drachen mitten auf dem Schlachtfeld und unterstrichen ihr Gemurmel durch gelegentliche Rauchwölkchen.

Ich versuchte, mich näher heranzuschieben, um mir eine genauere Vorstellung zu machen, was da vor sich ging, doch der große Drache warf mir einen verderblichen Blick zu und ließ einen Flammenstoß los, der mich auf respektvolle Distanz hielt. Nicht daß ich Angst gehabt hätte, was denken Sie! Gliep schien die Lage völlig in der Hand zu haben ... oder in der Kralle, besser gesagt. Na, ich hatte Aahz ja schon immer gesagt, daß Gliep ein sehr begabter Bursche war.

Letztendlich richtete der große Drache sich auf, drehte sich um und verließ mit hoch erhobenem Kopf majestätisch das Feld, ohne noch einen Blick zurückzuwerfen. Ungeachtet des wütenden Geschreis der Soldaten marschierte er zurück in seine Kiste, setzte sich auf die Hinterbacken und kehrte den ganzen Geschehnissen den Rücken zu.

Die Raserei seines Wärters wurde nur noch durch den Tobsuchtsanfall Antonios übertroffen. Er brüllte mit hochrotem Gesicht und wütenden Gesten den Wärter an, bis dieser das Amulett von seinem Hals nahm, es dem Offizier aushändigte und von dannen zog. Antonio blinzelte den Anhänger an, schleuderte ihn zu Boden und stapfte dem Wärter hinterdrein.

Das war genau die Gelegenheit, die ich brauchte. Ich ließ meine Gedanken ausschweifen, und schon flog mir das Amulett in die Hand.

»Aahz!« begann ich.

»Ich glaube es nicht«, murmelte mein Lehrer vor sich hin. »Ich habe es mit eigenen Augen gesehen, aber ich kann es immer noch nicht glauben.«

»Gliep!«

Mein Liebling kam an meine Seite galoppiert und war verständlicherweise sehr zufrieden mit sich selbst.

»He, Bürschchen!« rief ich und schlang ungeachtet seines schlechten Atems meine Arme um seinen Hals. »Was war da draußen denn los?«

»Gliep!« sagte mein Gefährte ausweichend und sah geflissentlich zu einem Wölkchen hinauf.

Falls ich mit einer Antwort gerechnet hatte, so war nun spätestens klar, daß ich keine bekommen sollte.

»Ich kann es noch nicht glauben!« wiederholte Aahz.

»Schau, Aahz«, sagte ich und ich hielt das Amulett hoch. »Nun brauchen wir uns weder um diesen noch um irgendeinen anderen Drachen je wieder Gedanken zu machen. Da haben wir doch einen hübschen Gewinn gemacht!«

»Allerdings!« meinte Aahz mit finsterem Blick. »Tu mir nur einen Gefallen, ja Kind?«

»Welcher wäre das, Aahz?«

»Wenn dieser Drache oder irgend ein anderer in unser Lager spaziert, gib ihm nichts zu fressen! Wir haben schon einen, und mehr kann ich nervlich auch nicht aushalten. Okay?«

»Klar, Aahz«, antwortete ich mit einem Lächeln.

»Gliep!« meinte mein Liebling und drückte sich an mich, damit ich ihn weiterstreichelte, was ich denn auch tat.

›Die Hölle kennt nichts Entsetzlicheres als einen brennenden Dämonen‹
J. SINCLAIR

22

Gegen unseren nächsten Kriegsrat wirkten alle vorangegangenen lächerlich unbedeutend. Doch dies war zu erwarten gewesen, da wir nun mit dem Kommandeur der gesamten linken Flanke der Imperiumsarmee zu tun hatten.

Unsere Zusammenkunft fand in einem Zelt statt, das eigens zu diesem Zwecke errichtet worden war, und darin wimmelte es von Offizieren einschließlich Claude. Es schien, als habe Antonio sein Wort gehalten, obwohl er selbst augenblicklich nicht anwesend war.

Angesichts einer solchen Versammlung hatten wir uns entschlossen, etwas mehr Stärke zu demonstrieren. Zu diesem Zweck begleiteten uns Tanda und Brockhurst, während Gliep draußen herumschnüffelte. Gus und Ajax hielten wir weiter in Reserve, wohingegen der Gremliner seit der Konfrontation der beiden Drachen nicht mehr aufgetaucht war.

Mir gefiel der Offizier nicht, mit dem wir jetzt verhandelten. Er hatte mit seiner gewandten, öligen Art etwas an sich, das mir gegen den Strich ging. Ich nahm stark an, daß er seine jetztige Position dadurch erreicht hatte, daß er seine Konkurrenten vergiftete.

»Ihr möchtet also, daß wir kapitulieren«, sagte er nachdenklich und trommelte mit den Fingern auf den Tisch vor ihm.

»Oder den Rückzug antretet, oder abschwenkt«, berichtigte ich. »Ehrlich gesagt ist es völlig egal, was Ihr anfangt, so lange Ihr nur Possiltum in Ruhe laßt.«

»Das haben wir gerade schon in Erwägung gezogen«, sagte der Kommandeur, lehnte sich zurück und schaute zur Decke des Zeltes.

»Habt Ihr deshalb so viele zusätzliche Soldaten den ganzen Tag lang hier zusammengezogen?« fragte Brockhurst sarkastisch.

»Das ist eine rein interne Angelegenheit, wie ich Euch versichern kann«, schnurrte der Kommandeur. »Alle meine Offiziere sind hier versammelt, und sie fürchten, ihre Soldaten kämen auf dumme Gedanken, wenn man sie sich selbst überläßt.«

»Was mein Kollege sagen will«, warf Aahz ein, »ist, daß es uns schwerfällt zu glauben, daß Ihr auf unsere Bedingungen eingehen wollt.«

»Warum nicht?« Der Kommandeur zuckte die Achseln. »*Dafür* habt Ihr doch schließlich gekämpft, nicht wahr? Es kommt ein Augenblick, wo ein Kommandeur sich fragen muß, ob es ihm nicht teurer kommt, einen Kampf durchzufechten, als ihn sich zu schenken. Bislang hat Euer Widerstand mit Dämonen und Drachen uns gezeigt, daß diese Schlacht wirklich schwer werden kann.«

»Und wo die herkommen, gibt es noch mehr ihrer Art, wenn Not am Mann sein sollte«, war ich ein.

»Das habt Ihr ja demonstriert«, lächelte der Kommandeur und machte eine lässige Handbewegung in Richtung Tanda und Brockhurst. »Hexen und Teufel stellen eine eindrucksvolle Ergängzung Eurer Streitkräfte dar.«

Ich hielt es für unklug, ihn darauf hinzuweisen, daß Brockhurst ein Imp und kein Täufler war.

»Dann erklärt Ihr Euch einverstanden, Possiltum zu schonen?« fragte Aahz gerade heraus.

»Ich erkläre mich einverstanden, es mit meinen Offizieren zu diskutieren«, präzisierte der Kommandeur. »Ich verlange lediglich, daß Ihr einen Eurer ... äh ... Helfer zurückläßt.«

»Wozu?« wollte ich wissen.

Mir gefiel die Art und Weise nicht, wie er Tanda musterte.

»Natürlich um Euch unsere Entscheidung mitzuteilen«, antwortete der Kommandeur mit einem Achselzucken. »Keiner meiner Männer würde wagen, Euer Lager zu betreten, auch wenn man die Immunität des Gesandten garantiert.«

Seine Stimme hatte einen spöttischen Unterton, der mir nicht gefiel.

»Ich werde bleiben, Skeeve«, erklärte Aahz sich bereit.

Ich überlegte schnell. Aahz hatte immer und immer wieder seine Fähigkeit bewiesen, auf sich selbst aufzupassen. Doch ich traute dem Kommandeur nicht recht.

»Nur wenn Ihr bereit seid, uns einen Eurer Offiziere dafür als Geisel mitzugeben«, entgegnete ich.

»Ich sagte doch schon, daß keiner meiner ...«, begann der Kommandeur.

»Er braucht unser Lager nicht zu betreten«, erklärte ich. Er kann draußen am Waldrand stehen bleiben, wo Ihr ihn gut sehen könnt. Ich werde persönlich für seine Sicherheit garantieren.«

Der Kommandeur biß nachdenklich auf seiner Unterlippe herum.

»Nun gut«, sagte er. »Da Ihr Interesse an seiner Laufbahn gezeigt habt, werde ich Euch Claude als Geisel mitgeben.«

Der junge Offizier erblaßte, sagte jedoch nichts.

»Einverstanden«, meinte ich. »Wir warten auf Eure Entscheidung.

Ich nickte meinen Kameraden zu, worauf sie gehorsam einer nach dem anderen das Zelt verließen. Claude zögerte, dann schloß er sich der Prozession an.

Ich hätte Aahz gerne gesagt, vorsichtig zu sein, überlegte es mir jedoch anders. Es wäre unklug, die Verletzlichkeit meines Partners vor dem Kommandeur einzugestehen. Statt dessen nickte ich den Offizieren kurz zu und folgte meinen Kameraden.

Tanda und Brockhurst befanden sich schon auf dem Rückweg zur Baumreihe. Claude dagegen wartete auf mich, als ich aus dem Zelt trat und ging neben mir her.

»Da wir gerade einen ruhigen Augenblick haben«, sagte er steif, »würde ich Euch gerne danken, daß Ihr Euch bei meinen Vorgesetzten für mich eingesetzt habt.«

»Reden wir nicht davon«, murmelte ich abwesend.

»Nein wirklich«, fuhr er hartnäckig fort. »Ritterlichkeit gegenüber dem Feind ist heutzutage derartig selten, meine ich …«

»Schaut, Claude«, knurrte ich. »Rechnet es meinem engagierten Gerechtigkeitssinn zugute. Ich mag Euch nicht, und mochte Euch nicht, als wir uns das erste Mal begegneten, aber deshalb seid Ihr noch lange nicht unfähig. Unsympathisch vielleicht, aber nicht unfähig.«

Ich war härter mit ihm, als ich beabsichtigt hatte, aber ich machte mir Sorgen um Aahz.

Derartig zurechtgewiesen fiel Claude in unbehagliches Schweigen, das fast andauerte, bis wir zu den Bäumen gelangten. Dann räusperte er sich und versuchte es erneut.

»Hm … Skeeve?«

»Hä«, gab ich barsch zurück.

»Ich … äh … wollte sagen, daß ich dankbar bin und mich gerne in gewissem Rahmen ravanchieren würde, soweit es in meiner Macht steht.«

Trotz meiner Sorgen begriff ich sein Angebot als mögliche Gelegenheit.

»Fiele die Beantwortung einiger Fragen in die Rubrik in gewissem Rahmen?« fragte ich beiläufig.

»Das hängt von den Fragen ab«, antwortete er vorsichtig. »Ich bin immer noch Soldat, und mein Verhaltenskodex schreibt klar vor …«

»Ich werde Euch etwas sagen«, fiel ich ihm ins Wort. »Ich stelle die Fragen, und Ihr entscheidet, welche Ihr beantworten wollt. Ist das fair genug?«

»Das nehme ich wohl an«, gab er zu.

»In Ordnung. Erste Frage. Glaubt Ihr, daß der Kommandeur Possiltum tatsächlich schont?«

Der Offizier wich meinem Blick einen Augenblick lang aus, dann schüttelte er knapp den Kopf.

»Darauf dürfte ich nicht antworten«, meinte er und zog eine Grimasse. »Aber ich werde es tun. Ich habe nicht den Eindruck, daß der Kommandeur es überhaupt nur als ernst zu nehmende Möglichkeit in Betracht zieht, geschweige denn, einer der Offiziere in diesem Zelt. Er ist unter der Bezeichnung ›Das Scheusal‹ bekannt, selbst bei seinen treusten und kampfgewohntesten Soldaten. Ich kann euch versichern, daß er diesen Übernamen nicht erworben hat, indem er kapitulierte, solange seine Streitmacht noch unversehrt war.«

»Warum hat er denn dann bis jetzt die Zusammenkunft durchgezogen?« erkundigte ich mich.

»Um Zeit zu gewinnen«, kam die promte Antwort. »Wie Euer Assistent bemerkte, nutzt er die Zeit, um Truppen zu massieren. Die einzige Parole, die für ihn gilt, heißt ›Sieg um jeden Preis‹. In diesem Fall scheint der Preis seine Ehre zu sein.«

Ich dachte einen Augenblick darüber nach, ehe ich meine nächste Frage stellte.

»Claude«, sagte ich vorsichtig. »Wir sind uns im Kampf gegenübergestanden, Ihr kennt Eure eigene Armee. Wenn Eure Voraussage zutrifft und das Scheusal angreift, wie sind dann Eurer Ansicht nach unsere Siegeschancen?«

»Null«, erwiderte der Offizier ruhig. »Ich weiß, es klingt wahrscheinlich wie Feindpropaganda, aber ich bitte Euch, an meine Aufrichtigkeit zu glauben. Selbst mit der Verstärkung, wie Ihr sie heute abend vorgeführt habt, überrollt Euch das Scheusal einfach, wenn er seine Legionen in Bewegung setzt. An Eurer Stelle würde ich mir den Schutz der Dunkelheit heute nacht zunutze machen, um mich davonzuschleichen, ohne das Stigma der Feigheit zu fürchten. Ihr steht der mächtigsten Armee gegenüber, die es jemals gegeben hat. Bei einer solchen Streitmacht gibt es keine Feigheit, nur Selbstschutz.«

Ich glaube ihm. Die einzige Frage war, was ich mit seinem Ratschlag anfangen sollte.

»Ich danke Euch für Euren Rat«, sagte ich höflich. »Und ich werde mir Eure Worte genau durch den Kopf gehen lassen. Für den Augenblick bleibt Ihr bitte wie abgesprochen hier im Freien, während ich mich mit meinen Soldaten beraten muß.«

»Noch eines«, sagte Claude und legte mir die Hand auf den Arm, um mich zurückzuhalten. »Falls Eurem Assistenten, den Ihr bei der Zusammenkunft zurückgelassen habt, ein Leid geschieht, so bitte ich Euch, daran zu denken, daß ich hier war und nichts damit zu tun habe.«

»Ich werde daran denken.« Ich nickte und zog meinen Arm fort. »Aber wenn das Scheusal Hand an Aahz legt, so werde ich dafür sorgen, daß er wünscht, er hätte es nie getan.«

Während ich mich umdrehte, um meine Mannschaft aufzusuchen, wünschte ich mich so selbstsicher zu fühlen, wie ich mich gab.

Tanda kam eilends zu mir gelaufen, als ich sie ansah und ihr zunickte, die anderen stehen zu lassen.

»Was gibt es, Skeeve?« fragte sie, während wir in den Schatten der Bäume schlenderten. »Machst du dir Sorgen um Aahz?«

Das machte ich, aber ich wollte es nicht gerade jetzt zugeben. Die Nacht war fast vorüber, ohne daß sich bei dem Zelt etwas geregt oder gerührt hätte. Doch ich hielt an meinem Glauben an Aahz fest. Gelang mir dies einmal nicht, dann wandte ich meine Gedanken anderen Aufgaben zu, um mich nicht sinnloser Sorge hinzugeben.

»Aahz kann für sich selber sorgen«, sagte ich schroff. »Ich wollte deine Meinung zu einer anderen Angelegenheit hören.«

»Und das wäre?« fragte sie und neigte den Kopf zur Seite.

»Wie du weißt«, begann ich großsprecherisch, »kann ich den Verwandlungszauber, den ich selbst verhänge, nicht erkennen. Zwar wird jeder andere getäuscht, doch als Verursacher der Verzauberung sehe ich die Dinge noch in ihrer ursprünglichen Gestalt.«

»Das wußte ich nicht«, erklärte sie. »Aber sprich weiter.«

»Nun«, meinte ich. »Ich dachte, wenn wir tatsächlich eine ganze Armee zu bekämpfen haben, könnten wir weitere Soldaten gut gebrauchen. Ich habe da eine Idee, aber du mußt mir erst sagen, ob es tatsächlich funktioniert.

»Okay«, nickte sie. »Was ist es denn?«

Ich wollte meine Rede beenden, doch dann fiel mir auf, daß ich nur Ausflüchte machte! Statt dessen schloß ich nun die Augen und richtete mein Denken auf eine kleine Baumgruppe vor uns.

»He!« rief Tanda. »Das ist ja Spitze!«

Ich schlug die Augen auf und achtete vorsichtig darauf, den Zauber aufrechtzuerhalten.

»Was siehst du?« fragte ich nervös.

»Eine ganze Meute Dämonen ... huch ... Perfekter, wollte ich sagen«, berichtete sie freudestrahlend. »Sie strotzen vor Schwertern und Speeren. Irre!«

Es funktionierte. Ich hatte recht gehabt in meiner Annahme, daß mein Verwandlungszauber bei allen Lebewesen, nicht nur bei Menschen und Tieren funktionierte.

»So etwas habe ich noch nie gesehen«, wunderte sich Tanda. »Kannst du sie auch bewegen?«

»Ich weiß nicht«, gab ich zu. »Ich habe eben erst ...«

»Boß! He, Boß!« rief Brockhurst und kam auf uns zugerannt. »Komm schnell! Das solltest du dir besser ansehen!«

Eine plötzliche Angst umklammerte mein Herz.

»Komm mit, Tanda«, knurrte ich und setzte mich in Bewegung.

Bis wir am Waldrand angelangten, stand dort schon das ganze Team versammelt und unterhielt sich aufgeregt.

Die Gruppe verstummte und wich meinem Blick aus. Brockhurst hob die Hand und deutete über die Wiese.

Dort hing vor dem Hintergrund eines gewaltigen Freudenfeuers Aahz an einem grob gezimmerten Galgen. Sein Körper war schlaff und leblos und pendelte langsam am Ende des Seils. Zu seinen Füßen hatte sich eine Gruppe Soldaten als Zuschauer des Spektakels versammelt.

Erleichterung durchflutete mich, und ich begann, hysterisch zu kichern. Erhängen! Wenn die wüßten!

Besorgnis machte sich auf den Gesichtern meiner Gruppenmitglieder breit, als sie in fassungslosem Schweigen meine Reaktion beobachteten.

»Macht euch keine Sorgen!« keuchte ich. »Ihm geht es gut!«

Ziemlich früh während meiner Laufbahn bei Aahz hatte ich erfahren, daß man Dämonen nicht durch Erhängen töten kann. Ihre Halsmuskeln sind zu kräftig. Sie können den ganzen Tag hängen, ohne daß es sie im geringsten mitnimmt. Das hatte ich natürlich auch auf die unerquicklichste Art gelernt, als wir eines Tages ...

»Zumindest besitzen sie soviel Anstand, den Leichnam zu verbrennen«, murmelte Claude neben mir.

Mein Lachen blieb mir im Hals stecken.

»Was?« schrie ich und wirbelte herum.

Tatsächlich hatten die Soldaten Aahz' »Leichnam« heruntergeschnitten und trugen ihn zu ihrem Freudenfeuer, ganz offensichtlich in der Absicht, ihn hineinzuwerfen.

Feuer! Feuer war eines der Dinge, die Aahz so endgültig umbringen konnten ...

»Ajax!« brüllte ich. »Schnell! Halte sie davon ab ...«

Es war zu spät.

Mit einem Ruck der Soldaten wurde Aahz in die lodernden Flammen geschleudert. Sie flackerten kurz weiß auf, dann war alles vorüber.

Dahin! Aahz!

Ich stand da und starrte ungläubig in das Feuer. Das Entsetzen lähmte mich völlig, als mir allmählich das Ausmaß meines Verlustes bewußt wurde.

»Skeeve!« sagte Tanda mir ins Ohr und legte mir ihre Hand auf die Schulter.

»Laß mich in Ruhe!« krächzte ich.

»Aber die Armee ...«

Sie sprach nicht weiter, doch ihre Worte taten ihre Wirkung. Allmählich bemerkte ich, was rings um mich geschah.

Die Legionen, die uns ihre Antwort gegeben hatten, scharten sich für die Schlacht zusammen. Trommeln erklangen dröhnend und begrüßten die aufgehende Sonne, die sich in den auf Hochglanz polierten Waffen spiegelte, die zum Kampf gegen uns aufgereiht waren.

Die Armee! Sie hatte das getan!

Absichtlich langsam drehte ich mich zu Claude um. Er wich unter meinem Blick furchtsam zurück.

»Denkt daran!« rief er verzweifelt. »Ich hatte nichts damit zu tun …«

»Ich habe es nicht vergessen«, erwiderte ich kalt. »Und nur deshalb lasse ich Euch gehen. Ich würde Euch jedoch raten, einen anderen Weg einzuschlagen als den, der zu Eurem Heer zurückführt. Ich habe mich bemüht, freundlich mit ihnen umzugehen, aber wenn sie darauf bestehen, Krieg zu führen, so sollen sie ihn haben, so wahr ich Skeeve bin!«

›Was ist das denn, eine chinesische Feuerübung?‹
SUN TZU

23

Ich sah nicht, wohin Claude verschwand, nachdem ich mit ihm gesprochen hatte, und es interessierte mich auch nicht. Ich besah mir die gegnerische Armee unter neuen Gesichtspunkten. Bislang hatte ich als Verteidiger gedacht und meine Planungen mit dem Ziel des Überlebens angelegt. Nun dachte ich als Angreifer.

Die Legionen waren in dichten Kampfblöcken aufgestellt, es standen drei oder vier Blöcke nebeneinander über eine Breite von etwa fünfzehn Blöcken. In ihrer Gesamtheit erweckten sie den Eindruck einer furchterregenden Macht, einer unwiderstehlichen Kraft, die niemals zurückweichen würde.

Das kam mir gerade recht. Tatsächlich wollte ich sogar noch eine kleine Sicherheit, daß sie nicht zurückweichen konnten.

»Ajax!« rief ich, ohne den Blick zu wenden.

Er trat an meine Seite.

»Na schön«, sagte ich finster. »Die gleiche Übung wie beim ersten Gefecht, nur daß du diesmal nicht auf die Wagen zielst. Ich möchte einen brennenden Halbkreis um ihre Nachhut.«

»Zu Befehl, Jungchen!« erwiderte der Bogenschütze neben mir.

»Kann Blackie deine Pfeile über diese Aufstellung hinaustragen?«

»Ich schätze schon«, antwortete er schleppend.

Wie beim ersten Mal pfiff die Bogensehne, als der Schütze einen Pfeil nach dem anderen davonzujagen begann. Doch diesmal fingen sie noch eilfertiger Feuer.

»Langsam, Jungchen«, rief Ajax. »Sonst verbrennst du sie ja, noch ehe sie den Boden berühren.«

Er hatte recht. Entweder stand ich direkt auf einer Kraftlinie, oder mein Zorn hatte meine Energien vervielfacht. Was immer der Grund gewesen sein mag, jedenfalls hatte ich eine Unmenge Kraft zu meiner Verfügung.

»Tut mir leid, Ajax«, erklärte ich und nahm einen Teil meiner Konzentration von dem Zündungspunkt.

»Tanda!« rief ich, »lauf zurück und hol Gliep!«

»In Ordnung, Skeeve!« kam die Antwort.

Ich hatte so eine Vorahnung, als konnte uns mein Liebling gelegen kommen, ehe dieser Streit vorüber sein sollte.

Die erste Reihe der Gefechtsformation setzte sich zum rhythmischen Schlag der Trommeln in Bewegung. Ich beachtete sie gar nicht.

»Brockhurst!«

»Hier, Boß!« antwortete der Imp und trat neben mich.

»Hast du den Kommandeur schon ausgemacht?«

»Noch nicht«, kam die verbitterte Antwort. »Er hat sich vermutlich irgendwo in der Mitte der Formation verschanzt.«

»Klettere auf einen Baum oder etwas Ähnliches und sieh zu, ob du ihn finden kannst«, befahl ich.

»In Ordnung, Boß! Soll ich mich an ihn heranmachen, wenn ich ihn sehe?«

»Nein«, lehnte ich finster ab. »Erstatte mir nur Bericht. Den will ich mir selbst vorknöpfen.«

Die erste Reihe rückte weiter vor. Ich kam zu dem Schluß, daß ich nun besser etwas dagegen unternahm. Mit einem Schwung meiner Gedanken setzte ich die Wiese vor der Mitte der Schlachtenreihe in Brand. Die Blöcke hinter dieser Barriere kamen zum Halten, während die rechten und linken Flügel weitermarschierten.

»Gliep«, ertönte eine wohlvertraute Stimme hinter mir, mit der ein noch vertrauterer übler Atemhauch einherging.

»Wir sind zurück!« verkündete Tanda überflüssigerweise.

Ich beachtete sie nicht weiter und besah mir die Lage. Weiße Rauchfähnchen, die hinter der Formation des Imperiums aufsteigen, zeigten an, daß Ajax seine Aufgabe fast vollendet hatte. Bald befände die Armee sich von jeglicher Rückzugsmöglichkeit abgeschnitten. Nun war die Zeit gekommen, über unseren Angriff nachzudenken. Als erstes benötigte ich genauere Informationen.

»Gus«, sagte ich nachdenklich. »Ich möchte, daß du zu einem kurzen Flug über ihre Formationen aufbrichst. Sieh zu, daß du Berfert an einer Stelle absetzen kannst, wo er echten Schaden anrichtet.«

»In Ordnung, Boß«, grunzte der Wasserspeier und humpelte nach vorn.

»Warte einen Augenblick«, meinte ich, als mir ein Gedanke kam. »Tanda, hast du die Unsichtbarkeitswand noch bei dir?«

»Zur Stelle«, grinste sie.

»Gut«, nickte ich. »Gus, nimm die Wand mit. Halte sie, so lange es geht, vor dich, während du sie auskundschaftest. Es wäre unsinnig, dich beschießen zu lassen, solange das nicht unumgänglich ist.«

Der Wasserspeier nahm die Wand mit einem Achselzukken entgegen.

»Wenn du meinst, Boß«, murmelte er. »Aber sie können mir nicht viel anhaben.«

»Nimm sie trotzdem«, befahl ich. »Und jetzt los.«

Der Wasserspeier sprang schwer in die Luft und begann, mit ausholenden Flügelschlägen über die Wiese dahinzuschweben. Ich fand es kaum zu glauben, daß ein so schweres, aus Stein beschaffenes Wesen fliegen konnte, doch ich sah es mit eigenen Augen. Vielleicht benutzte er Levitation dazu.

»Alles geschafft, Jungchen«, kicherte Ajax und riß mich aus meinen Gedanken. »Kann ich im Augenblick sonst noch etwas tun?«

»Vorläufig nicht, Ajax«, erwiderte ich. »Aber halte dich bereit.«

Ich war froh, daß dieser Teil meiner Konzentration nun wieder zur Verfügung stand. Das nächste Kunststückchen, das ich vorhatte, würde alle Energie erfordern, die ich aufbringen konnte.

Ich konzentrierte meine Gedanken auf das Gras vor dem heranrückenden linken Flügel. Zum Beweis, daß meine Bemühungen nicht umsonst waren, blieb dieser Teil der Schlachtreihe auf der Stelle stehen.

»Sag mal!« keuchte Tanda voll aufrichtiger Bewunderung. »Das ist ja klasse.«

Was ich hatte veranlassen wollen, war das Gras in eine Armee von Imps zu verwandeln, die aus dem Boden schossen, um sich den Soldaten des Imperiums entgegenzustellen. Ich wählte diesmal Imps anstelle von Dämonen, denn Imps sind kleiner als Dämonen und erfordern deshalb weniger Energie zur Aufrechterhaltung des Trugbildes.

Was immer meine Bemühungen vermocht hatten, es reichte aus, um eine entsprechende Reaktion der Soldaten hervorzurufen. Nachdem ihre Offiziere mehrere Befehle gebrüllt hatten, schleuderten die Soldaten eine Reihe Speere ins Gras vor ihnen. Doch die Waffen konnten ihren geisterhaften Gegnern natürlich nichts anhaben.

»Sag mal, Jungchen.« Ajax stieß mich leicht in die Seite. »Soll ich nichts gegen die Kerle unternehmen, die auf unseren Wasserspeier schießen?«

Ich drehte mich ein wenig, um Gus' Flugbahn zu prüfen. Die fliegende Gestalt hatte die Mitte der Frontsoldaten überflogen, welche mein Feuer bislang in Schach gehalten hatte. Diese konnte nun die Person hinter der Unsichtbarkeitswand erkennen und reagierten beneidenswert fachkundig.

Die Bogenschützen dieser Formation waren damit beschäftigt, ihre Pfeile für die eigentümliche Gestalt zu vergeuden, welche plötzlich über ihren Köpfen aufgetaucht war, während ihre Kameraden ihr Bestes taten, um den Wasserspeier mit Speerwürfen zu treffen.

All dies sah ich auf einen Blick. Und ich sah noch etwas anderes.

»Warte mal eine Minute, Ajax!« befahl ich. »Schau dir das an!«

Die verschiedenen Geschosse, welche die Mittellinie abfeuerte, fielen mitten in die dichtgedrängten Formationen der hinteren Soldaten nieder, welche immer noch ihre Befehle erwarteten. Es erübrigt sich zu erwähnen, daß solches nicht gut aufgenommen wurde; insbesondere, da die Betroffenen das eigentliche Ziel der vorgerückten Truppe nicht erkennen konnten. Für sie mußte es den Anschein haben, als hätten sich ihre Verbündeten durch Magik oder Besessenheit plötzlich gegen sie gewandt und das Feuer auf sie eröffnet.

Nun begannen ein paar Blöcke, das Feuer zu erwidern, indem sie ihre eigenen Bogenschützen in Aktion treten hießen. Andere reagierten, indem sie ihre Schilde hoben und mit gezückten Schwertern nach vorne liefen.

Die Folge war völliges Chaos, als schließlich die Soldaten aus den Mittelreihen begannen, sich gegen die Angriffe durch ihre eigene Verstärkung zu verteidigen.

Glauben Sie nicht, ich hätte mir das so ausgedacht, doch ich reagierte schnell genug, um aus der Situation Kapital zu schlagen. Wenn die Präsenz des Wasserspeiers ausreichte, einen solchen Tumult auszulösen, dann konnte es meiner Ansicht nach nur gut sein, den Einsatz ein wenig zu erhöhen.

Mit einem schnellen, geistigen Streich veränderte ich Gus' Erscheinung. Nun schwebte ein ausgewachsener Drache über ihnen. Die Wirkung war sehenswert.

Doch ich gestattete mir nicht den Luxus, dies alles ausführlicher zu bestaunen. Ich hatte in diesem kurzen Gefecht etwas gelernt und wollte es weiter ausprobieren.

Ich löste mein Imp-Heer auf und stellte es dann nicht vor den Soldaten, sondern mitten unter ihnen wieder auf!

Dies brachte die Formationen endgültig durcheinander. Als die Soldaten sich auf die Phantomgestalten stürzten, verletzten sie mehr als einmal ihre eigenen Kameraden.

Wenn dies so weiterging, wären sie zu beschäftigt, sich untereinander zu schlagen, als daß sie sich um uns kümmern könnten.

»Boß!« rief Brockhurst und kam an meine Seite geschossen. »Ich habe den Kommandeur ausgemacht!«

»Wo?« fragte ich finster und versuchte, meine Konzentration nicht von dem Kampf, der auf der Wiese tobte, zu nehmen.

Der Imp wies in die entsprechende Richtung.

Tatsächlich! Da war das Scheusal, schritt zornig von einer Formation zur anderen und versuchte, in seiner Streitmacht wieder Ordnung herzustellen.

Ich hörte das leise Geräusch eines Pfeils, der aus dem Köcher gezogen wurde.

»Ajax!« schnauzte ich ihn an. »Laß das sein. Der gehört mir ... mir ganz allein!«

Bei diesen Worten löste ich alle Imps in der Umgebung des Scheusals auf und verwandelte statt dessen die Züge des Kommandeurs, bis er das Äußere von Aahz angenommen hatte.

Die verwirrten Soldaten sahen einen Dämonen in ihrer Mitte auftauchen, der ein Schwert schwang, und zwar einen, der, wie sie wußten, getötet werden konnte. Es bedurfte keines weiteren Anstoßes.

Ich sah noch kurz den fassungslosen Blick des Scheusals, ehe seine Soldaten ihn einkreisten, dann verschwand er hinter einer Mauer von Uniformen.

»Auftrag ausgeführt, Boß«, verkündete Gus, als er nun neben mir auftauchte. »Was jetzt?«

»Was ... hast du ...«, stammelte ich.

Ich hatte nicht mehr daran gedacht, daß die Unsichtbarkeitswand den Wasserspeier auf dem Rückflug vor unseren Blicken abschirmen würde. Sein plötzliches Auftauchen hatte mich erschreckt.

»Berfert kommt gleich, wenn er mit ihrer Belagerungsgerätschaft fertig ist«, fuhr Gus fort und machte eine Handbewegung in Richtung des Gegners.

Ich schaute über die Wiese. Er hatte recht. Die schwere Ausrüstung, die hinter der Armee aufgestellt gewesen war, stand nun in Flammen.

Dann bemerkte ich etwas anderes.

Das Heer bekämpfte sich nicht mehr untereinander. Ich begriff voller Schrecken, daß ich über meiner Abrechnung mit dem Scheusal und Gus' Auftauchen versäumt hatte, die Imp-Armee aufrechtzuerhalten!

Ohne irgendeinen sichtbaren Gegner waren die Soldaten offensichtlich wieder zu Sinnen gekommen und liefen nun umher bei dem Versuch, wieder ihre Formation zu bilden.

Bald würden sie bereit sein, wieder anzugreifen.

»Was soll ich jetzt tun, Boß?« erkundigte Brockhurst sich eifrig.

Das war eine gute Frage. Ich beschloß, sie zurückzustellen, bis ich mir eine Antwort ausgedacht hatte.

»Ich werde dir ein Diagramm ziehen«, erklärte ich zuversichtlich. »Gebe mir doch mal einer ein Schwert!«

»Hier, Bürschchen, nimm meines«, meinte Ajax und reichte mir seine Waffe.

»Danke«, sagte ich geistesabwesend. »Also, diese Linie hier ist ihre Hauptformation. Wenn wir nun ... *Aahz?*«

»Zur Stelle«, meinte mein Lehrer. »Tut mir leid, daß ich mich etwas verspätet habe.«

Es war *tatsächlich* Aahz! Da stand er in aller Seelenruhe mit übereinandergeschlagenen Armen, als sei er die ganze Zeit bei der Gruppe gewesen. Die Reaktion der anderen zeigte jedoch, daß sie über Aahz' Erscheinen ebenso überrascht waren wie ich.

»Aber du ...«, stammelte ich. »Das Feuer ...«

»Ach das«, Aahz zuckte mit den Schultern. »Als ich mir darüber klarwurde, was sie vorhatten, bin ich mit dem D-Hüpfer in eine andere Dimension entwischt. Die einzige Schwierigkeit war, daß ich die Kontrollgeräte noch nicht wieder in Ordnung gebracht hatte und eine Weile brauchte, bis ich auf Klah zurückfand.«

Erleichterung flutete über mich hinweg wie eine kühle Welle. Aahz lebte! Und was noch wichtiger war, er war da! Die Aussichten für die Schlacht waren plötzlich viel erfreulicher.

»Was machen wir jetzt?« fragte ich Aahz beflissen.

»Ich weiß nicht, warum du mir diese Frage stellst«, blinzelte mein Lehrer unschuldig. »Es sieht ganz so aus, als wärst du bislang hervorragend allein zurechtgekommen.«

Großartig! Jetzt, wo ich eine Rat brauchte, bekam ich Komplimente.

»Schau, Aahz«, begann ich ernst. »Wir stehen vor einer Schlacht, die ...«

»Boß!« fiel Brockhurst mir ins Wort. »Da draußen tut sich irgend etwas!«

Mit sinkendem Mut drehte ich mich um und besah mir noch einmal die Lage. Eine neue Gestalt war aufgetaucht, allem Anschein nach ein Offizier. Er schritt direkt vor der Schlachtenreihe auf und ab und brüllte abwechselnd oder fuchtelte mit den Händen. In seinem Schlepptau befanden sich eine Schar Offiziere, die sich leise unterhielten und einander die Hände schüttelten.

»Was in aller Welt hat das zu bedeuten?« murmelte ich mehr vor mich hin.

»Nimm dich zusammen, Kerlchen«, riet mir Aahz. »Wenn ich richtig höre, gibt es schlechte Neuigkeiten.

»Nun komm schon, Aahz«, seufzte ich, »wie könnte die Lage denn noch schlimmer werden, als sie es ohnehin schon ist?«

»Ganz einfach«, gab Aahz zurück. »*Das* ist der Oberbefehlshaber der Imperiumsarmee. Er ist hier, um herauszufinden, was den Vormarsch seines linken Flügels aufhält.«

›... und dann sagte ich mir,
Warum die Sache überhaupt teilen?‹
ADAM RIESE

24

Der Name des Oberbefehlshabers war Big Julie, und er war völlig anders, als ich ihn mir vorgestellt hätte.

Zum einen kam er zu uns, als er einen Kriegsrat abhalten wollte. In Begleitung all seiner Offiziere kam er den ganzen Weg über die Wiese und blieb kurz vor dem Waldrand stehen, und er kam unbewaffnet. Darüber hinaus trugen auch seine Offiziere keine Waffen, wahrscheinlich hatte er darauf bestanden. Ihm schien völlig alle Arroganz abzugehen, die bei allen Offizieren, mit denen wir bis dahin zu tun gehabt hatten, so augenfällig gewesen war. Als ich ihm die Mitglieder unseres Teams vorstellte, fiel mir auf, daß er ihnen mit großer Achtung entgegen kam, und er wirkte aufrichtig erfreut, jeden einzelnen kennenzulernen, sogar Gliep.

Unsere gesamte Mannschaft wohnte der Besprechung bei. Wir dachten, wenn je der Zeitpunkt gekommen war, unsere gesamte Stärke zu demonstrieren, so jetzt.

In einem ungewohnten Anfall von Gastfreundschaft holte Aahz den Wein heraus und bot der gesamten Versammlung an. Ich sah das mit gewissem Mißtrauen. Aahz ist nicht derjenige, der Drinks verabreicht, um eine Schlacht zu gewinnen, doch als unsere Blicke sich begegneten und ich fragend eine Augenbraue hob, antwortete er mit einem leichten Kopfschütteln. Offensichtlich spielte er diese Runde ehrlich.

Dann kamen wir zur Sache.

»Big Julie« hörte uns mit ungeteilter Aufmerksamkeit an. Als wir zum Ende kamen, seufzte er und schüttelte den Kopf.

»Tut mir leid«, erklärte er. »Aber das kann ich nicht

machen. Wir müssen weiter auf dem Vormarsch bleiben, versteht Ihr? Das ist der Sinn einer Armee!«

»Könntet Ihr nicht für eine Weile in eine andere Richtung vorrücken?« schlug ich hoffnungsvoll vor.

»Ach je!« rief er und hob abwehrend die Hände. »Was glaubt Ihr, wen ich hier habe? Genies? Das sind Soldaten. Die rücken geradewegs vor, wenn Ihr versteht, was ich sagen will.«

»Aber müssen sie denn so heftig vorrücken«, murmelte Aahz. »Hinter denen bleibt nicht viel stehen.«

»Was soll ich sagen?« Big Julie hob die Achseln. »Es sind gute Jungs, sie verrichten ihre Arbeit. Manchmal lassen sie sich ein wenig hinreißen ... so wie das Scheusal.«

Ich hatte gehofft, das Thema Scheusal umgehen zu können, aber da nun einmal die Rede davon war, beschloß ich, nicht lange um den heißen Brei zu reden.

»Sagt mal ... hm ... Julie«, begann ich.

»Big Julie!« knurrte einer der Offiziere aus dem Mundwinkel.

»Big Julie«, verbesserte ich hastig. »Was das Scheusal angeht. Äh ... er war ... nun ... ich wollte ...«

»Reden wir nicht davon«, winkte Julie ab. »Wollt Ihr die Wahrheit hören? Ihr habt mir einen Gefallen getan.«

»Tatsächlich?« Ich blinzelte.

»Ich machte mir allmählich etwas Sorgen um das Scheusal, versteht Ihr, was ich meine?« Der Kommandeur hob die Augenbrauen. »Er wurde ein bißchen zu ehrgeizig.«

»Ja dann ...« Ich lächelte.

»Aber das ist ein schlimmes Ende. Von den eigenen Leuten in Stücke gehackt zu werden. Ich würde nicht wollen, daß mir das widerfährt.«

»Du hättest ihn den Drachen zum Fraß vorwerfen sollen«, meinte Aahz frei heraus.

»Das Scheusal?« Julie runzelte die Stirn. »Dem Drachen vorwerfen? Weshalb?«

»Die Wirkung wäre die gleiche gewesen.«

Das sollte wohl lustig sein, denn Aahz brach in schallendes Gelächter aus wie häufig bei seinen eigenen Scherzen. Tanda verdrehte verzweifelt die Augen.

Big Julie wirkte einigermaßen verwirrt. Er schaute mich an, und ich zuckte die Achseln, um ihm zu zeigen, daß ich auch nicht wußte, um was es ging.

»Er ist merkwürdig«, verkündete Julie und deutete mit anklagendem Finger auf Aahz. »Warum hängt so ein netter Bursche wie Ihr mit merkwürdigen Typen herum? Wie?«

»Das ist der Krieg«, sagte ich entschuldigend. »Ihr kennt ja den Spruch von den merkwürdigen Bettgenossen.«

»In dieser Hinsicht scheint Ihr ja keine Probleme zu haben!« Julie zwinkerte und grinste gehässig zu Tanda hinüber.

»Willst du, daß ich für seinen Abgang sorge, Boß?« fragte Brockhurst finster und trat nach vorn.

»Da!« explodierte Julie. »Genau das meine ich. So lernt man keine Kriegsführung. Ich werde Euch etwas sagen. Warum nehmt Ihr nicht bei mir einen Posten an? Was meint Ihr dazu?«

»Welche Soldstufe?« wollte Aahz wissen.

»Aahz!« schalt ich und drehte mich dann wieder zu Julie um. »Tut mir leid, aber wir haben schon einen Posten ... die Verteidigung von Possiltum. Ich weiß Euer Angebot zu schätzen, aber ich lasse eine Aufgabe nicht gerne unerledigt.«

»Was habe ich Euch gesagt«, wandte Julie sich an seine Offiziere. »Das ganze gute Material ist schon verbraucht. Warum schafft ihr mir nicht solche Rekruten bei? Wie?«

Das war alles sehr schmeichelhaft, doch ich beharrte zäh auf dem Zweck unserer Zusammenkunft.

»Hm ... Jul ... ich meine, Big Julie«, unterbrach ich. »Was nun die Verteidigung von Possiltum angeht. Könntet Ihr nicht irgendein anderes Königreich finden, das sich angreifen läßt? Ich möchte nicht gezwungen sein, gegen Euch zu kämpfen.«

»*Ihr* wollt nicht kämpfen?« platzte Julie sarkastisch heraus. »Glaubt Ihr, *ich* kämpfe gerne? Glaubt Ihr, es macht mir *Spaß*, auf diese Weise mein Geld zu verdienen? Meint

Ihr, meinen Jungs macht es Freude, die ganze Zeit zu töten und zu erobern?«

»Nun ...«, begann ich taktvoll.

Big Julie hörte mir gar nicht zu. Er hatte seinen Platz verlassen, tigerte auf und ab und gestikulierte heftig, um seine Äußerungen zu unterstreichen.

»Welcher Spinner kämpft schon *gerne?«* fragte er rhetorisch. »Sehe ich verrückt aus? Sehen meine Jungs verrückt aus? Jeder glaubt, irgendein teuflischer Trieb hielte uns in Gang. Sie glauben alle, wir wollten nichts anderes auf dieser Welt, als in schweißtreibenden Rüstungen herumlaufen und unsere Schwerter auf anderer Leute Helme wetzen. Das denkt Ihr doch auch, nicht wahr? Wie? Stimmt es etwa nicht?«

Diesen letzten Satz brüllte er mir direkt ins Gesicht. Doch inzwischen hatte ich es reichlich satt, angeschrien zu werden.

»Ja!« brüllte ich zornig. »Genau das denke ich!«

»Nun«, Julie blickte finster drein. »Ihr täuscht Euch aber, denn ...«

»Und zu dieser Meinung bin ich gekommen, weil Ihr es nicht tun würdet, wenn es Euch keinen Spaß machte!« fuhr ich fort und sprang auf.

»Wenn das so einfach wäre!« Julie zog eine ironische Grimasse. »Einfach aufhören und weggehen.«

Er drehte sich um und wandte sich an seine Offiziere.

»Er meint, es wäre einfach! Habt Ihr *das* gehört? Jeder von Euch, der nicht kämpfen mag, soll einfach aufhören. Was? Wie? Einfach so ...«

Die versammelten Männer kicherten leise im Chor. Trotz meines vorangegangenen Wutausbruchs begann ich, ihm zu glauben. So unglaublich dies erscheinen mochte, Julie und seine Männer waren nicht gerne Soldaten!

»Glaubt Ihr, wir würden nicht den Dienst quittieren, wenn das möglich wäre?« wandte Julie sich wieder an mich. »Ich wette, in meinem Heer befindet sich kein einziger Mann, der nicht gerne mal einen Spaziergang machen würde, wenn er damit weit käme.«

Wieder erklang zustimmendes Gemurmel von den Offizieren.

»Ich verstehe das nicht«, sagte ich und schüttelte den Kopf. »Wenn Ihr nicht kämpfen wollt und wir wollen nicht kämpfen, was haben wir dann hier zu suchen?«

»Habt Ihr schon einmal von Kredithaien gehört?« fragte Julie. »Kennt Ihr Euch mit dem organisierten Verbrechen aus?«

»Organisiertes Verbrechen?« Ich blinzelte.

»Das ist wie eine Regierung, Kerlchen«, erläuterte Aahz. »Nur wirkungsvoller.«

»Und wieviel ›wirkungsvoller‹!« nickte Julie. »Das haben wir hier zu tun! Ich und meine Jungs, wir haben eine unglaubliche Latte von Spielschulden. Wir arbeiten sie gewissermaßen ab, zahlen sie in Land zurück, wenn Ihr versteht, was ich meine?«

»Ihr habt meine Frage noch nicht beantwortet«, erinnerte ich ihn. »Warum quittiert Ihr nicht einfach?«

»Quittieren?« Julie schien aufrichtig erstaunt. »Ihr macht wohl Scherze. Wenn ich quittiere, bevor ich ausgelöst bin, brechen die mir die Knochen. Wißt Ihr?« Sein wölfisches Grinsen ließ keine Zweifel daran, daß die betreffenden Schurken weit Fataleres und Schmerzlicheres taten, als einem nur die Knochen zu brechen.

»Bei den Jungs hier ist es das gleiche. Stimmt's, Jungs?« Er winkte in Richtung seiner Offiziere.

Heftiges Nicken war die Antwort.

»Und Ihr müßtet ihren Geldeintreiber sehen. Junge, Ihr seid gewiß ein anständiger Zauberer, dort, wo Ihr herkommt. Aber das«, er schüttelte sich, »glaubt mir, das würdet Ihr gewiß nicht mit ansehen wollen.«

Da ich wußte, wie zäh Big Julie war, glaubte ich ihm aufs Wort.

Mit einem herzlichen Lächeln legte er mir den Arm um die Schultern.

»Deshalb bricht es mir wirklich das Herz, Euch umzubringen. Versteht Ihr?«

»Nun«, begann ich, »Ihr müßt mich doch nicht … UMBRINGEN?!«

»Doch.« Er nickte heftig. »Ich wußte, daß Ihr mich verstehen würdet. Arbeit ist nun einmal Arbeit, auch wenn sie einem noch so sehr zuwider ist.«

»Holla!« unterbrach uns Aahz und legte eine flache Hand auf die Fingerspitzen der anderen, daß sie ein T bildeten. »Nun mal langsam. Überseht Ihr da nicht etwas, Jules?«

»Big Julie heißt das«, mahnte eine der Leibwachen.

»Von mir aus kann er sich Osterhäschen nennen«, spottete mein Lehrer. »Deshalb übersieht er doch etwas.

»Und das wäre?« fragte Julie.

»Uns.« Aahz lächelte und deutete auf das Team. »Abgesehen von dem unbedeutenderen Detail, daß Skeeve hier Zauberer und nicht so einfach umzubringen ist, hat er Freunde. Was glaubt Ihr, werden wir mit Euch anstellen, wenn Ihr versucht, Hand an unseren Anführer zu legen?«

Die ganze Mannschaft schob sich ein wenig nach vorn. Keiner von ihnen lächelte, nicht einmal Gus. Obwohl sie meine Freunde waren, die ich kannte und liebte, mußte ich zugeben, daß sie furchterregend aussehen. Ich war plötzlich sehr froh, daß sie auf meiner Seite standen.

Big Julie dagegen schien nicht beeindruckt.

»Um ehrlich zu sein«, antwortete er lächelnd, »rechne ich damit, daß Ihr mit Eurem Anführer sterben werdet. Das heißt, falls Ihr nicht wirklich gut laufen könnt.«

»Vor was dann davonlaufen?« knurrte Gus. »Ich glaube, Ihr überseht immer noch etwas. Nach meiner Rechnung sind wir mehr als Ihr. Selbst wenn Ihr bewaffnet wärt …«

Der Oberbefehlshaber unterbrach ihn mit einem Lachen. Es war ein entspanntes, selbstsicheres Lachen, an dem niemand teilhatte. Dann verstummte sein Lachen, und er beugte sich mit grimmigem Blick nach vorn.

»Ich werde das nur einmal sagen, also hört gut zu. Big Julie kam nicht an die Position, die er heute innehat, indem er etwas übersah. Ihr glaubt, in der Überzahl zu sein? Dann solltet Ihr vielleicht besser noch einmal nachzählen.«

Ohne den Blick von uns zu wenden, gab er ein kurzes,

unvermitteltes Handzeichen. Daraufhin zogen seine Wachen an einer Schnur, und die Seitenwände des Zeltes fielen herab.

Draußen standen Soldaten. Sie hatten sich nicht dort befunden, als wir das Zelt betreten hatten, doch nun waren sie da. Es waren Unmassen. Reihe um Reihe stand um das Zelt, die nächste keinen halben Meter entfernt. Die ersten drei Reihen bildeten Bogenschützen mit gespannter Bogenschnur und auf uns gerichteten Pfeilen.

Ich begriff mit plötzlicher, ruhiger Klarheit, daß ich nun sterben würde. Die ganze Unterredung war nur eine Falle gewesen, und zwar eine gute. Eine so gute, daß wir alle tot wären, so wie wir uns nur rührten. Ich machte mir nicht einmal vor, daß ich so viele Pfeile abhalten konnte, wenn sie alle gleichzeitig abgeschossen würden. Gus konnte die Salve vielleicht überstehen und die anderen konnten sich retten, indem sie in eine andere Dimension sprangen, doch ich stand von Aahz und dem D-Hüpfer zu weit entfernt.

»Ich … äh … dachte, Kriegsräte ständen außerhalb der Kampfhandlungen«, hob ich vorsichtig an.

»Und ich habe meine heutige Stellung auch nicht durch Fairneß erworben«, meinte Big Julie mit einem Achselzukken.

»Wißt Ihr«, sagte Aahz langsam, »für einen Burschen, der nicht gerne kämpft, führt Ihr einen ziemlich widerlichen Krieg.«

»Was soll ich dazu sagen?« fragte der Oberbefehlshaber und hob die Hände zu einer hilflosen Geste. »Es ist ein Job. Glaubt mir, wenn ich eine andere Möglichkeit hätte, ich würde sie wahrnehmen. Aber so …«

Er verstummte und begann, den Arm zu heben. Ich begriff mit Entsetzen, daß mit seinem Arm für mich zugleich der Vorhang fallen würde.

»Wieviel Zeit haben wir, eine andere Möglichkeit zu finden?« erkundigte ich mich verzweifelt.

»Keine.« Big Julie seufzte.

»UND WIR BRAUCHEN AUCH KEINE!« brüllte Aahz plötzlich begeistert.

Aller Augen, einschließlich der meinen, wandten sich ihm zu. Er grinste breit, während er auf etwas lauschte, das der Gremliner ihm ins Ohr flüsterte.

»Was hat das zu bedeuten?« wollte der Oberbefehlshaber wissen. »Und wo kommt der kleine, blaue Bursche her? Wie?«

Er schaute die ringsum stehenden Soldaten an, die einander peinlich verlegene Blicke zuwarfen.

»Das ist ein Gremliner«, klärte Aahz ihn auf, während er kameradschaftlich den Arm um die Schultern seines Vertrauten legte. »Und ich glaube, er hat die Antwort auf unser Problem gefunden. Auf *alle* unsere Probleme. Versteht Ihr, was ich meine?«

»Was meint er?« Julie blickte mich finster an. »Versteht Ihr, was er sagt?«

»Sag's ihm, Aahz«, befahl ich zuversichtlich, während ich mich die ganze Zeit über wunderte, welche mögliche Lösung mein Lehrer für dieses Schlamassel gefunden hatte.

»Big Julie«, meinte Aahz lächelnd, »was könnten diese Kredithaie machen, wenn Ihr und Eure Armee einfach verschwändet?«

Und so unglaublich es sein mochte, so endete die ganze Geschichte. Nicht mit Feuer, Explosion und Schlachtengetümmel. Sondern wie so vieles in meinem Leben auf ebenso verrückte und abwegige Art, wie es begonnen hatte.

Und als es vorüber war, wünschte ich fast, es wäre dies noch nicht.

Denn dann hieß es, sich von unserer Mannschaft zu verabschieden.

Und dieser Abschied fiel mir schwerer, als ich geglaubt hätte. Irgendwie hatte ich bei meinen Planungen nie die Möglichkeit ausgeschlossen, sieghaft aus diesem Krieg hervorzugehen.

Trotz meiner anfänglichen Bedenken in bezug auf die

Mannschaft stellte ich fest, daß mir jeder sehr ans Herz gewachsen war. Ich hätte sie gerne ein wenig länger um mich gehabt, aber das wäre unmöglich gewesen. Unsere nächste Station war die Hauptstadt, und es waren etwas zu viele, um sie einfach so fortzudebattieren.

Außerdem war es, wie Aahz erklärte, für die Moral der Soldaten schädlich, wenn sie herausfanden, wie hoch die Entlohnung ihres Kommandeurs war, insbesondere, wenn sie in so frappierendem Mißverständnis zu ihrem eigenen Sold stand.

Gemäß Aahz' Ratschlag bezahlte ich jeden einzeln. Doch als dies geschehen war, mußte ich feststellen, daß mir merkwürdigerweise die Worte fehlten. Und wieder einmal kam mir die Mannschaft zu Hilfe.

»Tja, Boß«, seufzte Brockhurst. »Ich schätze, das war's dann wohl. Vielen Dank für alles.«

»Es war ein echtes Vergnügen, für dich zu arbeiten«, kam das Echo von Gus. »Das Geld ist ja ganz hübsch, aber irgendwie habe ich den Eindruck, daß Berfert und ich Dir noch etwas schuldig sind, daß du uns aus diesem Loch herausgeholt hast. Wenn du mal einen brauchst, der dir einen Gefallen tut, dann denk an uns.«

»Jungchen«, meinte Ajax und räusperte sich. »Ich bin viel unterwegs, so daß ich nicht leicht aufzuspüren bin. Solltest du dich jemals irgendwo befinden, wo du den Eindruck hast, du könntest mich brauchen, dann schicke dem Bazar eine Mitteilung, und bald schon werde ich zur Stelle sein.«

»Ich dachte, du besuchst den Bazar gar nicht so oft?« fragte ich überrascht.

»Normalerweise nicht«, gab der Bogenschütze zu. »Aber in Zukunft schon ... für alle Fälle.«

Tanda warf ihre Münze in die Luft und fing sie mit geübter Leichtigkeit.

»Ich dürfte das eigentlich nicht annehmen«, seufzte sie. »Aber ein Mädchen muß ja auch etwas zu beißen haben.«

»Du hast es verdient«, sagte ich nachdrücklich.

»Tja, dann werde ich wohl gehen«, sagte sie und nickte den anderen zu.

»Paß auf dich auf, Süßer.«

»Kommst du wieder?« erkundigte ich mich rasch.

Sie schnitt eine Grimasse.

»Ich glaube nicht. Wenn Grimble uns zusammen sähe …«

»Ich meine überhaupt, irgendwann.«

Sogleich hellten sich ihre Züge auf.

»Klar.« Sie zwinkerte mir zu. »So leicht wirst du mich nicht los. Sag Aahz von mir auf Wiedersehen.«

»Sag ihm doch selbst auf Wiedersehen«, brummte Aahz, der aus der Dunkelheit trat.

»Da bist du ja!« Tanda grinste … »Wo steckt der Gremliner? Ich dachte, ihr beiden wärt gerade in ein Gespräch vertieft.«

»Waren wir auch«, bestätigte Aahz und schaute sich um. »Das verstehe ich nicht. Vor einer Minute war er noch da.«

»Man könnte meinen, es gäbe ihn gar nicht, wie, Aahz?« meinte ich unschuldig.

»Nun hör mal zu, Kind«, begann mein Lehrer ärgerlich.

Die Mannschaft brach in Gelächter aus. Er wirbelte herum, um eine bissige Antwort zugeben, doch da flakkerte ein Licht auf, und schon waren sie verschwunden.

Wir standen mehrere Augenblicke zusammen und starrten ins Leere. Dann legte Aahz seinen Arm um meine Schulter.

»Sie waren ein gutes Team, Kerlchen«, seufzte er. »Nun reiß dich zusammen. Siegreiche Generäle haben keine undichten Stellen rund um die Augen. Das schadet dem Image.«

›Sind alle glücklich?‹
MACHIAVELLI

25

Aahz und ich zogen an der Spitze einer jubelnden Menge possiltuiner Einwohner in die Hauptstadt ein.

Wir wurden von den Massen, die uns vorwärtsdrängten, praktisch zum Palast getrieben. Der Jubel war unbeschreiblich. Blumen und andere weniger zu definierende Gegenstände wurden uns zugeworfen oder auf den Weg gestreut, so daß man kaum noch einen Fuß sicher vor den anderen setzen konnte und ich mehr als einmal befürchtete, zu fallen und niedergetrampelt zu werden. Die Leute schienen dagegen aufrichtig erfreut, uns zu sehen. Doch alles in allem war unser Triumphzug für Leib und Leben nicht weniger gefährlich, als es der Krieg gewesen war.

Ich genoß es.

Noch nie war ich Mittelpunkt einer so gewaltigen Menge gewesen. Es war köstlich.

»Haltung, Kerlchen«, murmelte Aahz und stieß mich in die Rippen. »Da kommt das Empfangskomitee.«

Tatsächlich tauchte aus den Toren des Palastes ein anderer Zug auf. Er war kleiner als der unsere, doch was ihm an Menge fehlte, machte er durch das Ansehen seiner Teilnehmer wett.

Der König bildete Vorhut und Mitte, dicht flankiert von Gremble und Badaxe. Der Kanzler strahlte vor unverhohlener Freude. Der General dagegen blickte eindeutig finster drein.

Als Badaxe seinen Blick über die Menge schweifen ließ, konnte er in unserer Nähe mehrere seiner Soldaten ausmachen. Seine düstere Miene verdunkelte sich noch mehr, was für jene Männer nichts Gutes ahnen ließ. Ich schätze, er war neugierig, warum es ihnen nicht gelungen war, unsere Rückkehr gemäß seinen Befehlen zu verhindern.

Was immer in ihm vorging, es mußte warten. Der König hob die Arme, worauf die Versammlung gehorsam verstummte, um zuhören, was er zu sagen hatte.

»Herr Hofzauberer«, hob er an. »Wisset, daß die Jubelrufe der dankbaren Bürger von Possiltum nur ein Widerhall meiner eigenen Empfindungen in bezug auf den Dienst darstellen, welchen Ihr uns erwiesen habt.«

Eine neue Woge von Beifall war die Antwort.

»Die Nachrichten von Eurem Sieg haben uns schneller erreicht als ihr selbst«, fuhr er fort. »Und die Historiker sind bereits damit befaßt, die Einzelheiten Eures Triumphes aufzuzeichnen ... soweit diese bekannt sind, freilich.«

Ein anerkennendes Gelächter ging durch die Menge.

»Während wir uns nicht anmaßen, die Wirkungsweise Eurer Kräfte zu begreifen«, verkündete der König, »so sprechen doch die Ergebnisse für sich selbst. Eine mächtige Armee unbesiegbarer Krieger hat sich mit Waffen und allem anderen einfach in Luft aufgelöst. Lediglich die Rüstungen und Belagerungsgeräte, welche auf dem Schlachtfeld verstreut liegen, künden von ihrer früheren Präsenz. Der Krieg ist gewonnen! Die Gefahr für Possiltum ist für alle Zeiten vorüber!«

Bei diesen Worten war das Volk nicht mehr zu halten. Wieder erfüllten Blumen die Luft, und das Jubelgeschrei erschütterte selbst die Mauern des Palastes.

Der König wollte noch etwas rufen, doch es ging in dem Getöse unter. Schließlich zuckte er mit den Schultern und kehrte in den Palast zurück. Er blieb nur noch einmal stehen, um der Menge zum Abschied zuzuwinken.

Ich hielt es für eine ziemlich billige Masche, so zu tun, als gelte unser Jubel ihm, aber ich ließ es durchgehen. Wir hatten jetzt nämlich dickere Fische an der Angel!

Als Grimble und Badaxe mich ansahen, nickte ich ihnen zu, sich zu uns zu gesellen.

»Ich habe mit Euch zu reden!« brüllte ich über das Getöse.

»Sollten wir nicht nach drinnen gehen, wo es ruhiger ist?« brüllte Grimble zurück.

»Wir werden hier reden!« erwiderte ich hartnäckig.

»Aber die Menge ...«, versuchte der Kanzler mit einer Geste zu erklären.

Ich drehte mich um und nickte einer Gestalt in der ersten Reihe des Menschenauflaufs zu. Der Betreffende reagierte, indem er zum Zeichen seinen Arm hob. Daraufhin zogen die Männer in den vordersten Reihen der Menge ihre Waffen und bildeten einen Kreis um uns, wobei sie sich fast mit militärischer Präzision bewegten. Im Handumdrehen bildete sich Platz in der wimmelnden Bevölkerung, in deren Mitte nur Aahz, Gliep, ich, die Ratgeber und der Mann, der das Zeichen gegeben hatte, standen.

»Einen Augenblick mal«, knurrte Badaxe und beäugte mißtrauisch den Kreis. »Was geht hier denn ...«

»General!«

Ich strahlte ihn an und setzte mein breitestes Lächeln auf. »Ich möchte Euch den neuesten Bürger von Possiltum vorstellen.«

Immer noch mit einem Lächeln auf den Lippen winkte ich den Anführer der Meute heran.

»General Badaxe«, verkündete ich förmlich. »Darf ich Euch mit Big Julie bekanntmachen. Big Julie, Hugh Badaxe!«

»Freut mich, Euch kennenzulernen!« lächelte Julie. »Der Junge hier hat mir von Euch erzählt!«

Der General erbleichte, als er den Oberkommandeur des Imperiums erkannte.

»Ihr!« stammelte er. »Aber Ihr ... Ihr seid doch ...«

»Ich hoffe, Ihr habt nichts dagegen, General«, sagte ich freundlich. »Aber ich habe mir die Freiheit genommen, Big Julie einen Job anzutragen ... als Euer Militärberater.«

»Militärberater?« wiederholte Badaxe mißtrauisch.

»Was ist los?« erkundigte sich Big Julie finster. »Meint Ihr, ich wäre dazu nicht imstande?«

»Das meine ich nicht«, erklärte der General hastig. »Es ist nur, weil ... nun ...«

»Eins vergaßen wir zu erwähnen, General«, unterbrach ihn Aahz. »Big Julie hier hat sich aus dem aktiven Dienst zurückgezogen. Er ist nur allzu bereit, Euch die Führung der Armee von Possiltum zu überlassen und erklärt sich bereit, Euch nur Ratschläge zu erteilen, wenn Ihr sie von ihm erbittet.«

»Das stimmt!« strahlte Julie. »Ich will nur in der Sonne sitzen, ein Glas Wein trinken und ab und zu vielleicht mal einen Hintern tätscheln, wenn Ihr versteht, was ich meine ...«

»Aber der König«, stammelte Badaxe.

»... muß mit all dem überhaupt nicht behelligt werden«, schnurrte Aahz. »Außer natürlich, Ihr haltet es für unumgänglich, ihn darüber zu informieren, von wem Eure neuesten Schlachtpläne stammen.«

»Hmmm«, machte der General nachdenklich. »Seid Ihr sicher, daß Ihr auf diese Weise zufrieden sein werdet, Julie?«

»Ganz sicher!« Julie nickte energisch. »Ich will keinen Ruhm, keine Verantwortung und kein Ansehen. All das hatte ich überreichlich, als ich für das Imperium arbeitete. Die Jungs und ich haben diese Sache durchdiskutiert und sind zu dem Schluß gekommen ...«

»Die Jungs?« unterbrach Badaxe und runzelte die Stirn.

»Hm ..., da ist noch etwas, das wir vergessen haben zu erwähnen, General«, lächelte ich. »Big Julie ist nicht der einzige Neuzugang in der Einwohnerschaft Possiltums.«

Ich machte eine Kopfbewegung zum Kreis der Männer, die die Menge zurückhielten.

Der General blinzelte sie an, dann fuhr sein Kopf herum, als er merkte, wieviel davon in der Menge standen. Er erblaßte, als ihm sowohl klar wurde, wohin die Armee des Imperiums verschwunden war, wie auch, warum es seinen Männern nicht gelungen war, unsere Rückkehr zur Hauptstadt zu verhindern.

»Ihr wollt mir sagen ...«, begann Badaxe.

»Lauter glückliche Bürger von Possiltum, General!« verkündete Aahz und senkte seine Stimme dann auf eine vertrauliche Lautstärke. »Ich glaube, Ihr werdet zu dem Schluß kommen, daß diese Bürger, falls Ihr jemals eine

Armee aufstellen müßtet, weit schneller die Waffen ziehen als Eure durchschnittlichen Pflugschieber. Versteht Ihr, was ich sagen will?«

Offensichtlich verstand er es. Seine Augen blitzten bei dem Gedanken an die neue Streitmacht, die wir seinem Oberbefehl unterstellt hatten. Ich konnte förmlich sehen, wie er sich im Geiste die Lippen leckte vor Vorfreude auf den nächsten Krieg.

»Big Julie!« erklärte er mit breitem Grinsen. »Ihr und Eure ... äh ... Jungs seid mehr als willkommen, Euch in Possiltum niederzulassen. Laßt mich einer der ersten sein, der Euch zu Eurer neuen Staatsbürgerschaft gratuliert.«

Er streckte die Hand aus, doch diese stieß an ein Hindernis. Das Hindernis hieß J. R. Grimble.

»Nur einen kleinen Augenblick!« stieß der Kanzler hervor. »Euer Plan hat einen kleinen Haken. Es ist meine Absicht, dem König zu raten, die Armee von Possiltum aufzulösen.«

»Was?« brüllte Badaxe.

»Laßt mich das machen, General«, meinte Aahz besänftigend. »Grimble, weshalb wollt Ihr eine derartige Torheit begehen?«

»Nun, wegen des Zauberers natürlich«, blinzelte der Kanzler. »Ihr habt bewiesen, daß er durchaus in der Lage ist, das Königreich ohne die Unterstützung einer Armee zu verteidigen, folglich sehe ich nicht ein, warum wir länger die Kosten für deren Unterhalt aufbringen sollten.«

»Unfug!« schalt Aahz. »Glaubt Ihr, der große Skeeve hat nichts anderes zu tun, als Eure Grenzen zu schützen? Wollt Ihr Euren hochbezahlten Zauberer eine Arbeit verrichten lassen, die ein billiger Soldat besorgen kann?«

»Tja ...« Grimble runzelte die Stirn.

»Außerdem wird Skeeve viel unterwegs sein, um seine Studien fortzuführen ..., die selbstverständlich seinen Wert für Possiltum erhöhen. Wer wird in seiner Abwesenheit Euer Königreich schützen, wenn nicht die Armee?«

»Aber die Kosten sind ...«, winselte Grimble.

»Außerdem«, fuhr Aahz fort, ohne den Protest des Kanzlers zu beachten, »hätte ich gedacht, daß Ihr Eure Armee vergrößern wollt, nun, da sich Eure Grenzen ausgeweitet haben.«

»Was heißt das?« fragte Grimble fassungslos. »Was ist mit unseren Grenzen?«

»Ich dachte, das wäre offensichtlich«, meinte Aahz unschuldig. »All diese neuen Bürger müssen sich irgendwo niederlassen ... und im Norden liegt eine Menge Land, wo man nun einfach zugreifen kann. Soweit ich das verstehe, ist es im Augenblick völlig ungeschützt. Possiltum wird nicht einmal darum kämpfen müssen, nur einmarschieren und es besiedeln. Das heißt, vorausgesetzt, Ihr verfügt über eine starke Armee, die es halten kann, wenn Ihr es erst einmal habt.«

»Hmm«, machte der Kanzler nachdenklich und streichelte sich das Kinn mit der Hand.

»Und dann sind da noch«, murmelte Aahz leise, »die ganzen zusätzlichen Steuergelder, welche die neuen Bürger und Ländereien für die Staatskasse bedeuten.«

»Big Julie!« strahlte Grimble. »Ich möchte Euch und Eure Männer gerne in Possiltum willkommen heißen.«

»Ich hieß ihn zuerst willkommen«, knurrte Badaxe. »Er ist mein Berater.«

Bei diesen Worten führte der General die Hand zum Griff seiner Axt, eine Geste, die ihre Wirkung auf den Kanzler nicht verfehlte. »Natürlich, General«, stimmte Grimble zu und rang sich ein Lächeln ab. »Ich warte nur hier, bis Ihr soweit seid. Es gibt da ein paar Angelegenheiten, die ich mit unseren neuen Mitbürgern besprechen muß.«

»In der Zwischenzeit, Grimble«, meinte Aahz, »sind da auch noch ein paar Angelegenheiten, die wir mit Euch zu besprechen haben.«

»Beispielsweise?« Der Kanzler schaute finster drein.

»Beispielsweise der Lohn des Hofzauberers!« gab mein Lehrer zurück.

»Natürlich!« lachte Grimble. »Sobald wir hier fertig sind, kommt Ihr mit nach drinnen und ich zahle ihm seinen ersten Monatslohn.«

Dem Kanzler verging das Lachen.

»Ihr meint, eine Sonderprämie, nicht wahr?« fragte er hoffnungsvoll. »Ich bin überzeugt, wir finden da eine Lösung angesichts ...«

»Ich meine eine Lohnerhöhung!« korrigierte Aahz unmißverständlich. »Nun kommt schon, Grimble. Das Reich ist nun größer. Die Bedeutung des Postens ist gewachsen und verdient eine bessere Bezahlung.«

»Ich glaube nicht, daß ich dem zustimmen kann«, erwiderte der Kanzler.

»Mit der Erhöhung Eurer Steuereinnahmen«, drängte Aahz, »könnt Ihr nach meiner Schätzung eine Summe von ...«

»Nun seien wir mal ein wenig vorsichtig«, entgegnete Grimble. »Unsere Regierungskosten sind mit dieser Erhöhung ebenfalls gestiegen. Ich wäre tatsächlich gar nicht überrascht ...«

»Komm, Gliep«, sagte ich zu meinem Haustier. »Sehen wir mal nach Butterblume.«

Ich hatte so eine Vorahnung, daß die Lohnverhandlungen eine Weile in Anspruch nehmen würden.

›Ende gut, alles gut‹
E. A. POE

26

Ich verbrachte einen erholsamen Nachmittag und schlug die Zeit in meinem riesigen Zimmer im Palast tot.

Die Lohnverhandlungen zwischen Aahz und Grimble waren zu unseren Gunsten ausgelaufen. Ich hatte nicht nur eine beträchtliche Lohnerhöhung erhalten, sondern war nun auch in einem Raum untergebracht, der wenig kleiner als Grimbles war, der seinerseits der nächstgrößte nach dem des Königs war. Und was noch wichtiger war, er hatte ein großes Fenster, was mir sehr gefiel, auch wenn der Blick auf die Stallungen fiel.

Aahz hatte darauf bestanden mit dem versteckten Hinweis, daß ich des Nachts vielleicht geflügelte Besucher bekäme. Ich glaube, diese Vorstellung ängstigte mich mehr als Grimble, doch ich bekam mein Fenster.

Wenn ich wollte, konnte ich von meinem Sims aus Gliep und Butterblume in den Ställen beobachten. Und ich konnte ebenso ihren unglücklichen Stallburschen beobachten, der dazu abgestellt war, all ihre Bedürfnisse zu erfüllen. Auch das war Teil des Handels gewesen, obwohl ich hierauf weit härter gedrängt hatte als Aahz.

Aahz war im Nebenzimmer untergebracht, das hübsch, wenn auch etwas kleiner war als das meine. Die königlichen Architekten hatten den Auftrag, eine Verbindungstür in unsere gemeinsame Wand einzusetzen, und ich hatte so eine Ahnung, daß sich danach die Raumaufteilung drastisch ändern würde. Im Augenblick hatte ich zumindest ein bißchen ungewohnte Privatsphäre.

Doch augenblicklich galt meine Aufmerksamkeit nicht dem Raum. Meine Gedanken kreisten um Garkins alten Kessel. Den ganzen Nachmittag hatte ich versucht, ihm seine Geheimnisse zu entreißen, bislang ohne jeden Erfolg.

Er stand fest mitten auf dem Boden, wo ich ihn hingestellt hatte, und widersetzte sich allen meinen Bemühungen.

Ich lehnte an meinem Fenstersims und musterte den Gegenstand verdrießlich. Es wäre eine Leichtigkeit, ihn zu levitieren, aber das war es nicht, was ich wollte. Ich wollte, daß er zu Leben erwachte und mir folgte, wie ich Garkin gefolgt war.

Das brachte mich auf einen Gedanken. Er schien albern, aber bis jetzt hatte auch nichts anderes funktioniert.

Ich zog die Augenbrauen zusammen und konzentrierte mich auf den Kessel, ohne jedoch meine Energien darauf zu richten.

»Komm her!« dachte ich.

Der Kessel schien einen Augenblick zu schwanken, dann trottete er an meiner Seite, daß seine spillerigen Beine über den Fußboden klapperten.

Es funktionierte! Obwohl es vielleicht ein dummes, kleines Detail war, so vermittelte mir doch der Gehorsam des Kessels etwas mehr das Gefühl, ein Zauberer zu sein.

»Hallo, Kerlchen!« rief Aahz und polterte ohne anzuklopfen herein. »Hast du vielleicht einen Korkenzieher?«

»Was ist ein Korkenziehen?« fragte ich unwillkürlich.

»Na, egal«, seufzte mein Mentor. »Dann mache ich es halt selber.«

Mit diesen Worten nahm er die Weinflasche, die er bei sich hatte, in seine Linke und führte die Kralle seines rechten Zeigefingers in den Korken. Der Kork gab einen sanften Plop von sich, als er sich geschmeidig aus dem Flaschenhals löste, worauf Aahz ihn ganz selbstverständlich in eine Ecke schleuderte und einen tiefen Schluck nahm.

»Ah!« keuchte er, um tief Luft zu holen. »Köstliches Bouquet!«

»hm … Aahz?« sagte ich schüchtern, trat vom Fenster fort und an den Tisch.

»Ich muß dir etwas zeigen.«

»Könntest du mir vorher eine Frage beantworten?« erkundigte sich mein Lehrer.

»Welche?« Ich runzelte die Stirn.

»Warum rennt der Kessel denn hinter dir her?«

Ich sah mich um und stellte erschreckt fest, daß er recht hatte. Der Kessel war vom Fenster zum Tisch geflitzt, um an meiner Seite zu bleiben. Das Seltsame daran war, daß ich ihn gar nicht gerufen hatte.

»Hm ... das wollte ich dir eigentlich zeigen«, gab ich zu. »Ich habe herausgefunden, wie man den Kessel dazu bringt, daß er ganz von selbst zu mir kommt ... keine Levitation oder dergleichen.«

»Spitze!« Aahz schnitt eine Grimasse. »Kannst du nun auch dafür sorgen, daß er es wieder bleiben läßt?«

»Äh ... ich weiß nicht«, sagte ich und setzte mich schnell auf einen der Stühle.

Ich wollte es nicht zugeben, doch während wir uns unterhielten, hatte ich mehrere innere Kommandos ausprobiert, um den Kessel wieder wegzuschicken, doch ohne nennenswerten Erfolg. Ich mußte das selbst herausfinden, sobald Aahz gegangen war.

»Sag mal, Aahz«, meinte ich beiläufig, während ich die Füße auf den Tisch schwenkte, »würdest du mir etwas Wein einschenken?«

Aahz zog eine Augenbraue hoch, dann durchquerte er langsam das Zimmer, bis er neben mir stand.

»Kind«, sagte er freundlich. »Nun sieh dich mal ganz genau um. Siehst du hier im Raum außer uns beiden noch jemanden?«

»Nein«, gab ich zu.

»Dann sind wir unter uns, und nicht in der Öffentlichkeit ... stimmt's?« Er lächelte.

»Stimmt«, pflichtete ich ihm bei.

»Dann besorg dir deinen eigenen Wein, Lehrling!« grölte er und trat meinen Stuhl unter mir fort.

Tatsächlich war es nicht so schlimm, wie es sich anhört. Ich faßte mich, noch ehe ich am Boden landete und schwebte unbeschadet in der Luft. Von dieser Lage aus tastete ich mit meinen Gedanken umher, holte die Flasche aus Aahz' Händen und beförderte sie in meine eigenen.

»Wenn du darauf bestehst«, sagte ich lässig und nahm einen langen Zug aus der Flasche.

»Du hältst dich wohl für sehr gewitzt, wie?« spottete Aahz, dann grinste er.

»Ich schätze, das bist du auch. Du hast dich ganz gut geschlagen … für einen Amateur.«

»Einen Profi«, korrigierte ich. »Einen bezahlten Profi.«

»Ich weiß«, grinste Aahz zurück. »Für einen Amateur bist du ziemlich clever. Für einen Profi hast du noch eine Menge zu lernen.«

»Nun komm aber, Aahz!« protestierte ich.

»Aber das kann warten«, lenkte Aahz ein. »Du kannst dich ruhig entspannen und dich eine Weile amüsieren … so lange du kannst.«

»Was soll das heißen?« Ich runzelte die Stirn.

»Nichts!« Aahz zuckte mit Unschuldsmiene die Achseln. »Absolut gar nichts.«

»Warte mal, Aahz«, sagte ich bissig und sprang auf. »Ich bin jetzt Hofzauberer, nicht wahr?«

»Das ist richtig, Skeeve«, nickte mein Lehrer.

»Hofzauberer ist der Job, auf den du mich gehetzt hast, weil er so einfach ist, stimmt's?« drängte ich ihn weiter.

»Stimmt ebenfalls, Kind«, er lächelte und nickte nun noch heftiger.

»Dann kann doch nichts schiefgehen? Nichts Ernstes?« erkundigte ich mich besorgt.

Aahz nahm seine Weinflasche wieder an sich und trank ausgiebig, ehe er antwortete.

»Denk immer daran«, grinste er. »Dann kannst du nachts besser schlafen.«

»Nun komm, Aahz!« jammerte ich. »Du bist doch angeblich mein Lehrer. Wenn ich irgend etwas übersehe, dann mußt du es mir sagen. Sonst lerne ich doch nichts dabei.«

»Nun gut, *Lehrling«*, lächelte Aahz und betonte das letzte Wort bösartig. »Du hast einiges übersehen.«

»Zum Beispiel?« fragte ich und wand mich unter seinem Lächeln.

»Zum Beispiel Gus, Ajax und Brockhurst, die du ohne Anweisungen auf Tauf zurückgeschickt hast.«

»Anweisungen?« Ich blinzelte verständnislos.

»Um Tanda brauchen wir uns keine Sorgen zu machen, aber die anderen drei ...«

»Warte eine Minute, Aahz«, unterbrach ich ihn, ehe er zu weit vom Thema abkam. »Was für Anweisungen?«

»Anweisungen, nicht über unser kleines Scharmützel hier zu reden«, erläuterte Aahz geistesabwesend. »Tanda wird ihren Mund zu halten wissen, aber die anderen drei nicht.«

»Du meinst, sie reden?«

»Ist ein Froschhintern vielleicht wasserdicht?«

»Was ist ein Frosch?« gab ich zurück.

»Mit Geld in der Tasche und frisch zurück von einem siegreichen Feldzug gegen eine überwältigende Überzahl ... natürlich werden sie reden!« polterte Aahz. »Sie werden sich bei jedem, der es hören will, den Mund fusselig reden. Und mehr noch, sie werden die Geschichte mit jedem Mal weiter ausschmücken, bis es so klingt, als seien sie die größten Kämpfer, die sich jemals geschlagen haben und du der größte Stratege seit Gronk!«

»Was soll daran schlimm sein?« erkundigte ich mich und freute mich im stillen. Ich wußte nicht, wer Gronk war, aber Aahz' Darstellung klang hübsch.

»Gar nichts«, antwortete Aahz unschuldig. »Außer, daß alle Welt nun hinterher sein wird zu erfahren, wer du bist, wo du bist und was du bist ... auch daß du anzuheuern bist und selbst Leute verpflichtest. Wenn es irgendwo in allen Dimensionen einen Ort gibt, wo die Leute solche Informationen beachten, dann auf dem Bazar von Tauf.«

Ungeachtet dessen, was mein Lehrer davon halten mag, so bin ich kein langsamer Denker. Ich begriff mit einem Schlag, was seine Äußerung alles zu bedeuten hatte ... begriff es und legte mir eine Antwort zurecht.

»Dann werden plötzlich unzählige Leute vorbeischauen, uns einen Job anbieten oder bei uns Arbeit suchen«, gab ich zu. »Na und? All das heißt nichts anderes, daß ich eine Menge Übung beim Ablehnen bekommen werde. Wer weiß, vielleicht verbessert es meine Stellung hier sogar etwas, wenn man erfährt, daß ich häufig von seltsamen Wesen anderer Welten aufgesucht werde.«

»Natürlich«, kommentierte Aahz finster. »Es besteht immer noch die Chance, daß einer auf dem Bazar hört, daß sein Gegenpart daran denkt, dich anzuheuern, und beschließt, dich mit Gewalt von der Liste zubeseitigen. Entweder das, oder irgendein junger Hitzkopf will sich einen Namen machen, indem er einen unschlagbaren Zauberer angreift, von dem jedermann spricht.«

Ich versuchte, ihm nicht zu zeigen, wie sehr seine finsteren Prophezeiungen mich entnervt hatten. Dann wurde mir klar, daß er vermutlich weitermachen würde, bis er meinen Angstschweiß perlen sah. Folglich schwitzte ich ... sichtbar.

»Daran hatte ich nicht gedacht, Aahz«, gab ich zu. »Ich schätze, da habe ich wirklich etwas übersehen.«

»Und dann sind da noch Grimble und Badaxe«, fuhr Aahz fort, als hätte err mich gar nicht gehört.

»Was ist mit Grimble und Badaxe?« fragte ich nervös.

»Meiner Einschätzung nach ist die einzige Möglichkeit, daß die beiden zusammenarbeiten«, gähnte Aahz, »die Zusammenarbeit gegen einen gemeinsamen Feind. Und nach meiner weiteren Einschätzung bist du der geeignetste Kandidat für diesen Posten.«

»Ich?« fragte ich sehr leise.

»Denk mal nach, Kerlchen!« Mein Lehrer zuckte die Achseln. »Bis du die Szene betratst, fand ein Zweikampf statt, wem der König Gehör schenkte. Dann kamst du und hast nicht nur das Königreich gerettet, sondern auch neue Bevölkerung hinzugewonnen, die Grenzen erweitert und der Steuerkasse zugeführt. Das macht dich zum beliebtesten und deshalb einflußreichsten Mann am Königshof. Ich kann mich täuschen, aber ich glaube nicht, daß Grimble und Badaxe einfach die Zähne zusammenbeißen und es hinnehmen. Meiner Ansicht nach werden sie sich gegen dich verbünden und alles, was du sagst oder tust, militärisch oder finanziell boykottieren, und das wird ein harter Zwei-zu-eins-Kampf.«

»Okay, okay. Also habe ich zwei Sachen übersehen«, fiel ich ihm ins Wort. »Abgesehen davon ...«

»Und dann sind da natürlich noch die Leute, denen Big Julie und seine Männer Geld schulden«, kommentierte Aahz nachdenklich. »Ich frage mich, wie lange es dauern wird, bis sie hier herumschnüffeln und nach einer Erklärung suchen, was aus einer ganzen Armee geworden ist. Und noch wesentlicher, ich frage mich, an wen sie sich namentlich halten werden, damit er ihnen diese Erklärung liefert?«

»Aahz?«

»Ja, Kerlchen?«

»Hast du was dagegen, wenn ich mir noch etwas von dem Wein nehme?«

»Bedien dich, Bürschchen. Es sind Unmengen da.«

Ich hatte so eine Vorahnung, als wäre das die beste Nachricht, die ich für lange Zeit zu hören bekommen sollte.

ENDE
DES ZWEITEN BUCHES

FANTASY

Band 20 085

Robert Asprin

Ein Dämon kommt selten allein

Deutsche Erstveröffentlichung

Als Skeeve, der Zauberlehrling, eines Tages in sein Quartier kommt, findet er dort einen Dämon. Nun ist das für ihn nichts Außergewöhnliches, denn sein Lehrmeister Aahz ist selbst ein Dämon – kurz für: Dimensionsreisender. Doch dieser neue Ankömmling hat nichts Besseres zu tun, als Skeeves Meister zu entführen – und so steht unser armer Zauberlehrling plötzlich alleine da.

Doch er bleibt natürlich nicht lange allein. Im Handumdrehen hat er selber einen Lehrling – einen König, der seine Krone an den Nagel gehängt hat und sich der Kunst der Magic widmen möchte. Und danach fängt die Sache erst an, *richtig* schiefzugehen.

»Witzig, humorvoll, ein gutes Gegengift gegen langweilig-bombastische Fantasy.« *Amazing Stories*

BASTEI LÜBBE

Sie erhalten diesen Band im Buchhandel, bei Ihrem Zeitschriftenhändler sowie im Bahnhofsbuchhandel.

FANTASY

Band 20 086

Robert Asprin

Ein Dämon macht noch keinen Sommer

Deutsche Erstveröffentlichung

Wenn einer Probleme hat, die er mit den üblichen Mitteln nicht lösen kann, dann kommt er zu dem großen Magier Skeeve und seinem dämonischen Mentor. Doch ein Ruf als Meister der Magic kann einen ebenso zum gemachten Mann machen wie zugrunde richten. Insbesondere wenn man eigentlich nur ein Zauberlehrling ist und bei einem Dämon – kurz für: Dimensionsreisender – in die Lehre geht. Und so muß Skeeve erfahren, daß seinem Ruf gerecht zu werden manchmal an Mord grenzen kann. Und daß ein Dämon noch keinen Sommer macht.

»Asprins Talente als Autor – Rasanz, Witz und ein scharfes satirisches Auge.«
ALA Booklist

BASTEI LÜBBE

Sie erhalten diesen Band im Buchhandel, bei Ihrem Zeitschriftenhändler sowie im Bahnhofsbuchhandel.